KB233239

소설서사와 영상서사

이 도서의 국립중앙도서관 출판시 도서목록(CIP)은 e-CIP 홈페이지(http://www.nl.go.kr/cip.php)에
서 이용하실 수 있습니다. (CIP제어번호 : CIP2010000057)

소설서서와 영상서사

송명희

2004년 『타자의 서사학』을 발간한 이후 써온 14편의 글들을 모아 한 권의 책으로 발간한다. 이번 책은 소설 텍스트뿐만 아니라 영상 텍스트(드라마, 영화)까지도 대상으로 삼았다. 과거에도 영상 텍스트를 대상으로 쓴 글들이 있었지만 이번 책에 영상 텍스트가 포함된 것은 그 의미가 이전과는 다르다. 나는 2005년 부경대학교 국제대학원에 영상학과가 설치되자 그 1기생으로 입학하여 2007년 2월에 영상학 석사학위를 받았다. 인쇄매체를 앞질러가는 영상매체를 체계적으로 공부할 기회를 갖고 싶은 학문적 욕망으로 입학했던 것이다. 그러니까 이번 책에 수록된 영상 텍스트를 대상으로 한 4편의 글들은 영상학과에서 공부한 것을 계기로 썼던 글이다.

책을 엮으면서 보니까 최근 몇 년 동안 나의 학문적 관심사가 어디에 있었는지 한눈에 확인할 수 있었다. 우선 관심의 범위가 소설에서 영상으로 넓어진 것은 이미 말했거니와 디아스포라, 탈식민주의, 프로이트와 라캉의 정신분석, 공간이론, 욕망이론, 몸 담론, 바흐친의 대화주의와 크로노토프, 근대화, 젠더, 성장소설, 종교다원주의 같은 다양한 담론들에 관심을 기울여왔음을 알 수 있었다. 이전의 글들이 페미니즘이라는 시각에 쏠려 있었다면 이제 그 시각이 여러 방향으로 확산되었다고 할 수 있다. 물론 그 밑바탕에는 여전히 페미니스트로서의 시각이 확고히 존재하고 있음을 부인할 수는 없다.

이번 책에는 한국 근·현대소설을 대상으로 한 글들이 대부분이지만 재외한인문학을 비롯하여 재만문학, 때로는 독일의 영화로까지 관심이 확장되고 있다. 그야말로 디아스포라의 시대이고, 글로벌시대이기 때문에 국문학자라고 해서 국내의 텍스트에만 머물러 있을 수가 없게 된 것이다. 아마 다음에 나오는 책은 재외한인문학에 관한 저서가 아닐까 한다. 왜냐하면 최근 몇 년 동안 한국연구재단(구 한국학술진흥재단)으로부터 연구비를 지원받아 재외한인문학 연구에 주력하고 있기 때문이다.

문학연구에도 시대적 흐름이라는 것이 존재하고, 그 시대적 흐름을 완전히 무시하면서 글을 쓸 수는 없다. 그것은 단순히 유행을 쫓는 일과는 다르다. 학문이 현실에 직접적으로 참여할 필요는 없겠지만 시대적 요청을 완전히 무시할 수는 없기 때문이다. 가령, 디아스포라와 같은 주제는 760만의 재외동포가 세계로 흩어져서 살아가고 있는 현실상황과 관련된다. 그들은 거주국에서 교민사회를 형성하고, 나아가 교민문단을 형성하여 문학활동을 하고 있기 때문에 최근 국문학자들 사이에는 재외한인문학에 대한 연구 열기가 뜨겁다.

재외한인문학을 연구하다 보면 거꾸로 우리나라 내부의 다문화적 상황에도 관심을 기울이게 된다. 요즘 정책적으로 다문화주의를 표방하는 우리 사회는 앞으로 다민족 다문화 간의 공존에 따른 많은 문제들에 직면하게 될 것이다. 재외한인문학에 대한 연구는 우리 내부의 다문화 사회로의 변화에서 야기되는 문제들에 대해 어넌 해결책을 제시해 줄 수도 있을 것이다.

어떤 글들은 한국연구재단의 지원으로 썼고, 또 어떤 글들은 부경대학교의 지원으로 썼으며, 어떤 글은 학회 측의 요청에 의해 썼던 주제발표논문이다. 그리고 어떤 글들은 그야말로 순수하게 써보고 싶어서 쓴 글이다. 학자로서 논문을 쓰는 일은 본연의 임무이지만 연구지원제도가 생김으로써 좀 더 다양한 분야로 관심의 폭을 넓힐 수 있었음은 감사해야 할 일이다.

늘 나의 저술활동을 격려해 주시는 푸른사상의 한봉숙 사장님과 10년의 세월을 같이해 왔다. 푸른사상에서 발간한 나의 책 가운데 2권이 문광부의 우수학술도서로 선정될 수 있었음도 사장님이 정성껏 책을 만들어 주었기 때문이다. 이 자리를 빌려 감사드리고, 꼼꼼히 편집을 해준 편집부 관계자와 교정에 참여해준 제자 오영이, 윤희주에게도 감사드린다.

2010년 1월
달맞이언덕 서재에서

제3부 젠더 · 공간 · 욕망

제4부 서사의 다양성

제5부 영상서사에 재현된 페미니즘 또는 정신분석

제1부
디아스포라와 민족정체성

재일한인 소설연구
― 김학영과 이양지의 소설을 중심으로

강경애 문학의 간도와 디아스포라

재일한인 소설연구[1]

김학영과 이양지의 소설을 중심으로

1. 서론

재일한인[2]의 이주는 일제강점과 그 역사를 같이한다. 즉 1910년을 전후한 시기부터 급격히 몰락해가는 농촌생활을 벗어나기 위하여 우리 민족은 러시아, 중국뿐만 아니라 일본으로 건너가게 되는데, 그 숫자는 해를 거듭할수록 증가하게 되었다. 특히, 1939년 이후에는 일제의 식민지 정책에 의해 탄광노동자 등으로 강제징용을 당하여 일본 각지로 송출되는 조선인 노동자·농민의 수가 급증한다. 토지와 생산수단을 빼앗긴 농민, 노동자들이 전시체제의 일본으로 이주하여 부족한 노동력을 제공하고 있었

---

1 이 글을 발표한 『한국언어문학』 62(한국언어문학회, 2007. 9)에는 필자가 송명희·정덕준으로 되어 있지만, 책임필자는 송명희임. 그리고 발표원고와 이 원고는 길이를 비롯하여 다소의 차이가 있음.
2 일본에서는 남과 북을 지지하는 정치적 입장에 따라 재일한국인과 재일조선인으로 구분하지만 여기시는 일본 제국주의의 조선지배로 도일하여 현재에도 계속 일본에 살고 있는 사람(후세)에 대한 통칭으로 '재일한인'이란 명칭을 사용하고자 한다.

던 것이다. 유학생을 제외한 재일한인의 대부분은 일본의 노동시장으로 흘러들어 토목·광산·부두의 하층 노동자로 전락, 가혹한 탄압 속에서 힘겨운 생활을 하게 된다. 재일한인들은 식민지 지배국인 일본에서 피지배 민족으로서 온갖 민족적인 차별과 가혹한 핍박을 감내해야 했다. 1945년 해방 당시에 재일한인은 유학생을 포함하여 200만 명이 넘었다고 한다.

광복 후 140만 명의 한인들이 귀국선에 오르지만 고향의 근거를 상실한 사람들을 비롯하여 남북분단, 한국전쟁 등 국내의 정치·사회적 혼란으로 어쩔 수 없이 현지에 잔류한 숫자 역시 적지 않았다.[3] 패전 후 일본정부는 재일한인을 외국인으로 여기며 일본의 제반 법 제도에서 축출하는 조치를 취하였다. 그리고 외국인등록령을 공포하여 외국인 등록과 등록증 소지를 의무화하였다. 이에 따라 1947년 말까지 외국인 등록을 마친 숫자가 약 60만 명이었다. 이들이 바로 재일한인의 원형이다.[4]

광복 후 오늘에 이르기까지 일본정부는 특별한 역사적 배경을 가지고 있는 재외한인의 입장을 배려하기보다는 일본사회로부터 배제하려는 정책으로 일관하고 있다. 또한, 외국인등록법이나 출입국관리령과 같은 엄격한 규정으로 관리해옴으로써 정치·사회적 문제를 계속 야기하고 있다. 최근 지문날인제도를 없애는 등의 다소간 변화를 보이고 있으나 기본정책에 있어서는 큰 변화가 없다. 러시아·중국 등 다른 지역의 이주 한인들과도 달리 재일한인은 일본의 폐쇄적인 외국인 정책과 국적 차별로 생존권의 위협을 받고 있는 것이다. 그리고 일본에서 출생한 한인 2세조차도 모국의 국적을 고수하는 아주 특별한 상황에서 삶을 영위한다. 이들

---

3 윤건차, 「식민지배와 남북분단이 가져다준 분열의 노래」, 한일민족문제학회 엮음, 『재일조선인 그들은 누구인가』, 삼인, 2003, 14~15면.
4 김광열, 「재일조선인은 어떻게 형성되었나」, 한일민족문제학회 엮음, 위의 책, 71~73면.

은 직장, 공직, 정치참여의 차별을 감수하고 있고, 2, 3세들의 증가로 인한 일본인과의 결혼 및 귀화, 민족교육의 약화로 인한 일본사회와 문화로의 급속한 동화 등 많은 문제에 직면해 있다.[5] 재일한인들은 한인사회 내부에서도 남과 북을 지지하는 정치적 입장에 따라 민단계와 조총련계로 갈려 갈등을 겪는가 하면, 일본사회에서의 적응방식의 차이, 스스로의 정체성 문제 등 심각한 갈등을 겪고 있다. 재외동포재단에 의하면 재일한인의 숫자는 2005년 현재 90만 명에 달한다.

재일한인 작가인 이회성, 이양지, 유미리, 현월 등은 일본의 권위 있는 문학상인 아쿠타가와芥川상을 수상했고, 이밖에도 여러 작가들이 수상후보에 올랐다. 여러 한인작가들이 아쿠타가와상을 수상하게 된 것은 재일한인들의 문학에 대해 일본의 중심문단에서 주목하기 시작했다는 의미이며, 한인문학이 소수문학으로서 중요한 위치를 차지하게 되었다는 증거일 것이다.

하지만 그간 재일한인의 문학은 일본문단과 한국문단의 어느 중심에도 속하지 못한 채 주변문학으로 위치해 왔다. 연구적인 측면에서는 일본문단이 주는 상을 수상하여 국내에서 번역·소개된 작가들을 중심으로 한 논문이 2000년대 이후 활발하게 발표되고 있다. 하지만 그 외 작가의 경우에는 한국에서도 일본에서도 관심의 대상이 되지 못하고 있다.[6] 이들이 일본어로 창작을 하는 경우에는 일본문단에서 읽을 수 있지만 한국어로 창작을 하는 경우에는 일본 내에서 읽히기 어려운 언어적 장벽을 안고

---

5 최영호, 「재일동포의 슬픈 현실」, 한일관계사학회, 『한국과 일본, 왜곡과 콤플렉스의 역사 1』, 자작나무, 1998, 270면.

6 숭실대 한승옥 교수팀의 한국학술진흥재단 지원과제 「재일동포 한국어문학작품 수집 및 민족정체성연구」(2004년 선정과제)에서 한국어문학작품 수집과 연구가 이루어진 바 있다. 연구결과는 『한중인문학연구』 14(2005. 4)과 『한국문학이론과 비평』 31 별권(2006. 6)에 수록됨.

있다. 그렇다고 하여 이들의 문학을 한국의 문단에서 주목하고 읽어주는 것도 아니다. 더구나 그간 이들의 작품은 국내에서 출판되지 않았기 때문에 독자들이 접할 수 없었다. 다행히 해외동포문학 편찬사업의 일환으로 『재일한인문학작품집』 전 6권이 2005년 말에 출판되었다.[7]

본 연구에서는 재일한인 소설 가운데서 제2세대 작가로 분류되는 김학영의 『얼어붙은 입』과 이양지의 「나비타령」을 탈식민주의 정신분석비평에 의해 분석하고자 한다. 김학영을 제2세대로 분류하는 데에는 이견이 없지만 이양지는 학자에 따라서 제2세대 작가로 분류하는 견해와 제3세대 작가로 분류하는 견해가 공존한다.[8] 하지만 여기서는 제2세대 작가로 분류하여 연구하고자 한다. 왜냐하면 이양지의 작품세계는 제3세대의 문학과는 뚜렷한 차이를 보이고 있기 때문이다. 즉 제3세대 작가로 분류되는 유미리, 현월, 양석일, 가네시로 가즈키 등의 소설에서는 민족이라는 명제가 현저히 쇠퇴하고 개인의 삶으로 초점이 옮겨지며, '재일'이라는 특별한 체험의 소유에 정주하지 않고 보편적 주제로 승화시키려는 경향이 두드러진다.[9] 그런데 이양지는 이들과는 달리 민족의 문제가 그의 작품에서 여전히 핵심에 놓여 있으며, 특히 재일한인으로서 겪는 정체성 갈등이 작중인물의 핵심적 갈등으로 그려지고 있기 때문이다.

---

7 해외동포문학편찬사업추진위원회 편, 『해외동포문학 – 재일조선인시 Ⅰ–Ⅲ』, 도서출판해토, 2005. 12.

8 김환기는 이양지를 제2세대 작가로 분류하면서 제2세대지만 제3세대와 동일한 문학성을 추구한 작가로 평가했다(김환기, 「이양지의 『유희』론」, 『일어일문학연구』 41 – 문학·일본학편, 한국일어일문학회, 2002. 5, 233~234면). 반면에 유숙자는 이양지를 제3세대로 분류하여 연구하였다(유숙자, 『재일한국인문학연구』, 월인, 2000, 117~134면).

9 윤상인, 「전환기 재일한국인 문학」, 『일본학』 19, 동국대학교 일본학연구소, 2000. 12, 105면.

2. 본론

1) 왜 정신분석인가

이 글은 일제 식민주의가 빚어낸 특수한 이산의 결과로 형성된 재일한인 2세의 소설작품 속에 재현된 정신병리 현상에 주목하고자 한다. 왜냐하면 작중 주인공들이 겪는 정신병리가 일제 식민주의 이후 재일한인 2세로서 겪는 민족 정체성 갈등과 분리할 수 없이 연관되어 있기 때문이다.

프란츠 파농(Frantz Fanon)은 "정상적인 가정에서 성장한 정상적인 흑인 아이는 백인 세계와의 피상적인 접촉에도 비정상적인 아이로 변해 버린다"[10]라고 식민주의의 본질을 흑인들의 심리학적인 측면에서 분석한 탈식민주의 이론서 『검은 피부, 하얀 가면』에서 설파했다. 정신과 의사였던 프란츠 파농은 백인사회에서 식민주의에 길들여져 스스로 백인의 가면을 쓰고 살아가는 흑인들에게 있어 정상과 비정상을 가르는 준거는 다만 백인이냐 아니냐에 있다고 흑인들의 심리적 좌절과 소외를 심리학적 측면에서 풀어냈다.

재일한인 2세인 김학영과 이양지의 소설에서 나타나는 정신병리는 그들이 일본에서 출생하여 자라고 교육받았음에도 불구하고 일본인이 아니라 일본사회의 차별받는 타자라는 존재감, 즉 재일한인에 대한 경멸적 표현인 '조센징'이라는 민족콤플렉스에서 비롯되고 있다. 일본사회의 일원으로 살아가는 데 있어 '조센징'이라는 존재 자체가 정상이 아니라 비정상으로 취급되는 준거이며, 근원적 트라우마이기 때문이다.

재일한인 2세대는 1세대보다 정체성의 혼란과 갈등을 더욱 강하게 경

---

10 프란츠 파농, 『검은 피부, 하얀 가면』, 인간사랑, 1998, 181면.

험한다. 재일 2세대란 일본에서 출생하여 일본인과 다름없는 생활습관 및 사고를 지닌, 시기적으로 일본사회의 고도 경제성장이 가시화된 1960년대 후반에 등장한 세대를 일컫는다.[11] 이들은 재일 1세대처럼 조국에 대한 운명적 아이덴티티를 느낄 수도 없고, 그렇다고 재일 3세대처럼 일본에 동화되어 살아갈 수도 없는 사이에 낀 세대이다.

따라서 재일 2세대 문학은 김사량, 김석범, 김달수 등으로 대표되는 1세대 문학과는 그 지향점이 다르다. 즉 1세대의 삶이 조국이라는 떼려야 뗄 수 없는 운명체와 같이한 삶이었듯이 1세대 문학 역시 조국과 민족을 떠나서는 생각할 수 없는 반항과 향수로 점철되어 있다. 반면 2세대 문학은 원체험이 없었던 민족이나 조국보다는 과거 역사 위에 현실적인 '벽'이 가미된 열등의식에 젖어 좌절하고 고뇌하는 현세대를 조명한다. 전세대로부터 전가된 과거 역사의 연장선상에서 조국이 아닌 일본식으로 제도화된 현세대는 자신들의 아이덴티티 문제를 떠안을 수밖에 없고, 그 문제의 해결이 없이는 과거, 현재, 미래 그 어디로부터도 자유로울 수 없는 운명을 맞게 된다.[12]

재일 2세대인 김학영과 이양지의 문학에서 정신병리의 강한 징후가 나타나는 것은 그들이 가진 재일 2세로서의 세대적 특성과 관련된다. 이들은 조국(한국)과 거주국(일본)의 갈피에서 정체성의 갈등을 겪을 수밖에 없는, 자전적 모델인 재일한인 2세인 주인공을 내세운다. 이 주인공들은 일본인처럼 성장하고 교육받는다. 하지만 일본인들이 가시적 또는 불가시적으로 이들을 차별하며 민족콤플렉스를 자극할 때, 갈등과 스트레스에 빠져든다. 즉 우울증에 시달리고 말을 더듬거나 자살충동을 느낀다.

---

11 유숙자, 「김학영론」, 『비교문학』 24, 한국비교문학회, 1999, 235면.
12 김환기, 「김학영 문학과 '벽'」, 『일본학』 19, 동국대 일본학연구소, 2000.12, 245면.

나아가 일본인으로부터 살해당하는 피해망상과 일본인을 죽이고 싶은 살해충동에 빠지는 등 정신분열증세마저 나타낸다. 마치 프란츠 파농이 백인인 것같이 사고하면서 성장한 흑인이, 백인들의 세계는 사실상 자신들의 세계가 아니라는 것을 자각할 때 갈등이 생기며, 자신의 진정한 정체를 확인할 때 열등의식이 생긴다고 지적했던[13] 것과 마찬가지이다.

김학영의 『얼어붙은 입』과 이양지의 「나비타령」은 재일한인 2세가 겪는 갈등과 좌절을 집중적으로 그리며, 해방 후 재일한인들에게 나타나는 포스트식민주의의 본질을 정신병리적인 측면에서 다층적으로 드러내고 있기 때문에 이 글의 텍스트로 선정하였다.

2) 김학영의 『얼어붙은 입』의 민족콤플렉스와 말더듬

(1) 말더듬과 우울증

김학영(1938~1985)은 이회성과 더불어 재일 2세대 문학을 대표하는 작가로 손꼽힌다. 1938년 군마현에서 재일한인 2세로 태어난 김학영은 대학에 들어가기 전까지는 야마다山田이라는 일본명을 사용하였고, 대학에 입학하면서부터 본성本姓인 '김金'을 사용하기 시작했다. 그는 동경대학에서 공업화학을 전공했으며, 학사와 석사에 이어 박사과정까지 입학하지만 중퇴했다. 그의 본적은 경남으로 아버지가 12세 때 할아버지와 함께 도일하였고, 할머니는 일본에서 자살했다.

김학영은 1965년부터 동경대학 문학부계의 학생 동인지 '신사조'에 참가했으며, 1966년에 그의 첫 작품 「도상途上」을 발표하고, 이어 『얼어붙은

입』으로 문예상을 수상한다. 그의 작품은 1973년부터 수차 아쿠타가와상 후보에 오른다.[14]

김학영의 작품은 반쪽바리로 살아가는 '재일'의 어려움 이외에도 일관된 주제로서 '말더듬'이라는 자의식에 관한 괴로움과 '아버지의 폭력' 문제가 나타나고 있다. 그의 작품은 차별 속에서 살아야 하는 재일의 어려움을 그리는 데 국한하지 않고, 자아의 내부에도 시선을 돌려서 주위의 세계에서 거부당하고 있는 주인공들을 통해 한결같이 민족의 이념에 동화도 못하고, 일본사회에 적극적으로 안주하지도 못하는 괴로움에 직면하고 있는 모습을 보여준다.[15] 유숙자는 김학영의 문학은 문단 데뷔작에서 유고작에 이르기까지 약 20년 동안, 자신의 말더듬, 민족문제, 정체성의 혼란, 아버지의 폭력, 연애의 파탄, 조모의 죽음 등의 모티프를 일관되게 다루었다고 보았다.[16]

『얼어붙은 입』은 작가 자신의 말더듬이 장애를 집요하게 분석한 작품이다. 1인칭의 주인공이자 화자인 최규식은 서술 시점의 현재 동경대학 공업화학과 대학원생이다. 그는 연구회에서 3개월마다 실험결과를 보고해야 하는데, 이때가 되면 말더듬이 더욱 심해지고 신경도 극도로 쇠약해진다. 그의 말더듬 현상의 강·약의 주기는 연구회의 발표 주기와 관계가 깊다.

요즈음 또 묘한 숨 가쁨으로 괴로움을 당하고 있다. 온종일 무엇인가에 두려워 떨고 있는 것과 같은 상태이었다. 끊임없이 무엇인가에 쫓기어, 그리고 어떤

14 김학영, 하유상 역, 『얼어붙은 입』(『한국문학』 1977년 9월호 별책부록)의 '연보' 참조, 201~203면.
15 이한창, 「재일교포문학연구」, 『외국문학』 1994년 겨울호, 93~94면.
16 유숙자, 「김학영론」, 앞의 책, 234~252면.

가에 휘몰리는 것과 같은 상태의 기분이었다. '말더듬이의 골짜기' 때문일까?

　요 근래 또 몹시 말을 더듬고 있었다. 소리가 막힌다. 스스로도 이상하리만치 말이 안 나온다. 그와 같은 시기가 있다. 그리고 그와 같은 시기가 주기적으로 닥쳐온다.[17]

　그는 자신의 말더듬에 대한 스트레스로 심계항진 같은 불안 증세를 보이는가 하면, 불안을 넘어서서 공포를 느낀다. 하지만 그는 말더듬 그 자체보다는 그로 인한 정신적 충격과 굴욕을 두려워하고 있다. 그는 자신의 말더듬을 고치기 위해 5년 전부터 매일 30분씩 교정연습을 하지만 효과가 없다. 왜냐하면 그의 말더듬은 기능적인 장애가 아니라 정서적·심리적인 장애와 관련되어 있기 때문이다. 실제로 그는 혼자서 낭독을 할 때는 말을 더듬거리지 않는다. 그보다 말더듬이 심한 일본인 이소가이와 말할 때에도 전혀 말을 더듬거리지 않고 오히려 달변이 된다. 또한 영어나 독일어, 프랑스어를 읽을 때에도 전혀 더듬거리지 않는다. 다만 그는 연구실의 일본인 동료들 앞에서 일본어로 발표할 때에 말더듬이 심해지고 정체불명의 불안감에 시달린다. 즉 생각이 제때 말이 되어 발화되지 못하고, 이로 인해 이방인 의식을 느끼며 심리적 긴장과 갈등에 휩싸이게 된다.

　그러나 연구실에 있을 때 매일 같이 나를 습격하는 정체불명의 숨 가쁨은 여전하였다. 그것은 눈에는 보이지 않는다. 또 딴 사람의 눈에는, 이유는 전혀 없다. 그러나 연구실에 있을 때 나는 웬일인지 숨이 가빠져서 견딜 수가 없다.[18]

　그가 일본인들 앞에서 일본어로 말을 해야 하는 특정한 상황에서만 말

---

17 김학영, 앞의 책, 15면.

18 위의 책, 18면

더듬이가 되는 것은 일종의 사회공포증이다. 사회공포증이란 특정한 대인관계나 사회적 상황에서 남을 의식하여 불안이 생기는 것으로 이것은 불안장애의 일종이다. 그의 경우는 남 앞에 나가 발표할 때 겪는 장애이기에 연단공포증이라고 부를 수 있다. 그렇다고 해서 일본인 동료들이 그를 따돌리거나 괴롭히는 것은 아니다. 어디까지나 실험실의 분위기에 융화되지 못하는 것은 그 자신이며, 그 스스로 이방인 의식에 사로잡혀 있다. 말이 제대로 발화되지 못하니 타자의식에 사로잡혀 소외감을 겪는 것은 당연한 일이다. 그는 "사람과 사람의 관계를 매개하는 것은 말이다. 사람과 만날 때마다 교환되는 것은 말이며, 그것이 거의 전부이다"라고까지 생각한다. 그런데 말더듬으로 인한 의사소통 장애가 주는 불편함은 말할 필요가 없거니와 남에게 이해받지 못하는 인간적인 소통의 장애는 그로 하여금 불편을 넘어서서 깊은 슬픔을 느끼게 한다. 그리고 그 슬픔이 심각한 우울증을 유발한다.

> 실제 그것은 뭐라고 할 무게일까! 이런 때는 유별나게 모든 것이 울적하고, 모든 일이 매우 귀찮게 느껴진다. 걷는 것도 울적하고, 밥을 먹는 것도 울적하고, 전차를 타고 연구실에 가는 것도 울적하고, 의욕도 없는 실험에 체력과 신경을 닳게 하는 것 등은 더더구나 울적하고, 호흡하는 것조차도 울적하다는 느낌이다.[19]

우울증은 스트레스로 인해 발생하는 심리적 결과로서, 전문적 용어로는 조울정신병(mannic-depressive psychosis)이라는 정신장애이다. 사실 우울증의 가장 심각한 증세는 자살이다. 이 작품에서 '자살'의 문제는 주인

---

19 위의 책, 45면.

공의 자살충동과 실제작가 김학영의 분신이기도 한 이소가이의 자살을 통해서 나타나고 있다.

(2) 민족콤플렉스가 유발한 분노와 무력감

그러면 왜 일본인 앞에서 그는 말을 더듬으며, 타자의식을 느끼는가? 무엇이 그로 하여금 이방인 의식을 느끼게 하는가? 그것은 그가 일본에서 태어나 자라고 교육받았음에도 일본인이 될 수 없으며, 그렇다고 하여 한국인으로서의 뚜렷한 정체성도 가질 수 없기 때문이다.

그는 재일한인 1세대처럼 확고한 민족의식을 가질 수가 없다. 그의 "한국인 의식은 항상 관념으로서의 민족의식이지 실감으로서의 그것이 아니다." 왜냐하면 그는 "일본에서 태어나, 그리고 유치원에서 대학까지 쭉 일본"에서 다녔으며, "한국에서 떨어진 곳에서, 또는 격절된 곳에서 자라났"기 때문이다. 자연히 그는 "한국의 일에 소홀하고 또 민족의식도 희박"할 수밖에 없다. 그는 희박해진 민족의식을 학습을 통해서 회복, 아니 각성시키려 한다. 그가 회복하려는 민족의식이란 "나 자신이 한국인이고 일본인이 아니란 것을, 아무리 일본인처럼 행세하고 일본인과 같은 기분으로 살고 있어도 결코 일본인이 아니란 것을 자각"하는 것이다.

그런데 그가 "한국사, 해방투쟁사, 남북한의 시사문제에 관한 잡지" 등의 책을 읽으며 한국에 대해서 의식적으로 알려고 노력하면 할수록 그의 의식은 묘하게 우울하고 기분이 무거워진다. 왜냐하면 한국에 대해서 알면 알수록 과거 한국의 비참한 역사와 그 연장선상에 있는 현재 자신의 존재를 자각하게 되기 때문이다.

그런데 전차 속에서 책을 읽을 때마다 나는 매일처럼 나 자신이 한국인이란 것이 새삼스럽게 느껴져 생각하게 된다. 그리고 묘하게 우울해지고 기분이 무거워진다.

왜 그럴까?―그것은 그 한국관계의 책이란 것이 꼭 한국 민족의 비참한 역사에 붓을 대고 한국인 동포문제가 극히 가까운 과거까지 억압되고 학대의 상황 속에서 살아와 오늘날 현재도 아직 비참과 고뇌 속에 살고 있다는 것, 그리고 나 자신이란 존재가 실은 그런 상황의 위에 서 있다는 것, 과거에 그들이 체험하고 지금도 아직 체험하고 있는 것은 자신과 무관계한 나라 사람의 체험이 아니고, 도리어 자신과 대단히 밀접한 관계에 있는(또는 밀접한 관계에 있어야 할) 동포의 사실이란 것, 그런 것들을 나는 새삼스레 알게 되어 충격을 받고 생각게 되었기 때문이다.[20]

도대체 독서를 통하여 알게 된 포스트식민의 현재와 식민지 과거의 실상은 어떠한가? 광복 후 60만 재일한인들은 '외국인등록증'을 소지하지 않았다고 범죄가 성립되는 비인도적 '외국인등록법', '출입국관리령', '강제퇴거명령', '불신청죄' 등으로 엄청난 차별을 받았다. 외국인등록령 위반으로 체포·가택수사된 재일한인은 18만 9백 명이며, 그중 60%가 형벌을 받은 것을 비롯하여, 일본 헌법이 보장하고 있는 묵비권의 행사와 같은 법적 권리조차 행사할 수 없는 법적 차별하에 한인들은 놓여 있었던 것이다.

재일한인이 받는 차별은 법적 차별만이 아니다. 재일한인에게 세금은 일본인 이상으로 엄격히 부과되지만 생활보호의 할당은 적으며, 공영주택의 입주도 허락되지 않고, 주택공단자금도 대부받지 못한다. 그들은 건강보험, 실업보험 등 각종 사회보장제도로부터도 차별받고 소외되어 있다. 일본인으로 살아갈 수 없도록 각종 사회적 차별을 가하면서도 일본은

---

20 위의 책, 51~52면.

재일한인에 대한 한국의 민족교육을 금지하고, 국적 선택의 자유도 빼앗으며, 조국에의 왕래도 규제한다. 재일한인이 겪고 있는 각종 차별과 억압을 독서를 통해서 명확하게 인식하게 된 그는 반문한다. 이런 모든 차별이 지난날 한국을 침략하여 착취한 데 대한 보상인가라고…….

> 이것이 일본인의 한국인에 대한 '보상' 이었던가? 지난날에 한국 농민에게 방대한 토지를 빼앗고, 한국인 노동자를 일본인의 3분의 1이하의 싼 임금으로 혹독하게 부려먹고, 관동대진재 때는 6천 수백 명의 한국인을 학살하고, 또 태평양전쟁 중에는 한국 안에서 4백만 명 남짓의 한국인을 징용하고, 72만 수천 명을 일본 '내지' 로 강제 연행하고, 6만 명 이상을 사망시키고, 더욱이 '동화정책' 에 의하여 한국인의 민족성을 말살하고, 한국인을 비한국인화 하고, 아亞일본인화하여 일본의 노두路頭에 내던졌던 일본 국가전력의 이것이 한국인에 대한 '보상' 이란 말인가?－조용한 그러나 뿌리 깊은 곳에서 솟아 나오는 분노가 차츰 나의 내부에서 충만된다.[21]

현재 재일한인에게 가해지고 있는 법적 사회적 차별과 과거 일제가 한국에 가한 침략, 학살, 징용, 강제연행, 민족성 말살과 같은 역사를 알게 되었을 때, 그는 "조용한 그러나 뿌리 깊은 곳에서 솟아나오는 분노"를 느끼게 된다. 그의 내부의 뿌리 깊은 곳에서 우러나오는, 일본을 향한 민족적 분노가 이토록 충만한데, 일본인들과의 관계가 결코 원만할 리 만무한 것이다. 단순히 그가 일본인이 아니라는 타자의식에서만 일본인 동료들과 이방인처럼 겉돌았던 것이 아니었던 것이다.

> "아무튼 내겐 노다씨가 말하는 것 같은 민족적 콤플렉스는 적어도 지금은 없네. 난 오히려 다만 한국인이기 때문이란 이유만으로 한국인을 멸시하는 일

---

21 위의 책, 55면.

<blockquote>본인, 그런 우월한 일본인을 경멸하는 데서부터 출발하려고 생각하거든. 많은 일본인 중에 한국인에 대한 편견의 감정이 남아 있는 건 사실일지도 몰라. 하지만 그건 이유 없고 근거 없는 거야. 식민지 시대의 한국인 우민화 정책의 잔재야."[22]</blockquote>

더구나 일본인의 재일한인을 멸시하는 민족적 편견과 불가시적인 차별이야말로 그로 하여금 뿌리 깊은 이방인 의식에 사로잡히게 만들었던 것이다. 일본인의 그릇된 우월감을 지적하는 그의 말은 백번 옳은 것이지만 단지 그것은 공허한 외침에 지나지 않는다. 왜냐하면 그는 말로써 일본인을 설득할 수 없기 때문이다.

일본인과 융화될 수 없는 진짜 이유, 그들과의 관계에서 말이 제대로 발화되어 나오지 않고 말더듬이 유발되는 진짜 이유는 무엇인가? 그것은 과거 식민지시대 일본이 한국에 대해 저지른 만행과 현재 재일한인들에 대한 법적 사회적 차별에 대한 억압된 분노, 그리고 그릇된 우월감을 가진 그들을 설득할 수 없다는 무력감 등 민족콤플렉스가 총체적으로 작용하여 말더듬과 같은 신체적 장애로 나타나게 된 것이다. 이것은 일종의 전환(conversion)이다. 전환이란 심리적 갈등이 신체감각기관과 수의근육계의 증세로 표출되는 것을 말한다.[23]

재일한인 2세로서 "일본인과 거의 다르지 않은 심정으로 둘레를 보고, 듣고, 경험하며 날을 보내"며 일본인과 다를 바 없는 일상생활을 영위한다고 하더라도, 부정할 수 없는 한국인으로서의 민족의식이 그로 하여금 정체성의 갈등에 휘말리게 하며, 우울증에 빠져들게 하고, 말더듬을 유발

---

22 위의 책, 96면.
23 이무석, 『정신분석에로의 초대』, 이유, 2003, 201면.

시켰던 것이다. 그것은 일본에서 조센징이라는 차별받는 존재로서 피할 수 없는 근원적 외상이며, 거대한 좌절이다.

그런데 그가 한국인으로서의 민족의식을 각성하려고 했을 때에 접할 수 있는 책은 온통 일본서적뿐이다. 일본인이 일본인을 위해서 쓴 책을 읽고, 일본인이 일본인을 위해 구성한 한국담론을 읽고 한국을 배워야 하는 아이러니는 부끄러워해야 할 일이지만 그것이 재일한인 2, 3세가 겪는 보편적 현실임을 어쩌랴. 그들은 한국 책을 접할 수도 없고, 한국어를 읽거나 말할 수도 없는 불행한 세대가 아닌가.

주인공은 말더듬의 괴로움을 잊기 위해 알코올로 도피하여 보지만 성공하지 못한다. 또한, 현재 그가 유일하게 위안을 느끼는 이소가이의 여동생 미찌꼬와의 성애를 통해 잊고자 하지만 역시 자기구원에 실패한다. 그의 말더듬으로 인한 고통을 미찌꼬는 알지 못한다. 아니 미찌꼬가 아는 것을 그는 굴욕이라고 생각한다. 그것은 인간이 근본적으로 고독한 존재이기 때문만은 아니다. 일본인인 미찌꼬가 재일한인으로서 그가 겪는 정체성 갈등과 그로부터 유발되는 말더듬의 고통을 결코 이해할 리 없기 때문에 그는 말하지 않는 것이다.

유숙자는 이 작품이 보여주고 있는 인간존재의 고독과 쓸쓸함은 개인의 영역에 머무르지 않고, 인간 보편의 삶의 고독과 쓸쓸함으로 표출하였다는 점에서 일본 근대문학의 독특한 장르인 사소설의 전통과 잇닿아 있다고 논평한 바 있다.[24] 하지만 이 작품에서 보여주는 고독은 결코 보편적 인간으로서 겪는 고독이 아니며, 따라서 일본 사소설의 전통을 계승하고 있는 것도 아니다. 그것은 법적 사회적 차별과 불가시적 편견 속에서

---

24 유숙자, 「김학영론」, 앞의 책, 234~252면.

살아가는 재일한인 2세로서 겪는 민족적 소외이고, 고통이다. 김학영은 "말더듬이를 따지고 들어가면, 왜 한국인이면서 일본으로 흘러 들어와 살게 되었느냐는 문제에 봉착하게 되고, 그 근원을 찾다보면 민족문제에 이르게 된다"[25]라고 밝힌 바 있다.

(3) 자살의 의미

이 작품에서 주인공은 이소가이의 자살에 대해 "나는 딴 남이 죽었다 기보다도 내 자신 속의 일부가 죽은 듯한 기분이었다. 그가 나와 같은 말더듬이었기 때문인지도 모른다. 그래서 그의 속에 나 자신을 발견하고 있었는지 모른다"[26]라고 동일시 감정을 강하게 느낀다. 그는 영어시간에도 이소가이가 제대로 읽지 못하고 더듬거리자 자신이 더듬고 있는 것처럼 부끄러움을 느끼며 대신 읽어주고 싶어 할 정도로 동일시감정을 느낀 적이 있다. 그가 이소가이에 대해서 강한 동일시감정을 느낀 이유는 같은 말더듬이로서의 동병상련만이 아니라 그가 한국인인 그를 편견 없이 대해 주었기 때문이다. 이소가이 역시 주인공을 유일한 친구로 여기며, 그가 자살했을 때 유서 한 장 남기지 않았지만 그의 앞으로는 대학노트에 쓴 일기를 남긴다.

'자살' – 이 말은 실제 내게 있어서 얼마나 매력 있는 말일까. 나는 나의 속에 생각을 은밀히 잠기게 할 때, 언제나 내 가슴 내부의 바닥의 골짜기를 소리도 없이 흐르고 있는 투명한 흐름의 밑바닥에 이 두 글자가 금빛의 휘황한 빛을 내뿜으면서 잠잠히 누워 있는 것을 본다네.

자살은 언제나 내 가슴속에 있었지. 언제든지 죽을 수 있다. 언제든지 숨통

25 김학영, 하유상 역, 『소설집 – 얼어붙은 입』, 화동출판사, 1992, 205면.
26 김학영, 하유상 역, 『얼어붙은 입』, 『한국문학』 1977년 9월호 별책부록, 14면.

을 끊을 수가 있다—나의 삶을 오늘까지 지탱해온 것은 오직 그 관념이고 그리고 오직 그것뿐이었다.[27]

노트에서 이소가이는 이미 두 차례나 자살을 시도한 적이 있는 자살예찬론자임이 드러난다. 그는 말더듬으로 인해서 자신을 남에게 이해시키는 일은 불가능하며, 또한 이해시킬 필요도 없다고 생각하는 자폐적 상태의 대인공포증에 빠져 있었다(이 점에서 주인공과 이소가이는 닮았다). 그런 그가 주인공에게 노트를 남기며, 그에게 관심을 갖게 된 이유를 그가 '최' 씨 성을 가진 한국인 남자이기 때문이었다고 고백한다. '최'라는 인물은 이소가이로 하여금 한국인에 대한 좋은 인상을 각인시킨 인물이다. 즉 그의 자살한 어머니와 관련된 남자가 '최'였던 것이다. 아버지의 가정폭력에 만성적으로 시달리던 어머니는 아버지의 동료였던 '최'의 친절과 다정함에 마음을 주고 있었다. 그 때문에 아버지는 '최'를 폭행했고, 어머니는 철도에서 자살을 하고 만다. 하지만 이소가이는 어머니를 죽인 것은 아버지라고 생각한다. 즉 아버지의 폭력을 견디다 못해 어머니는 자살했다고 여긴다. 이소가이는 자신이 사랑하는 어머니에게 폭력을 행사하는 아버지(할아버지)를 증오하고, 그에 대해 살부충동을 느끼는, 오이디푸스 콤플렉스를 가지고 있었다.

　나의 아버지는 거의 학문이 없네. 할아버지가 주태배기라 그 술값 때문에 어렸을 때 아버지는 늘 가난하고 학교에도 만족하게 가지 못한 거야. 아버지는 불학무식하고 우매하지만 그 책임의 태반은, 그러니까 할아버지에게 있다고 할 수 있을지도 모르지. 그렇다면 어머니를 죽게 한 것은 아버지의 우매함에 있었다면 그 아버지의 우매함에 책임이 있는 할아버지는 어머니의 죽음에도

---

27 위의 책, 122면.

책임이 있는 것이 되겠지. 나는 그렇게 생각하고 있어. 그러니까 나는 아버지
와 더불어 할아버지도 격렬하게 증오하고 있다네.[28]

자기혐오와 아버지(할아버지)에 대한 증오심에 빠진 이소가이는 고등
학교시절 매춘부를 찾아다니며 얻은 성병과 결핵을 치료하지 않은 채로
방치한 결과 병이 위중해지자 어머니의 명일命日을 택해 자살한다. 그는
과거에도 두 차례나 어머니의 슬픔 때문에 죽으려고 했지만 이번에는 자
신의 쓸쓸함 때문에 죽는다고 노트에서 적고 있다.

오이디푸스 콤플렉스를 극복하지 못한 이소가이의 자살은 어머니를 자
살로 내몬 아버지에 대한 살부충동을 실행할 수 없어 그 자신을 살해한
것이다. 자살이란 타인에 대한 살해충동을 자기 자신에게 향하게 만드는
자기에로의 전향(turning against self)의 가장 극단적인 형태이다. 자기에로
의 전향이란 공격적인 충동이 다른 사람이 아닌 자기에게로 향하는 것을
말한다.[29] 아버지와 할아버지를 증오하는 이소가이는 병든 할아버지가
물을 달라고 애원하지만 그가 빨리 죽기를 바라 그것을 거절해버린 적도
있다.

말더듬은 작가 김학영이 직접 겪은 장애로서 그는 「눈초리의 벽」이란
작품에서도 말더듬 문제를 그려냈다. 작가는 『얼어붙은 입』에서 주인공
최규식과 그의 친구 이소가이를 말더듬이로 설정하고, 이소가이를 동일
시(identification)하는 주인공의 심리를 통해 자살에 대한 감추어진 내적 충
동을 간접적으로 드러냈다.

"작가 자신의 말더듬과 관련한 내면세계를 '나'와 이소가이로 양분해

---

28 위의 책, 126~127면.
29 이무석, 앞의 책, 175면.

서 형상화한 것으로 볼 수 있다"[30]라고 한 논평처럼 나와 이소가이는 서로가 분신이며, 동전의 양면처럼 닮아 있다. 주인공은 말더듬을 벗어나기 위해 노력하지만 실패하고, 이소가이는 아예 자살을 한다. 하지만 주인공도 무의식의 심층에서 자살을 동경한다. 그는 말더듬을 벗어나는 '망아의 경지'를 꿈꾼다.

> 망아忘我의 경지−내게 있어서 그 망아의 경지란 결국 말더듬거림을 잊고 있을 때의 경지인 것이다. 말더듬거림에 얽힌 불길한 기억에서 해방될 때, 말더듬거림의 공포에 질린 신경이 조용히 그 상처를 남길 때, 그 나를 잊고 있을 때야말로 나는 참된 나 자신에 되돌아온다.[31]

자살이란 말더듬의 굴욕적 현실을 벗어나는 유일한 통로인 셈이다. 휘황찬란하게 빛나는 금빛 광선이 원추형으로 그를 둘러싸고 있고, 그 속에서 신이나 이소가이처럼 생각되는 정체불명의 존재가 그를 따뜻하고 보드라운 광선으로 에워싸고 고무하는 듯하여 눈물이 뚝뚝 떨어지는, 작품 서두에 나타나는 꿈의 감추어진 의미는 바로 주인공의 자살에 대한 잠재된 욕망, 무의식에 대한 묘사이다.

이 작품에서 이소가이는 작가 김학영의 분신이라고 하여도 무방할 만큼 여러 측면에서 작가의 자전적 체험들을 반영하고 있다. 김학영은 이소가이와 마찬가지로 말더듬이이며, 김학영의 할아버지는 작중의 할아버지로, 그의 자살한 할머니는 자살한 어머니로 작품 속에 투영되어 있다. 그리고 무엇보다도 폭력적인 아버지야말로 자전적 경험을 반영하고 있다.

---

30 김환기, 「김학영의 《얼어붙은 입》론」, 『일어일문학연구』 39, 한국일어일문학회, 2001. 11, 273면.
31 김학영, 앞의 책, 47~48면.

작중의 이소가이처럼 작가 김학영도, 폭력적이었지만 가족부양의 책임감 만큼은 강했던 아버지와 화해를 이루지 못한 채 자살로 생을 마감했다. [32]

김학영은 『얼어붙은 입』뿐만 아니라 「도상」, 「유리층」, 「알콜 램프」 등 여러 작품에서 아버지의 폭력문제를 다루었다. [33] 그러면 왜 폭력적 아버지인가? 이에 대한 대답은 가족 내의 권력과 국가권력의 구조가 상동성을 지니며, 가족은 국가의 축소판이기 때문이다.

> 가족의 구조와 국가의 구조는 상동성을 가진다. 또한 한 국가 내의 군국화와 중앙집권적 권위는 아버지의 권위를 자동적으로 출현시킨다. 비단 유럽뿐만 아니라 기타 다른 모든 나라에서도 문명화되었거나 문명화되고 있는 가족이라는 개념은 국가의 축소판으로 작동한다. [34]

폭력적 아버지는 재일한인에 대해 폭력적인 일본과 상동성을 지니며, 가정폭력은 일본이 한국인에 가한 국가적 폭력을 전치시킨 것이다. '종로에서 뺨 맞고 한강 가서 눈 흘긴다'는 속담처럼 전치(displacement)는 이 경우 어떤 생각이나 감정 등을 표현해도 덜 위험한 대상에게 옮기는 것을 말한다. [35] 즉 재일한인에 대해서 폭력적인 일제에 대해 직접 반항할 수 없기 때문에 가정폭력을 통해서 일제의 폭력에 대한 분노를 방어하고자 하는 메커니즘이 작동한 것이다. 이것이 폭력적 아버지에 대한 해석이다.

---

32 이한창, 「재일동포문학에 나타난 부자간의 갈등과 화해」, 『일어일문학연구』 60, 한국일어일문학회, 2007. 1, 65면.
33 이한창, 위의 논문, 59면.
34 프란츠 파농, 앞의 책, 180면.
35 이무석, 앞의 책, 175~176면.

3) 이양지의 「나비타령」의 정체성 갈등과 승화

(1) 이양지의 생애

이양지(1955~1992)의 「나비타령」뿐만 아니라 전 작품이 자전적 성격을 띠고 있기 때문에 조금 상세하게 그녀의 개인사를 알아볼 필요가 있다.

이양지는 1955년 후지산 아래의 야마나시현에서 태어났다. 그녀의 부친은 1940년에 제주도에서 일본으로 건너가 선원 등 여러 직업을 전전하다 비단행상을 하게 되어 야마나시현에 정착하게 된다. 그리고 그녀가 9세 때에 일본에 귀화하게 된다.

이양지는 주변에 한국사람이 한 사람도 살지 않고, 김치를 한 번도 먹어본 적이 없으며, 한국말을 들을 기회도 전혀 없는 환경에서 한국인이라는 것을 전혀 못 느끼면서 자랐다. 그럼에도 언제부턴가 '조센징'이라는 사실을 하나의 큰 흉과도 같이 느끼게 되고 부정적 사실로 받아들이게 되었다고 고백한다. 즉 '눈에 보이지 않는 차별'로 인하여 자신의 재일한인의 위치에 대하여 열등감을 느끼게 된다.

자신이 한국인이라는 열등감과 장래에 대한 불안, 그리고 부모의 불화와 이혼소송에 대한 갈등으로 고등학교를 다니다가 가출한 그녀는 1년 동안 여관에서 일하다가 여관주인의 주선으로 교토의 오키고등학교에 편입하게 된다. 여기서 일본사를 가르치던 선생님으로부터 일제식민통치의 실체를 알게 되고, 재일한인의 역사성을 깨닫게 된다. 그리고 민족에 대한 애착과 관심이야말로 스스로의 정신적 주체성과도 직결되는, 존재에 있어서의 중심적 과제임을 절감하게 된다.

그녀는 1975년에 와세다대학에 입학한 후 재일한인 학생서클인 '한국문화연구회'에 가입하게 된다. 그런데 여기서 그녀는 자신이 일본국적을 가진 데 대한 동포사회의 냉정한 반응에 부딪치게 되고, 너무나 관념적이고 정치적인 토론에 의문을 갖게 되어 결국 학교를 중퇴하게 된다.

그녀는 대학 입학 후 민족 악기인 가야금을 접하게 되어 이를 본격적으로 배우고 싶다는 열망으로 1980년에 한국에 유학을 오게 된다. 김숙자 선생의 살풀이춤을 보고난 후 무속무용을 배우는 한편 재외국민교육원의 1년 과정을 마친 후 1981년 말에 서울대학교 국어국문학과에 입학하게 된다. 서울대 졸업 후 그녀는 이화여대 대학원 무용과에 입학하여 한국무용을 배우는 등 한국인으로서의 자신의 정체성을 온몸으로 파악하고자 하는 열정을 보였다.[36]

그의 등단작인 「나비타령」(1982)은 발표되자마자 아쿠타가와상 후보로 올랐으며, 『유희』(1989)로 마침내 제100회 아쿠타가와상을 수상하게 된다. 하지만 「돌의 소리」(미완의 유고작)를 집필하던 중 일시 귀국한 일본에서 짧은 생애를 마치고 갑작스럽게 죽게 된다.

(2) 정체성 갈등이 빚어낸 피해망상과 살해충동

등단작 「나비타령」(1982)은 자전적 소설로서 두 개의 큰 갈등이 자리 잡고 있다. 하나는 부모의 불화로 이혼소송에 따른 갈등이며, 다른 하나는 자신이 조센징이라는 데 대한 정체성의 갈등이다. 이 두 가지의 갈등은 작가 이양지의 경험적 자아가 가졌던 갈등과 일치한다.

고등학교를 중퇴하고 가출한 1인칭의 주인공 김애자(일본명 아이꼬)는 부모의 이혼소송에 따른 문제를 "지루한 시간, 재판, 별거, 이혼, 위자료, 재산분배, 친권자"와 같은 단어로 압축한다. 그는 재판에 참고인으로 출

---

36 이양지, 「모국유학을 결심했을 때까지」, 『한국논단』 16, 1990. 12, 214~231면.

두하는가 하면 서로에 대한 증오심으로 가득 찬 부모 양측으로부터 서로를 비방하는 말을 들어야 한다. 그녀는 큰오빠인 뎃짱과의 대화에서 자신들의 집을 "구제받지 못할 집"으로 표현하는가 하면 "난 우리 부모의 자식이 아니었으면 좋겠어"라고 말하고, 몇 차례의 자살까지도 시도한다. 자식들은 부모 양편으로 갈리고, 부모 두 사람 사이에서 겪는 정신적 갈등으로 가출까지 하지 않을 수 없었던 극심한 고통과 갈등이 다음과 같이 그려진다.

> 아버지와 어머니가 내뿜는 생명력, 이들 두 개의 커다란 자력에 끼여 균형을 잡지 못한 채 나는 엎드려 아버지와 어머니를 쳐다볼 수밖에 없었다. 조그마한 자존심과 자기주장이 죄어오는 자력 사이에서 일그러지고 위축되어 간다. 나는 몸을 잡아 뽑듯이 집에서 뛰쳐나왔다. 크게 구멍이 뚫린 종업원실의 천장, 습기 찬 이불…….[37]

주인공은 지방법원이 어머니에게 패소판결을 내리기까지 5년이나 걸린 이혼소송에 "그럼 별거 같은 걸 하지 말고 빨리 헤어지면 좋잖아요?"라고 반응하는가 하면 증인으로 출두한 고등법원의 법정에서 모든 것을 파괴하고 싶은 충동에 사로잡힌다.

> 아버지와 자식, 어머니와 자식, 혈연, 골육, 그게 도대체 어쨌단 말인가. 나는 배우처럼 증인석에서 주어진 배역을 연기할 뿐이다. 법정도 법원도 '니혼'도 무엇도 모조리 먼지처럼 날려버리고 내 몸도 사라져버리면 그만이다—.[38]

가출한 주인공은 교토의 여관종업원이 되는데, "교오또의 이 작은 여

---

37 이양지, 「나비타령」, 『유희』, 삼신각, 1989, 295면.
38 이양지, 위의 책, 322면.

관에서도 나는 여전히 엎드린 채 쥐가 떨어져 내리는 검은 천장을 겁먹은 눈으로 쳐다보고 있는 것이었다"에서 보듯 여기서도 자신이 조센징이라는 사실을 들킬까봐 전전긍긍한다. 이때 그녀가 느끼는 감정은 파농의 지적처럼 일본인에 대해서 갖는 일종의 열등감이다. 그녀는 자신이 조센징이라는 사실이 여관에 알려지자 여관을 그만두고 2년 만에 집으로 돌아온다.

> 두려움은 끊임없이 나를 엄습해왔다. 비록 여관을 그만둔다 하더라도 내가
> 조센징이라는 것은 어디를 가나 따라다니는 것이 사실인 것이다.[39]

그녀는 자신이 일본인이라 생각하며 살고 있다는 뎃짱 오빠에게 "귀화해도 조센징은 조센징이야. 그렇게 간단하게 니혼징日本人이 될 순 없어"라고 대꾸한다. 실제로 여관에서 일본인들이 조센징을 경멸하는 말을 수차례나 들었기 때문에 민족정체성이란 단지 국적의 문제만이 아니라는 것을 주인공은 실감했던 것이다. 그것은 귀화를 했든 그것을 거부했든 근원적인 혈통의 문제로 인식된다. 그녀는 일본여자에 빠져 이혼소송을 제기한 아버지에게 왜 일본에 귀화했느냐고 따져 묻는데, 이 질문에는 와세다대학 재학시절 경험했던 귀화인에 대한 동포사회의 냉정한 분위기가 반영되어 있다.

그런데 주인공은 민족의 악기인 가야금과의 만남을 통해서 말만의 우리나라(민족)가 아니라 진정한 우리나라(민족)와 만나는 느낌을 받는다. 가야금을 배우는 한 선생 댁의 "방안에서 풍기고 있는 어렴풋한 마늘 내음, 김치빛깔, 세워둔 가야금을 바라보면서 끊임없는 장단(리듬)에 빠져

---

39 위의 책, 299면.

갔다"고 고백하고 있듯이 민족이란 관념적 추상적인 것이 아니라 감각적인 것, 문화적인 것으로 인식하며, 마늘 냄새, 김치, 가야금 등을 통해서 일체감을 느끼게 된다. 하지만 연습을 마치고 거리로 나오면 그 감동은 사라지고 보이지 않는 일본의 집요한 압박과 간섭에 숨이 막힌다.

> 한 선생 댁에서 몇 시간을 지낸다는 것은 내게 있어서 우리나라였다. 그곳에 선 아무리 큰소리로 노래를 불러도 좋았다. 두 시간, 세 시간, 연습이 끝나도 나는 집으로 돌아가고 싶지 않다. 방안에서 풍기고 있는 어렴풋한 마늘 내음, 김치빛깔, 세워둔 가야금을 바라보면서 끊임없는 장단(리듬)에 빠져 갔다.
> 하지만 연습이 끝나고 한 걸음 바깥으로 나온다. 횡단보도를 건넌다. 야마노떼선(山水線)의 가죽손잡이에 매달린다. 정신을 차리자 내 몸에서 장단도, 산조도, 선율도 사라지고 없었다.[40]

즉 한 선생 댁의 한정된 공간에서 느끼는 편안함, 그리고 가야금이 주는 일체감과 감동은 길거리로 나오면 금방 사라지고 마는데, 일본국적을 가진, 일본에서 생활하는 생활인으로서의 정체성이 그를 더욱 욱죄어오기 때문이다. 그 압박감은 급기야 일본인에게 피살당하는 피해망상(delusions of persecution)과 환각으로까지 발전한다. 일본인에게 피살당하는 망상과 환각은 일본인을 죽이고 싶다는 내면적 동기를 왜곡하여 역으로 일본인이 자신을 죽일지도 모른다고 일본인을 향해 투사한 것이다. 피해망상이란 편집증의 일종으로 다른 사람이 자기를 해칠 음모를 꾸미고 있다고 믿는 것이다. 그리고 이 피해망상은 투사(projection)의 극단적 형태로서, 타인을 적대하려는 자신의 내면적 동기를 세상 사람들을 향해 투사하는 것이다. 즉 투사란 불안과 스트레스를 덜 느끼기 위하여 무의식적

---

40 위의 책, 309면.

으로 사용하는 심리적인 방어 메카니즘의 일종이다.[41]

> 니혼징日本人에게 피살당한다. 그런 환각이 시작된 것은 그날부터였다. 만원 전차를 탔을 때는 한 역씩 폼에 내려 상처가 없음을 확인하고 다시 전차를 탔다. 홍수 같은 사람의 무리에 밀리며 역 층계를 내려갔다. 여기서 피살되어 나는 피투성이가 된 채 객사하는 것이다. 겨우 무사히 내려갈 수 있다고 해도 다시 층계를 올라가지 않으면 안 된다. 뒤에서 달려 올라오는 인파. 내가 층계를 하나 오르는 순간, 아래 있던 누군가가 내 아킬레스건을 끊는다. 나는 니혼징들에게 깔려 질식당한다. 어두운 영화관도 공포였다. 좌석에서 불쑥 나온 후두부가 날붙이에 찔려 머리가 잘린다고 느껴져 제대로 영화도 보지 못한 채 밖으로 뛰어나온다.[42]

일본인으로부터 피살당하는 공포심과 환각은 일본인을 죽이고 싶다는 살해 충동으로 바뀌어져 주인공의 심리를 압박한다. 살해당할지도 모른다는 피해망상과 일본인을 죽이고 싶다는 살해충동에 사로잡힌 주인공의 양가적 심리상태는 거의 정신병의 경계에 도달해 있다. 이를 통해 재일한인 2세들이 한국과 일본, 두 나라의 틈새에서 얼마나 극심한 정체성의 혼란과 갈등을 느끼고 있는가가 잘 드러난다. 그리고 이러한 피해의식을 「해녀」(1983)에서는 관동대지진 때 일본인이 조선인을 무자비하게 학살했던 것처럼 또 다시 학살하지 않을까 노심초사하는 피해의식으로 나타나고 있다.[43]

정신적 혼란에 빠진 주인공은 자신의 이름을 일본명 '아이꼬'가 아니

41 Kagan & Havemann, 김유진 외 공역, 『심리학개론』, 형설출판사, 1983, 394면.

42 이양지, 「나비타령」, 앞의 책, 312면.

43 김환기, 「이양지 문학론－현세대의 '무의식'과 '자아' 찾기」, 『일어일문학연구』 43, 한국일어일문학회, 2002, 300면.

라 '애자' 라고 불러달라고 하며 스무 살 연상의 유부남인 마쓰모또와의 성애로 도피한다. 이 불륜관계에는 "니혼日本 남자를 범하고" 싶은 왜곡된 의도가 작용하고 있다. 그래서 이름을 한국식 본명으로 불러달라고 했던 것이다. 그러나 그녀는 그와의 성애에도 진정으로 몰입할 수 없다. 리비도의 집중에 방해를 받는 것이다. 이것은 강박적으로 애무를 반복하는데서 역설적으로 드러난다.

> 그날 밤, 마쓰모또는 졸립다는 듯 눈을 가늘게 뜨고 내 머리카락을 쓰다듬었다. 그는 싫증이 난 듯한 숨을 쉬었다. 몸의 움직임을 그치자 머리맡에 있는 스탠드가 지익지익 울린다. 그 전기소리가 귓가에서 웬일인지 나를 비웃는 것같이 들리는 것이다. 나는 애무를 계속한다. 내가 소심하지 않다는 것을 또 하나의 나에게 보이려는 듯이. 내 몸은 뜨거워지고 안달 같은 것이 땀이 밴 한숨으로 변한다. 마쓰모또는 언제 끝날지도 모르는 나의 애무의 요구를 수상하다는 듯이 보고 있었다. 그 눈이 연민의 안타까운 눈으로 보여 난 수치심으로 몸을 떼었다. 머리끝까지 꿰뚫는 수치심으로 나는 베개에 얼굴을 묻었다.[44]

한국인으로서의 정체성을 찾고 싶었던 주인공에게 민족의 악기인 가야금이 민족문화의 상징으로 인식되는 반면, 일본남자 마쓰모또에게는 "가야금을 들고 있으면 네 살결이 생각 나"처럼 성적인 코드로 변질되어버린다. 마쓰모또에게 그녀는 오로지 성적 대상인 아이꼬에 불과했던 것이다. 유부남의 애인으로 존재하는 자신에 대한 자의식, 부모의 지루한 이혼소송, 둘째 오빠 가즈오가 식물인간이 되어버린 불행, 아버지에 대한 증오심 등으로부터 벗어나기 위해 주인공은 "한국에 안 가면 죽어버릴 것 같아요. 일본에서 도망치는 거예요. 이젠 모두가 넌더리가 나 싫어요,

---

44 이양지, 앞의 책, 317면.

일본은……"이라고 말하며 마쓰모또를 떠나 한국으로 간다. 그렇지만 한국에서 그녀는 또 다른 갈등과 마주친다.

> '일본'에도 겁내고 '우리나라'에도 겁나서 당혹하고 있는 나는 도대체 어디로 가면 마음 편하게 가야금을 타고 노래를 부를 수 있을까. 한편으로는 우리나라에 다가가고 싶다, 우리말을 훌륭하게 사용하고 싶다는 생각이 드는가 하면, 재일동포라는 기묘한 자존심이 머리를 들고 흉내낸다, 가까워진다, 잘한다는 것이 강제로 막다른 골목으로 밀려든 것 같아 이쪽은 언제나 불리하다. 처음부터 아무것도 없다는 입장이 화가 난다. 아무튼 좋아서 이런 얄궂은 발음이 된 것은 아니다. 25년 동안 일본에서 태어나 자랐다는 사실에 어쩔 수도 없는 결과라고 한숨 돌려본다. 그러나 여전히 나는 층계에 앉아 있다. 얄궂은 발음이 얼굴에서 불이 나듯 부끄러웠고, 층계에 앉은 채 열기를 망설이고 있었다.[45]

즉 모국인 한국에 다가가고 싶지만 모국어인 한국어를 제대로 발음할 수 없다는 자괴감과 '재일동포'라는 자존심이 대립하는 것이다. 그는 이미 일본어에 익숙해졌을 뿐만 아니라 일본식 습관이나 사고방식이 일상생활 속에서 몸에 밴, 오히려 한국어와 한국사회에 이질감을 느끼는 '재일동포' 2세대인 것이다. 일본과 한국 모두에 겁을 내며, 일본과 한국의 어디에도 속하지 않은 재일한인으로서의 자신의 이중성을 그는 "어디로 가나 비非거주자─찌그러진 알몸을 이끌고 부유하는 생물"로 인식하며 갈등에 휩싸인다. 일본에서는 일본인이 될 수 없다는 이질감을, 한국에서는 한국인이 될 수 없다는 타자의식에서 벗어날 수 없는 것이 재일한인의 근원적 갈등이다.

---

45 위의 책, 341~342면.

(3) 판소리, 가야금, 살풀이춤으로의 승화

주인공은 김 선생의 살풀이춤을 보고 숨을 쉴 수가 없는 몰입과 일체감을 느낀다. 김 선생의 권유로 살풀이춤을 추게 되었을 때, 그녀는 "살풀이의 장단은 내게 아무런 위화감을 느끼게 하지 않는다. 몸 안에 이미 있던 장단이 자연히 끌려나오는 것 같았다. 내 안에 기다리고 있던 무엇이, 애타게 기다리며 숨어 있던 무엇인가가 춤출 때를 고대하고 있었던 것이다"라고 자신의 내부에 자신도 의식하고 있지 못하는 장단이 끌려나오는 듯한 일체감을 느낀다. 그것은 한국인으로서의 집단무의식으로 존재하던 민족적 장단의 발현일 것이다. 새해가 밝은 2월 어느 날 밤 그녀는 판소리에서 득음의 경지를 체험한다. 가야금 연주에서도 좋은 음을 찾아낼 수 있을 것 같은 느낌을 받는다.

그런데 민족의 가락과 일체감을 느끼는 황홀한 그 순간에 둘째 오빠인 가즈오가 죽었다는 전화를 받는다. 새벽이 되자 그녀는 하숙집의 지붕에 올라가 살풀이춤을 춘다. 주인공은 살풀이춤을 통하여 그야말로 불행한 가족들로부터 받은 개인적 한과 재일한인으로서 자신이 겪은 민족적 한을 모두 풀어내고자 한다. 환상 속에서 춤을 추는 나비는 그녀 자신이다. 그녀에게 살풀이춤을 가르친 김 선생이 "살풀이의 살은 한, 풀이는 그것을 푼다"라는 의미를 가졌다고 설명했듯 그녀는 뎃짱 오빠에 이어 가즈오 오빠의 죽음, 이혼소송중인 부모로 인한 가족적 슬픔, 그리고 재일동포로서 겪어온 민족적 한을 살풀이춤으로 모두 풀어낸다.

> 가야금이 선율을 연주하기 시작했다. 하얀 나비가 날기 시작한다. 나비를 눈으로 따르면서 나는 살풀이춤을 추었다. 끊임없이 가야금은 율동하고 불어대는 바람 속에 수건이 날아올랐다.[46]

---

46 위의 책, 349면.

이때 "애자의 춤사위는 애절하면서 무아의 경계를 넘나드는 절박함에서 오는 자유이며 평온"을 표현한다. 그리고 이 춤은 "속세의 한을 풀어낸다는 심정에서 저편 피안의 세계를 향하고 있다. 죽은 자를 위로해줄 수 있고 자신의 의식마저 편안하게 어루만질 수 있는 세계로 다가서"[47]는 해원의 춤인 것이다. 그 후 그녀는 마쓰모또에게 이별의 편지를 보내고, 밤새 내린 비로 얼어붙은 길을 걸으면서 주위를 의식하지 않고 판소리 「사랑가」를 부르는 자신을 기쁘게 생각한다. 그녀는 얼었던 양손에 힘이 솟고 어깨가 들먹거려진다. 오랜 방황 끝에 얻은 기쁨이다. 이제 어둠과 겨울은 사라질 것이다. 한국과 일본 사이에서 겪었던 정체성의 갈등도 사라질 것이다.

이때 주인공은 한국에서 판소리, 가야금, 살풀이춤이란 한국전통예술을 통해 한국인으로서의 정체성을 찾은 것처럼 보인다. 판소리, 가야금, 살풀이춤 등은 재일 현세대의 자아적 개념과 연계되어 있다. 즉 전통 가락을 배운다는 것은 현세대의 민족적 정체성을 찾고 그들 내면의 이방인 의식을 불식시키면서 당당한 한국인으로서 살아갈 수 있는 정신적 안주처를 찾는 작업이었다.[48] 주인공은 피해망상과 살해충동의 정신병의 경계에서 벗어나서 판소리, 가야금, 살풀이춤이란 한국 전통예술, 즉 새로운 대상 리비도를 통해서 승화(sublimation)를 이룬다. 다시 말해 자신이 불안을 느끼는 내면적 동기들―재일한인으로서 느끼는 민족정체성의 갈등과 가족적 한―을 사회가 용납하는 방향인 예술―가야금, 판소리, 살풀이춤―로 승화시키는 방어기제를 사용하고 있다. 승화란 본능적 욕구나

---

47 김환기, 「이양지문학론―현세대의 '무의식'과 '자아' 찾기」, 앞의 책, 306면.
48 김환기, 「이양지 문학과 전통 '가락'」, 『일어일문학연구』 45, 한국일어일문학회, 2003, 278~279면.

참기 어려운 충동 에너지를 사회가 용납할 수 있는 형태로 바꾸어 사용하는, 건전하고 건설적인 방어기제이다. 승화는 다른 방어기제와는 달리 이드(id)를 반대하지 않으며 자아의 억압이 없고 충동 에너지를 그대로 유용하게 전용하는 것이 특징이다. 따라서 비정상적으로 리비도를 집중시켰던 유부남 마쓰모또와의 이별은 당연한 귀결이다.

「나비타령」의 주인공이 겪는 일본인으로부터 살해당할지도 모른다는 피해망상과 환각, 그리고 일본인을 살해하고 싶다는 충동은 차별받는 조센징이라는 민족콤플렉스가 발생시킨 정신병적 증세라고 할 수 있다. 그 병적 증세는 판소리, 가야금, 살풀이춤과 같은 민족문화를 배워 한국인으로서의 정체성을 획득함으로써 자연히 치유되고 있다. 예술을 통한 승화와 카타르시스가 이루어진 것이다. 이 작품은 작가의 자서전이라고 하여도 무방할 만큼 이양지의 자전적 경험들을 굴절 없이 반영하고 있다. 실제작가 이양지는 「나비타령」을 통해 소설가로도 데뷔함으로써 다시 한번 승화를 추구한다. 「나비타령」을 썼을 때의 심정을 이양지는 '재생'으로 표현한다. 적절한 표현이다.

> 습작도 없었고, 작가가 되고 싶다는 야심도 전혀 없는 채 저는 글을 쓰는 행위를 통해 하나의 재생, 바꿔 말해서 지나간 세월을 정리하면서 자기 자신을 객관화하며 다시 살아가는 힘을 얻으려고 시도하고 있었는지도 모릅니다.[49]

그런데 『유희』(1988)의 주인공 유희는 한국에서의 대학졸업을 한 학기 남겨두고 일본으로 귀국한다. 그렇다고 이 작품이 한국에서 한국인으로서의 정체성 찾기 작업에 실패하여 한국을 떠나는 재일한인의 실패담은

아니다. 재일한인이란 한국인과 일본인 어느 한 쪽에만 소속된 존재가 아닌, 이중적 정체성을 지닌 존재라는 것을 인정하고 현실을 있는 그대로 받아들이는 이야기로 읽어야 한다. 유희의 일본행은 '있는 그대로의 나의 현실', 즉 갈등과 괴리가 있는 그대로의 자신의 현재 모습을 깨닫고 인정하게 되었다는 의미인 것이다.[50] 요컨대, 『유희』는 재일한인 2세의 이중적 정체성, 즉 재일성과 한인으로서의 민족성을 동시에 껴안은 재일한인 문학의 특성을 구현한[51] 것으로 읽을 수 있다.

3. 결론

이 글은 재일한인 2세대 작가인 김학영의 『얼어붙은 입』과 이양지의 「나비타령」에 나타난 정신병리에 주목하여 이것이 재일한인 2세로서 겪는 정체성 갈등과 어떻게 연관되는지를 분석하였다.

『얼어붙은 입』에서 김학영은 말더듬, 우울증, 자살충동에 시달리는 재일한인 2세를 주인공으로 설정한다. 말더듬은 과거 식민지시대 일본이 한국에 대해 저지른 만행과 현재 재일한인들에 대한 법적 사회적 차별에 대한 억압된 분노, 그리고 그릇된 우월감을 가진 일본인을 설득할 수 없다는 무력감 등 민족콤플렉스가 총체적으로 작용하여 신체적 장애로 나타나게 된 것이다. 이것은 일종의 전환(conversion)이다. 또한, 주인공은 자살한 이소가이에 대한 동일시를 통해서 자살에 대한 내적 욕망도 드러내는데, 자살은 우울증의 가장 극단적 형태이다.

---

50 심원섭, 「이양지의 '나' 찾기 작업」, 『현대문학의 연구』 15, 한국문학연구학회, 2000, 26면.
51 변화영, 「문학교육과 디아스포라 ─ 재일한국인 이양지의 소설을 중심으로」, 『한국문학이론과비평』 32, 한국문학이론과비평학회, 2006, 9, 144면.

　　이양지의 「나비타령」은 부모의 이혼소송과 조센징이라는 데 대한 정체
성 갈등에 시달리는 젊은 여성을 그려낸다. 주인공은 가출과 유부남과의
불륜으로 현실을 도피하는가 하면, 일본인으로부터 살해당하는 피해망상
과 환각, 일본인을 죽이고 싶은 살해충동에 시달리는 등 정신병의 경계에
도달해 있다. 일본을 탈출하여 한국에 온 주인공은 모국어를 제대로 발음
할 수 없다는 자괴감과 재일동포라는 자존심이 대립함으로써 새로운 갈
등에 휩싸인다. 하지만 판소리, 가야금, 살풀이춤과 같은 민족의 전통예
술을 통해서 그녀는 가족적 한과 재일한인으로서의 민족적 한을 모두 풀
어낸다. 즉 판소리, 가야금, 살풀이춤이라는 민족예술을 통해 승화와 카
타르시스가 이루어지고, 한국인으로서의 정체성을 확고히 획득한다.

　　두 작품 다 일본사회의 차별받는 타자라는 재일한인 2세의 정체성 갈
등에서 정신병리가 발생하는 주인공을 그리고 있다. 하지만 김학영의 작
품에서는 끝내 말더듬, 우울증을 극복하지 못하는 인물을, 이양지의 작품
에서는 피해망상과 살해충동에 시달리지만 민족의 예술을 통한 승화를
통해서 갈등을 해소하고 한국인으로서의 정체성을 획득하는 인물을 그려
내는 차이를 나타냈다. 이들의 정신병리는 재일한인이 겪고 있는 법적,
사회적 차별뿐만 아니라 무의식적 차별과 억압이 얼마나 심각한가에 대
한 강한 증거이다. 그리고 일본에서 재일한인으로 살아가는 삶이 얼마나
고단한가를 웅변해준다 할 것이다.

『한국언어문학』 62, 한국언어문학회, 2007. 9.

강경애 문학의 간도와 디아스포라

1. 서론

강경애(1906~1944)는 1931년 6월에 처음으로 중국 간도[1] 땅을 밟았다. 그는 이듬해 6월까지 방랑생활을 했으며, 이 기간에 장연군청의 서기를 지냈던 장하일과 결혼한 것으로 알려졌다. 그는 1932년 6월에 일본군의 간도 토벌과 중이염 때문에 용정을 떠나 1933년 9월 이전까지 장연과 서울에서 머물렀다. 다시 간도 용정으로 간 그는 간혹 서울과 장연을 왕래했지만 1939년에 신병으로 고향인 장연으로 귀향할 때까지 간도에서 살았다.[2] 그러니까 조선일보 학예란에 단편소설 「파금」(1931. 1. 27~2. 3)을

---

1 간도는 백두산 북쪽 만주지역 일대를 가리키며, 서간도(압록강, 송화강의 상류지방인 백두산 일대)와 동간도(북간도-두만강 건너편 훈춘, 왕청, 연길, 활룡현 등을 포함)로 구분된다. 흔히 간도라 할 때는 중국 길림성 동쪽 연변조선족자치주에 해당하는 지역인 북간도를 지칭한다. 지형적으로 남서쪽의 백두산을 주봉으로 장백산맥이 자리 잡고, 남쪽으로 두만강이 흐르고 있다.
2 전성호, 작성, 「작가, 작품 년보」, 연변대학교 조선문학연구소 허경진 · 허휘훈 · 채미화 주편, 『강경애』, 보고사, 2006, 701~704면.

발표한 이후 그는 작가로서 왕성하게 활동한 시기의 대부분을 간도에서 보냈던 셈이다. 그는 1935년부터 안수길, 박영준 등이 참여한 '북향' 동인에 가담했으나 건강사정상 적극적 활동은 못했다고 한다. 그리고 1938년께부터는 건강악화로 이미 창작활동을 중단한 상태였고, 1939년에 고향으로 돌아와 1944년에 사망했다.[3]

강경애가 실제 거주했던 간도는 그의 문학에서 작품의 무대를 넘어서는 큰 의미를 지닌다. 가령, 그의 소설 「소금」(1934)을 비롯한 여러 작품에서 '간도'는 행동과 사건의 물리적 배경이나 구체적이고 명시적인 장소로서의 의미뿐만 아니라 일제하 한민족의 디아스포라와 관련된 비극적인 민족체험을 담아낸 공간적 의미로 확대되어 있다.

우리 민족에게 1930년대의 간도라는 공간은 일제 식민지, 수탈경제, 민족의 이산과 관련된 기억을 강하게 환기시킨다. 일제치하 우리 민족이 일본제국주의의 폭압적 식민통치와 수탈경제를 견디다 못해 고향을 등지고 흘러들어간 곳이 바로 간도다. 즉 간도는 민족의 디아스포라와 연관된 역사적 의미가 깊은 공간인 것이다. 바흐친이 예술적 공간을 예술작품의 독자적인 형식범주로 보지 않고 시간과 긴밀한 내적 연관을 맺고 있는 크로노토프(chronotope)라는 용어로 개념화했듯이 강경애의 문학에서 간도라는 문학공간은 단순한 공간적 개념이 아니라 일제 식민지시대와 민족의 이산이라는 역사적 사실과 불가분의 관계를 맺고 있다.

일제하에서 간도로의 이주는 단순히 공간상의 이동이 아니다. 그것은 국내에서 국외로의 집단적 이주이며, 일제의 토지수탈과 식민지 자본주의화 과정에서 빚어진 민족의 비극적인 디아스포라이다.

---

3 이상경, 『강경애』, 건국대학교출판부, 1997, 70면, 75면.

디아스포라(diaspora)는 원거지에서 다른 곳으로의 집단 이주를 의미하는 이산의 의미로, 민족구성원들이 세계 여러 곳으로 흩어지는 과정뿐만 아니라 이산한 동족들과 그들이 거주하는 장소와 공동체를 지칭하기도 한다.[4] 원래 디아스포라는 고대 그리스인의 이주와 식민지 건설이라는 능동적 긍정적 의미로 사용되다가 이후 유태인의 유랑을 뜻하는 부정적 의미로 사용되었다. 그런데 1990년대에 들어서서는 유태인의 경험뿐만 아니라 다른 민족들의 국제이주, 망명, 난민, 이주노동자, 민족공동체, 문화적 차이, 정체성 등을 아우르는 포괄적 개념으로 사용되고 있다.[5]

최인범은 디아스포라의 공통적인 속성으로 ① 한 기원지에서 많은 사람들이 두 개 이상의 외국으로 분산한 것, ② 정치적, 경제적, 기타 압박 요인에 의하여 비자발적이고 강제적으로 모국을 떠난 것, ③ 고유한 민족문화와 정체성을 유지하고자 노력하는 것, ④ 다른 나라에 살고 있는 동족에 대해 애착과 연대감을 갖고 노력하는 것, ⑤ 모국과의 유대를 지키려고 노력하는 것 등을 제시했다.[6] 민족이산을 의미하는 디아스포라는 기본적으로 모국으로부터의 이주와 거주국에의 적응 사이에 작동하는 정치적 관계, 문화적 차이, 그리고 정체성 등의 문제들을 껴안고 있다.[7]

우리 민족의 중국으로의 이주는 19세기 중엽부터 이루어졌는데, 함경도 지방의 농민들이 새로운 경작지를 찾아 사람이 살지 않으면서 비옥한 간도로 이주하면서 형성되었다. 그러던 것이 1910년부터 1918년 사이에

---

4 윤인진, 『코리안 디아스포라』, 고대출판부, 2003, 4~5면.

  James Clifford, "Diaspora", *Cultural Anthropology*, Vol.9, No.3, 1994, pp.310~315.

5 윤인진, 위의 책, 5면.

6 위의 책, 7면에서 재인용.

7 Wahlbeck, "The concept of diaspora as an analytical tool in the study of refugee communities", *Journal of Ethnic and Migration*, Vol.28, No.2, 2002, pp. 221~238.

진행된 일제의 토지조사사업으로 인해 조선농민의 소작화와 일본인 지주와 동양척식회사 등에 의한 조선농민의 체계적인 착취와 궁핍화로 인해 많은 농민들이 만주로 이주하게 된 것이다. 항일독립운동을 전개하기 위해 이주한 사람들도 있었지만 그 숫자는 매우 제한적이었다. 1910년에 이주민의 인구는 이미 22만 명에 달했으며, 1930년에는 60만 명으로 증가했고, 1931년 만주사변 이후 중국 동북지역을 대륙침략의 병참기지와 식량기지로 활용한다는 일제의 정책에 의해 조선인들의 집단이주는 계획적으로 시행되었다. 그 결과 1940년에는 145만 명에 이르렀다.[8]

이 글은 강경애 문학에서 간도(북간도)와 디아스포라의 의미를 그의 작품 가운데서 간도체험이 바탕이 된 수필과 소설을 통해서 고찰하고자 한다.

최근 발간된 강경애 전집[9]에 의하면 간도를 배경으로 삼은 「간도를 등지면서」, 「간도의 봄」, 「이역의 달밤」, 「간도」, 「두만강 예찬」 등의 수필이 수록되어 있다. 그리고 「그 여자」, 「채전菜田」, 「축구전蹴球戰」, 「유무有無」, 「모자母子」, 「동정同情」, 「원고료 이백 원」, 「번뇌」, 「소금」, 「어둠」, 「마약」, 그리고 「검둥이」(미완) 등 12편의 소설이 간도를 배경으로 삼고 있다. 이 가운데 「소금」은 중편소설이며, 나머지는 단편소설이다. 강경애는 2편의 장편소설을 포함하여 19편의 중·단편 등 모두 21편의 소설을 창작한 가운데 절반 이상의 작품에서 간도를 배경으로 설정한 셈이다.

그런데 강경애가 작가로서의 생애 대부분을 간도에서 보냈고, 간도를 배경으로 삼은 작품이 절반에 달함에도 불구하고 그곳을 배경으로 삼은 장편소설을 쓰지 못한 것은 정말 아쉬운 일이다. 그것은 그가 병고에 시

---

8 윤인진, 앞의 책, 45~51면.
9 연변대학교 조선문학연구소 허경진·허휘훈·채미화 주편, 앞의 책.

달리다 30대의 젊은 나이로 세상을 떠난 사실과 무관하지 않을 것이다.

2. 강경애의 수필에서 '간도' 의 의미

강경애의 수필은 수필장르의 비허구적 성격 때문에 그의 간도 체험을 보다 직접적이고 생생하게 전달한다. 그는 「간도를 등지면서」에서 용정에 처음 발을 들여놓던 때의 인상을 다음과 같이 묘사한다.

> 그때에 용정 시가는 신록이 무르익은 가로수 좌우 옆으로 청천백일기靑天白
> 日旗가 멋있게 나부끼었고 붉고도 흰 벽돌집 사이로 흘러나오는 깡깡이의 단조
> 로운 멜로디는 보랏빛 봄하늘 아래 고이고이 흩어지고있었다.[10]

하지만 아름다운 용정시가의 봄 풍경의 묘사에 이어 작가의 눈에는 거리를 헤매는 걸인들의 비참한 모습이 눈에 들어온다. 거리의 아름다운 풍경과 대조를 이루는 기아와 빈곤에 처한 인간상황은 그 비극성을 더욱 처절하게 환기하는 효과를 발생시킨다. 간도를 떠나면서도 밭갈이조차 할 수 없는 암울한 현실상황에 대해 강경애는 깊은 안타까움을 표출한다.

> 나는 그들의 말을 귓결에 들으며 다시금 창밖을 내어다 보았다. 금방 내 앞
> 으로 다가오는 밭에는 어쩐지 조싹을 발견할 수가 없어 나는 자세히 둘러보았
> 을 때 '지금 촌에서는 밭갈이를 못해서 묵히는 밭이 많다지. 올해는 굶어죽을
> 수 났다.' 하던 말이 내 머리를 찡하니 울려주었다. 나는 뒤로 사라져 가는 그
> 밭을 안타깝게 바라보았다. 거기에는 온갖 잡풀이 얽히었을 뿐이었다. 그때에
> 내 가슴은 마치 돌을 삼킨 것처럼 멍청함을 느꼈다. 따라서 농부들이 저 밭을
> 대하게 되면 어떨까. 얼마나 아까울까, 얼마나 애수할까, 흙의 맛을 알고 그 흙

10 강경애, 「간도를 등지면서」, 위의 책, 676면.

에서 매일 달라가는 조싹의 자라나는 그 자미 그야말로 농부 자신이 아니고서
는 알지 못할 그 무엇이 들어 있겠구나. 이렇게 생각하며 얼핏 이러한 노래가
떠올랐다.[11]

1932년 중이염 치료를 위해 고향으로 떠날 때의 간도는 이미 일제의 대
자본이 침투하여 철도를 놓았으며, 전투기가 날아와 폭탄을 투하하는 등
전쟁의 불안과 공포하에 놓여 있었다. 따라서 이주한인들에겐 빈곤뿐만
아니라 전쟁의 공포에 시달려야 하는 땅이 된 것이다. 위의 인용문에서
보듯 농사를 지을 수 없게 된 것도 만주사변 때문이다.

일본은 만주를 침략전쟁의 병참기지로 만들기 위해 1931년 9월 18일에
만주사변을 일으켜 1932년에는 만주 전역을 점령했다. 그리고 일본의 괴
뢰국가인 만주국 성립을 선포했다. 이어 1937년 7월에는 중국의 전 국토
에서 중일전쟁을 일으켜 1200만 명의 중국인을 학살했다.

강경애의 수필들은 1930년대 만주사변 직후로부터 중일전쟁 시기의 간
도를 감싸고 있던 불안한 정세를 생생하게 전달하며, 그곳이 결코 이주한
인들이 꿈꾸던 기회의 땅이 아니라는 사실을 여실히 보여준다. 간도는 겨
울에 영하 40도를 오르내리는 혹한이 휘몰아치는, 즉 기후적인 측면에서
한반도보다 살기 어려운 곳이다. 경제적으로도 고물가와 굶주림에 시달
려야 하는, 결코 조선보다 나을 것이 없는 궁핍의 땅이다. 이주민들은 농
사를 지어놓고도 기한飢寒에 울어야 했다. 더구니 만주사변 이후 간도는
일제의 점령하에 놓이었고, 1937년에는 중일전쟁의 살육과 파괴를 준비
하는 파쇼와 전쟁의 땅으로 변모하고 만다.

---

11 강경애, 위의 책, 677~678면.

이곳은 간도다. 서북으로는 시베리아, 동남으로는 조선에 접하여 있는 땅이다. 영하 40도를 중간에 두고 오르고 내리는 이 땅이다.

그나마 애써 농사를 지어놓고도 또다시 기한飢寒에 울고 있지 않은가! 백미 1두斗에 75전, 식염 1두에 2원 20전, 물경 백미 값의 3배! 이 일단을 보아도 철두철미한 xx수단의 전폭을 엿보기에 어렵지 않다. '가정이 공어맹호야苛政 恐於猛虎也(가렴주구 하는 정치가 호랑이보다 더 무섭다)' 라던가? 이 말은 일찍 들어왔다.

황폐하여 가는 광야에는 군경을 실은 트럭이 종횡으로 질주하고 상공에는 단엽식單葉式 비행기만 대선회한다.

대산림으로 쫓기어 xx를 xxxxxx하는 그들! 이 땅을 싸고도는 환경은 매우 복잡다단하다, 그저 극단으로 중간성을 잃어버린 이 땅이다.

인간은 1937년을 목표로 일대 살육과 파괴를 하려고 준비를 한다. 타협, 평화, 자유, 인도 등의 고개는 벌써 옛날에 넘어버리고 지금은 제각기 갈 길을 밟지 않을 수 없게 되었다.

군축軍縮은 군확軍擴으로, 국제협조는 알력으로, 데모크라시는 파쇼로, 평화는 전쟁으로……. 인간은 정반합의 변증법적 궤도를 여실히 밟고 있다.[12]

강경애는 "군축軍縮은 군확軍擴으로, 국제협조는 알력으로, 데모크라시는 파쇼로, 평화는 전쟁으로" 위태롭고 급격하게 변화해가는 당시 간도의 정세를 생생하게 그려내는 한편 때로 비판적 시선을 자아내부로 돌린다.

즉 자신의 지식인으로서의 쁘띠 부르적 속성에 대한 준엄한 자아성찰을 보여준다. 그리고 이주한인들의 척박하고 비참한 현실을 붓끝으로 그려내는 일 이상을 할 수 없는, 즉 무력하기 짝이 없는 작가로서의 정체성에 깊은 회의를 나타낸다.

---

12 강경애, 「이역의 달밤」, 위의 책, 693~694면.

저들의 피와 땀을 사정없이 긁어모아 먹고 입고 살아온 내가 아니었느냐! 우리들이 배운다는 것은 아니 배웠다는 것은 저들의 노동력을 좀 더 착취하기 위한 수단이 아니었느냐!

(중략)

차라리 붓대를 꺽어버리자, 내가 쓴다는 것은 무엇이었느냐, 나는 이때껏 배운 것이 그런 것이었기 때문에 내 붓 끝에 쓰여지는 것은 모두가 이런 종류에서 좁쌀 한 알만큼, 아니 실올기만큼 그만큼도 벗어나지 못하였다. 그저 한 판에 박은 듯하였다.[13]

작가로서 한반도와 간도를 자유로이 왕래할 수 있었던 강경애의 입장은 생존의 제일선에 내몰렸던 이주민들과는 다소 거리가 있을 수밖에 없었을 것이다. 그는 늘 그 거리를 괴로워했고, 작가로서의 자아성찰 및 자기반성을 결코 게을리 하지 않았다. 「원고료 이백 원」, 「동정」, 「유무」 같은 지식인소설이 보여주는 지식인(작가) 주인공의 냉철한 자기성찰은 강경애의 직접적 간도체험에서 우러나온 진지한 고뇌의 소산이라고 하지 않을 수 없다.

3. 강경애의 소설에서 '간도'와 디아스포라

1) 최후의 선택, 간도

장춘식은 강경애 소설의 간도체험의 내용을 계급이념의 실천적 지향, 빈궁의 제시와 현실비판, 열악한 환경에서의 자기편달, 어둠 속에서의 몸부림 등으로 분석하면서 강경애가 자기가 몸담고 있는 간도 땅을 투쟁의

---

13 강경애, 「간도를 등지면서」, 위의 책, 682면.

땅으로 인식하고 있었다고 결론지은 바 있다.[14]

하지만 첫 소설 「파금」(1931)이 보여주듯이 당시 우리 민족에게 간도는 절박한 상황에서 마지막으로 선택하는 기회의 땅으로 제시된다. 즉 「파금」은 아들의 학자금, 미가폭락 등으로 많은 빚을 진 형철의 아버지가 최후의 선택으로 간도로의 이주를 감행하는 것으로 되어 있다. 「해고」(1935)의 주인공 김서방도 머슴살이로 평생을 보낸 집에서 무일푼으로 쫓겨나게 되자 막연히 '북간도'로나 가볼까 하는 생각을 한다. 이처럼 생존의 위기에 내몰린 우리 민족이 더 이상 희망을 꿈꿀 수 없는 상황에서 최후로 선택하는 땅이 간도였던 것이다.

그런데 절박한 상황에서 어쩔 수 없이 간도로의 이주를 선택한 한인들을 향해서 「그 여자」(『삼천리』, 1932.9)의 주인공은 무엇 하러 내 땅을 지키지 않고 여기까지 왔느냐고 연설을 하다가 청중들의 분노를 사고 만다. 즉 조선의 최고학부를 마친 여류작가에다 용정의 정화여학교 교사인 마리아는 외촌 교회의 부인청년회에서 "죽어도 내 땅에서 죽고요, 살아도 내 땅! 내 땅에서 살아야 한단 말이어요. 무엇하러 여기까지 온단 말이어요!"라고 자만심에 가득 찼을 뿐만 아니라 현실과 전혀 동떨어진 강연을 하다가 청중들의 분노를 사 그들로부터 집단폭행을 당한다.

이 소설에서 강경애는 간도로의 이주가 일제의 체계적인 농민 착취와 궁핍화로 인해 어쩔 수 없이 이루어진 비자발적 선택이었으며, 결코 그들이 고국을 떠나고 싶어서 떠나온 것이 아니라는 것을 청중들의 마리아에 대한 분노, 그리고 주인공에 대한 화자의 비판적 태도를 통하여 분명히

---

14 장춘식, 「간도체험과 강경애의 소설」, 『여성문학연구』 11, 한국여성문학학회, 2004. 1, 173~196면.

하고 있다. 주인공 마리아는 별 노력 없이 여류문사가 된, 즉 작가로서의
진지성이 결핍되었을 뿐만 아니라 자신의 미모와 작가라는 우월감에 도
취된 인물로 화자에 의해 비판된다.

강경애의 소설들은 이주 한인들의 최후의 희망의 땅이었던 간도가 이
들의 기대와 꿈을 어떻게 배반하는가를 다각적이고도 현실감 있게 증언
한다. 즉 기아와 궁핍으로부터 벗어나기 위해 고향을 떠나왔지만 당초
기대와는 달리 그들은 새로운 거주국에서 오히려 더 극심한 적빈에 시달
린다. 이들은 가족마저 온전하게 유지하지 못한 채 가족해체의 위기에
직면해 있다. 중국인 지주로부터는 경제적으로 착취를 당하고, 여성들은
성적으로 유린당하거나 빚에 몰려 매춘의 길로 들어선다. 또한, 토벌단
으로부터 재산과 목숨을 위협받으며, 항일운동을 하다가 감옥에 가거나
사형을 당하는 등 간도에서 살아간다는 것 자체가 힘난한 투쟁과 고통의
연속이다.

---

15 강경애, 「그 여자」, 앞의 책, 46면.

2) 항일독립운동가 가족의 고난

앞에서 간도의 이주민들 가운데 항일독립운동을 전개하기 위해 이주한 사람들이 소수지만 일부 존재한다고 언급한 바 있다. 강경애는 간도에서 항일독립운동을 하다가 죽거나 감옥에 감으로써 남겨진 가족들의 이야기에 작가로서 특별한 관심을 기울이고 있다.

「모자母子」(1935)의 주인공은 간도에서 유격대원으로 활동하던 남편이 죽고, 생활비를 대주던 시형마저 주인공을 외면하여 남의집살이를 하다 그 집에서도 쫓겨난다. 찾아간 친정과 시형 집에서도 도움을 받지 못한 주인공은 백일해에 걸린 아이를 업고 남편이 들어갔던 산속으로 가보지만 눈보라 속에서 길을 잃고 헤맨다.

> 그는 갑작이 허쩐해지며 스르르 미끄러지자 눈이 눈으로 코로 입으로 막쓸어 들며 숨이 콱막힌다. 그는 어떤구렁이나 혹은 개천으로 빠져 들어오는 것임을 직각하였을때 나는 죽는구나! 참말죽는구나 생각이 버석들었다. 그는 두손을 내저으며 무엇을 붙잡으려하였다. 붙잡히는것이 푸실푸실한 눈덩이 뿐이고 아무것도 잡히는것이없었다. 그는 소리를 질으려고 악을썼다. 그러나 들어올데까지는 들어오구야 만듯 그는 마침내 우뚝섰다.[16]

이 작품에서는 항일유격대원의 가족들이 다른 이주민들보다도 더 극심한 생존의 극한상황에 내몰리는 상황이 드러난다. 그들은 가장이 가족의 생계부양을 하지 않고 항일운동을 한 탓으로 일반 이주민들보다 생활이 어려우며, 주위 친지들마저 이들에게 등을 돌려버림으로써 서러운 신세가 된다. 즉 약방을 경영하며 경제적으로 안정된 시형은 만주사변 전에는

---

16 강경애, 「모자」, 위의 책, 111면.

항일운동을 하는 동생을 하늘처럼 떠받들며 생활비를 대주었지만 만주사변 이후에는 동생에게 욕질을 해가며 생활비를 모두다 끊어버린다. 만주사변을 일으켜 만주 전역을 점령한 일제가 항일운동가는 물론이며, 그에 동조한 자들에게마저 탄압을 가했기 때문이다. 시형의 태도 변화는 그와 같은 간도의 정세를 반영하고 있다. 이 작품은 만주사변 전후의 급격한 정세 변화와 민심의 이반을 예리하게 포착해내고 있다.

「번뇌」(1935)는 감옥에 갔다 나온 투사가 아직 투옥중인 동료의 집을 찾아갔다가 가족의 따스함을 느끼는 한편, 동료의 아내에게 연정을 느끼며 갈등한다는 내용이다. 이 작품에서 한때 항일운동을 같이했던 동료들의 변절 사실을 말하고 있는데, 이는 항일독립운동에 대한 일제의 탄압과 회유가 더욱 극심해졌음에 대한 증언이다. 그리고 동료의 아내를 사랑하는 투사, 남편의 동료에게서 연정을 느끼는 아내를 통해서 이들이 겪는 인간적 외로움과 성적 소외에 대해서도 작가는 관심을 기울이고 있다.

「어둠」(1937)은 "간도지방에 있었던 제4차 간도공산당사건의 관련자들 18명이 사형 당한 사건을 소설의 소재로 삼아 쓴 작품"[17]이다. 이 작품에서 주인공 영실은 간도공산당사건으로 오빠가 사형을 당한 충격과 그로 인해 오빠의 친구인 약혼자로부터도 파혼을 당하자 미쳐버린다. 이 작품은 세칭 '간도공산당사건'을 증언하고 있다. 1930~1932년 사이에 일제는 대토벌을 통해 수많은 사람들을 잡아들여 네 차례의 '간도공산당사건'을 조작해냈다. 그 중에서 제4차 사건은 1936년 2월에 재판이 종결되면서 치안유지법 위반에 살인·방화·강도 등의 죄목이 곁들여져 18명의 사형수

---

17 서정자, 「체험의 소설화, 강경애의 글쓰기 방식」, 『여성문학연구』 13, 한국여성문학학회, 2005. 6, 264면.

를 냈고, 그들은 1936년 7월에 사형에 처해졌다.[18] 「어둠」의 주인공 영실은 바로 그 사형수를 오빠로 둔 인물로 설정되었다.[19] 일제가 항일공산주의 운동가에 대해 엉뚱한 죄목을 씌워 사형에 처한 간도공산당사건을 배경으로 한 이 작품에서 당시 항일사회주의운동에 대한 일제의 탄압이 얼마나 극심했었던가가 여실히 드러난다. 뿐만 아니라 주인공 영실의 약혼자이자 오빠를 존경했던 의사의 변심을 통해서는 이주민 사이의 민심의 이반을 적나라하게 보여주고 있다. 즉 항일운동가들에 대해 이주민들은 처음에는 존경을 보였지만 이들에 대한 일제의 탄압이 극심해지자 자신들의 안위를 위해 결국 등을 돌려버린 민심의 변화를 강경애는 이 작품에서 적확하게 포착해냈던 것이다.

강경애의 관심사는 단순히 간도 이주민의 삶과 생존현실이 아니었다. 그는 「모자」, 「번뇌」, 「어둠」에서 보듯 항일 유격대원이나 사회주의 운동가들에 대한 일제의 탄압과 그들의 남겨진 가족이 처한 절박한 생존현실과 고난, 그리고 이들에 대한 민심의 이반 등 일제의 간도 탄압과 정치적 상황에 대해서 깊은 관심을 갖고 소설화했다. 「모자」에서 눈보라 속을 헤매는 주인공 모자는 곧 추위 때문에 동사하고 말 것이고, 「어둠」의 주인공 영실은 오빠의 사형과 애인의 변심 때문에 절망하여 미쳐버리고 만다. 더 이상 현실을 감당할 수 없는 극한상황 속에서의 극단적인 자기부정이 미치는 행동으로 나타난 것이다. 그리고 「번뇌」의 주인공은 인간적 외로움 때문에 아직도 감옥 속에서 고생하고 있는 동료와의 신의를 저버리게 될지도 모른다. 그들에게 인간답게 살 수 있는 미래는 없다. 캄캄한 '어둠'

---

18 이상경, 앞의 책, 133면.

19 사회주의운동을 하다가 수감된 영실의 오빠는 『어머니와 딸』(1931~1932)에도 등장하는데, 실제모델이 존재했을 가능성을 배제할 수 없다.

만이 가로놓여 있을 뿐이다. 고향을 떠나서도 희망 없이 표류할 수밖에 없는 이주한인들의 비참한 운명을 강경애는 절망적 시선으로 그려냈다.

3) 지식인의 준엄한 자기성찰

「원고료 이백 원」(『신가정』, 1935. 2)은 원고료로 받은 이백 원의 용처를 두고 남편과 아내가 대립하는 이야기로서 자전적 소설로 알려져 있다. 즉 작품에 등장하는 원고료 이백 원이 강경애가 장편소설 『인간문제』(1934. 8~1934. 12)를 『동아일보』에 연재하고 받은 것이라는 것이다. 이 작품의 공간적 배경도 간도이다. 아내가 받은 원고료 이백 원을 항일사회주의운동을 하다 다친 동료와 항일사회주의운동으로 남편을 감옥에 보낸 부인을 위해서 써야 한다는 남편의 주장과 아내의 여자로서의 욕망이 충돌하면서 갈등을 빚는다. 하지만 작가인 아내는 결국 남편의 뜻을 따른다.

이 작품은 서간체 소설로서 작가의 직설어법에 의해 간도로 이주할 수밖에 없었던 조국의 현실과 간도이주민의 참상이 잘 드러나고 있다.

> 지금 삼남의 리재민은 어떠하야? 그리운 고향을등지고 쓸쓸한 이 만주를 향하야 몇만의 군중이 달려오고 있지않느냐 만주에 와야 누가 그들에게 옷을 주고 밥을 주더냐. 그러나 고향 보다는 날까하고 와서는 처자는 요리판에 혹은 부호의 첩으로 빼앗기우고 울고불고하며 이넓은벌을 헤매이지 않느냐. 하필 삼남의 이재민뿐이냐. 요전에 울릉도에서도 수많은 군중이 남부여대하야 원산에 상륙하지 않았더냐. 하여간 전조선의 빈한한 군중은 아니 전세계의 무산 대중은 방금 기아선상에서 헤매이고 있는것을 너는 아느냐 모르느냐.
> K야 이 간도는 토벌단이 들이밀리러서 지금 한창총소리와 칼소리에 전대중이 공포에 떨고있는중이다. 그러니 농민들은 들에서 농사를 짓지못하였으며 또산에서 나무를 버이지못하고 혹시 목숨이나 구해볼까하야 비교적 안전지대인 용정시와 국자가같은 도시로 몰려드나 장차그들은 무엇을 먹고 살겠느냐.

이곳에서는 개목숨보다도 사람의 목숨이 헐하구나.[20]

즉 생존의 절박함 속에서 간도로 이주한 한인들은 여전히 빈한을 벗어나지 못한 채 기아선상을 헤매고, 요리판이나 중국인 지주에게 아내를 빼앗긴다. 「동정」에서 산월은 수양아버지가 진 빚 때문에 요리점에 팔아넘겨졌다. 그리고 「마약」에서는 아편중독으로 인한 빚 때문에 남편이 아내를 중국인에 팔아넘긴다. 설상가상으로 이들은 토벌단의 총소리와 칼소리의 공포에 떨어야 하고, 농민들은 농사조차 지을 수 없는 불안한 상황에 놓여진다.

「원고료 이백 원」은 자전적 소설임에도 불구하고, 작가의 의식은 주인공보다는 주인공의 남편의 의식을 통해 반영되고 있다. 원고료로 털외투와 금시계를 사고 싶은 아내를 향해 남편이 쏟아내는 힐난은 혹독하다.

> 「응 너따위는 백번 죽어싸다. 내 네맘은 모르는줄 아니. 흥 돈푼이나 생기니까 남편을 남편같이 안 알구 에이 치사한년가라! 그돈다 가지고 내일 네 집으로가 너 같은 치사한 년과는 내못살아. 원 여호같은년……너도 요새 소위 모던껄이라는 두리화능년이 되고 싶은게구나. 아 일류문인으로써 그리해야하는게지 허허 난그런 일류문인의 사내될 자격은 못가졌다. 머리를 지지고복고, 상판에 밀가루치을하구 금시계에 금강석반지에 털외투를입고 입으로만 아! 무산자여하고 부르짖는 그런문인이 되고싶단 말이지. 당장나가라!」[21]

속사포처럼 쏟아지는 남편의 비난 가운데서 주인공의 가슴을 가장 아프게 찌르는 말은 금시계와 금강석반지에 털외투를 입고 입으로만 무산

자를 부르짖는 위선적 문인이라는 말이다. 즉 관념과 실천이 일치하지 않는다면 진정한 마르크스주의 문학자가 결코 될 수 없다는 비판이다. 이 작품은 마르크스주의 작가로서의 자기성찰과 자기반영적 작가의식을 뚜렷이 보여주고 있다.

「유무」, 「동정」에서도 1인칭의 작가로 등장하는 주인공의 자기반성의 문제가 제기되고 있다. 「유무」에서는 웃집에서 셋방을 살다가 야반도주했던 복순의 아버지가 갑자기 찾아온다. 그는 주인공이 보통 아주머니가 아니라 글을 쓰는 사람이기 때문에 자신이 이렇게 살게 된 연유를 말하겠다고 하며 자신이 기이한 꿈에 시달리는 이야기를 시작한다. 주인공은 자신이 복순이에게 찬밥덩이나 찌개를 내다주면서 은근히 부담거리로 여기던 것, 복순과 복순 모가 야반도주하자 시원섭섭하게 생각하던 것 등을 반성하며 자신의 작가로서의 정체성에 대해서도 진지하게 고민한다. 여기서 드러나는 것도 간도 이주민의 비참한 생활상이다. 가족은 이미 해체되었고, 빚에 야반도주를 해야 하는 상황인 것이다. 게다가 악몽에 시달리는 등 정신적으로도 그들은 황폐해진다.

「동정」에서도 지식인인 1인칭 주인공의 자기반성이 나타나고 있다. '나' 는 우물가에서 한 여인과 계속 만나게 되는데, 그 여인은 12살에 빚 때문에 팔려 창기로 전락한 신세로서 몸값 500원이 없어 온갖 수모를 다 받고 있다. '나' 는 그 이야기를 듣고 도망치라고 권고를 하지만 정작 그녀가 도망쳐 찾아오자 도움은 주지 않은 채로 예고 없이 찾아온 것을 책망한다. 이튿날 '나' 는 그녀가 우물에 빠져 자살하였다는 소식을 듣게 되어 자책감을 느낀다. 이 작품에서는 빚 때문에 창기로 전락하고, 자살로 인생을 마감한 이주여성의 비참한 죽음을 통하여 이주민들, 특히 몸으로 살아갈 수밖에 없었던 이주여성의 생존의 절박성이 드러난다. 그리고 그런 여성에 대해 입으로는 동정을 보내면서도 막상 그녀에게 도움이 필요하자 그것을 외면해버린 데 대한 지식인으로서의 자기반성이 나타나고 있다.

「검둥이」(1938)는 과거 항일공산주의운동에 투신했던 K선생이 교사로서 학교에서 겪는 갈등이 드러난다. 즉 시국강연을 나가라는 교장과 그것만은 할 수 없다고 버티는 K교사 사이의 갈등을 통해서 1937년 일본이 중일전쟁을 일으켜 승승장구하는 시점에서 간도지방에 남아 있던 양심적 지식인의 민족적 고뇌를 표출하고 있다.[22]

강경애는 행여 자신이 입으로만 마르크스주의를 부르짖는 작가가 될까봐 전전긍긍 자기성찰의 메스를 자아 내부를 향해 들이댔던 것으로 보인다.「원고료 이백 원」,「유무」,「동정」 등 1인칭 지식인소설의 주인공들에게 보여주는 화자의 비판적 태도와「검둥이」의 주인공이 겪는 갈등을 통해서 강경애의 작가로서의 정체성 갈등과 치열한 자기반성을 읽을 수 있다. 강경애는 의식만의 마르크스주의 작가가 되는 것을 경계하고, 의식과 실천이 일치하는 완벽한 마르크스주의 작가가 되기 위해 끊임없이 자신을 채찍질했던 것으로 보인다.

4)「소금」에 나타난 간도체험과 디아스포라

「소금」(『신가정』, 1934. 2~10)은 간도라는 낯선 땅으로 흘러들어 남편과 자식들을 차례로 잃어가며 몸으로 살아갈 수밖에 없었던 이주여성의 비참한 삶과 공산주의자로서의 자아각성을 주제로 다루고 있다. 이 작품은 간도 체험의 핍진성이라는 측면에서 가장 압권에 속한다. 주인공 봉염

---

22 이상경, 앞의 책, 135면.

모는 지주 팡둥으로 상징되는 가부장적 세계로부터 성적 유린과 경제적 착취를 당하면서 혼외임신과 사생아출산을 하게 됨으로써, 모성과 노동의 극단적 갈등에 처하게 된다. 그녀는 고향에서 땅을 떼이고 간도로 왔으나 팡둥인지 자x단원인지에게 남편을 잃고, 집을 나간 아들은 공산당이 되었다고 잡혀서 처형된다. 올데갈데없이 된 그녀는 중국인 지주 팡둥의 집으로 들어가지만 그로부터 정조를 유린당하고 그의 아이까지 임신한 몸으로 쫓겨나면서도 아무런 항거도 하지 못한다. 해란강변 어느 헛간에서 아기를 낳고, 살기 위해 중국인의 유모로 취직을 하는데, 정작 자신의 아이들은 돌보지 못해 열병으로 잃고 만다. 봉염 모는 자신의 모유를 자신의 자식을 위해 수유하지 못하고 수유행위가 임노동이 되는, 즉 교환가치를 갖는 냉혹한 상황에 내몰린다. 그런데 봉염, 봉희 두 아이가 전염병으로 죽었다 하여 유모일에서마저 해고된다. 가족을 모두 잃고 홀로 남겨진 그녀는 살기 위해 소금 밀수를 시작하는데, 밀수 길에서 만난 공산당원의 따뜻한 위로가 사염 단속을 나온 순사에게 붙잡힐 때에야 생각나면서 아들 봉식이 공산당이 된 이유를 깨닫는다. 즉 계급적 각성이 일어나고 있다.

이 작품은 최하층의 이주여성이 자신의 냉혹한 생존현실의 직접체험을 통하여 공산주의에 대한 부정적 의식을 청산하고 계급의식을 각성하는 과정을 그리는 한편 항일유격대의 참모습을 전달하고자 노력한다. 왜냐하면 당시 일제는 항일유격대를 끊임없이 공비共匪라고 공격해댔고, 작품 속의 봉염 모처럼 대다수의 이주민들은 일제가 선전하는 대로 그들을 마적단과 동일시하는 오해 속에 놓여 있었기 때문이다.[23]

---

23 위의 책, 84~85면.

민족, 젠더, 계급의 다중적인 억압 속에서 여주인공이 어떻게 주체로 설 것인가 하는 주체화 과정은 이 작품의 핵심적 주제이다. 즉 주인공 봉염 모는 일제 식민주의, 가부장주의, 계급주의의 중첩된 억압하에 놓여진 하위주체다. 젠더문제를 도외시하는 기존의 탈식민주의의 논의로는 제3세계 여성이 겪는 이중 식민화를 설명할 수 없다는 가야트리 스피박의 비판처럼 제3세계 토착여성은 제국주의 이데올로기와 토착 및 외래의 가부장제 양자 모두에게 잊혀진 희생자가 된다. 따라서 탈식민주의는 인종적 차이뿐만 아니라 성차로 인해 역사에서 잊혀진, 그리고 지금도 잊혀지고 있는 타자들을 복원하고자 시도할 때, 대항적 실천사유체로 기능할 수 있다.[24]

말할 필요도 없이 이 작품에서 가장 억압받는 하위주체는 봉염 모이다. 스피박이 말한 하위주체는 우리 눈에는 잘 보이지 않지만 공기처럼 우리를 우리로 존재하게 하는 소중하고 없어서는 안 될 실체이며, 생산위주의 자본주의 체계에서 중심을 차지하는 프롤레타리아 계급을 포괄하면서도 성, 인종, 문화적으로 주변부에 속하는 사람을 지칭한다. 그는 전지구상에 다양한 형태로 흩어져 있으며 자본의 논리에 희생당하고 착취당하면서도 자본의 논리를 거슬러 갈 수 있는 저항성을 갖는 주체를 '하위주체'로 개념화했다.[25]

봉염 모의 삶은, 음식에 간을 맞추는 '소금'으로 상징되는 기본적인 생존권조차 갖추지 못한 절대다수의 이주여성이 처한 절박한 생존의 고통을 생생하게 보여준다.[26] 간도로 오기 전 고향에서는 소금 걱정을 해본

---

24 유제분 역, 『탈식민페미니즘과 탈식민페미니스트들』, 현대미학사, 2001, 14~15면.
25 태혜숙, 『탈식민주의 페미니즘』, 여이연, 2001, 117면.
26 김민정, 「강경애 문학의 여성의식 연구」, 『한국현대문학회 2004 학술발표회의 자료집』, 한국현대문학회, 2004, 245면.

적이 없었는데, 간도로 오고부터는 소금 값이 너무 비싸 장 같은 것도 단번에 담그지를 못하였으며, 소금 대신 고춧가루로 맛을 냄으로써 매워서 눈이 벌겋게 되고 이마에 주먹 같은 땀방울이 맺히곤 한 적이 한두 번이 아니었다. 봉염 모는 밀수한 소금을 천신만고 끝에 집으로 가지고 와서 이 생각 저 생각에 사로잡히는데, 이때의 글쓰기는 그야말로 몸으로 글쓰기라고 할 수 있다.

> 그는 잠깐 귀를 기우려 밖을 주의한후에 가만히 손을넣어 소금자루를 쓸어만졌다. 이것을 팔면 얼만가… 八원하고 八十전! 그러면 밀린 집세나 마자 물고 한달살까? 이것을 미천으로 무슨장사라도해야지. 무슨장사?…… 하며 그는 무심히 만져지는 소곰덩이를 입에 넣으니 어느듯 입안에는 군물이 시르르 돌며 밥이라도한술 먹었으면 싶게 입맛이 버쩍당긴다. 그는 입맛을 다시며 침을 두어번 삼킬때 소금이란 맛을나게한다. 아무리 좋은 음식이나 소금이 들지않으면 맛이없다. 그렇다! 하였다. 그때 그는 문뜩 남편과 아들딸이 생각키우며 그들이 있으면 이소금으로 장을담가서 반찬해 먹으면 얼마나 맛이있을까! 그러나 그들을 잃은 오늘에와서 장을 담을 생각인들 할수가 있으랴! 그저 죽지못해서 먹는 것이다. 그는 한숨을 푹쉬었다. 생각하니 자신은 소금 들지않은 음식과같이 심심한 생활을한다. 아니 괴로운 생활을한다. 이렇게 괴로운…… 하며 그는 머리를 슬슬 어루만졌다. 머리는 얼마나 이끄러지고 부어올랐는지 만질 수도 없이 아프고 쓰리었다. 그는 얼굴을 상자에 대며 봉식아 살았느냐 죽었느냐 이어미를 찾으렴…… 난 더살수 없다![27]

밥을 짓고 살림을 사는 여성으로서 음식의 간을 맞추는 가장 기초적인 조미료인 소금의 맛을 통하여 죽은 남편과 자식에 대한 사랑을 표현한 점, 입덧체험의 생생함, 팡둥의 아이를 유산시키려는 몸부림과 분만체험,

---

27 강경애, 「소금」, 앞의 책, 392~393면.

배가 고파 파뿌리를 씹어 먹는 극도의 기아, 친자식뿐만 아니라 유모로서 젖을 먹이던 아이에 대한 모성애적 집착……. 임신, 분만, 수유, 입맛, 살림살이 등 여성의 생생한 육체언어로 기술된 문체는 여성으로서의 육체적 신체적 경험이 바탕이 되지 않고서는 도저히 불가능한 기술이라고 하지 않을 수 없다.[28]

봉염 모의 몸은 중국인 지주 팡둥에 의해 성적으로 유린당하고, 집 안팎에서 쉴 새 없는 노동으로 찌든다. 게다가 그의 모성마저 착취당하는, 즉 유모로서 자신의 아이가 병으로 죽어가도 돌보지 못한 채 젖아이에게 수유를 해야 하는 희생과 고통으로 얼룩진 식민지다. 그는 남의 새끼 키우느라 자신의 새끼를 죽였다는 자책감에 시달리면서도 정작 자신을 쫓아낸 중국인 젖아이에 대한 그리움에 집착하는 가련한 인물이기도 하다.

봉염 모는 자신의 불행과 궁핍을 팔자라고 생각하는 숙명론에 빠져 있는 인물로서 그의 계급적 각성은 결말단계에서 갑자기 이루어진다.

> 아무리 맘만은 지독히 먹고 애를 써서 땅을 파나 웬일인지 자기들에게는 닥치는이 불행과 궁핍이었던것이다. 팔자가 무슨놈의 팔자야 하누님도 무심하지 누구는 그런 복을 주고 누구는 이런 고생을시키고……[29]

그는 아들 봉식이 공산당에 들었다고 처형당했다는 말을 듣고서도 그 아이가 애비의 원수인 공산당[30]에 들었을 리 없다고 생각한다. 팔자타령

28 송명희, 「서정자의 페미니스트 성장소설과 자기발견의 체험에 대한 '논평'」, 『한국여성학』 7, 한국여성학회, 1991, 71~75면.
29 강경애, 「소금」, 앞의 책, 354면.
30 작품의 전후 문맥으로 보아서 봉염 모가 믿는 대로 남편이 공산당의 총에 희생되었는지는 알 수 없다.

은 팡둥의 집에서 쫓겨난 다음에도 계속된다. 그리고 소금을 밀수할 때에 만난 공산당원이 소금을 빼앗지 않고 그냥 보낼 때에도 다음과 같이 공산 당을 의심한다.

저들이 어째서 우리들의 소곰짐을 빼앗지않고 그냥보내었을까가 의문이었다. 그렇게 사람죽이기를 파리죽이듯하고 돈과쌀을 잘빼았는 그놈들이…… 하며 그는 이제야 저주하기시작하였다.[31)]

하지만 일본순사로부터 사염단속에 걸려 소금을 빼앗기게 되자 봉염 모의 자아각성은 급격하게 이루어진다. 작품의 결말은 일제의 검열에 의해 삭제되었지만 한만수는 복자복원을 통하여 삭제된 내용을 복원해냈다. 즉 소금자루를 빼앗지 않던 공산당원이 곁에 있다면 자기를 도와 싸워줄 것이라는 확신을 갖게 되고, 소금을 빼앗은 것은 돈 많은 놈이었다는 것을 깨달으며, 그때까지 참고 눌렀던 불평이 불길같이 솟아올라 벌떡 일어나는 것으로 결말지어졌다.[32)]

강경애는 「소금」에서 가족을 모두 잃고 홀로 남겨진 이주여성을 통하여 이주한인의 디아스포라의 참상을 핍진하게 그려냈으면서도 결말에서 주인공의 자아각성을 민족적, 성적 각성을 도외시한 계급적 각성만으로 설정했다. 순사에게 소금을 빼앗긴 데 대해서도 일제라는 제국주의에 대한 분노가 아니라 '돈 많은 놈'이라는 유산자에 대한 계급적 분노만을 표

---

31 강경애, 「소금」, 앞의 책, 392면.
32 한만수, 「강경애 「소금」의 복자복원과 검열우회로서의 '나눠쓰기'」, 『한국문학연구』 31, 동국대 한국문학연구소, 2006. 12, 169~191면.
    한만수, 「강경애 「소금」의 '붓질 복자' 복원과 북한 '복원' 본의 비교」, 김인환 외, 『강경애, 시대와 문학』, 랜덤하우스코리아, 2006, 28~46면.

출할 뿐이다. 서정자는 이 작품을 모성체험을 통한 여성적 자기를 탐구해 보여준 점, 모성과 노동의 모순을 다양하고 실감 있는 묘사로 보여준 점에서 여성의 주변성, 타자성이 그대로 드러나는 페미니스트 성장소설로 높이 평가했다.[33] 하지만 주인공의 자아각성은 페미니스트로서의 성장과는 거리가 있는 계급적 각성에 불과하다.

「소금」은 민족, 성, 계급의 다중의 억압과 착취하에 놓여 있는 여성을 형상화했다. 그럼에도 주인공은 결말에 이르도록 자신을 둘러싼 민족과 성, 그리고 계급의 다중적 억압을 총체적으로 직시하지 못하고 만다. 즉 간도로 이주할 수밖에 없었던 일제강점기의 민족 억압과 중국인 지주 팡둥으로부터 받았던 민족적 억압과 가부장적 억압, 그리고 무산자로서 겪은 계급적 억압의 전체적 고리를 제대로 통찰하지 못하고 있다. 또한, 그를 유모로 고용했던 중국인으로부터 받은 민족적 억압과 모성의 착취에 대해서도 마찬가지다. 다만 유산자에 대한 분노의 표출과 공산당에 대해 올바른 인식을 이루는 계급적 각성에 그치고 말았다.

이것은 마르크스주의 작가로서 강경애의 전반적인 한계라고 할 수 있다. 그는 대표작 『인간문제』에서도 자본주의의 경제적 모순 이외에 가부장제의 억압하에 놓인 여성운명을 탁월하게 그려냈음에도 이에 대한 해결은 계급 해방이 이루어지면 여성해방도 자동적으로 해결되리라는 마르크스주의적 전망을 제시하는 데서 그치고 말았다. 즉 가부장제의 여성 억압을 인정하지만 이에 대한 해결은 계급해방의 부차적인 것으로 취급하고 말았던 것이다.[34] 실제 강경애는 '근우회'의 장연지회를 이끌었다고

---

33 서정자, 「페미니스트 성장소설과 자기발견의 체험」, 『한국여성학』 7, 60~63면.

34 송명희, 「강경애의 『인간문제』에 대한 여성비평적 연구」, 『비평문학』 11, 한국비평문학회, 1997. 7, 248면.

알려졌으며,[35] 좌우파를 통합한 '근우회'는 1928년 이후 좌파적 성향에 지배되어 있었다.[36]

4. 결론

이 글은 강경애 문학에서 간도와 디아스포라의 문제를 밝혀보고자 했다. 강경애가 작가로서 왕성히 활동하던 1930년대의 수필과 소설에서 간도는 단순한 물리적 배경을 넘어서서 일제하 한민족의 디아스포라와 관련된 비극적인 민족체험을 담아낸 공간으로 확대·심화되었다. 강경애의 수필은 1930년대 만주사변 직후로부터 중일전쟁 시기의 간도의 불안한 정세를 생생히 전달하며, 간도가 결코 이주한인들이 꿈꾸던 기회의 땅이 아니라는 사실을 여실히 보여주었다. 기후적으로는 혹한이 휘몰아치고, 경제적으로는 고물가와 기아에 시달려야 하는, 결코 조선보다 나을 것이 없는 곳이 간도이다. 더욱이 1937년 이후에 간도는 중일전쟁의 살육과 파괴를 준비하는 파쇼와 전쟁의 땅이 되고 만다. 강경애는 1930년대 간도의 정치사회적 현실을 생생히 그려내는 한편 비판적 시선을 자아내부로 돌려 지식인으로서의 자아성찰 및 작가로서의 무력감과 정체성에 대한 회의를 나타냈다.

강경애의 소설은 절반 이상이 간도를 배경으로 삼고 있으며, 이주한인들의 최후의 희망이었던 간도가 이들의 기대와 꿈을 어떻게 배반하는가를 다각적이고도 현실감 있게 보여주었다. 즉 새로운 거주국인 간도에서

---

35 송명희, 위의 논문.

36 박용옥, 「근우회의 여성운동과 민족운동」, 역사학회 편, 『한국근대민족주의운동연구』, 일조각, 1987.

한인들은 더욱 기아와 궁핍에 시달리고, 가족해체의 위기를 겪으며, 중국인 지주로부터는 경제적으로 착취를 당하는 한편, 여성들은 성적으로 유린당하거나 매춘의 길로 들어선다. 또한, 토벌단으로부터 압력과 위협을 받는 등 불안한 상태에 놓이게 된다. 항일운동가는 감옥에 가거나 처형되고, 그의 남겨진 가족은 더 극심한 기아와 생존의 고통에 빠지게 된다. 강경애는 이주한인들 가운데서도 특히 항일운동가와 그의 가족이 겪는 고난을 집중적으로 그려냈다. 한편, 강경애는 지식인(작가)으로서의 준엄한 자기성찰을 보여주는 작품들도 여러 편 창작했다.

간도를 배경으로 한 중편소설 「소금」은 이주한인의 억압받는 삶이 가장 핍진하게 그려진 작품으로서 민족, 성, 계급의 다중적 억압과 착취하에 놓인 여성을 형상화해냈다. 하지만 결말에서 주인공의 자아각성에 민족적 억압과 가부장제의 억압을 도외시한 채 계급적 자각과 분노만을 표출함으로써 마르크스주의 작가로서의 한계를 벗어나지 못하고 있다. 이는 대표작인 『인간문제』에서도 반복된 강경애의 전반적인 한계라고 지적하지 않을 수 없다.

『한국문학이론과 비평』 38, 한국문학이론과 비평학회, 2008. 3.

제2부

지역 · 근대화 · 탈식민주의

김정한 소설의 크로노토프
— '섬'을 공간으로 한 소설을 중심으로

근대화 프로젝트와 탈식민주의
— 이문구의 「해벽海壁」을 중심으로

김정한 소설의 크로노토프

'섬'을 공간으로 한 소설을 중심으로

1. 서론

요산樂山 김정한金廷漢(1908~1996)의 문학은 민족문학운동이 활발히 이루어지던 1970년대 이후에 리얼리즘, 농민문학, 민중문학과 민족문학이라는 범주에서 논의되어 왔다. 리얼리즘이 그가 문학과 현실을 다루는 방법이라면, 농민문학은 토지에서 야기된 문제를 주로 다룬 소재적 특성을 드러내준다. 그리고 민중문학과 민족문학에 관한 논의는 그가 민중의 시각에서 민족사의 모순을 형상화해 왔기 때문에 제기되었다.

문학사에서도 누락되거나 단편적으로만 언급되던 김정한이 1970년대에 접어들면서 활발해진 민족문학 논의의 중심에 서게 된 것은 일제에 훼절하지 않았던 꿋꿋한 생애와 치열한 문학정신 때문이다. 그는 '민족문학작가회의'의 제1대 회장에 추대될 만큼 진보적인 민족문학 진영의 상징적 존재로 자리매김 되어왔다. 하지만 최근에는 그의 문학이 식민지시대의 리얼리즘을 부활시켜 60년대 이후 민족문학의 초석을 마련했음에도 유사한 제재를 비슷하게 반복해온 한계를 지닌다는[1] 비판도 나오고 있다.

본고는 미하일 바흐친(M. M. Bakhtin)의 「소설에 있어서의 시간과 크로노토프(chronotope)의 형태」와 『교양소설론』에서 제시된 시공간성(chronotope)이란 개념을 김정한의 소설에 적용시켜 연구하고자 한다. 지금까지 김정한 연구에서 소설의 시간과 공간 사이의 내적 연관을 밝히는 크로노토프에 관한 연구는 전혀 없었다.

그런데 서사물에 있어서 시간은 제1의 환영이고, 공간은 제2의 환영이라고 한 케스트너(J. A. Kestner)[2]의 말처럼, 소설이라는 언어적 서사물은 하나의 유기체적 구조이기 때문에 시간과 공간을 따로 떼어내어 분석하는 일은 오류를 범하기 쉽다. 즉 하나의 서사 텍스트에서 '시간의 공간화', '공간의 시간화'라는 서사기법은 서로 교체하며 존재한다. 실로, 소설을 비롯한 서사물에서 공간성은 은유이고 상징이며, 소설에 형상화된 공간은 문화·사회적 관례와 밀접한 관계가 있다.[3] 따라서 시공간성 연구는 작품 속에 예술적으로 표현된 시간과 공간 사이의 내적 연관을 밝히는 작업이라고 할 수 있다.

김정한 소설의 주 공간은 그 스스로 낙동강의 파수꾼을 자임했듯이 낙동강을 배경으로 한 부산과 경남(「사하촌」, 「모래톱 이야기」, 「수라도」, 「뒷기미나루」, 「산거족」, 「인간단지」 등)이다. 공간이란 관점에서 김정한은 향토색 짙은 부산과 경남의 작가, 그야말로 낙동강의 파수꾼이다. 하지만 그의 소설공간은 때로 제주도와 강화도(「월광한」, 『삼별초』)로 확장되고, 때로는 해외(「오끼나와에서 온 편지」)까지 확장된다. 그리고 그의

---

1 강진호, 「근대화의 부정성과 본원적 인간」, 강진호 편, 『김정한』, 2002, 129~144면.
2 Joseph A. Kestner, *The Spatiality of the Novel*, Wayne State University Press, 1978, pp.13~32.
3 김병욱, 「언어 서사물에 있어서 공간의 의미」, 『내러티브』 2, 한국서사연구회, 2000, 152면.

소설에서 공간은 단순한 배경으로 설정된 데 그친 것이 아니라 우리의 근·현대사의 모순과 유기적으로 연관되어 형상화된다. 즉 작가가 직접 살아왔던 근·현대사의 시간 체험과 결부됨으로써 작가의 세계관을 표출하고 있는 시간의 연속체로 파악된다.

본고는 '섬'을 작품의 공간으로 삼은 소설 가운데 「모래톱 이야기」(1966)와 「오끼나와에서 온 편지」(1977)를 중심으로 두 작품에 나타난 크로노토프를 분석하고자 한다.

2. 바흐친과 크로노토프

1) 크로노토프의 개념

'크로노토프(chronotope)'는 대화론(dialogism), 다성성(polypony), 이질언어성(heteroglossia), 카니발화(carnivalization) 등과 함께 미하일 바흐친(1895~1975)이 피력한 소설이론의 주요한 개념 가운데 하나이다. '크로노토프'란 용어는 문자 그대로 시/공을 뜻하는데, 바흐친이 사용할 때는 재현된 시/공간적 범주들의 비율과 본성에 따라 텍스트를 연구하는 단위를 의미하게 되었다. 크로노토프는 문학작품 속에 예술적으로 표현된 시간과 공간 사이의 내적 연관이라고 할 수 있다.[4] 한 작품 내에서 공간적 지표와 시간적 지표는 용의주도하게 짜여진 구체적 전체로서 융합되는 중심축 기능을 한다. 즉 크로노토프는 소설의 이야기를 구성하는 기본사건들을 조직해 주는 역할을 하며, 사건을 묘사하고 재현하기 위한 본질적인 토대를 제공한다. 그러므로 크로노토프를 통해 비가시적 시간은 가시

---

4 김욱동, 『대화적 상상력』, 문학과지성사, 1988, 209면.

화되고, 그저 정보나 단순한 사실의 차원에 머물던 사건들이 이야기의 흐름 속에서 하나의 예술적 형상이 된다. 결국 크로노토프는 모든 시간예술, 즉 공간적으로 인식되는 현상을 그 운동과 발전과정을 통해 재현하는 모든 예술에서 현실적 시간의 실상을 포착하는 역할을 담당하고, 이러한 현실의 본질적 측면들이 예술적 공간에 반영되고 통합될 수 있게 해준다.

바흐친은 예술적 공간을 예술작품의 독자적인 형식범주로 보지 않는다. 공간은 항상 시간과 긴밀한 내적 연관을 맺고 있으며, 이 양자 간의 불가분의 관계가 하나의 통일된 전체로서 문학작품 속에 구조화되어 나타난다고 본다. 그래서 바흐친은 예술적 공간이라는 개념을 독자적인 의미로 사용하지 않으며, 작품 속에 예술적으로 표현된 시간과 공간 사이의 내적 연관을 지칭하는 '크로노토프' 라는 개념을 사용한다. 크로노토프라는 개념은 본래 수학에서 사용되고 있는 용어로서, 아인슈타인의 상대성이론의 일부로 도입되어 변용된 개념이다. 즉 아인슈타인의 특수상대성이론에서 시간과 공간 사이의 불가분의 관계, 즉 공간의 제4차원으로서의 시간을 의미하는 개념으로서 사용되었으며[5], 베르그송과 칸트의 인식론에서도 사용되었는데, 이것이 바흐친에 의해서 문학의 형식적 범주이자 중요한 비평기제로, 즉 문학 속에 예술적으로 표현된, 시간과 공간이 본질적으로 지니고 있는 관계의 연관성을 일컫는 용어가 되었다.

바흐친에 의하면 크로노토프는 공간 안에서 시간을 객관화하는 중요한 수단으로 작용하면서 동시에 구체적 재현의 중심이며, 소설 전체에 실체를 부여하는 힘으로 나타난다. 소설의 추상적 요소들은 크로노토프의 인력권 안에 끌려 들어가고, 그것을 통해 피와 살이 붙으며, 예술의 형상화

5 미하일 바흐친, 전승희 · 서경희 · 박유미 역, 『장편소설과 민중언어』, 창작과비평사, 2002, 260면.

능력에 참여한다. 이것이 크로노토프가 지니는 재현적 의미이다.[6] 또한 크로노토프는 문학 또는 문화 내에서 역사, 전기, 사회적 관계의 장으로 정의할 수 있다. 즉 문학과 문화에서 시간은 역사적 전기적이고, 공간은 사회적이다.[7] 그리고 소설 내에서 여러 크로노토프가 대화를 이룰 때, 그 소설은 풍성한 열매를 맺을 수 있으며, 공간성에 초점을 맞춘 연구는 결국 소설의 의미 확장에 기여하게 된다. 예컨대, 소설에서 공간은 주로 사건이 일어나는 장소이다. 그러나 사건은 공간의 도움만으로는 형상이 될 수 없다. 사건이 발생하고 전개되는 과정은 필연적으로 시간적 지표들의 토대 위에서만 가능하다. 따라서 바흐친에게 있어서 예술적 시간은 근본적인 구조적 요소이며, 공간은 장르적 연속체의 종속변수로서 나타난다.

바흐친에게 예술적 크로노토프는 객관적 현실을 예술작품의 세계로 구조화하는 재현수단이다. 객관적 현실은 크로노토프를 통해서 예술적 의미의 세계가 될 수 있으며, 예술가는 크로노토프를 통해서만 객관적 현실을 볼 수 있는 것이다. 이것은 그가 현실과 예술과의 상호관계를 중시하는 관점, 즉 역사시학적 관점에서 크로노토프를 바라보고 있다는 것을 의미하는 것이다. 바흐친이 스스로 증명하고 있듯이 역사시학적 관점에서 크로노토프를 접근하는 방법은 현실세계의 크로노토프가 어떻게 예술적 크로노토프로 변형되는가 하는 문제를 해명하는 데 다양한 증거를 제공하고 있다. 그리고 이러한 관점은 소설의 역사와 장르적 특성을 이해하는 데 매우 유용하다. 바흐친은 크로노토프를 장르를 규정하는 기능을 담당할 뿐만 아니라 시간과 공간의 결합방식 또는 시간과 공간이 사용되는 비율에 의하여 세계관의 차이가 난다고 말함으로써 칸트적 개념을 문학에

---

6 위의 책, 459면.
7 여홍상, 『바흐친과 문학이론』, 문학과지성사, 1997, 159면.

수용시켰다.

2) 크로노토프의 유형

바흐친은 「소설에 있어서의 시간과 크로노토프(chronotope)의 형태」에서 크로노토프라는 틀을 이용하여 고대 그리스로부터 20세기 현대소설까지 소설적 장르가 발전해온 궤적을 사적으로 고찰하였다. 그리고 그리스 로맨스의 크로노토프, 일상생활의 모험의 크로노토프, 전기와 자서전의 크로노토프, 역사적 전도와 민속적 크로노토프, 기사도적 로맨스의 크로노토프, 라블레적 크로노토프, 목가소설의 크로노토프 등 지금까지 하나의 유형으로 남아 있으며, 초창기 소설의 가장 중요한 장르적 변형들에 의해 결정적인 영향력을 행사했던 주요 크로노토프들을 분석해냈다. 이밖에 '만남의 크로노토프', '길의 크로노토프', '성城의 크로노토프', '살롱의 크로노토프', '문턱의 크로노토프'와 같은 다양한 개념도 만들어냈다. 그리고 소위 '라블레적 시간'이라는 개념도 만들어냈는데, 라블레적 시간은 삶을 긍정하고 창조하는 생성적 기능을 지닌 시간으로 오직 인간의 창조적 행위와 성장 그리고 발전적 변화에 의해 특징지어지는 시간이다. 라블레의 크로노토프 속의 공간은 르네상스 시대의 지리적 팽창으로 말미암아 놀라운 규모로 팽창될 뿐만 아니라 구체성과 실제성을 겸비한 채 역사적인 시간과 결합하여 전혀 새로운 유형의 크로노토프가 만들어진다. 따라서 라블레적 시간의 크로노토프는 단순한 장르상의, 연대기상의 분류에 의한 소설적 개념이 아니라 더 근본적인 문제인 세계관의 변화, 시대정신의 한 유형을 제시하고 있다.[8]

---

8 미하일 바흐친, 앞의 책, 259~468면.

그렇지만 바흐친은 자신은 가장 기본적이고 광범위한 크로노토프만을 다루었다고 고백한다. 그리고 사실상 모든 모티프는 자신의 고유한 크로노토프를 가질 수 있다고 말함으로써 각기 작품이 고유한 크로노토프를 가질 수 있다는 점을 시사했다. 또한, 단일 작가의 작품 내에서도 수많은 서로 다른 크로노토프들과 그 크로노토프들 간의 복잡한 상호작용과 대화성을 보게 된다고 말했다.[9] 따라서 바흐친에게조차 크로노토프는 정확하게 정의된 개념이 아닌 이론적 모호성이 있다. 그 결과 국내에서 나오는 논문들도 그 개념 규정과 적용에서 통일된 틀을 갖고 있지 못하다. 어떤 의미에서 크로노토프는 아직 완성된 이론체계라고 말하기 어렵다고도 할 수 있다.

본고에서 크로노토프는 소설에서 사건이 일어나는 장소로서의 공간성과 사건이 발생하고 전개되는 시간성을 결합한 시간과 공간의 내적 연관이라는 의미로, 궁극적으로 작가가 시간과 공간을 경험하는 특정한 인식의 형식, 즉 세계관이라는 의미로 사용하겠다.

3. 김정한 소설의 크로노토프

1) 「모래톱 이야기」의 크로노토프

(1) 1인칭 관찰자 서술과 서술자의 역할

「모래톱 이야기」(1966)는 1인칭의 관찰자 서술로서, 작품의 서두에서 제시된 서술자의 편집자적 해설은 이야기의 사실성을 증대시킨다. 그리

---

9 위의 책, 460~461면.

고 이 1인칭의 서술자는 극화된 작중인물이지만 실제작가 김정한과 거의 구별되지 않는다. 20년이 넘도록 침묵하던 작가이자 교사란 직업을 가진 서술자가 침묵을 깨고 작품을 다시 쓰게 된 동기는 모래톱에서 살아가는 사람들의 기막힌 이야기, 즉 세상에서 소외된 사람들의 이야기에 침묵할 수 없었기 때문이라고 밝히고 있다. 그런데 김정한 역시 20년 간의 절필을 접고 바로 「모래톱 이야기」로 문단에 복귀하였다.

> 이십 년이 넘도록 내처 붓을 꺾어오던 내가 새삼 이런 글을 끼적거리게 된 건 별안간 무슨 기발한 생각이 떠올라서가 아니다. 오랫동안 교원노릇을 해오던 탓으로 우연히 알게 된 한 소년과, 그의 젊은 홀어머니, 할아버지, 그리고 그들이 살아오던 낙동강 하류의 어떤 모래톱— 이들에 관한 그 기막힌 사연들조차, 마치 지나가는 남의 이야기나, 아득한 옛날이야기처럼 세상에서 버려져 있는 데 대해서까지는 차마 침묵할 도리가 없었기 때문이다.[10]

바흐친은 작품으로 재현된 세계와 텍스트 외부의 세계를 혼동해서는 안 되며, 작품의 창조자로서의 작가를 한 인간으로서의 작가와 혼동해서는 안 된다고 했다.[11] 즉 지나친 사실주의와 전기주의를 경계했다. 하지만 김정한은 이 작품에서 실제작가, 내포작가, 그리고 서술자 사이의 거리를 의도적으로 배제시킴으로써 작품이 씌어진 당대적 현실성 및 전기적 사실성을 최대한으로 부각시킨다. 그런데 이 같은 현실성과 사실성의 전경화 前景化는 「모래톱 이야기」를 바흐친적인 대화주의에는 무관심한 단성적인 작품으로 만드는 한계로 작용한다는 것을 지적하지 않을 수 없다.

---

10 김정한, 『김정한소설선집—증보판』, 창작과비평사, 1985, 143면. 이후 면수만 표기.
11 미하일 바흐친, 앞의 책, 462면.

이 작품의 공간 이동경로는 부산시내의 중학교→조마이섬(가정방문)→학교→(홍수)하단행→구포행→구포교를 건너 강둑길→학교이다. 먼저 서술자는 학년 초 건우의 가정방문이라는 형식으로 조마이섬을 찾아간다. 여기서 이 작품의 주인공이라고 할 만한 갈밭새 영감(건우 할아버지)과 만나게 되고, 그로부터 조마이섬의 자세한 내력을 듣게 된다. 학교로 돌아온 서술자는 여름방학이 끝나갈 무렵 홍수로 낙동강이 범람한다는 뉴스를 듣고 건우네가 걱정이 되어 하단으로 가는 버스를 탄다. 그리고 다시 구포행 버스로 갈아탄 뒤 내려서 통행금지 팻말이 서 있는 구포교를 건너 강둑길까지 가본다. 홍수로 강을 건너지 못한 그는 여기서 윤춘삼 씨를 만나 갈밭새 영감이 우발적으로 살인을 저질러 경찰에 끌려갔다는 소식을 듣는다.

작품에서 '홍수'는 작가이자 교사인 서술자와 섬의 주민인 건우네의 거리를 분명하게 확인시켜 준다. 즉 중산층의 서술자는 섬 주민과 운명을 같이할 수는 없는 방관자적 존재일 뿐이다. 홍수로 범람하는 강을 건너지 못하고 서술자가 서 있는 '강둑길'은 그와 섬 주민과의 신분적 경계를 구분 짓는 분기점, 즉 문턱(threshold)의 크로노토프이다. 문턱의 크로노토프는 삶의 분기점이나 삶을 변화시키는 결정 등과 연결된다. 이것은 언제나 비유적이고 상징적인데, 공공연하게 드러나기도 하지만 대개 함축적으로 드러난다.[12] 그는 세상으로부터 소외된 조마이섬의 이야기를 작품으로 써낼 수는 있지만 그의 역할은 거기까지이다. 즉 갈밭새 영감이 경찰에 끌려갔어도 "법과 유력자의 배짱과 선량한 다수의 목숨……. 나는 이방인처럼 윤춘삼 씨의 컁컁한 얼굴을 건너다보았다"처럼 방관자일 수밖에

---

12 위의 책, 456면.

없다. 존 맥클라우드는 "중간층의 지식인의 역할은 억압받은 자들의 목소리에 대한 신뢰할 수 있는 매개체요, 억압받은 자들이 그들을 통하여 명확하게 말할 수 있는 대변자의 역할을 부여받는다"[13]라고 했지만 이 작품의 중간층 지식인은 대변자보다 더 축소된 단순한 이야기 전달자로 나타난다. 더욱이 서술자가 1인칭의 관찰자로 등장함으로써 3인칭의 전지적 작가서술에 비해 작중인물에 대한 영향력은 훨씬 축소되고 약화된다. 하지만 서술자의 역할 축소를 통해 발생하는 거리는 섬 주민인 갈밭새 영감, 윤춘삼 씨 등이 성숙된 의식의 소유자임을 드러나게 하며, 그들이 행동하는 인물이고, 능동적인 주체라는 점을 부각시키는 효과를 발생시킨다. 즉 섬 주민의 주체적 글과 목소리―건우의 글과 갈밭새 영감이나 윤춘삼 씨의 대화―를 통해서 직접적으로 현실에 항변하고 저항하게 만든다.

따라서 내포작가의 태도는 서술자가 아니라 오히려 갈밭새 영감이나 윤춘삼 씨, 그리고 건우 등을 통해서 드러난다고 볼 수 있다. 즉 그들이 나타내고 있는 분노, 증오 등의 감정에는 내포작가의 목소리가 짙게 반영되어 있다. 갈밭새 영감이 "남은 보릿고개를 못 냉기서 솔가지에 모가지들을 매다는 판인데, 낙동강 물이 파아랗니 푸르니 어쩌니" 하는 문학을 "썩어빠진 글"로 매도하는 데서 내포작가의 목소리는 강하게 울려나온다.

그런데 작품은 그들의 저항이 패배하는 결말을 보여주었다는 점에서 세계의 냉혹성을 다시 한 번 확인시킨다. 즉 갈밭새 영감으로 하여금 섬 주민의 안전을 위해 둑을 허물어뜨리는 과정에서 토지 소유자가 보낸 하수인과 마찰을 빚다가 우발적 살인을 저지르게 만든다. 여기서도 '둑'은

---

13 존 맥클라우드, 박종성 외 편역, 『탈식민주의의 길잡이』, 한울 아카데미, 2003, 229면.

위기적 순간으로서의 문턱(threshold)의 크로노토프로 작용한다.

　하지만 작가는 이 작품을 결코 인간과 자연의 대립문제로 형상화하지 않는다. '홍수' 는 「사하촌」의 '가뭄' 이나 「지옥변」의 '홍수' 에서와 마찬가지로 소설의 위기적 상황을 강화시킨다. 그럼에도 불구하고 이 작품의 핵심적 갈등은 자연과 인간의 갈등이 아니다. 홍수는 마르크시즘에 입각한 세계 이해를 보다 확고히 해주는 계기로 작용할 뿐이다. 즉 섬의 매립권을 가진 유력가와 갈밭새 영감으로 대표되는 섬 주민 사이의 계층적 갈등을 극적으로 표출시킴으로써 해방 후 우리 사회의 지배계층이 하위계층인 주변부 위에 어떻게 군림하고 그들을 종속시켜왔는가를 보여주고 있다.

(2) 섬의 크로노토프

이 작품에서 조마이섬이란 공간은 다음과 같이 그려진다.

> 가) 맹지면鳴旨面이라면 김해 땅이다. 낙동강 하류, 강을 건너야만 부산으로 나올 수 있는 곳이다.(44면)

> 나) 섬의 생김새가 길쭉한 주머니 같다 해서 조마이섬이라고 불려온다는 건우의 고장에는, 보리가 거의 자랄 대로 자라 있었다. 강바람이 불어올 때마다 푸른 물결이 제법 넘실거리곤 했다.
> 　낙동강 하류의 삼각주 일대가 대개 그러하듯이, 이 조마이섬이란 데도 사람들이 부락을 이루고 사는 것이 아니라 그저 한 집 두 집 띄엄띄엄 땅을 물고 있을 따름이었다.(147면)

> 다) 생활은 어떻게 무사히 꾸려나가느냐고 했더니, 시아버님이 고깃배를 타기 때문에 가끔 어려운 돈을 기백 원씩 가져온다는 것과, 먹고 입는 것은 보리 농사와 채소로써 그럭저럭 치대어 간다는 얘기였다.(148면)

작품의 주공간인 '조마이섬'의 지리적 위치는 경상남도 김해군 명지면으로 낙동강 하류의 모래가 밀려서 만들어진 삼각주의 모래톱이다.[14] 섬의 생김새가 길쭉한 주머니 같다고 해서 조마이섬이라고 불리어지는 이곳은 나룻배로 부산시내와 겨우 연결되는, 사람들이 한 집 두 집 띄엄띄엄 살고 있는 외딴 섬마을이다. 이곳 주민들은 고깃배를 타거나 보리농사, 채소농사 등으로 근근이 살아간다. 섬의 지리적 조건은 주민들이 살아가기 불리한 생존조건, 즉 경제적 열악성을 말해준다. 작품에서 섬은 부산시내와 유리되고 소외된 공간이다. 더욱이 홍수로 강이 범람하게 될 때에는 물바다로 잠겨버리는 곳이다. 그런 섬을 목숨 걸고 지켜온 사람들은 갈밭새 영감이나 윤춘삼 씨 같은 섬 주민이다. 하지만 이곳의 소유권은 그들에게 있지 않다. 그러니 홍수로 물이 불어나 둑이 터질 경우 섬 주민이 온통 떼죽음을 당한다고 하더라도 섬의 소유권자는 사람을 보내 둑 허무는 일을 방해할 뿐이다. 그에게 섬 주민의 안전 같은 건 아예 안중에도 없다. 여기에서 섬 주민과 소유권자 사이의 갈등은 필연적으로 야기된다. 홍수로 상징된 역사의 거친 흐름은 섬 주민에게 끊임없는 도전의 대상일 뿐이다. 식민지시대는 물론이며, 해방이 된 이후에도 독립의 혜택은 돌아오지 않은 채 섬의 소유권자가 바뀔 뿐이라는 것이 그들이 경험한 냉혹한 역사이다.

작가는 지리적으로 소외된 조마이섬을 통해서 해방이 이루어진 다음에도 식민지시대의 모순이 반복되는 민족 내부의 계층적 갈등, 즉 역사적 시간과 결합된 탈식민주의적 크로노토프를 그려냈다. 탈식민주의는 서구 제국의 식민지 지배에만 관심을 제한하는 것이 아니다. 식민적 상황은 한

---

14 이 섬은 부산에 실재하는 을숙도를 연상시킨다.

국가나 민족 내에서도 발생하는 만큼 어떤 지역이나 집단이 여타 집단을 통제하고 복속시키는 상황을 분석하고 비판하는 데도 적용될 수 있다.[15]

이 작품에서 김정한의 태도는 응구기, 제임스, 세자르, 프란츠 파농 등 식민 지배를 받았던 지역에서 활동했던 이론가들이 식민지 문제에 대해 마르크시즘의 큰 틀에서 식민지배의 부당성과 반식민 저항의 필요성을 역설했던[16] 것과 유사하다. 그는 「사하촌」에서 마르크시즘의 틀에 입각하여 지주―소작인 간의 계급 갈등으로 식민지배의 부당성과 반식민 저항의 당위를 역설했던 것처럼 이 작품에서도 섬 소유권자와 섬 주민 사이의 이해 대립을 보여줌으로써 탈식민의 필요성을 역설한다. 김정한은 이 작품에서 한 민족이라는 이름으로 결코 동일시될 수 없는 민족 또는 민족주의라는 신화 그 자체에 대한 의혹을 제기한 것처럼 보인다.

김정한의 작품에서 토지라는 소재는 정치구조와 사회변동의 핵심에 닿아 있는 현실적 문제로서 취급되었다[17]는 견해가 있는데, 도대체 조마이섬은 역사적으로 어떤 내력을 지니고 있기에 우리 근현대사의 토지문제의 모순을 집약적으로 보여주는가?

> 가) 자기가 사는 고장―복숭아꽃도, 살구꽃도, 아기진달래도 피지 않는 조마이섬은, 몇 백 년, 아니 몇 천 년 갖은 풍상과 홍수를 겪어오는 동안에 모래가 밀려서 된 나라 땅인데, 일제 때는 억울하게도 일본사람의 소유가 되어 있다가 해방 후부터는 어떤 국회의원의 명의로 둔갑이 되었는가 하면, 그 뒤는 또 조마이섬 앞강의 매립허가를 얻은 어떤 다른 유력자의 앞으로 넘어가 있다든가 하는―말하자면 선조 때부터 거기에 발을 붙이고 살아오던 사람들과는 무관하

---

15 고부응, 『초민족 시대의 민족 정체성』, 문학과지성사, 2002, 23면.
16 위의 책, 9~20면,
17 조갑상, 「김정한 소설연구」, 동아대학교 박사학위논문, 1991년, 49면.

게 소유자가 도깨비처럼 뒤바뀌고 있다는, 섬의 내력을 적은 글이었다.(144면)

　　나) 건우 할아버지는 처음부터 개탄조로 나왔다. 선조로부터 물려받은 땅, 자기들 것이라고 믿어오던 땅이 자기들이 겨우 철 들락말락할 무렵에 별안간 왜놈의 동척 명의로 둔갑을 했더란 것이었다.
　　「이 완용이란 놈이 〈을사보호조약〉이란 걸 맨들어 낸 뒤라 카더만!」
　　윤춘삼 씨의 퉁방울 같은 눈에도 증오의 빛이 이글거리기 시작했다.(154면)

　　다) 1905년―을사년 겨울, 일본 군대의 포위 속에서 맺어진 〈을사보호조약〉이란 매국조약을 계기로, 소위 〈조선토지사업〉이란 것이 전국적으로 실시되던 일, 그리고 이태 후인 정미년에 가서는 〈한국정부는 시정개선에 관하여 통감의 지도를 수할 사〉란 치욕적인 조목으로 시작된 〈한일신협약〉에 따라, 더욱 그 사업을 강행하고 역둔토驛屯土의 대부분과 삼림원야森林原野들을 모조리 국유로 편입시키는 등 교묘한 구실과 방법으로써 농민들로부터 빼앗은 뒤, 다시 불하하는 형식으로 동척과 일인 수중에 옮겨놓던 그 해괴한 처사들이 문득 내 머릿속에도 떠올랐다.(154~155면)

　　인용문 가)는 건우가 쓴 〈섬 얘기〉라는 글에서 드러난 조마이섬의 내력이다. 인용문 나)는 갈밭새 영감에 의해서 드러난, 을사보호조약 이후 동척에 의해서 소유권이 일본인에게 넘겨진 섬의 내력이다. 인용문 다)는 이를 역사적으로 뒷받침해주는 화자인 '나'의 역사지식에 입각한 편집자적 해석이다. 여기서 작가는 조마이섬의 지리적 공간 자체보다는 조마이섬의 역사적 시간에 관심을 기울이고 있음이 드러난다. 인용문의 내용을 종합해보면, 원래 조마이섬은 국유지였다. 그런데 을사보호조약 이후 조선토지사업으로 동척으로 넘어가 일인 소유가 되었고, 해방이 되자 모 국회의원의 손으로 넘어갔다가, 최근에는 이 섬 앞강의 매립허가를 받은 유력자에게 소유권이 넘어갔다. 즉 조상 대대로 살아오며 목숨 걸고 섬을 지켜온 주민들과는 무관하게 소유권자가 변경되어 왔다.

섬의 소유권자 변경과정은 일제하의 토지조사사업에서 비롯된 한국농민의 토지이탈과 해방 후에 일본 식민지 유제청산과정에서 뚜렷한 정책을 갖지 못한 미군정과 자유당 정권의 토지정책의 실책 등으로 인한 모순[18]을 여실히 보여준다. 즉 섬의 소유권이 섬 주민에서 동척으로 넘겨져 일인 소유로 바뀐 소유권자 변경과정은 일제의 조선 농촌에 대한 토지와 농산물 수탈정책과 토지조사사업의 결과로 초래된 농민의 몰락과정[19]과 그대로 일치한다. 그리고 해방 이후에 소유권이 국회의원의 손에 넘겨졌다가 앞강의 매립허가권을 가진 유력가의 손으로 넘겨지는 과정도 해방 후 농지개혁의 실패로 인해 농민적 토지소유제가 실현되지 못한 사실을 반영하고 있다. 다시 말해서 해방 후 미국에 의해 군정이 실시됨으로써 식민지 유제로서의 지주적 토지소유제를 청산하고 농업의 민주화를 위한 농민적 토지소유제를 실현하는 과제에 큰 차질을 빚게 되었다. 미군정 3년 동안에 토지의 전면적 개혁은 실현되지 못하고 일본인 소유 토지만을 매각한 채 자유당 정권에 넘겨졌다. 자유당 정권은 명분상으로는 농지개혁을 통한 농민의 토지소유를 지향했지만 농지개혁 실시 이전에 지주층의 토지매각과 유상분배로 인한 농민의 지가상한의 부담가중 등으로 완전한 농민적 토지소유제가 실시되지 못했다.[20]

그래도 선거 때가 되면 소속 육지에서 똑딱선을 가지고 섬 백성을 모시러 오는 알뜰한 정당이 있어, 이들은 다만 그 배로 실려 가서 실상 자기네 실생활과

---

18 송명희, 「「사하촌」과 「모래톱 이야기」의 거리」, 『타자의 서사학』, 푸른사상, 2004, 255~256면.
19 강만길, 『한국현대사』, 창작과비평사, 1985, 90~102면.
20 위의 책, 220~231면.

　는 무연한 정치를 위하여 지정해주는 기호 밑에 도장을 찍어 주고 그 배에 실
려서 돌아온다는 것입니다.
　　현대문명의 혜택이라곤 아직 받아보지 못한 그들의 생활 속에서도 현대문명
인이 행사하는 선거란 상식이 깃들게 되고, 어느 정당이나 정치의 영향도 알뜰히
받아보지 못한 그네들에게도 투표하는 임무만은 지워져야 하고 조국의 사랑이라
곤 받아본 적이 없이 헐벗고 배우지 못한 그들의 아들들이 먼저 조국을 수호해야
할 책임을 지고 훈련을 받고 총을 메고 군인이 되어 갔다는 것…….(149~150면)

　인용문은 건우의 〈섬얘기〉란 글의 일부이다. 섬 주민에게 국가는 선거
때나 전쟁시에 국민을 편의적으로 동원하는 지배체제일 뿐이라는 비판이
다. 특히, 해방 이후에도 독립국가의 혜택이 국회의원이나 소수의 유력가
에게 집중됨으로써 다수의 농민층을 토지로부터 이탈시키고 소외시켰다.
나이 어린 건우조차 지배－피지배의 구조로 지배 권력과 섬 주민의 관계
를 파악하고, 정치권력을 불신과 냉소의 대상으로 여기고 있음이 드러난
다. 건우의 이러한 세계 이해는 결국 내포작가의 세계관의 반영이며, 이
는 결국 탈식민주의적 작가의식의 표출이라고 하지 않을 수 없다.
　소외된 공간 '조마이섬'의 시공간성은 해방 후 민족 내부의 지배－피
지배의 모순과 하위계층의 소외를 그려낸 탈식민주의적 크로노토프로 해
석된다. 그리고 「모래톱 이야기」는 작중인물이 살고 있는 서사적 세계와
작품이 씌어진 당대 현실세계와의 시간적 거리감이 거의 배제됨으로써
리얼리즘 문학으로서 핍진성을 띠게 된다.

2) 「오끼나와에서 온 편지」의 크로노토프

(1) 서간체와 액자구조

「오끼나와에서 온 편지」(1977)는 편지라는 준 문학적인 일상적 장르를

주 서술 양식으로 삼은 소설이다. 바흐친에 의하면 총체로서의 소설은 "작가에 의해서 직접적으로 이루어지는 문학적·예술적 서술 및 그 변형들"을 포함하여 모두 다섯 가지의 문체구성적 단위체로 구성되는데, 편지나 일기 등의 "다양한 형태의 준 문학적(문어체의) 일상서술의 양식화"도 소설의 중요한 문체 구성적 단위체이다.[21] 따라서 서간체로 씌어졌다고 해서 소설 장르로서 문제가 있는 것은 아니다. 오히려 바흐친은 소설 장르에서 이질언어성을 구성하기 위해서 다른 장르를 병합시키게 된다고 했다.[22]

서간체 소설은 일상생활에서 사용하는 편지 형식을 소설의 주된 이야기 방식으로 취해 작가가 하고자 하는 이야기를 전달하는 소설 형식이다. 일반적으로 편지라는 양식은 편지를 쓰는 이의 내밀한 자기고백이며, 허구성이 배제된 글쓰기라는 관습적인 묵계가 있다. 따라서 서간체 소설을 읽는 독자는 서술자가 전하는 이야기를 일단은 사실로 받아들이고 그 진실성을 의심하지 않으며 독서를 수행하게 된다. 「오끼나와에서 온 편지」는 1월 16일자, 1월 25일자, 2월 4일자, 2월 20일자로 발신되고 있는데, 명확한 연도는 제시되어 있지 않다. 하지만 작품의 내용으로 보아 미국이 오키나와를 반환한 직후이자 작품이 발표된 시기인 1970년대 중반쯤으로 보아 무방할 것이다. 즉 1970년대 중반을 배경으로, 1월~2월의 한 달 남짓한 기간에 오키나와에 계절노동자로 취업해 간 딸이 고향에 있는 어머니에게 보낸 서간체의 소설이 「오끼나와에서 온 편지」이다.

이 작품의 형식상의 또 다른 특징은 실제작가와 거의 구별되지 않는 서술자의 편집자적 해설이 서두에 덧붙여짐으로써 이 작품을 액자소설로

---

21 미하일 바흐친, 앞의 책, 67면.
22 김욱동, 앞의 책, 229~230면.

만들고 있다는 점이다.

> 지난여름 강원도의 탄갱지대를 몇 군데 돌아다닌 일이 있다. 그때 다행히 어
> 떤 광부의 집(주인은 이미 죽고 없었지만)에서, 오끼나와란 일본 섬에 계절노
> 동자로 가 있다는 그의 딸이 보내온 편지 뭉치를 얻어 볼 수가 있었다.[23]

서술자의 편집자적 해설은 서간체와 함께 이야기의 사실성을 더욱 부각시킴으로써 이 작품이 허구적 장르인 소설이라는 성격을 위장하게 만든다. 즉 편집자로서 그가 한 일은 편지에다 기껏 "빠진 연대라든가 숫자 따위를 아는 대로 보충"한 것 외에는 없다고 말함으로써 편지 내용의 사실성을 크게 부각시키고 있다. 이 도입액자는 내부의 이야기를 유인하고 거리의 객관화, 즉 심미적 거리를 형성하여 서술된 내부 이야기의 신뢰감을 배가시킨다.

바흐친에 의하면 다성적 소설에서 작가는 작중인물에 대해서 전지전능한 권력을 행사하지 않는다. 마찬가지로 작중인물 역시 단순히 작가에 대해 움직이는 꼭두각시가 아니라 독자적이고 독립적인 실체로 존재한다.[24] 이 작품의 서간체와 액자구조는 작가의 작중인물에 대한 전지전능한 권력을 포기하게 만든다. 즉 작중인물이 작가에 의해 조종되는 인형이 아니라 독립적인 인격체로 존재한다는 것을 확인시켜주는 형식적 장치라고 할 수 있다. 작가와 작중인물이 종속적 관계가 아니라 대등한 관계라는 것은 이 작품을 다성적으로 만드는 데 크게 기여한다.

바흐친은 작중인물의 의도와 작가의 굴절된 의도의 이중적 목소리로

---

23 김정한, 「오끼나와에서 온 편지」, 앞의 책, 462면. 이후 면수만 표기.
24 김욱동, 앞의 책, 170면.

된 언술의 대화화된 이질언어성에 특히 가치를 부여한다.[25] 그런데 이 작품에서는 작가가 편집자적 역할만을 했을 뿐 편지가 전달하고 있는 이야기에 전혀 개입하지 않았다고 의도적으로 작가의 역할을 위장하고 축소시켜버림으로써 대화화된 이질언어성에 무관심한 척한다. 그렇게 함으로써 내부액자의 이야기를 허구가 아니라 박진감 있는 객관적 사실로서 받아들이도록 의도한다. 따라서 이 작품의 작가의 목소리와 작중인물의 이중적 목소리로 된 언술의 대화는 고도로 내적으로 조직되어 있다고 할 수 있다.

(2) 길의 크로노토프와 과거와 현재의 다성악

'오끼나와'는 소설이 전개되는 배경이면서 동시에 주인공의 의식이 발전하고 변화해 나아가는 길의 크로노토프이다. 또한, 여러 사람들과의 만남이 이루어지는 만남의 크로노토프이기도 하다. 소설에서의 만남은 보통 길에서 이루어진다. '길'이란 우연한 만남이 일어나기 좋은 장소로서 다양한 사람이 하나의 시·공간적 지점에서 교차한다. 길에서는 인간의 운명과 삶을 규정하는 시간적·공간적 연쇄들이 사회적 거리의 붕괴로 인해서 더욱 복잡하고 구체화되면서 독특한 방식으로 서로 결합한다. 길의 크로노토프는 새로운 출발점인 동시에 사건의 결말이 일어나는 장소이기도 하다. '인생행로', '새로운 행로의 출발', '역사의 행로' 등으로 길의 형상이 의미심장하게 비유적으로 확장되어 사용되며, 그것의 기본 축은 시간의 흐름이다.[26]

---

25 위의 책, 229~231면.
26 미하일 바흐친, 앞의 책, 450~451면.

그러면 왜 하필 작가는 오끼나와란 섬을 소설의 공간으로 설정한 것인가? 오끼나와는 일본의 최남단의 섬으로서 19세기에 일본에 편입되었고, 2차 대전시에는 미군의 점령지역으로 있다가 1972년에야 일본에 반환된 주일미군의 주둔지이다. 이런 텍스트 밖의 역사적 사실은 텍스트 내부에 전혀 굴절 없이 반영되어 있다. 작중의 농장주인 하야시가 본 섬인 오끼나와에서 쫓겨나 작은 섬 '미나미다이도오지마'에서 살게 된 동기도 그러한 역사적 사실에서 기인한다. 또한, 오끼나와는 일제하에 정신대를 리바울 등 남방의 섬으로 송출할 때 경유하던 곳으로, 텍스트 내에서 정신대 출신의 한국여성 상해댁이 살고 있는 도시이기도 하다. 말할 필요도 없이 오끼나와는 한국의 계절노동자들(내부액자의 주인공이자 화자가 '복진'이라는 1인칭 단수임에도 빈번하게 '우리'라는 1인칭 복수로 서술되고 있음은 주목을 요한다. 즉 작가는 개인 문제가 아니라 민족이라는 복수의 문제를 제기한 것이다.)이 취업하고 있는 곳으로, 텍스트 내의 서사적 세계와 텍스트 밖의 당대적 현실세계와의 거리는 배제된다.

강원도 황지 탄광촌 출신의 처녀 복진이 고향을 떠나 일본의 외딴 섬 오끼나와에 오기까지의 이동경로는 강원도 황지→서울→부산→오끼나와 본 섬→미나미다이도오지마이다. 정확히 이 작품의 주 공간은 본 섬인 오끼나와가 아니라 오끼나와의 부속도서로서 8백여 가구의 농가로 구성된 작은 섬 '미나미다이도오지마'이며, 단지 2월 20일자의 제4신만이 본 섬인 오끼나와의 고자시로 설정되어 있다.

〈1월 16일〉자로 발신된 제1신은 주인공이 오끼나와까지 오게 된 이동경로가 밝혀지면서 동시에 그들의 수송방식이 일제하에서 젊은 여성들을 정신대로 강제 동원하여 수송하던 방식과 흡사하다는 사실을 환기시킨다. 그런데 수송방식만이 유사한 것이 아니라 이동경로도 정신대의 수송경로와 유사하다. 일제가 정신대를 군 수송선인 어용선에 '군수물자'로 기록하여 수송하였듯이 1970년대의 계절노동자 역시 여객선이 아니라 화물선에 실려 짐 덩어리처럼 취급당하며 오끼나와로 수송되었다.[27]

> 그러니까 한국에서 수출되는 우리 계절노동자들은 무슨 짐 덩어리처럼 다른 거추장스런 짐짝들과 함께 마구 배에 실렸지요. 홍콩으로 수출되는 돼지—아니 그 얘기는 집에 돌아가서 하겠어요.(중략)
> 서울 일원에서 모집했다는 가난한 집 청년 3백 3십 3명과 강원도와 전라도의 탄광촌 출신 처녀 3백 십 1명, 도합 6백 4십 4명은 이렇게 해서 일본 오끼나와란 먼 섬으로 오게 되었답니다. 여자들은 열여덟 살부터 스물다섯 살까지의 모두 저와 같은 처녀들이었지요. —왜 하필 처녀들만 모집하느냐고 하시잖았어요?
> 어머니께선 그때 대동아전쟁 당시에 여자정신대라 해서 우리나라 처녀들을 강제로 끌고 가던 얘길 하시면서 몹시 걱정을 하셨지만, 이번은 절대로 그렇지 않으니까 안심하세요. 사탕수수를 베는 게 일이랍니다.(462~463면)

작품에서 정신대에 대한 빈번한 환기는 이들 계절노동자를 해외로 송출해야만 하는 1970년대의 한국 현실과 정신대를 강제로 동원했던 일제 식민지시대를 대비하고자 하는 내포작가의 의도 때문이다. 따라서 소설은 '오끼나와'라는 공간을 통해서 해외로 계절노동자를 송출하여 외화벌이를 해야만 하는 1970년대 중반의 시간성뿐만 아니라 정신대를 강제로 동원했던 일제 식민지시대라는 두 개의 시간성이 대위법적으로 변주되는 다성악적 크로노토프를 보여준다. 즉 하나는 현재의 시간 축에서의 여로이며, 다른 하나는 일제 식민지시대라는 과거의 시간 축으로의 여로이다.

---

27 송명희, 「일제 강점기 종군위안부 여성비극의 소설적 형상화」, 『문학과 성의 이데올로기』, 새미, 1994, 162면.

이 두 개의 여로는 당대 역사에 대한 냉철한 인식과 함께 과거 역사에 대한 반성적 인식을 촉구한다. 왜냐하면, 현재는 과거 일제 식민지시대와 맞물려 있는 역사적 인과성을 띠고 있기 때문이다. 실로, 기층민중들에게 계절노동자로 취업해야 하는 현재적 상황과 정신대로 동원되던 일제 식민지시대의 차이가 무엇인가? 이처럼 현재와 과거의 병치를 통한 상호작용과 대화는 이 작품의 탈식민주의적 담론을 보다 복잡하고 풍부하게 만든다. 다성성은 단순히 반대되는 목소리와 관념들이 병치되어 있거나 연속적으로 표현되는 현상 이상의 것이다.[28]

> '진짜 해방이 되었는지 어쨌는지는 모르지만……'
> 하던 하야시 노인의 며칠 전의 말 서두가 문득 생각나기도 했습니다.
> 아들 다께오 씨는 또 다음과 같은 말을 하더군요.
> '그때에 비하면 그래도 너희들의 나라는 많이 발전은 한 셈이지. 열두 살부터 마흔 살까지 처녀 미혼녀들을 무려 2십만 명이나 여자 정신대란 이름으로 끌고 와서 군수공장 노무자로 일본 군인아저씨들의 오물받이로 상납했더랬는데, 지금은 처녀들이 이렇게 달러를 벌기 위한 인력수출에 동원되고 있으니까 말야. 안 그래?'
> 하며 입을 약간 비쭉하더군요. 그러나 그의 말눈치는 우릴 업신여긴다기보다는 차라리 어떤 의미로 동정하는 듯한 편이었어요. (469면)

복진이 취업한 농장의 주인인 하야시가 말한 "진짜 해방이 되었는지 어쨌는지"의 의미는 매우 다성적이다. 우선 한국이 일본으로부터 진정한 해방이 되었느냐는 질문일 수 있다. 왜냐하면, 일본은 가시적인 영토지배나 정치적 식민통치가 분명 종식되었음에도 경제력이라는 불가시적인 형태로 한국에 영향력을 행사하고 있기 때문이다. 일본에 계절노동자를 수

---

28 에머슨 · 모슨, 「바흐친의 문학이론」, 김욱동 외 편역, 『바흐친과 대화주의』, 나남, 1990, 73면.

출하고, 기생파티관광을 외화획득의 수단으로 삼고, 고아를 불법으로 해외 입양시킴으로써 외화를 획득하는 열악한 경제상황은 한국이 진정한 경제적 독립국인가를 의심하게 만든다. 하지만 여기서 제기되는 의미는 이에 한정되지 않는다. 2차 대전 이후 1972년까지 미군정 통치를 경험한 하야시로서는 수도에 주한미군이 버젓이 주둔해 있는 한국이 진정한 정치적 독립국인가에 대한 의혹을 가질 수 있기 때문이다.

하야시의 한국인에 대한 태도는 양가적이다. "입을 약간 비쭉하더군요. 그러나 그의 말눈치는 우릴 업신여긴다기보다는 차라리 어떤 의미로 동정하는 듯한"에서 보듯 그는 한국인에 대해서 경멸과 동정의 양가적 복합감정을 나타낸다. 그의 태도가 경멸감이든 동정심이든 그가 한국인에 대해서 갖는 감정에는 우월감이 바탕이 되어 있다. 이는 한국인이 일본에 대해서 갖는 동경과 증오의 양가적인 감정과는 분명 다르다.

이 작품에서 과거로의 여로는 정신대 문제에 한정되지 않는다. 작가는 징용 문제, 학도병 문제까지 과거의 진실을 들추어 내보이고자 한다. 주인공 복진의 아버지는 북해도 북탄에서 탄광 일을 하다가 해방 후 귀국했다. 작품은 하야시 역시 같은 곳에서 비슷한 시기에 막장일을 한 것으로 설정하여 일제하에서 징용으로 동원된 노무자들이 일본인들로부터 인간으로서는 차마 받을 수 없는 비인간적인 대우를 받았던 사실을 폭로한다. 일본인은 마치 짐승이나 일회용 소모품처럼 한국인을 모욕하고 함부로 취급했다.

　'다꼬(문어새끼들), 빨랑빨랑 움직여!' 총칼을 든 감독들은 이렇게 호통을 치며 한국인 노동자들을 개 패듯 팼고, 만약 부상이라도 당해서 치료에 시일이 걸릴 만하면 '그놈은 수렁이나 버럭탕에 갖다 던져 버렷! 반도(조선)에 가서 다시 끌고 오면 되잖아.'

하는 식으로 한국인 막장꾼들을 짐승보다 못하게 다루었다고 하더군요. 어찌
같은 사람으로서 사람을 그렇게 다루었을까요?

그런 모욕과 고생을 당하다가 해방이 되어 조국에 돌아온 아버지는 무슨 팔
자기에 또 막장일을 하다가 결국 수천 길 갱 속에서 이승을 버리고 말았을까
요.(468~469면)

작품은 학도지원병 문제에 대해서도 소위 일부 지도자라는 한국인이
학도병 지원을 어떻게 선동했는가를 다께오의 입을 통하여 폭로함으로써
일제시대 친일파 문제도 제기한다. 이처럼 정신대, 징용, 학도병 등 일제
식민치하에서 한국인이 받은 피해와 고통을 망라하며 역사적 진실을 들
추려는 의도는 이에 대한 진실 규명 및 피해 보상에 대해서 한국정부가
한일협정을 핑계로 침묵하기 때문이다.[29]

그리고 한국의 전후세대인 청년들이 지난 시대의 치욕적인 역사에 무
관심한 것과는 대조적으로 일본의 전후세대들은 부모세대가 겪은 패전의
피해와 고통을 뼈저리게 되새긴다는 것을 다께오를 통해 제시한다. 화자
는 '다꼬(문어새끼)'로 표현되는 한국인과 '독종'으로 표현되는 일본인
의 태도를 대조시키면서 이러한 국민성의 차이가 2차 세계대전 후의 양
국 발전의 차이를 초래한 원인의 하나라고 분석한다. 작가는 과거와 현재
의 다성악적 크로노토프의 상호작용과 대화를 통해서 과거에 대한 투철
한 역사의식이 없다면 현재의 신식민지적 상황은 타개하기 어려울 것이
라는 경각심을 불러일으키고 있다.

---

29 「지옥변」 같은 징용노동자의 보상문제를 직접 다룬 작품도 있지만 여기서는 이 문제에 대한
   직접적 언명은 생략되어 있다.

(3) 만남의 크로노토프

길의 크로노토프가 만남의 모티프를 통해 구체화되듯이 주인공은 일본인 하야시와 다께오 부자를 비롯하여 정신대 전력의 한국여성 상해댁을 만남으로써 다양한 상호작용을 유발하며 풍부한 대화적 관계를 보여주고 있다.

우선 주인공은 일본인의 사탕수수농장에 취업함으로써 일본인 하야시와 다께오 부자를 만나게 되고, 이 만남이 한국인으로서 그의 정체성을 일깨우는 역할을 한다. 뿐만 아니라 하야시를 통해서 제2차 세계대전이 우리나라에는 해방을 가져다주었지만 일본인인 하야시에게는 생활의 터전을 미군에게 징발당하고 가족을 잃어버리게 만든 비극적 전쟁, 즉 일본의 패전을 초래한 전쟁이었음을 알게 된다. 2차 대전에 대해 한국인의 입장과 일본인의 입장이 동시적으로 드러난 것도 이 작품을 대화적으로 만들게 하는 요인이다. 막장 광부와 군인을 지냈던 하야시는 패전국 국민으로서 고향인 오키나와 본 섬에서 쫓겨났지만 작은 섬 미나미다이도오지마에 와서 농장주로 성공한다. 반면에 같은 막장 광부였던 복진의 아버지는 해방이 되어 귀국한 후에도 광부로 일하다가 낙반사고로 목숨을 잃게 된다. 그가 평생을 가난하게 살다 죽은 사실은 일본인 하야시의 성공과 뚜렷이 대조된다.

뿐만 아니라 그들의 자식들은 어떤가. 하야시의 아들인 다께오는 농장의 후계자로 안정되어 있는 반면, 복진은 오키나와의 계절노동자로, 그의 오빠는 원양어선의 선원으로 경제적으로 열악한 상태를 벗어나지 못하고 있다. 하야시가家와 복진가家의 대조적 운명은 2차 대전 후의 한국과 일본의 발전상에 대한 대조이다. 그리고 한국의 하위계층은 독립의 수혜를 받지 못한 채 여전히 소외된 상황에 놓여 있음을 보여준다.

제4신에서 본 섬인 고자시에서 술가게를 하고 있는 상해댁이란 여성과
의 만남은 더욱 의미심장하다. 일제에 정신대로 동원되었다가 귀국도 하
지 못한 채 잔류한 상해댁은 정신대의 비극은 단순한 과거사가 아니라 아
직 청산되지 않은 부채로 남아 있는, 생생한 현재임을 그 자체로 증언하
고 있다.[30] 어디 정신대뿐이랴. 징용, 학도병 문제 등 일제로부터 받은 우
리 민족의 고통은 아직 아물지 않은 파릇파릇한 상처를 그대로 간직한 미
완의 과거이다. 그래서 이상경은 「오끼나와에서 온 편지」를 "청산되지 못
한 과거가 현재에도 작동하고 있는 한 본보기"[31]로 평가했다.

하야시 부자와의 만남이 과거를 정확하게 인식하게 만드는 크로노토프
였다면 상해댁과의 만남은 현재에 대한 문제의식을 보다 냉철하게 제기
하는 크로노토프이다. 주일미군의 주둔지인 오키나와 본 섬의 고자시는
"미군 상대의 유흥가로 발달한 순전한 군사기지 도시"로서 "미군병사兵舍
와 미군주택 그리고 그들과 군 관계 노무자들이 많이 드나드는 상점이랑
술집 또는 매음굴이 많은 곳", 한마디로 기지촌이다. 오키나와는 1972년
에 현지 주민에게 반환된 후에도 주일미군의 단계적 철수와 미군기지로
사용하고 있는 토지 반환 등의 약속이 제대로 지켜지지 않음으로써 반미
저항시위가 계속된 곳이다.

하지만 작가의 관심은 여기에 있지 않다. 복진은 이곳에서 외화획득의
전선에 선 계절노동자들이 농장 대신 하수도공사나 건축공사장으로 전용
되어 품삯도 제대로 받지 못하고 중노동에 시달리는 현장을 목격하게 된

---

30 「수라도」(1969)를 비롯하여 이 작품에서 정신대 문제를 거론한 것은 국내의 여성계가 1990년
　대 초반에서야 여성운동의 이슈로 삼기 시작한 것에 비교할 때에 작가 김정한의 선구적 문제
　의식은 놀라운 것이라고 하겠다.
31 이상경, 「한국문학에서 제국주의와 여성」, 강진호 편, 앞의 책, 2002, 247면.

다. 계약과는 달리 계절노동자를 농장이 아니라 공사장의 인부로 전용하는 일본인의 기만적 태도는 그 옛날 근로정신대라고 속여 여자를 끌어다가 위안부로 삼았던 술책과 유사하다.

그는 애완동물처럼 미군에게 불법 입양된 고아들이 생명의 존엄성을 잃은 채 함부로 내팽개쳐져 죽어가는 반인륜적 현장도 목격한다. 더욱이 "강장제 고려인삼 달여 먹고 기생파티 즐겨보지 않으시렵니까?"라는 선전 문구처럼 외화획득을 위해 한국의 젊은 여성들이 관광산업이라는 미명하에 국제적인 매춘산업에 동원된 사실도 알게 된다.

정신대, 징용, 학도병을 강제로 징발하던 일제 식민주의의 외형은 2차 대전의 패배로 종식되었지만 이제는 경제적 위력으로 한국인을 계절노동자로 부리면서 착취하는 새로운 형태의 식민주의(신식민주의)로 연장되고 있음을 볼 수 있다. 태평양전쟁 당시 제국주의 파시즘에 의해 근로정신대와 종군위안부로 한국의 젊은 여성들을 강제 동원했던 일본이 이제는 정치적 침략과 지배의 방법이 아니라 황금이란 무기를 들고 한국여성의 노동력과 성을 착취하고 있는 것이다. 그런데도 이들의 권리보호를 위해 앞장서야 할 국회의원들이 대책 마련은커녕 5대양 6대주를 누비며 외유를 즐긴다는 신문기사는 우리 지도층의 무책임성을 단적으로 드러내준다. 독자들은 이들의 행위에서 일제하에서 한국의 지도층이 학도병 지원을 선동했던 반민족적 과거사를 연상하지 않을 수 없다.

작가는 작품의 결말에서 "운다고 해결이 되나? 쓸개 빠진 타협과 눈물이 문제를 해결해 주지는 못해!"라는 다께오의 핀잔을 통해서 한일문제를 감상적으로 접근하는 것을 경계한다. 그리고 일제하 정신대, 징용, 학도병 문제에 관한 정확한 진상규명 및 보상, 반민족적 친일행위에 대한 역사적 심판, 젊은 세대의 올바른 역사인식을 촉구한다.

이것이 과거와 현재의 다성악적 길의 크로노토프와 만남의 크로노토프의 상호작용과 대화성을 통해서 그려내고자 한 이 작품의 의미이다. 과거에 대한 반성적 인식과 현재에 대한 냉철한 현실인식의 만남이 없는 한 한국은 1970년대의 신식민주의적 상황을 결코 타개할 수 없으리라는 것이다. 하지만 이러한 탈식민주의적인 주제는 종결된 상태가 아니라 미완의 상태로 독자들에게 넘겨져 있다. 이런 비종결성이야말로 이 작품을 다성적 작품으로 읽히게 한다.

4. 결론

'섬'을 주 공간으로 삼은 「모래톱 이야기」와 「오끼나와에서 온 편지」에서 김정한이 보여주고 있는 세계관은 민족주의적이기보다는 탈식민주의적이다. 탈식민주의는 형식적인 독립과 해방의 이면에서 우리의 의식구조를 더욱 근원적으로 틀 지워온 가시적 또는 불가시적 식민담론을 비판하고 그것들의 정체를 밝혀냄으로써 그것들에 저항하고자 하는 이론이다. 또한, 탈식민주의는 제국주의의 식민지 지배에만 관심을 제한하는 것이 아니다. 식민적 상황은 한 국가나 민족내에서도 발생하는 만큼 어떤 지역이나 집단이 여타 집단을 통제하고 복속시키는 상황을 분석하고 비판하는 데에도 적용될 수 있다.

「모래톱 이야기」는 소외된 공간 '조마이섬'에 역사적 시간성이 결합됨으로써 해방 이후의 민족 내부의 지배-피지배의 모순과 하위계층의 소외를 그려낸 탈식민주의적 크로노토프로 형상화되었다. 그리고 「오끼나와에서 온 편지」에서 '오끼나와'는 외화벌이의 노동공간으로서 해방 후의 신식민주의적 모순을 폭로하는 크로노토프이며, 동시에 과거 일제 식

민주의의 모순을 정확히 통찰케 하는 크로노토프이다. 나아가 식민주의
와 신식민주의는 극복되어야 한다는 탈식민주의적 주제를 담은 다성악적
크로노토프이다.

두 작품에서 육지로부터 분리된 '섬'은 하위계층의 생존현장으로 민족
내부에서는 물론이고, 한일관계에서도 탈식민주의적 모순을 드러내는 크
로노토프로 재현되었다. 그리고 두 소설에서 텍스트 상위의 역사 또는 텍
스트 밖의 현실은 거의 굴절 없이 텍스트 내부에 반영되고 있다는 점에서
김정한은 철저한 리얼리스트라고 할 수 있다.

『한국문학이론과 비평』25, 한국문학이론과 비평학회, 2004. 12.

근대화 프로젝트와 탈식민주의

이문구의 「해벽海壁」을 중심으로

1. 서론

1960년대부터 우리나라의 산업화를 추진한 세력들은 그 과정을 근대화라고 불렀다. 그런데 역사적 과제로서의 우리의 근대화는 이미 19세기 말의 개항시기부터 시작되었으며, 일제강점하에서는 식민지적 근대화가 파행적으로 이루어졌다. 어떤 의미에서 개항 이후의 한국 현대사는 서구의 근대적 체제를 수립해 나가는 근대화 과정이었다. 뿐만 아니라 지난 1세기 이상 우리 사회 및 비서구 사회 일반의 핵심과제의 하나는 전통사회에서 근대사회로의 이행, 이른바 근대화 프로젝트였다. 근대화 프로젝트는 대략 국민국가 형성과 산업화의 방법을 통해 추구된다고 할 수 있다.[1]

해방 이후 우리의 근대화는 미국의 압도적 영향과 국제사회에 있어서

---

1 박명림, 「근대화 프로젝트와 한국민족주의」, 역사문제연구소 편, 『한국의 '근대' 와 '근대성' 비판』, 역사비평사, 1996, 311면.

의 약체적 위치, 사회적·경제적 모순과 전쟁으로 인한 빈곤의 경험 등 여러 현실적 요인 아래서 나라의 부를 증대시키고, 군사력을 강화하여야 한다는 주장으로 이어져 왔다. 따라서 후진국에서 중진국 그리고 선진국으로 나아가는 일직선적 발전의 이념을 수용한 역사발전의 이데올로기를 받아들이는, 즉 서구의 현대적 역사관을 지배해온 발전사관과 적자생존의 논리를 내세우는 사회진화론을 배경으로 한 근대화였다.[2] 이처럼 서구적 산업화를 근대화의 최우선의 지표로 이해하는 단선적·양적 근대화 인식은 그 그늘 아래 침략과 종속의 그림자를 드리울 수밖에 없다.[3]

수백 년을 수십 년으로 단축시킨 해방 이후의 압축적 근대화 과정은 수많은 문제점을 드러낼 수밖에 없었다. 압축적 근대화 과정에서 발생하는 사회전반의 균형적 성숙이 뒷받침되지 못한 성장을 박명림은 '비동시성의 동시성(the contemporaneity of the uncontemporary)'이라는 개념으로 설명한 바 있다. '비동시성의 동시성'이란 전통과 근대의 혼재, 근대적 요소내에서의 격심한 불균등성과 부분성, 즉 근대화, 민주화, 통일 등 상이한 의제의 동시적 존재와 불균등한 발전 등을 가리킨다.[4]

우리의 근대화 기획은 절대궁핍으로부터의 탈출이라는 목표에만 집착한 나머지 부의 양극화, 계급·계층적 갈등, 지역차별, 공동체의 붕괴, 환경오염, 문화적 퇴폐화, 인간소외 등 지금도 계속되고 있고 앞으로도 훨씬 심화될 가능성이 높은 수많은 사회문제들을 양산했다.[5]

---

2 김우창, 「근대화의 이데올로기와 행복의 추구」, 『김우창전집 5 — 이성적 사회를 향하여』, 민음사, 1993, 166~168면.

3 김영민, 『지식인과 심층근대화』, 철학과 현실사, 1999, 71면.

4 박명림, 앞의 논문, 313~314면.

5 하정일, 「근대성의 변증법과 주체화의 미학 — 이문구의 『우리 동네』를 중심으로」, 『20세기 한국문학과 근대성의 변증법』, 소명출판, 2000, 361면.

이문구(1941~2003)의 중편소설 「해벽海壁」은 박정희 정권의 근대화 프로젝트가 한창 진행되던 1972년에 발표한 작품이다. 이문구는 「해벽海壁」뿐만 아니라 연작소설 『관촌수필』과 『우리동네』 등에서 근대화의 음지에 해당되는 전통적인 농촌이나 어촌, 또는 사회 자체로부터 소외되어 있는 도시의 변두리를 그려냈다.[6] 그리고 후발산업국가로서 짧은 시간 내에 빈곤탈출과 경제성장을 목표로 내세우며 추진한 우리의 압축적 근대화에 대해서 진지한 반성적 성찰을 보여주었다.

이문구가 여러 작품에서 집중적으로 그려낸 1960~1970년대는 근대화의 바람이 우리 사회 곳곳에 침투하여 사회생활의 질을 전면적으로 변화시켰을 뿐만 아니라 농촌에도 큰 영향을 미친 시기이다. 박정희 정권이 추진한 자본주의적 근대화 프로젝트는 농촌에 부정적 부작용을 초래했으며, 일방적으로 농촌의 희생을 강요하는 방향으로 변화가 이루어졌다[7] 해도 과언이 아니다. 즉 '비동시성의 동시성'에 의한 불균등 현상은 도시와 농촌과의 관계에서 보면 농촌에 집중되어 농촌의 파행적 변화와 희생을 초래했다.

「해벽海壁」에서는 '사포곶'이라는 어촌 공간 내부에서 어민과 농민이 분리되고, 영세어민의 희생 강요라는 내부적 불평등의 문제가 야기된다. 그런데 이 작품에 나타난 어민과 농민의 갈등은 우리 소설에서 근대화의 갈등이 주로 농촌과 도시의 갈등으로 나타난 전형성에서 다소 벗어난다고 할 수 있다.

근대화 과정에서의 농(어)민적 삶의 전반적 구도 변화와 희생의 강요에

---

6 김병익, 「농촌소설의 의미와 확대」, 이문구, 『우리시대 우리작가 6-이문구』, 동아출판사, 1987, 397면.
7 김우창, 「근대화 속의 농촌」, 『세계의 문학』 22, 민음사, 1981. 12, 310~312면.

대한 문제의식이야말로 이문구가 그의 소설에서 집요하게 천착한 주제의 하나이다. 이문구는 서구식의 근대화 프로젝트와 발전사관에 기초한 개발의 논리에 근본적 질문을 던지는 문제소설 「해벽海壁」을 발표함으로써 우리에게 진정한 근대화란 무엇이며, 발전 또는 개발의 논리가 우리의 삶의 질을 개선시키는 진정한 발전이었는가를 질문한다.

본고는 1970년대 문제작의 하나인 이문구의 「해벽海壁」을 중심으로 작품 속에 나타난 근대화 프로젝트와 개발의 논리, 그리고 신식민주의에 대한 작가의 문제의식을 탈식민주의 비평을 원용하여 고찰하고자 한다.

그간 이문구 소설에 대한 연구는 『관촌수필』과 『우리동네』에 집중되어 왔다. 「해벽海壁」에 대해서는 민병인의 「이문구소설연구 : 농경문화서사와 구술적 문체분석」[8]에서 부분적으로 논의된 것과 이광훈의 서평[9] 등이 있을 뿐이다.

2. 근대화 프로젝트의 허구성 – 누구를 위한 근대화인가

1) 사포곶의 폐항과 주인공의 몰락

「해벽海壁」은 박정희 정권이 추진한 국토개발사업이 초래한 어촌 파괴와 미군이라는 외세에 의한 신식민주의의 문제점을 고발한 작품이다. 작가의 이러한 문제의식은 1960~1970년대 어촌의 상징인[10] 충청도 서해안

---

8 민병인, 「이문구소설연구 : 농경문화서사와 구술적 문체분석」, 중앙대학교 박사학위논문, 2001.

9 이광훈, 「체념과 허무의 극복 : 이문구의 해벽 〈서평〉」, 『문학과 지성』 17, 문학과지성사, 1974.8, 742~747면.

10 김종철, 「작가의 진실성과 문학적 갈등」, 김윤수·백낙청·염무웅 편, 『한국문학의 현단계』, 창작과비평사, 1982, 113면.

의 '사포곶沙浦串'이라는 공간과 선주와 어협조합장이었던 주인공 '조등만'을 통해서 드러난다. 조등만은 사포곶을 근대화된 어촌으로 만들고자 했지만 그의 순수한 열정은 국가적으로 추진되는 간척사업이라는 근대화 프로젝트에 의해서 좌절되고 만다. 사포곶이 폐항에 이르기까지의 일련의 과정은 어민으로서의 정체성을 지키고자 몸부림쳤던 '조등만'의 몰락 과정과도 일치한다.

조등만(55세)은 삼대째 사포곶에서 살아온 토박이로서 그곳에서 처음으로 동력선을 부렸던 인물이다. 이 동력선은 화물선으로서의 기능뿐만 아니라 해운개척에도 선구적 역할을 담당해왔다. 그는 어업의 근대화를 위해 '사포곶수산고등학교'를 설립코자 선산 만여 평을 학교부지로 기부했고, 학교의 후원회장과 사친회장을 겸하여 학교발전에 앞장섰다. 어협조합장으로서도 사리사욕을 떠나 사포곶의 발전을 헌신적으로 주도해왔다. 그는 수산고등학교 설립을 통해 어민의 전문교육과 훈련, 준설, 어제의 신설, 어항의 육성책, 어선의 동력화, 위탁판매제도의 개선 등 사포곶을 근대화된 어항으로 발전시키고자 청사진을 펼쳤다.

하지만 학교는 곧 인문계로 전환되고, 그 역시 어협조합장직에서도 축출되고 만다. 그는 근대화의 물결 앞에서 속수무책으로 무력해질 수밖에 없었지만 이 모든 것이 자신의 무능력이나 부덕의 소치 때문만은 아니라고 생각한다. 즉 천재지변에 해당할만한 세상의 시류, 다시 말해 거대한 근대화 프로젝트에 의한 불가항력으로 인식한다. 그는 반어민적 근대화 프로젝트가 잘못된 것이라는 비판적 인식을 갖고 있었지만 개인적 힘으로는 이를 막아낼 수 없었으며, 사포곶 어민들의 생존권 역시 박탈되었다. 반면에 근대화 추진세력들은 새 정부의 세력을 등에 업고 사포곶의 간척사업을 추진하여 전형적 어촌을 농촌으로 변화시키는 데 성공한다.

사포곶의 폐항과 조등만의 몰락 과정은 발단과 결말 사이에 회상의 형태로 삽입되어 있다. 즉 작품의 서술시간에서 현재로 다루어지지 않고 이미 종결된 사건으로 플래쉬백(flashback) 되어 있다. 이런 시간구성은 근대화 추진세력과 어촌의 영세어민들의 대립에서 근대화 추진세력의 승리, 그리고 어민의 패배라는 돌이킬 수 없는 기정사실을 암시한다.

2) 주인공의 탈중심의식

사포곶에 불어 닥친 변화는 숭산 쇠께마을의 양공주촌화와 장터의 번성에서 가장 먼저 체감된다. 이런 변화에 대해서 조등만과 근대화에 동조하는 세력들 사이에는 극심한 의식의 차이를 나타낸다.

> 조는 그것도 사포곶의 전락이나 본바닥 사람들의 타락으로만 단정하진 않았다. 나라 전체의 피폐라고 믿지 않을 수 없는 현상으로 보였던 것이다. 그는 무엇보다도 자라나는 자식들 보기가 민망스러웠고 바다를 대하기에 부끄러움을 감출 수 없었다. (중략)
>
> 반면, 조의 그런 태도는 그를 비방해 온 사람들에겐 더할 수 없이 탐탁스런 화젯거리가 되어 주고 있었다. 그네들은 사포곶에 일어난 모든 이변이 지역 발전에의 기여와 주민들의 개명開明을 위해 바람직한 추세라고 주장하고 있었던 것이다.[11]

조등만은 사포곶의 변화가 그곳의 전락과 본바닥 사람들의 타락을 넘어서서 나라 전체의 피폐라고 보는 비판의식을 가진다. 반면 근대화 추진세력들, 즉 거믄개黑浦 어업조합장이면서 사포곶 조합을 넘나보는 오갑성

---

11 이문구, 앞의 책, 26면.

과 토지개량조합장 박창식은 그곳의 변화가 지역 발전과 주민들의 개명
開明을 위해 바람직한 추세라고 주장하는, 극명한 입장 차이를 나타낸다.
1960년대 이후 추진된 우리의 근대화는 위와 같은 두 가지의 시각과 입장
이 항상 이항대립하며, 긴장과 갈등을 불러왔다. 그리고 우리의 근대화는
결국 변화에 찬성하는 세력에 의해서 비민주적으로 추진되어 왔다.

　사포곶의 폐항은 "어민들은 너나없이 어촌을 뜨고 싶어했다. 어부로
살아온 과거를 수치와 과오로 알고 있었다"에서 확인할 수 있듯이 어민
들 스스로가 어민으로서의 정체성을 상실한 데서 더욱 촉진되었다고 할
수 있다. 즉 대다수 어민들의 희망은 사포곶을 풍요로운 어촌으로 가꾸는
것이 아니라 그곳을 떠나 어민이나 육체노동자가 아니라 정신노동자로,
봉급생활자로 살아가는 것이었다. 조등만은 이러한 사포곶 어민들의 체
념적 자학적 기질이 단순히 주어진 틀을 벗어나지 않으려는 자세 때문이
아니라 원양으로 나가 어로를 할 수 있는 배나 어구 등 기본설비조차 갖
춰지지 않은 구조적 요인에서 기인한 것으로 파악한다. 그래서 수산고등
학교를 설립하여 사포곶을 근대적인 어촌으로 변모시키고자 했던 것이
다. 또한, 개항 이래 준설을 한 번도 하지 않음으로써 뱃길이 토사에 막혀
서 폐항에 이를 수밖에 없게 된 구체적 현실에서 찾고자 했다. 뿐만 아니
라 미군부대가 주둔함으로써 밤낮없이 승객과 화물을 감시하고 조사하는
살벌한 경계가 결국 사포곶의 황폐화를 촉진시켰다고 보았다.

　즉 어민들의 도시로 떠나고자 하는 욕망은 더 나은 삶에 대한 적극성과
자발성의 표현이 아니라 어업과 어촌을 개발에서 제외시켜버린 근대화
프로젝트 때문이며, 자본의 논리에 지배되고 강요된 과정일 뿐이라는 인
식을 작가는 조등만의 의식을 통해서 드러냈던 것이다.

　조등만의 이러한 의식은 탈중심의식이라고 말할 수 있을 것이다. 사이

드(E. W. Said)에 의하면 탈중심의식(decentered consciousness)이란 어떤 사회의 중심지배 집단에서 배제된 집단의 문제에 관심을 가지는, 이 배제 상태에 비판적인 의식이며, 또한 총체화하고 체계화하려는 지배집단의 기도에 저항하는 의식이다.[12]

조등만은 정부가 추진하는 중농정책, 농공병진, 공업단지 조성 등이 입으로는 "농공병진이다, 공업단지다 허구 모다 나라와 국민들이 잘 살게 허겄다"라고 하면서도 실제로는 어민의 희생과 배제 위에서 추진되는 불균등성에 대해서 분명한 비판의식, 즉 탈중심의식을 갖는다. 그리고 근대화 추진세력의 배후에 존재하는 새 정부와 미국 등에 대해서도 비판의식을 가진다. 하지만 근대화를 추진하는 거대한 지배세력 앞에서 그는 무력한 개인이 될 수밖에 없다. 따라서 "폐인이나 다름없는 생활이 시작된 지 어언 두어 달포. 이젠 아무런 의욕과 욕심이 없었다"처럼 불면증에 시달리는 한편 정신적 공황상태에 빠져 폐인이 되고 만다. 그리고 그는 자신의 병을 무량사 행자로부터 들은 에피소드가 암시하듯 어촌을 농촌으로 만든 반어민적 근대화가 발생시킨 필연적인 병으로 인식한다. 즉 어선의 돛대를 대들보로 사용함으로써 초가집이 흉가가 되고, 아들이 병들었듯이 어촌을 농촌으로 근대화시키는 일은 결국 어민을 죽이고 병들게 할 뿐이며, 그의 병도 어촌을 어촌답게 만들지 않는 한 치유될 수 없으리란 것이다.

주인공 조등만은 충청도 사투리를 구사하는데, 이는 대화 이외의 지문에서 사용한 표준말 서술과 뚜렷한 대비를 보여준다. 이처럼 사투리의 사용은 조등만의 탈중심의식을 드러내는 데 보다 효과적인 언술방식이라고

---

12 고부응, 「에드워드 사이드 : 변경의 지식인」, 『초민족 시대의 민족 정체성』, 문학과지성사, 2002, 65면.

할 수 있다.

3) 반어민적 근대화와 권력의 이동

사포곶은 폐항이 집행되어 '보다 밝은 보다 잘 사는 농촌'으로 근대화가 이루어져 간다. 이 과정에서 남포면의 큰 저수지를 위해서 농민들은 수십만 평의 옥토를 침몰지역으로 내놓아야 했으며, 어민들은 "사포곶 해안의 삼분지 이 가량에 해당될 쇠미와 도리께 부락이 대를 이어 파먹어 온 방대한 개펄"을 간척공사에 내주어야 했다. 이 과정에서 농지를 내놓은 농민에겐 보상비가 주어지고, 간사지 분배에 우선권 등 혜택이 주어질 것이라고 한다. 하지만 생활의 터전을 잃은 어민에게는 아무런 보상과 혜택이 주어지지 않는다. 오히려 박창식은 "바다는 넓다. 임자도 없다. 그 바다 속에 서식하는 무한한 재물(해물)도 주인이 따로 없다. 넓은 바다, 그 바다 속에 들어있는 어족들은 아무고 잡는 게 주인이다. 간사지를 만든다고 바다가 줄어들진 않는다"라는 반어민적 의식으로 삶터를 박탈당한 어민들을 조롱한다. 그들에겐 개펄이 그들 마음대로 해도 되는 '텅 빈 장소'일지 모르지만 영세어민들에겐 소유권도 주어지지 않은 이 개펄이 유일한 삶터인 것이다. 새 정부는 "저수지가 완성되면, 으름내 냇물이 강물처럼 흘러도 봉수답 신세를 못 면해 온 사포곶 일대의 전답과 곧 착공될 간사지 일대는 전천후 경작지로 변하리라"는 이상을 내세우며 간척사업을 강행한다. 하지만 영세어민들에겐 이 사업이 그들의 생존권을 박탈하는 일일 뿐인 것이다.

제방이 가로막히고 나면 도리께에서 바다를 구경하기도 수월찮을 일이었다. 십여리나 걸어나가 볼 수 있게 될 것이었다. 밀물이 치렁거리는 물너울 위로

갈매기 활갯짓이 그림 같던 개펄. 건들마에 붉은 놀이 춤을 추던 바로 그 바닥
엔 이제 오려와 차벼가 심어지면서 메뚜기 새끼들이나 푸덕거리게 되고 말 것
이었다. (중략) 저수지와 용수로에 논밭을 먹힌 사람들은 구획이 잘 된 새 논으
로 분배를 받겠지만, 시초부터 임자 없는 개펄이나 파먹던 사람들에겐 아무런
보상도 없이 개펄만 잃고 주저앉게 될 것이었다. 소금가마나 소출하던 염전을
잃은 사람, 웬만한 찌낙질보다 낫던 어살터를 앗긴 사람, 파래와 청각과 김을
길러 뜯어먹은 물바위를 말린 사람…… 그네들은 그네들 손으로 살아갈 길을
다시 개척하지 않으면 안 되게 될 것이었다.[13]

작품은 사포곶의 국토개발계획이 "농촌 근대화란 거국적인 명제를 내
세우고 추진하는 일에 어민 구실도 제대로 못해 본 채 허거물쓰듯 켜온
몇몇 어민들의 절규란 결국 자신들의 무능과 소외감만을 재확인시켜 줄
뿐, 아무런 보람도 구경하지 못하리라고 일깨워주지 않을 수 없던 것였
다"에서 보듯 어민들을 배제시키고, 어민들의 생존권을 위협하는 발전이
며, 어민과 농민의 불균등한 발전이었음을 거듭 폭로한다. 근대화는 빈곤
탈출과 풍요라는 장밋빛 이상을 제시했지만 정작 사포곶 영세어민들에게
는 빈곤의 심화와 생계수단의 박탈, 그리고 희생의 강요라는 모순을 드러
내는 개발과정일 뿐이었다.

사포곶의 근대화는 새 정부의 세력을 등에 업은 토련조합장 박창식 등
에 의해 추진된다. 그의 형 박창돈은 예비역 대령으로서 예편 뒤에도 정
부 요처에 앉아 동생이 하는 일을 후원한디. 민정이 이양되면 그가 국회
의원에 출마할 것이란 소문이 파다하다. 그리고 박창식의 사포곶 근대화
추진사업은 형의 국회의원 출마를 위한 사전포석이다. 이들이야말로 근
대화 프로젝트의 실질적 수혜자들이다.

---

13 이문구, 앞의 책, 76~77면.

이처럼 사포곶의 근대화 사업은 새 정부의 국토개발계획과 토련조합장의 개인적 야심이 결탁하여 반어민적이고 반환경적 형태로 추진된다. 이 과정에서 영세어민들은 생존권 보장과 보상을 요구했지만 새 정부의 서슬 푸른 판세에 데모도 제대로 못해 본 채 조합장인 조등만의 무능력만을 규탄할 뿐이다. 그 결과 조등만은 조합장직에서 물러났으며, 새 조합장에 오갑성이 선출되어 거믄개어협과 사포곶어협을 합병해버리고 만다. 대신에 사포곶 어협공제조합을 만들어서 미군부대와 생선납품계약을 맺는 등 겉으로는 어민들의 권익을 보호하는 양 행동한다. 하지만 실상은 여기서 발생한 이익을 사리사욕을 채우는 데 사용하는 한편 그를 조합장으로 밀은 박창식과 박창돈에게 정치자금으로 제공한다.

오의 발칙스런, 아니 그 탁월한 역량은 어민들의 실리와 조합운영의 기간을 굳힌다는 공적인 구실과 명분에서만 빛을 낸 것도 아니었다. 미군부대에 기름까지 납품하고 있었다. 조합장이란 직함이 사적인 이권을 챙기는데도 부족함이 없게 이용됐던 것이다. 그 유류 납품에서 오는 수익금의 일부도 박에게로 간다고 했다. 어느덧 오는 박의 정치자금 조달을 위해서는 없어선 안 될 중요한 위치에서 기반을 다져가고 있던 것이다.[14]

인용문은 이미 근대화의 초기과정부터 발생해온 정경유착의 뿌리를 보여준다. 이처럼 사포곶의 변화는 사회적 변화를 자신의 부 또는 권력의 확대에 적절히 이용하는 약삭빠른 인물들에 의해서 더욱 가속화된다. 이 과정에서 어협조합장이었던 조등만 대신에 토지조합장인 '박창식' 이 새로운 영향력을 행사하게 된 것은 어촌에서 농촌으로의 이행과정에서 사회적 권력이 어떻게 이동하고 있는지를 잘 보여준다고 할 것이다.

---

14 위의 책, 74면.

전통적인 사회에서 뿌리를 박고 있던 사람들이 뿌리를 뽑히게 되고, 대신해서 전통적인 사회에서 떠돌던 사람이 뿌리를 박게 되는 새로운 사회란 결국 하나의 불평등한 사회로부터 다른 하나의 불평등한 사회로의 이동에 지나지 않는다. 이러한 변화는 단지 사람의 위치를 바꿔놓는 변화로서, 있는 사람과 없는 사람 사이의 근본적 모순을 해결하는 발전이 아니다. 어떤 의미에서 이런 변화는 입장이 바뀐 사람들 사이의 대립감만 높여 놓을 뿐 다 함께 잘사는 사회를 만들지 못한다.[15] 사포곶의 근대화는 근원적인 모순을 해결하여 다 함께 잘살게 만드는 발전이 아니었던 것이다. 조등만이 어협조합장직을 물러나면서 한 이임사는 바로 이러한 문제의식을 웅변한다.

> "현 정부는 집권 초엽부터 국민들에게 열 가지를 요구했고, 그리고 약속도 했습니다. 중농정책이다, 농공병진이다, 공업단지다 허구 모다 나라와 국민들이 잘살게 허겠다, 그런 것이나 반대할 일은 못되는 것입니다. 그러나 워느 것 한 가지를 위해서 다른 것까지 희생시킬 수는 읎는 게 아니냐, 이런 생각을 허는 것입니다.…… 바다를 막어 논을 맨든다. 하천을 막어 저수지를 맨든다. 간사지 농토를 농민덜헌티 노나 준다……좋다 이것인 겝니다. 허지마는 바다를 쳐다보구 살아온 사람덜……개펄에서 소금이나 굽고 청렴이나 긁어먹던 사람덜……이 바다 읎이 못 살어갈 사람덜 헌티 바다를 뺏어간다는 것은 무엇이냐 이것입니다. 그것은 쟁기질허는 사람 농지를 뺏어다가 섹유장사나 기타 다런 직업을 가진 사람덜헌티 노나 주는 셈이지 뭐냐 이것입니다. 바다를 뺏긴 사람덜, 말허자면 아녈말루 경작지를 뺏긴 사람덜은 어떡허란 거냐 이것입니다." (하략)[16]

---

15 김병익, 앞의 논문, 394면.
16 이문구, 앞의 책, 51면.

즉 국가가 추진한 근대화정책이 어촌은 어촌답게 만들어야 함에도 그렇지 못한 채 어민을 배제시킨 데 대한 비판이다. 당시 새마을운동이 내건 '다 함께 잘사는 사회'라는 농촌 근대화 사업의 슬로건이 허위의식에 불과하다는 것을 비판한 것이다.

'다 함께 잘사는 사회'라는 슬로건은 두 개의 의미항으로 분절하여 생각하여 볼 수 있다. 즉 '다 함께'와 '잘사는'이다. 첫째 '다 함께'는 특정 개인을 넘어서서 국민 전체라는 의미지향이라고 생각해 볼 수 있고, 둘째 '잘사는'이라는 목표는 빈곤탈출과 물질적 행복 추구라는 의미지향이라고 해석할 수 있다.

「해벽海壁」에서 드러난 어민의 희생을 강요하는 근대화는 앞에서도 지적하였듯이 잘사는 사람의 집단을 바꿔놓는 변화일 뿐 근대화 추진세력과 조등만, 그리고 농민과 어민의 불평등의 문제를 해결하지 못한, 즉 비동시성의 동시성을 나타낸 발전이다. 즉 근대화 추진세력은 득세를 하고 농민은 보상을 받았지만 조등만과 어민은 몰락함으로써 '다 함께 잘사는'이라는 슬로건이 일종의 허위의식에 불과했음을 드러냈다.

그리고 자본의 논리가 침투한 사포곳에는 더 이상 전통적인 공동체적 집단주의가 작동하지 못한다. 어민과 농민은 서로 갈등하고 공동체는 붕괴된다. 대신 서로가 서로를 잡아먹는 거대한 리바이어던, 즉 적자생존의 논리로 대체하게 되었음을 새 조합장 오갑성과 토지조합장 박창식 같은 인물들에게서 발견할 수 있다. 뿐만 아니라 사포곳은 문화적 퇴폐화가 가속화된다.

3. 탈식민주의 문제의식과 타자의 서사

1) 신식민주의와 타자의 서사

사포곶은 미군부대가 주둔함으로써 전통적인 어촌의 순수성을 상실하게 되었을 뿐만 아니라 급속하게 전통적 풍속이 파괴되고, 문화적 퇴폐화가 가속화된다. 그리고 이 과정에서 여성들이 가장 먼저 희생자가 된다. 우리나라의 독립과정에 끼친 미국의 역할과 한국전쟁시의 미군파병은 해방 이후 근대국가 형성과정에서 미국의 영향력을 매우 증대시켰다. 즉 정치적·군사적·경제적 종속뿐만 아니라 문화적 종속에 이르는 여러 문제점을 초래했다. 반제국주의에서는 제국의 관료나 군인을 식민지에서 몰아내는 것을 해방과 독립의 쟁취로 보지만 탈식민주의에서는 식민지 지배 이후에 나타나는 정치적 경제적 사회적 문화적 정신적 식민주의를 더 문제 삼는다. 즉 식민통치라는 억압의 근대역사가 남긴 유산을, 식민지시대뿐만 아니라 독립을 한 후에도 계속 남아 훨씬 더 교묘하고 복잡한 형태로 파괴적인 영향력을 행사하고 있는 식민 지배의 잔재를 탐색하여 그것들의 정체를 밝혀냄으로써 그것들에 대항하고자 한다. 말하자면 탈식민주의는 형식적인 독립과 해방의 이면에서 우리의 의식구조를 더욱 근원적으로 틀 지워온 식민담론을 비판하고 그것에 저항하고자 한다.[17]

우리나라는 해방 이후 탈식민의 문제가 일본과의 관계보다도 미국과의 관계에서 고찰해야만 하는 역사적 특수성을 갖고 있다. 빌 애쉬크로프트가 "〈포스트콜로니얼〉이라는 용어를 식민주의 시기로부터 현재에 이르기까지 제국주의적 영향으로부터 자유로울 수 없었던 모든 문화를 포괄

---

17 태혜숙, 『탈식민주의 페미니즘』, 여이연, 2001, 33면.

하는 통칭적 개념으로 사용했던"[18] 것처럼 탈식민주의는 가시적 식민지가 아니지만 이제는 더욱 교묘해진 문화적, 경제적 제국주의의 불가시적 피해를 입고 있는 신식민지 국가들의 효과적인 저항언술이다.[19] 즉 제도적으로 더 이상 식민지가 아니지만 문화적 정신적으로 여전히 식민지가 계속되고 있는 식민지 시대 이후의 문제를 극복하기 위한 비평방식이 탈식민주의이며, 타자의 입장에서 씌어진 소설이 탈식민적 소설이다.[20]

식민지화된다는 것은 특히 독립을 얻은 뒤에도 계속해서 끔찍할 만큼 불공평한 결과에 숙명처럼 시달림을 받는다는 것을 의미한다고 사이드(E. W. Said)는 말했다. 예컨대, 한편으로는 빈곤, 의존, 저개발을 비롯해 여러 가지의 권력과 부패에 시달리고, 또 한편으로는 경제발전과 교육수준 향상과 괄목할 만한 군사력이 뒤따른다. 이와 같은 혼합적인 요소가 식민지인들로 하여금 한편으로는 자유를 얻게 해주지만, 또 한편으로는 과거의 피해자가 되도록 해준다는[21] 것이다. 사포곶의 어민들과 근대화 추진 세력 사이에는 빈곤과 발전이라는 모순적 요소들이 혼재함으로써 피해와 자유라는 불공평을 드러냈다.

실로 한국의 근현대사는 강대국에 의한 정치적, 군사적, 경제적 종속의 역사였다. 20세기 전반기는 직접적 식민지배하에 있었고, 후반기는 형식적으로는 독립이 되었으나 분단으로 인해 실질적으로 국가의 존립이 근본적 위기상태에 놓인 일종의 전쟁국가였다. 정치경제적으로도 수출주도의 공업화를 추진하는 과정에서 미국으로부터의 정치군사적 보호와 문화

---

18 빌 애쉬크로프트 외, 이석호 역, 『포스트 콜로니얼 문학이론』, 민음사, 1996, 12면.
19 김성곤, 「탈식민주의 시대의 문학」, 『외국문학』 1992년 여름호, 열음사, 1992, 14면.
20 권택영, 「탈식민주의와 문화비평」, 『현대시사상』 1996년 봄호, 고려원, 1996, 76~77면.
21 김성곤, 앞의 논문, 14면에서 재인용.

적 영향을 받는 처지에 놓였었다.[22]

「해벽海壁」에서 보여주듯 미군의 주둔은 냉전적 상황과 분단의 고착화로 인해 한국에 대한 정치군사적 보호라는 이름으로 이루어졌지만 그것은 새로운 의미의 정치군사적 종속을 의미했다. 미국의 지배자로서의 위엄은 미군부대가 숭산 마루를 깎아 올라앉아 사포곶을 내려다보는 형세에서부터 상징적으로 제시된다. 조등만은 "밤마다 숭산 꼭대기에 수은등 꽃밭이 이뤄지면서 사포곶의 변모는 급속도로 진행되어 갔다"라고 사포곶의 몰락이 미군부대의 주둔으로부터 시작된 것으로 인식한다. 사포곶 근대화의 배후에 미국이라는 제국주의적인 자본주의 국가가 지배구조로 작용하고 있음을 암시한 것이다. 1960년대 이후 우리의 근대화는 경제성장을 통한 국민소득 향상이란 국가적 목표하에 '친미/반북한/경제성장/국가개입 묵인'으로 특징지어진다.[23]

미군부대가 들어선다는 소문에 주민들은 기대와 불안의 엇갈린 관심을 보이는데, 조등만의 불안감은 미군부대의 불빛에 대한 불길한 묘사를 통해서 적절히 환기되고 있다.

그 숭산 꼭대기의 불빛을 볼 적마다 조는 소름이 끼쳤다. 눈이 부시게 밝은 그 불빛들이 어둠을 누르는 보통 불빛에다 견주면 전연 딴판으로 보여지던 것이다. 문명의 불빛이기보다는 야만스런 광채였고, 보호와 안전을 위한 친근한 불이기에 앞서 써늘한 공포와 위압을 뜻하는 화기火器로 여겨지던 거였다. (중략) 늘 유사시라는 느낌, 상서롭지 못한, 불길하고도 패악스런 기운이 노상 사포곶 일대를 에워싸고 있지 싶은 기분, 불안해 견딜 수가 없는 불빛이었다. 수은등은 그래도 덜 불쾌한 셈이었다. 그 중 드높이 치솟은 시뻘건 적신호등—

---

22 김동춘, 「사상의 전개를 통해 본 한국의 '근대' 모습」, 『한국의 '근대' 와 '근대성' 비판』, 279면.
23 김동춘, 위의 논문, 287면.

그것은 공갈과 협박의 가면假面으로밖엔 달리 해석할 길이 없는 것이었다. 그 적신호등은 늘상 밤을 새우며 그렇게 서 있으면서도 피곤을 모르고 있었다. 기지의 불침번으로 사포곶을 손아귀에 넣었노라는 듯이 오만하게 읍내의 우두머리인 양 여유 있게 깜박이고 있었다.[24]

인용문에서 보듯이 숭산 꼭대기에서 소름끼치도록 빛나는 야만스런 광채는 조등만에게 공포와 위압의 화기로 느껴지며, 늘 유사시라는 느낌, 상서롭지 못한 불길하고도 패악스런 기운의 불안해 견딜 수가 없는 불빛, 공갈과 협박의 가면假面으로밖엔 달리 해석되지 않는다. 그 불빛에 대한 조등만의 막연한 불안감과 우려는 곧 구체적 현실로 나타난다. 우선 숭산과 그곳에서 조망되는 바다는 도내의 으뜸가는 풍치로 알려져 있는데, 이 장소를 미군부대가 점령함으로써 '국토방위'는 강화됐는지 몰라도 사포곶 아이들의 유일한 소풍장소요, 주민들의 유원지를 빼앗겨버린 것이다. 하지만 이것은 아직 서막에 불과했다. 곧 쇠께마을은 양공주촌으로 변모해갔으며, 사포곶의 순진한 처녀들까지 양공주로 타락해 갔고, 사포곶 여성은 미군의 성폭력에 희생된다.

숭산에 주둔한 미군부대는 우리나라의 근대화 추진과정에 작용한 미국의 경제적 원조와 헤게모니에 대한 하나의 상징이라고 할 수 있다. 박정희 정권은 미국의 군사적 정치적 경제적 문화적 영향력 하에서 종속적인 근대화를 추진했다. 우리나라를 비롯하여 정치적으로 독립한 제3세계의 근대화 과정에 미국은 경제적 원조와 군사적 우위, 문화적 우월성을 앞세운 신식민주의화, 즉 종속의 과정을 밟아갔다. 실제 미국은 군사 및 경제 원조에 대한 대가로 우리나라에 완성품 소비재와 반제품 소비재를 공급

---

24 이문구, 앞의 책, 24~25면.

할 독점권을 요구했다.[25]

탈식민 소설은 타자의 입장에서 씌어진 소설이라고 앞에서 말했는데, 「해벽海壁」은 그야말로 근대화 추진세력의 반대편에 선 타자의 입장에서 쓴 탈식민 소설이다. 근대화의 신화를 앞세운 신식민주의의 정체를 그 반대편의 타자의 시선, 즉 조등만의 시선으로 바라본 타자의 서사인 것이다. 식민자의 시선이 문명화의 신화를 강요한다면, 피식민자라는 타자의 시선은 신문명의 이면에 권력이 작용함을 읽어낸다.[26]

2) 문화의 모방과 민족에 대한 강간

사포곶의 변화는 선창가 술집이 썰렁해진 것과는 달리 장터의 번창과 쇠께마을의 양공주촌화 등에서 대조적으로 드러난다.

> 가) 장터엔 어디서 무엇하러 왔는지 낯선 옷차림의 여자들이 날로 불어가고 있었다. 잡살스런 말투에 야한 매무새며 아무리 잘 보아도 배운 여자는 아닌 것 같더니 결국은 위안부들이란 말이 들려오고 있었다. 숭산 기슭 쇠께가 양공주촌이 되어 간다고 했다.[27]

> 나) 반대로 장터엔 엉뚱한 간판들이 서로 겨루기라도 하는 양 하루를 다퉈 올라붙으며 요란스러워져 가고 있었다. 미장원, 미용원, 미용소 하는 간판들과 함께 느느니 양장점이요 술집과 다방이었다. 술집도 됫술집 선술집 무창집하며 노다리찜이나 가오리회로 구미를 돋우던 탁배기 집들은 모구 갯것전 구석으로만 밀려 나왔고 새로 난 술집이라면 으레 맥주 홀이나 위스키 시음장이곤 했다. 요새도 밤낮없이 흥청대는 술집들, '캘리포니아' '오하이오' '신시나티'

---

25 이병천, 「전후 한국자본주의 발달사」, 김진균 · 조희현 편, 『한국사회론』, 한울, 1990, 30~40면.
26 나병철, 『근대서사와 탈식민주의』, 문예출판사, 2001, 208면.
27 이문구, 앞의 책, 26면.

가)의 쇠께부락의 양공주촌화에 이어 나)의 장터의 미장원, 양장점, 술집, 다방으로 대표되는 소비문화와 향락산업의 번창에서 자본주의적으로 근대화되어 가는 사포곶의 변화, 즉 문화적 퇴폐화를 잘 확인할 수 있다. 이러한 퇴폐화와 향락적 소비문화를 부채질 한 것은 물론 미군부대의 주둔과 국토개발계획이다.

술집의 술이 전통적인 '탁배기'에서 '맥주나 위스키'로 변화하고, 술집도 "됫술집 선술집 무창집"에서 "'캘리포니아' '오하이오' '신시나티' '오래곤'"라는 이름의 맥주홀로 바뀌었다. 술집뿐만 아니라 여성들이 몸을 서양식으로 꾸미는 양장점과 미장원이 생겨나고, 향락공간인 다방의 번성은 결국 우리의 먹고 마시고 입는 것을 서구화시키는 모방의 과정이다. 이런 모방은 한국인의 무의식 속에 작용하는 미국문화의 우월성에 기초해서 이루어진다. 식민지 지배자는 피지배자에게 지배권력의 외부형식을 받아들이고 지배권력의 가치와 규범을 내면화할 것을 요구한다. 이러한 의미에서 모방은 피지배자의 문화가 지배자의 문화를 '모방' 혹은 '반복'하게 만듦으로써 문화를 변형시키고 문명화시키는 서사시적 기획의 성격을 띠고 있다. 모방은 폭력에 기초한 지배정책과는 달리 정서적 이데올로기적 영역에서 작동하기 때문에 식민권력과 지식의 가장 교묘하고 효과적인 전략 가운데 하나라고 한[29] 호미 바바의 말을 사포곶의 변화에

---

28 위의 책, 31~32면.
29 Bart Moore-Gilbert, 이경원 역, 『탈식민주의! 저항에서 유희로』, 한길사, 2001, 283~284면.

서 상기하지 않을 수 없는 것이다.

사포곶의 근대화는 향락화와 더불어 여성의 성을 상품화시키고, 성폭력의 대상으로 여성을 유린하며 피해자로 만든다. 사포곶의 순진한 처녀들은 위안부들과 뚜장이들의 꾐에 빠져 위안부가 되어 마을을 떠나버린다. 뿐만 아니라 황승태 일가의 비극은 '숭산 마루를 깎아 올라앉'은 미군의 원주민에 대한 우월의식에서 나온 폭력성과 반인륜성을 명백하게 폭로한다. 아직 혼인한 지 달포밖에 지나지 않은 며느리가 흑인병사들에게 윤간을 당하자 황영감은 낫을 휘두르다가 흑인에게 두들겨 맞아 내출혈로 그날 밤으로 운명했고, 다음날 새벽 며느리는 자살했으며, 아들은 정신이상이 되었다가 1년 만에 이승을 하직하는 참혹한 사건이 벌어졌던 것이다.

미군들의 반인륜적 작태는 이뿐만이 아니다. 그들이 30달러를 주고 산 위안부를 부대의 경비견(수캐)의 교미대상으로 삼아 포르노 필름을 촬영하는 사건도 자행한다. "인간과 동격이 된 개는 동격이라기보다 그 우위로 대우받은 개"의 문제가 아니라 미군들에게 원주민 여성은 그야말로 인격이 아니라 개와 동질의 견격犬格으로 모욕되고 성적으로 유린된다.

이 두 개의 에피소드는 여성화되고 성애화된 우리 민족에 대한 미국의 강간을 적나라하게 보여준다. 즉 미군의 주둔은 전쟁시나 식민치하가 아님에도 불구하고 식민지와 동일한 지배 피지배의 관계를 구축하여 원주민인 한국인에게 폭력적 권력을 행사하고 있음을 상징적으로 드러내고 있다. 특히 이 관계는 지배자 남성의 원주민 여성의 몸과 성에 대한 권력관계 내지 착취적 관계를 확인시켜준다.

전시戰時의 강간은 남성들에게는 정복시에 필연적으로 따르는 부산물로 간주된다. 전쟁이 일어나면 '적군'의 필수품은 어떠한 형태로든 필연적으로 위해를 당한다. 특별히 강간을 자행한 것은 정복을 당한 측에 대해 이제는 더 이상 과거에 그들에게 소속되었던 것―토지, 재화, 여자들까지도―통제할 수 없다는 사실을 주지시키기 위한 것이라는 연구가 있다.[30] 그리핀도 강간과 제국주의 사이의 상관성을 주장한 바 있다.[31]

황승태의 며느리에 대한 미군의 강간이나 위안부를 경비견과 교미시킨 사건은 그야말로 전시가 아님에도 불구하고 한국에 주둔한 미군의 정복자, 지배자로서의 권력을 확인시켜준 민족에 대한 강간이며 약탈행위이다. 특히 원주민 여성의 몸에 가해진 비인간적이고 반인륜적인 성폭력은 도저히 독립된 자주국가에서는 일어날 수 없는 파렴치성과 부도덕성을 드러냈다. 80년대 이후 우리 사회에 번진 반미의식이 해방기와 6·25 전쟁 이후 미군주둔시기로부터 누적되어 촉발될 수밖에 없었음을 「해벽海壁」은 명약관화하게 보여주고 있다. 결국 미군의 주둔이 보호라는 명목하에 또 다른 침략과 종속, 즉 신식민화의 과정이었음을 두 개의 에피소드는 뚜렷이 보여주었다.

「해벽海壁」은 미군주둔, 친미, 그리고 주변부 한국의 미국으로부터의 종속적 관계를 사포곶이란 공간을 통해 상징적으로 보여주었다고 할 수 있다.

4. 생태학적 의식

「해벽海壁」은 개펄을 막는 간척사업이 반어민적 근대화라는 문제의식을 드러냈다. 하지만 개펄이 사라진 후의 환경 파괴까지는 그리지 않고

---

30 헤스터 아이젠슈타인, 한정자 역, 『현대여성해방사상』, 이대출판부, 1986, 83~84면.
31 위의 책, 89~90면.

있다. 이는 「해벽海壁」이 발표된 1970년대 초반은 아직 근대화(산업화)의 후유증이 심각한 문제점을 드러내지 않은 시기였기 때문일 것이다.

1962년부터 시작된 제1차, 2차 경제개발 5개년 계획은 기간산업의 육성 및 경공업 발전에 치중한 경제개발정책이었으며, 1970년대에 추진된 제3차, 4차 경제개발계획은 중화학공업의 육성에 치중하였다. 때문에 급속한 산업화의 부작용－하천, 연근해의 오염, 대기오염, 토지의 산성화 등－은 1970년대 초반의 작품 속에서는 아직 그 모습이 총체적으로 드러나지 않았다. 또한, 우리나라의 환경운동은 1970년대 이후에나 본격적으로 활성화[32] 된 만큼 이 작품에서 작가의 생태학적 의식이 1970년대 초반이란 시대적 한계를 뛰어넘기는 결코 쉬운 일이 아니었을 것이다. 즉 개펄이 사라지는 것을 단순히 영세어민들의 생존권을 위협한다는 차원 이상으로 확대시켜 고발하는 생태학적 의식을 기대하기에는 아직 시기상조라는 뜻이다.

이 작품에서 생태학적 의식은 발전사관에 토대한 개발의 논리와 다분히 기계론적이며 인간중심주의적인 세계관에 대한 비판에서 찾아볼 수 있다. 즉 국토개발을 통하여 풍요로운 농촌으로 근대화시키기 위해 자연을 마음대로 변형하고 어민의 희생을 강요하는 근대화 프로젝트에는 자신의 목적을 위해서 다른 존재를 수단화하고 도구화할 수 있다는 자연파괴적 인간중심주의가 작용하고 있는 것이다. 자연은 인간의 삶을 위한 도구적 이성의 대상, 언제든 기술적으로 조작하고 이용할 수 있는 대상으로 파악된다. 이와 같은 인간중심주의적 세계관은 결국 인간과 자연 사이의 유기적 관계를 파괴하고, 자연을 개발과 정복의 대상으로 분리시킬 수밖

---

32 김호기, 「환경사상과 환경운동의 흐름 및 쟁점」, 『창작과 비평』 1995년 겨울호, 창작과비평사, 63면.

에 없게 된다. 기계적 세계관과 인간중심주의는 산업기술의 발달과 더불어 오늘날의 대량생산과 대량소비의 생활양식을 낳는다. 여기에는 자연에 대한 끝없는 도전과 진보를 위한 개발 그리고 미래에 대한 낙관적인 믿음이 깔려 있다.[33]

작품에서 근대화 추진세력인 오갑성, 박창식, 박창돈 등은 자신의 이익을 위해서 상대방을 축출, 착취, 억압하는 생존경쟁과 적자생존의 생존법칙에 따라 살아가는 인물들이다. 작가는 바로 이 인물들에 대한 비판을 통해서도 생태학적 의식을 보여주었다.

하지만 「해벽海壁」의 생태학적 의식은 자연을 파괴하고, 환경을 오염시키며, 인간을 황폐화시키는 개발 논리의 허구성을 총체적으로 드러내는 단계에는 이르지 못하고 있다.

5. 결론

이 글은 1970년대의 문제작의 하나인 이문구의 「해벽海壁」을 중심으로 작품 속에 나타난 근대화 프로젝트와 개발의 논리, 그리고 신식민주의에 대한 작가의 문제의식을 탈식민주의 비평을 원용하여 고찰했다.

근대화 과정에서의 농(어)민적 삶의 전반적 구도 변화와 희생의 강요에 대한 문제의식은 이문구가 그의 소설에서 집요하게 천착한 주제의 하나이다. 이문구는 서구식의 근대화 프로젝트와 발전사관에 기초한 개발 논리의 허구성에 근본적 질문을 던지는 소설 「해벽海壁」을 통해 우리에게 근대화란 무엇이며, 누구를 위한 근대화이며, 개발의 논리가 우리의 삶의

---

33 신덕룡, 『환경 위기와 생태학적 상상력』, 실천문학사, 1999, 35~37면.

질을 개선시키는 진정한 발전을 가져 왔는가에 대해서 반성적 성찰을 보여준다.

박정희 정권이 추진한 근대화 프로젝트는 세계 역사상 유례가 없이 근대화와 고도성장을 짧은 기간 내에 이루어냈지만 그 이면에서 여러 부작용을 낳았다. 「해벽海壁」은 우리의 압축적 근대화 과정의 역기능과 그늘을 타자의 시선으로 비판하고, 근대화의 신화에 가려진 신식민주의의 정체를 밝혀낸 탈식민주의적인 타자의 서사이다.

「해벽海壁」은 근대화 프로젝트에 의해 폐항에 이르게 된 사포곶이란 공간과 문제적 인물 조등만을 통해 어민의 희생을 강요하며 추진된 근대화 프로젝트의 허구성과 불균등성을 고발하였다. 근대화는 빈곤탈출과 풍요라는 장밋빛 이상을 제시했지만 정작 사포곶 영세어민들에게는 빈곤의 심화와 생계수단의 박탈, 그리고 희생의 강요라는 모순을 드러내는 과정일 뿐이었다. 뿐만 아니라 근대화의 배후에서 작용하는 미국의 신식민주의가 초래한 지배 종속의 징후들, 모방을 통해 이루어지는 문화적 퇴폐화와 서구화, 민족(여성)에 대한 강간 등 주변부 한국의 미국으로부터의 종속적 관계를 작품은 폭로하고 있다. 그리고 발전사관에 토대한 개발의 논리와 다분히 기계론적이며 인간중심주의적인 세계관에 대해서도 생태학적 비판을 가하였다.

「해벽海壁」은 1970년대적 시대상황을 리얼하게 반영한 사회학적 상상력이 탁월한 작품인데도 지금까지 연구자들의 주목을 받아오지 못하였다. 앞으로 많은 연구가 나와 제대로 평가가 이루어지길 기대한다.

『한국문학이론과 비평』 39, 한국문학이론과 비평학회, 20008. 6.

제3부
젠더 · 공간 · 욕망

여성과 공간 — 현상학적 공간이론과 젠더정치학

키스 또는 욕망, 그 끝없는 미끄러짐
— 박숙희의 『키스를 찾아서』를 중심으로

나혜석의 「어머니와 딸」과 대화주의

여성과 공간

현상학적 공간이론과 젠더정치학

1. 바슐라르의 현상학적 공간이론과 젠더정치학

1) 젠더와 공간

공간과 남성/여성을 구별하는 젠더(gender)의 문제는 아무 연관이 없는 것처럼 보일 수 있다. 하지만 우리의 전통가옥에서조차 공간은 이미 안방/사랑방과 같이 성적 범주로 구분되어 왔고, 같은 방에서도 아랫목/윗목으로 어른과 아이의 위계질서를 표현해 왔음을 부인할 수 없다. 즉 공간의 배치가 남녀의 권력관계 및 상하의 위계관계에 의해 규정되어 왔다는 사실을 인정하지 않을 수 없다. 마크 위글리(Mark Wigley)는 "건물이 성의 정치학으로부터 분리되어 있다는 생각이 바로 그 정치학의 산물"이라고 말했다.[1]

---

1 마크 위글리, 「무제 : 젠더의 수용」, 베아트리츠 콜로미나 엮음, 강미선 외 역, 『섹슈얼리티와 공간』, 2005, 동녘, 390면.

산업사회에서도 남성의 공간과 여성의 공간은 공적 영역과 사적 영역으로 이분법적으로 구분되어 왔다. 기능주의 사회학자 탈코트 파슨즈(Talcott Parsons)가 도구적 남성/표현적 여성으로 역할을 구분하고, 공간도 남성－공적 영역, 여성－사적 영역으로 구분한 이원론은[2] 바로 남녀의 권력관계를 나타내는 성역할 구분이며, 가부장제의 권력이 작동하는 사회학적 공간 분할이다. 남성과 여성을 도구적/표현적 성역할 및 인성적 자질로 구분 짓고, 그들의 공간을 사회와 가정으로 구분해온 자들은 누구인가?

그것은 말할 필요도 없이 사회적 권력을 쥐고 있는 자, 바로 가부장제 권력이다. 시·공간의 분할은 권력관계에 의해 규정되고, 분할된 시·공간은 다시 사회의 권력관계를 재생산한다.[3] 페미니즘은 가부장적 권력이 작동하는 공간 분할에 저항하며, 남성에게 빼앗긴 공적 영역을 탈환하기 위한 투쟁의 역사를 펼쳐 왔다고 말해도 과언이 아니다.

---

2 린다 M. 글레논, 이수자 역, 『여성과 이원론』, 이화여자대학교 출판부, 1990, 42~51면 : 파슨즈는 '정상적' 핵가족은 남성은 남편과 아버지로서 대외적 직업을 통해 가족을 경제적으로 부양하는 도구적 역할을 수행하며, 여성은 아내와 어머니로서 대내적인 통합과 긴장관리의 표현적 역할을 수행하는 역할분담에 의해 특징지어진다는 사실을 일반화했다. 여기서 도구적 행동은 과업수행, 생산성 및 효율성을 중시한다. 사회관계에서 도구적으로 활동하는 사람은 감정을 억제하고 이기적 동기에 의해 행동하며, 판단을 위해 표준화되고 객관적인 기준에 의존하고, 상대방을 수행능력이나 성취도에 의해 평가한다. 그리고 모든 도구적 관계는 목적을 위한 수단으로 이해된다. 반면 표현적 행동은 감정적 충족감, 집단결속성 및 안정과 같은 통합적 목표를 중시한다. 따라서 표현적으로 활동하는 사람은 전형적으로 집단이익을 위한 감정을 표현하며, 상대방을 평가하는 기준으로서 개인적 관계의 특징에 의존하며 또한 상대방을 그들의 개인적 자질에 의해 판단하고, 상대방에게 폭넓은 관심을 보인다. 이러한 관계는 그 자체가 목적이며, 특별한 이익 때문이 아니라 그 스스로를 향유하는 것이다.

3 김왕배, 『도시, 공간, 생활세계』, 한울, 2000, 44면.

2) 바슐라르의 공간이론과 젠더

문학작품을 해석하고 분석하는 데 폭넓게 원용되고 있는 바슐라르(G. Bachelard)의 『공간의 시학』에서 보여준 공간에 대한 이해는 현상학적 접근법이다. 현상학적 공간이론은 사회적 이데올로기와 무관하다고 여겨져 온 이론이다. 이들의 철학적 공간론에서 공간은 기하학적 내지 물리학적 어떤 척도나 좌표계가 아니라, 그 안에 존재하는 사람들이 구체적으로 체험하는 공간으로 간주하며, 그러한 공간이 사람들 내지 '현존재'에 의해 체험되는 방식을 추적한다.[4]

관념적 상상력 이론이라 불리는 『공간의 시학』에서 바슐라르는 공간의 상상적인 체험을 통해 그 체험 속에서 그 체험을 조직하고 구성하는 지향성을, 그 체험된 현상의 원형을 찾아내려 했다.[5] 그는 이 책에서 집, 집과 세계, 서랍과 상자와 장롱, 새장, 조개껍질, 구석 등 내밀한 공간의 이미지들 및 그 변양태들, 세미화細微畵, 내밀內密의 무한, 안과 밖의 변증법, 원의 현상학과 같은 이미지의 현상학을 추구하고 있다. 다시 말해 그는 인간의 집과 사물들의 집이라고 할 수 있는 서랍, 상자, 장롱 등을 통해서 숨겨진 것의 미학을 이야기하였고, '세미細微'와 '무한'을 주제로 하여 큼과 작음의 변증법을 살펴보고 있다.

바슐라르는 공간을 '안과 밖'으로 대칭적으로 분류하는 체계를 세우고, 문을 매개공간으로 하여 '안'을 친밀하고 보호되는 내밀의 공간으로, '밖'을 모험, 위험과 무방비의 적대적 공간으로 이분법적으로 구분한다. 하지만 그의 『공간의 시학』은 '밖'의 자유나 모험이 아니라 '안'의 내밀

---

4 이진경, 『근대적 주거공간의 탄생』, 소명출판, 2001, 36면.
5 곽광수, 「바슐라르와 상징론사」, 바슐라르, 곽광수 역, 『공간의 시학』, 민음사, 1990, 14면.

함과 모성성, 그리고 안정의 무한에 대해 바쳐지고 있음은 말할 필요조차
없다. 그에게 집은 위험한 세계로부터 우리를 지켜주고 평화롭게 해주며,
도피할 수 있는 피난처로서, 보호받는 내밀함의 이미지와 연결되어 있다.
이 책에서 문제되는 상상력의 궁극성은 요나 콤플렉스이다. 그것은 우리
가 어머니의 자궁 속에 있을 때 우리의 무의식 속에서 형성된 이미지이
다. 우리들이 어떤 공간에 감싸이듯이 들어 있을 때 안온함과 평화로움을
느끼는 것은 이 요나 콤플렉스 때문이다.[6]

> 더할 수 없이 깊은 몽상 속에서 우리들이 태어난 집을 꿈꿀 때, 우리들은 물
> 질적 낙원의 그 원초적인 따뜻함, 그 잘 중화된 물질에 참여하게 된다. 보호되
> 는 존재들이 살고 있는 것은 바로 그러한 분위기 속에서인 것이다. 우리는 집
> 의 모성母性에 대해 다시 이야기하게 되겠지만, 지금 우선적으로 우리는 집의
> 존재의 원초적인 충족성을 지적해 두려고 한 것이다.[7]

그런데 내적(안) 공간인 '집'이 안온하고 보호되는 내밀한 공간 이미지
로 표현된 것은 집 그 자체가 가진, 공간의 물리적 속성으로부터 저절로
우러나오는 것이 아니다. 물론 집이 외부세계의 위협과 공격으로부터 인
간을 보호해주는 물리적인 피호성의 기능을 띠고 있는 것은 사실이지만
바슐라르의 공간현상학은 집의 체험적 심리적 내밀함, 즉 체험적 심리적
피호성에 대해 말하고 있다. 우리는 어린 시절에 어머니가 외출하여 계시
지 않는 집을 텅 빈 쓸쓸한 공간으로 경험했던 기억을 가지고 있듯이 그
가 말하려고 한 것은 공간의 물리적 속성이 아니라 심리적 체험에 대해서
이다.

---

6 곽광수, 위의 글, 15면.
7 바슐라르, 『공간의 시학』, 119면.

바슐라르는 상상력이란 보편성을 지니며, 인간 내부에 개인성을 초월하는 보편적 상상력이 존재한다고 본다. 그리고 그 보편적인 상상력은 우리들 각자의 내부에서 더욱 깊고 본원적인 자아를 이루고 있는데, 원형이란 이와 같은 상상력의 보편성을 표현하는 이미지다.[8] 즉 그에게 집은 따뜻하고 보호되는 내밀한 공간의 원형적 이미지로서 인간의 보편적 상상력을 표현한다.

그런데 바슐라르가 말했듯이 집은 정말 누구에게나 행복하고 보호되며 안정된 내밀한 공간으로 체험되는 보편성이 있는 것일까? 한마디로 집에서 휴식을 취할 수 있는 사람에겐 집이 보호되고 안정된 내밀한 공간이 될 수 있지만, 누군가에게 휴식을 제공해야 하는 사람에겐 집이 결코 보호되고 안정된 내밀한 공간이 될 수 없다. 극단적인 예로 폐쇄공포증(밀실공포증) 환자에게 집, 상자, 구석 등 폐쇄된 공간은 오히려 공포와 불안의 대상이 된다.

그렇다면 집이라는 내적 공간에서 보호와 휴식과 행복을 체험하는 사람은 누구이며, 그들이 그것을 체험하기 위해서 헌신하는 사람은 누구인가? 바슐라르가 말한 보호와 휴식과 행복은 집이란 물리적 공간에서 거저 체험되는 것이 아니다. 누군가의 헌신과 봉사, 그리고 희생이 있어야만 보호와 휴식과 행복은 체험될 수 있다. 그리고 그것을 제공하는 사람이 다름 아닌 어머니요, 아내인 여성이다. 반면 그것을 향유하는 사람은 자식이요, 남편, 아버지인 남성이다. 다시 말해 내적 공간인 집은 자식, 남편, 아버지, 즉 남성에게는 보호와 휴식과 행복의 장소지만 그들에게 그것을 제공해야 할 아내와 어머니, 즉 여성에게는 재생산노동(가사노동,

---

8 곽광수, 앞의 글, 15~16면.

육아, 성관계 등)을 반복해야 하는 공간으로서, 결코 보호와 휴식과 행복을 체험할 수 없는 공간이라는 것이다.

3) 가부장제 이데올로기와 집

가부장제 가족 이데올로기는 집을 가족 성원을 양육하고 그들로 하여금 바깥 세상에 나아가 자기가 맡은 역할을 해낼 수 있게 준비시키는 곳으로 관념화하고 있다. 즉 여성으로 하여금 그녀의 직업 유무와 상관없이 자녀를 낳아 키우고, 가사를 처리하며, 가족 구성원의 신체적 정서적 욕구를 충족시켜주는 곳으로 간주해 왔다.[9]

가족을 유지하는 데는 화폐, 즉 돈이 필요하지만 여성의 노력과 시간을 필요로 하는 끝없는 노동을 필요로 한다. "아동의 보호, 청소, 장보기, 요리, 허약자와 노인의 보호, 가구 유지는 모두 시간과 노력이 필요한 작업, 바로 일이다."[10] 사회적으로도 여성들의 재생산 노동은 분명 사회적 가치를 획득하며 사회적 생산노동의 뒷받침이 되고 있다. 하지만 여성의 가사노동은 사회적 임금이 지불되지 않는 무임금노동이기 때문에 일로서 간주되지 않는다. 그 일을 하는 여성 역시 놀고먹는 존재로 무시된다. 물론 직업을 가진 여성도 사회적 임금노동과 함께 가사노동을 병행해야 하는데, 가부장제 사회가 여성의 직업 유무와 상관없이 자녀양육과 가사노동의 책임을 여성에게 할당했기 때문이다.

그러면 왜 여성은 제공하고, 남성은 제공받는 이분법이 발생했는가. 그것은 가부장제 사회가 그것을 이데올로기로 구성하여 학습시키고 강요해

---

9 송명희, 『섹슈얼리티 · 젠더 · 페미니즘』, 푸른사상, 2000, 211면.
10 다이애너 기틴스, 안호용 외 역, 『가족은 없다』, 일신사, 2007, 167면.

왔기 때문이다. 남녀의 성별 분업은 산업사회의 토대에 뿌리를 둔 것으로, 이러한 남녀의 역할 구분이 없었다면 전통적인 핵가족은 존재할 수도 없었다. 그리고 핵가족이 없었다면 전형적인 생활양식과 노동양식을 갖춘 부르주아 사회도 없었을 것이다. 부르주아적 산업사회의 임금노동자는 가사노동자를 전제하며, 시장을 위한 생산은 핵가족의 존재를 전제로 한다. 이런 점에서 산업사회는 남녀의 불평등한 역할 이분법에 의존하고[11] 있는 셈이다.

집의 보호적 기능과 휴식 기능은 가부장제가 여성에게 부과한 숙명적 임무, 즉 재생산노동을 토대로 하지 않는다면 결코 얻어질 수 없는 것들이다. 따라서 여성들은 자신들에게 부과된 숙명적 역할과 책임으로 인해서 집을 결코 보호와 휴식과 행복의 공간으로 느끼지 못하게 되는 것이다.

버나드(Jessie Bernard)가 말했듯이 "여성과 남성은 세상을 다르게 경험할 뿐만 아니라 여성이 경험하는 세상은 남성이 경험하는 세상과 놀랄 만큼 다르다."[12] 한마디로 집은 일터에서 일하고 돌아온 남편에게는 안식처라고 볼 수 있으나 아내에게는 안식처를 만들어야 할 의무가 있는 일터이다.[13] 이것은 자식과 어머니와의 관계에서도 마찬가지이다. 집이라는 동일한 공간이 이처럼 체험하는 사람의 젠더에 따라 쉼터와 일터로 다르게 체험되는 것이다.

일터와 가정의 분리에 의해 야기된 남성과 여성의 집에서의 일상적 체

---

11 울리히 벡&엘리자베트 벡-게른샤임, 강수영 · 권기돈 · 배은경 역, 『사랑은 지독한 그러나 너무나 정상적인 혼란』, 새물결, 1999, 59면.

12 J. Bernard(1981), *The Female World*, New York : The Free Press ; 신혜경, 「공간문화와 여성」, 『한국여성학』 12-2, 한국여성학회, 1996, 231면에서 재인용.

13 정은희, 「일과 가정생활」, 여성한국사회연구회 편, 『한국가족문화의 오늘과 내일』, 사회문화연구소, 1995, 219면.

험은 본질적으로 다를 수밖에 없다. 그런데도 바슐라르는 젠더의 차이를 간과하고, 남성중심의 체험을 인간의 근원적 상상력과 보편적 체험으로 간주하며, 남성인 그의 시각으로 이론을 구성하였던 것이다. 다시 말해 그의 공간이론은 여성을 경험의 주체로 가정하지 않은 채 남성만을 경험의 주체로 삼음으로써 구성된, 남성들의 보편성만을 표현한 남성중심적 이론이다. 따라서 그의 공간이론에서 여성은 무주체적 존재, 불가시적 존재일 뿐이며, 여성의 체험은 소외되어 있다.

원형이란 인간정신의 보편적이며 근원적 핵으로서 시공간의 차이, 지리적 조건의 차이, 인종의 차이를 넘어선 보편적인 인간성의 조건[14]이다. 그런데 바슐라르의 보호와 휴식과 행복의 원형적 이미지로서의 집은 남성의 집단무의식만을 반영한 것으로, 젠더의 차이를 넘어서지 못한 절반의 보편성만을 표현하고 있을 뿐이다.

결론적으로 바슐라르의 공간이론은 산업사회적인 남녀 성역할의 이분법, 즉 젠더 정치학에 토대한 이론이라는 것을 지적하지 않을 수 없다. 바슐라르가 말한 인간의 근원적 상상력과 체험이라는 것도 결국 가부장제 사회의 집단무의식을 반영한 것으로, 그는 자신도 의식하지 못하는 사이 남성인 자신의 체험을 보편적인 것으로 간주함으로써 그의 이론을 구성한 셈이다.

4) 페미니즘 문학과 가출 모티프

가정에서 육아와 가사노동을 남편과 아이들을 위해 제공하는 여성들은 집을 휴식과 행복의 장소가 아니라 벗어나고 싶은 노동공간으로 체험하

---

14 이부영, 『분석심리학』, 일조각, 1978, 85면.

고, 자신들의 무보수의 불평등한 가사노동에 저항해 왔다. 1960년대에 미국에서 베티 프리단(Betty Naomi Friedan)은 여성의 공간을 가정으로 한정하고, 가정을 행복의 공간으로 규정하는 이데올로기의 허위의식을 '여성의 신비'라는 개념으로 비판했다. 그녀는 가정 속에서 가부장제 이데올로기가 규정한 대로의 삶을 살고 있는 여성들이 '이름을 붙일 수도 없는' 심각한 절망감과 정체성의 상실을 경험한다고 보고하고 있다.

> 나는 여자가 할 만한 것들, 취미생활, 정원 가꾸기, 장아찌 담그기, 통조림 만들기, 이웃과 사이좋게 지내는 일, 자선모임에 참석하고, 사친회의 다과를 준비하는 일 등 모두 다 하려고 애썼어요. 나는 이런 것은 다 할 수 있으며, 또 하기를 좋아해요. 그러나 이러한 것들은 생각해야 할 거리를, 즉 내가 누군가라는 물음에 대한 어떤 의구심을 불러일으키지는 않아요. 나는 결코 사회적인 출세에 대한 야심을 가져 본 적이 없어요. 내가 원했던 것은 단지 결혼해서 네 명의 아이를 갖는 것뿐이었지요. 나는 지금도 물론 아이들과 남편과 내 가정을 사랑해요. 당신이 뭐라고 이름붙일 수 있는 문제는 하나도 없어요. 그러나 나는 절망감을 느껴요. 나는 아무런 개성이 없다는 생각이 들어요. 나는 단지 음식을 장만하는 사람이고, 옷을 간수해주는 사람이고, 잠자리를 만드는 사람일 뿐이에요. 단순히 남이 무엇을 원할 때 이름이 불리어지는 그런 사람에 불과해요. 그러면 도대체 나는 뭐란 말이에요?[15]

여성에게 부여된 역할과 일에 반기를 드는 것은 사회운동뿐만 아니라 여성들의 문학작품에서 지속적으로 표현되어 왔다. 여성작가들은 여성들이 자신의 역할에 결코 행복을 느끼지 않으며, 집이 보호와 휴식과 행복의 공간이 아니라고 증언한다. 즉 집 밖으로의 가출을 시도하는 여성을 그린다. 페미니즘 문학은 입센의 『인형의 집』이후 빈번하게 집으로부터

---

15 베티 프리단, 김행자 역, 『여성의 신비』(상권), 평민사, 1978, 31면.

의 탈출, 즉 가출 모티프를 다뤄왔다. 노라는 그녀의 남편은 행복하다고 생각했던 집으로부터 행복을 찾을 수 없어 가출했던 것이다.

여성들이 종속된 존재로서의 삶을 부정하고 개체로서의 독립된 자아를 확립하는 과정에서 가출 모티프는 페미니즘 문학의 원형적 모티프가 되고 있다. 가출이란 다름 아닌 가부장제 사회가 여성에게 강요해온 일상성의 횡포와 억압으로부터의 탈출이며, 자아회복을 의미한다.[16] 엘렌 모어스(Ellen Moers)는 페미니즘 문학은 '산책의 은유'로 설명될 수 있으며, 여성들의 삶의 제한성에 대한 반응기제로써 집 밖으로의 산책은 불가피하다는 견해를 보인 바 있다.[17] 가출이 페미니즘 문학의 핵심적 모티프의 하나라는 것은 여성들의 집에서의 삶과 일상성이 행복하지 않다는 의미이다.

그런데도 바슐라르를 비롯한 여러 이론가들은 집을 유토피아의 원형으로 삼는다. 적대적인 외부세계에 반대되는 친근함, 따뜻함, 애정, 행복을 집에서 발견하고자 한다. 그러나 가족을 다룬 수많은 소설, 영화, 연극뿐만 아니라 자서전은 그것에 깊은 균열이 있음을 더 이상 숨기지 않는다. 아니 남녀 양성 사이의 싸움이야말로 우리 시대의 중심 드라마이다.[18]

그러면 은희경의 「아내의 상자」를 분석함으로써 바슐라르의 공간이론의 남성중심성을 증명하고, 우리의 삶을 건강하게 만드는 공간성은 어떤 것인가에 대해서 말해보겠다.

---

16 송명희, 「한국여성작가와 여성해방-오정희·김향숙을 중심으로」, 『문학과 성의 이데올로기』, 새미, 1994, 230면.

17 Ellen Moers, *Literary Women*, New.York : Doubleday Company, 1976, p.130.

18 울리히 벡&엘리자베트 벡-게른샤임, 앞의 책, 93면.

2. 「아내의 상자」의 공간현상학

1) 집의 장소감

은희경의 「아내의 상자」(1998년 이상문학상 수상)에는 여러 공간들이 나온다. 신도시의 방 세 개짜리 아파트, 아내의 방, 상자, 독일식 책상, 안락의자, 아내가 잠들어 있던 그린파크 모텔, 아내가 가보고 싶어 했던 아름다운 숲길과 그 너머 예상치 못했던 공동묘지, 닭장, 병원, 요양원 등 이 작품은 지나치리만큼 공간의 상징성으로 넘쳐나는 작품이다.

현상학적 공간이론은 공간(장소) 그 자체가 아니라 공간에 대한 인간의 심리적 체험 즉 장소감을 문제 삼는다. 따라서 여기서도 인물들의 집에 대한 장소감의 분석이야말로 문제의 핵심이다. 장소감(sense of place)이란 렐프에 의하면, 장소—인간의 관계에서 인간이 장소를 어떻게 자각하고 경험하고 의미화 하는가를 말하는 것으로서 인간에 초점을 둔 개념이다.[19]

이 작품에서 남편은 회사원이며, 아내는 전업주부이다. 이들은 남녀의 역할이 공과 사로 분리된 전형적인 산업화시대의 핵가족이다. 다만 결혼 5년차의 이들 부부에게 표준적인 핵가족으로서 결여되어 있는 것이 있다면 자녀가 없다는 것이다. 아내는 임신 3개월째에 자연유산한 이래 불임 상태에 있다. 불임을 제외하고 전업주부로서 아내는 자신에게 부과된 가사노동을 완벽하게 수행한다. 화자인 남편은 아내의 가사노동에 대체로 만족하며, 집을 평온하다고 느끼고, 아내에 대해서 모든 것을 잘 알고 있

---

19 에드워드 렐프, 김덕현 · 김현주 · 심승희 역, 『장소와 장소상실』, 논형, 2005, 309면, ‘역자해제’ 참조.

으며, 자신이 무엇에든 잘 적응하는 상식적인 인물이라고 생각한다. 그야말로 산업화시대의 도구적 성역할에 충실하며, 아내에게도 표현적 역할에 충실할 것을 요구하는 인물이다. 남편과 아내는 성역할뿐만 아니라 심리적 특성마저도 도구적/표현적으로 이분화되어 있다.

이 작품에서 집의 장소감을 평온하다고 느끼는 사람은 남편이다. 그는 작품 곳곳에서 "우리의 삶은 그럭저럭 평온했다"나 "평온한 나날이 계속되었다"라고 반복적으로 진술한다. 그에게 집은 바깥세계로부터 돌아와 휴식하는 장소이며, 음식 만들기, 집안의 정리정돈을 통해 평온을 제공하는 아내가 있는 장소로 인식된다.

> 나는 모든 면에서 무난한 남편이었지만 음식에 관한 한 약간은 까탈스러웠다. 다양하고 새로운 반찬을 만들지는 못했어도 다행히 아내의 음식솜씨는 얌전한 편이었다. 된장찌개는 불을 잘 조절했기 때문에 멸치의 비린 맛이나 된장의 떫은맛이 안 났다. 갈치를 구워도 그릴에 달라붙지 않고 바삭바삭하게 속까지 익혔으며 아내가 부친 달걀말이는 약한 불에 익혀서 부드럽고 단단하게 잘 말려 있었다. 아내는 정돈도 잘했다. 손톱깍이나 여분의 건전지, 옷솔과 드릴 따위를 늘 같은 자리에서 찾아 쓸 수 있었고 욕실에는 늘 고슬고슬한 수건이, 냉장고의 냉동실에는 반찬냄새가 배지 않은 깨끗한 얼음이 있었다.[20]

그는 집의 평온을 "집에 돌아와 보면 모든 것이 제자리에 준비되어 있었다. 아내까지도"라고 표현한다. 그가 아내에게 원한 것은 잘 정돈된 집안, 제자리에 준비되어 있는 생활용품, 그의 까다로운 입맛에 맞춘 식사, 그리고 그가 요구하면 성관계에 응해야 하는, 즉 표현적 성역할을 수행해야 하는 몰개성의 존재일 뿐 인격과 감정을 가진 개성적 주체적 인간

---

20 은희경, 「아내의 상자」, 『이상문학상 수상작품집 22 ─ 아내의 상자 외』, 문학사상사, 1998, 30~31면.

이 아니다.

> 그녀의 모든 동작 속에 내 눈에 익숙한 평온이 깃들여 있었기 때문이다. 그
> 녀가 평온하게 보일 수 있는 것은 자기 자신이 아닐 때뿐이었다. 평온하다는
> 것은 수면을 내려다보는 사람의 생각이다. 그 순간 물속에서는 가물치가 꼬리
> 를 바둥거리는 물새우를 반쯤 삼키고 있는지도 모를 일이다.[21]

그는 집뿐만 아니라 아내의 표정도 평온했다고 진술한다. 하지만 그것
은 지극히 자의적인 판단에 근거한 것일 뿐이다. 이들 부부가 살고 있는
집의 평온은 아내의 평온이 아니라 남편이 바라본 평온, 아니 남편이 원
하는 평온이다. 그는 아내의 겉으로 평온해 보이는 내면에 어떤 갈등이
있는지 전혀 알지 못한다. 아니 알려고도 하지 않는 무관심 상태에 있다.
왜냐하면 집의 평온이 깨어지는 것을 원하지 않기 때문이다. 이 작품에서
남편을 화자로 삼은 1인칭관찰자시점은 남편으로 하여금 아내에 대해 자
의적 판단을 내리게 하고, 아내의 내면을 소외시키는 데 있어 아주 절묘
한 선택이라고 할 수 있다.

하지만 그는 결정적으로 집의 평온을 깨버린 아내, 즉 그린파크 모텔의
3층 특실에서 나체로 잠들어 있던 아내를 발견하지 않을 수 없게 된다.
그는 아내의 개성을 무시하거나 침묵으로써 집의 평온을 유지하려고 했
지만 그것이 진정한 평온이 되지 못했다는 것은 두말할 필요가 없다.

반면 아내의 집에 대한 장소감은 어땠을까? 집은 여성의 공간으로 간
주되지만 이 작품에서 아내는 안주인으로서의 정체성과 장소감을 획득하
지 못한다. 바슐라르가 말한 안정과 휴식, 그리고 행복한 장소감을 체험

---

21 은희경, 위의 책, 54면.

하지 못한다. 아내에게 집은 남편을 위한 가사노동과 성관계와 임신, 즉 재생산의 역할을 끊임없이 요구받는 공간이다. 남편의 요구대로 그녀는 불임클리닉에 시간을 맞춰 다니고 있고, 병원의 지시에 잘 따르고 있지만 그것은 엄청난 스트레스를 안겨주는 일이다. 따라서 아내에게 집은 가부장적인 집이며, 이-푸 투안(Yi-Fu Tuan)이 말한 친밀한 유대감을 느끼는 '장소'가 아니라 타자화 된 추상적 '공간'일 뿐이다.[22]

집이 아내에게 친밀한 장소가 되지 못했음을 남편은 아내가 밤늦도록 돌아오지 않은 날 비로소 알아챈다. 집은 아내가 아닌 다른 여자가 당장 들어와 살아도 이상한 점이 전혀 없을 만큼 표준적 상태, 즉 모든 것이 제자리에 너무 잘 정돈되어 눈에 거슬리는 특별한 것이라곤 전혀 없는 무색무취의 몰개성의 공간이었음을 그는 처음으로 깨닫는다. 아내만의 개성적 체취라곤 전혀 없는 공간이란 바로 개성을 억압받고 살아온 아내의 삶에 대한 상징이다.

아내의 집에 대한 장소감은 두 차례 언급된 『벨 자(The Bell Jar)』라는 소설을 통해서 잘 암시되어 있다. 이 작품은 1950년대를 배경으로 한 젊은 여성이 몰락하는 과정을 서술한 자전적 소설이다. 저자인 실비아 플라스는 자신의 자살 시도와 매사추세츠 벨몬트에 있는 맥린 병원에서의 정신치료 경험을 토대로 이 작품을 썼다.[23] 여기서 제목 '벨 자'는 '종모양의 유리그릇'이라는 뜻이다. '벨 자'는 밀폐되고 감금된 듯한 느낌, 즉 주인공 에스더의 질식을 상징한다. 아내는 이 작품을 언급하며 "파블로프의 개처럼 인간이 벨소리에 의해 규칙적으로 약을 삼키기 위한 침을 분비하

22 이푸 투안, 구동희 · 심승희 역, 『공간과 장소』, 대윤, 1999, 6~8면, '역자 서문' 참조.
23 실비아 플라스, 공경희 역, 『벨 자』, 문예출판사, 2006.

며 사육되는 폐쇄된 바구니"처럼 현재 그녀가 살고 있는 집으로부터 받고 있는 폐쇄되고 감금된 듯한 느낌, 질식할 것 같은 느낌을 표현하려고 애썼다.

집의 밀폐되고 감금된 듯한 느낌, 질식할 것만 같은 장소감을 아내는 되풀이해서 표현한다. 신도시로 이사 온 뒤 아내는 "집안에서는 모든 게 말라버려요!"라고 말하는가 하면 "이러다가는 나도 말라비틀어질 거예요. 자고나면 내 몸에서 수분이 빠져 나가 몸이 삐거덕거리는 것 같다구요"라고 말하는데, 그것은 단지 새집증후군의 하나로 시멘트벽이 수분을 빨아들이기 때문만은 아니다. 그것은 보다 심리적인 문제로서, 자신이 살고 있는 집의 질식할 것 같은 분위기를 말한 것이다. 그런데 남편은 수족관에 열대어를 키워보라고 권하는가 하면 가습기를 사들고 감으로써 그것을 단지 물리적 환경의 문제로서만 이해한다. 아내는 가습기의 포장지도 뜯지 않음으로써 자신의 문제가 물리적 문제가 아니라는 것을 웅변한다. 하지만 그녀의 질식할 것 같은 장소감은 남편에게 전달되지 못한다.

그녀는 자신이 살고 있는 신도시의 아파트 단지마저도 길이 가로막혀 있다고 생각한다.

> 신도시에는 길이 없어요. 덩치가 큰 건물에 다 가로막혀 있어요. 신발을 신고 산책이나 하려고 나갔다가도 길이 다 끊어져 있어서 그냥 돌아와 버려요. 찻길밖에 없어요. 그러면서 그녀는 고층 건물 사이의 찻길을 몇 번 건너갔다 오면 지치기 때문에 잠이 오는 거라는 주장도 했다.[24]

일부일처제 핵가족의 전형적 주거양식인 아파트(단지)의 획일성과 규

---

24 은희경, 앞의 책, 32면.

격화도 아내를 숨 막히게 만드는 요인이다. 그녀는 처음 신도시로 이사 왔을 때만 하더라도 자신의 방이 생긴 것과 "집도 깨끗하고 공기도 맑고, 무엇보다도 기차가 지나다니는 걸 볼 수 있는" 사실과 무엇보다도 불임클리닉에 다니지 않게 된 것을 기뻐했다. 즉 변화와 삭막하지 않은 생활이 있을 것 같은 기대감에 부풀었다. 그래서 여러 가지 계획을 세우며, 새로운 것들에 관심을 나타냈다. 하지만 얼마 가지 않아 그녀는 불임클리닉에 다시 다녀야 했고, 신도시의 새 아파트에서도 자신의 삶이 이전과 조금도 달라지지 않았다는 사실을 깨닫게 된다.

길이란 무엇인가? 그것은 사람과 사람이 소통하는 길이다. 그것은 물리적 공간개념을 넘어서서 개성을 가진 사람과 사람이 생각과 감정을 자유롭게 소통하는 마음의 길을 의미한다.[25] 하지만 그 길을 그녀는 자신이 살고 있는 질식할 것 같은 집과 획일적인 고층건물만이 즐비한 신도시 아파트 단지에서는 결코 찾을 수 없었다.

아내가 원했던 개성적 장소는 작품 속에 다음과 같이 표현되어 있다.

> 내가 매일 아침 지옥을 향한 진입로이듯 느리게 통과해 가는 길을 두 대의 스포츠카는 경쾌하게 뚫고 지나갔다. 나는 질질 끌듯이 그들은 칸타빌레로, 노래하듯이.
>
> 그 길의 전혀 예상치 못했던 깜찍한 소동에 대해 솔직히 나는 약간 놀랐다. 그들의 차는 다음 신호등에서 좌회전을 받아 갈라져 나갔다. 지리한 회색 포장도로로 직진하는 나와 달리 그들은 풀이 북슬북슬한 방둑길로 접어들었다. 그러고는 연녹색 산 속의 오솔길 뒤로 사라져 버렸다. 그들이 사라진 하얀 길은 알맞게 구부러졌고 꽃이 만발해 있었다.
>
> 옆자리를 보니 아내도 그 스포츠카들이 사라진 오솔길 쪽을 쳐다보고 있었

---

25 송명희, 「「아내의 상자」, 그 소통불능의 관계」, 『섹슈얼리티 · 젠더 · 페미니즘』, 푸른사상, 2000, 192면.

다. 그 길이 눈앞에서 완전히 사라지도록 내내 고개를 뒤로 잔뜩 돌리고 쳐다
보았다.

"저 길로 한번 가보고 싶어요."

아내의 목소리는 꽉 잠겨 나왔다. 마치 선택된 사람에게만 열려 있다가 그
계절이 지나면 사라져 버리는 환상의 길 같다는 말도 했다. 나는 아내를 힐끗
쳐다보았다.[26]

하지만 아내는 계절이 몇 차례 바뀌고 해가 바뀌는 동안에도 그 길로 끝
내 가보지 못한다. 즉 아내는 자기소외에서 벗어나 개성화(individuation)[27]
를 이룰 수 있는 기회를 끝내 갖지 못한다. 대신 아내를 요양원에 입원시
켜버리고 신도시를 이사해버리는 날 아침, 남편은 혼자서 그 길로 가본
다. 아내가 그토록 가보고 싶어 했던 숲길이 남편에게는 무덤으로 가득
뒤덮인 귀기어린 정적이 감도는 혐오스런 공간으로 인식된다. 그는 구부
러진 험하고 좁은 숲길로 상징되는 개성적 삶이 아니라, 쭉 뻗은 직선도
로로 상징되는 표준적 삶을 살고자 하는 사람이다. 표준적인 페르조나로
서의 삶을 살고자 하는 남편과 표준적 삶에 질식할 것 같은 아내 사이에
는 이처럼 소통할 길이 없으며, 사랑의 결실로써 얻어지는 아이도 생겨날
수 없다.

인간이 공간이나 환경을 체험할 때에 발생하는 심리, 즉 공간심리에는
이미지 수준, 분위기 수준, 행동수준과 같은 세 가지 차원이 존재한다. 공
간이나 환경은 인간의 심리와 관계없이 존재하지 않는다. 그리고 인간은
오감, 과거의 기억, 지식을 통하여 주변의 환경을 파악한다. 우리들이 이
해하고 있는 공간과 환경은 과거의 기억이나 이미지를 기반으로 하여 지

26 은희경, 앞의 책, 43~44면.
27 이부영, 앞의 책, 48면.

각된 환경이며, 인지된 환경이라고 말할 수 있다. 여기서 이미지 수준은 밝기, 넓기 등 구체성을 갖는 시각적 현상으로서 마음속에 떠오르는 공간의 모습을 말한다. 이것은 기억과 연결되어 있다. 분위기란 공간에 가득 차 있는 기분으로 가장 중요한 속성이라고 할 수 있는데, 정확히 말하면 공간을 체험할 때에 심적 현상 중에서도 가장 심리적인 측면이 강하다고 할 수 있다. 분위기 수준이란 결국 공간과 인간심리와의 관계를 가장 핵심적으로 나타낸 것으로, 따뜻한 공간, 새로운 공간 등이 그것이다. 행동 수준이란 사람이 공간 중에서 행동하려고 할 때 사람과 공간과의 사이에서 작용하는 상호작용의 수준이다. 예를 들면 행동을 유발하는 공간, 사람을 끌어들이는 공간 등이다.[28]

말하자면 아내가 '벨 자'를 운위하고, 자신의 집에서 질식할 것 같은 장소감을 갖는 것이나 신도시의 아파트 단지가 건물들로 가로막혀 길이 없다고 느끼는 것은 분위기 수준의 공간심리를 표현한 것이다. 사실 가부장제는 여성의 공간을 집으로 한정하고, 여성을 밖의 세계로부터 단절시켜 왔다. 작중의 아내가 그녀의 집에 대해 폐쇄되고 질식할 것 같은 분위기를 느끼는 것은 결코 과장된 것이 아니다. 여성은 집으로 자신의 세계를 억압받고 통제받는 삶을 살아 왔기 때문이다. 뿐만 아니라 "남성이 바깥세상에 노출되어 있는 반면 여성은 바깥세상으로부터 가장 먼 거리의 공간 시퀀스, 즉 집에 깊게 가두어져 있다. 집이야말로 여성을 길들이기 위한 메커니즘"[29]인 것이다 가정 속에 격리된 여성들의 억압받고 통제받는 삶은 쇠줄에 묶인 채 사육되는 옆집의 애완견을 통해서 상징적으로 표

---

28 최선희, 『공간의 이해와 인간공학』, 국제, 2001, 129~132면.
29 마크 위글리, 앞의 논문, 390면

현되고 있다.

따라서 집은 진정으로 여성의 내밀한 공간이 되지 못한다. 집은 여성에게는 바깥세계와 격리되고 통제된 세계일 뿐이다. 이 세계로부터 여성은 끊임없이 표현적 역할을 요구받으며, 가부장적 가계 계승을 위한 아들 낳기를 강요받아 왔다. 『인형의 집』의 노라와 같은 용기 있는 여성들은 집 밖으로 가출을 시도했지만 소극적인 아내는 자신만의 내밀한 세계를 만들어 그 세계로 도피하는 수동성과 퇴행성을 보여준다.

2) 소통의 부재

아내가 집에서 질식할 것 같은 장소감을 느끼게 된 데에는 여성에게 할당된 표현적 역할뿐만 아니라 남편의 태도가 크게 작용하고 있다. 즉 장소감의 형성에 있어 인간만큼 결정적 영향을 미치는 요소는 없기 때문이다. 남편은 늘 집을 평온하다고 느끼며, 아내를 사랑한다고 생각했는데, 왜 아내는 질식할 것 같은 분위기를 느꼈으며, 옆집여자를 따라 집 밖으로 외출했고, 그 끝에서 성적 일탈까지 저지르게 된 것일까?

그는 자신의 관심사와 다른 아내에 대해 "늘 나로서는 아무 관심도 없는 소식을 진지한 말투로 전해주"는 "머릿속에는 쓸데없는 생각"으로 차 있는 인물로 여겼다. 그리고 기억에 자신 없어 하는 아내를 "기억들을 머릿속에 쌓아두는 대신 상자에 담아서 뚜껑을 덮어 버리곤" 하는 인물로서 자신이 읽은 책의 내용도 극히 단편적으로만 기억하며, 자기 식대로 엉뚱하게 왜곡시켜 알고 있는 지적으로 열등한 사람으로 취급했다. 한마디로 그는 아내를 "시시하다고 할 만큼 평범한 사람"으로 규정짓는 가부장적 우월의식을 가진 인물이다. 그가 가부장적 권위를 노골적으로 드러내며 아내 위에 폭력적으로 군림하지는 않았지만 그의 내면에서는 자신과 다른 개성을 가진 아내를 인격적으로 무시하고, 지적으로 열등한 존재로 취급하는 남자로서의 우월감이 은연중에 자리 잡고 있었던 것이다.

그는 단 한 번도 아내와의 대화에 진지하게 응한 적이 없다. 가령, 그로서는 아무 관심도 없는 아내의 말에 텔레비전을 보면서 건성으로 대꾸했고, 그와 다른 아내의 생각을 쓸데없는 것으로 간주했다. 더구나 두 사람의 관심사는 하나도 일치하지 않았다. 이를테면, 텔레비전을 볼 때에도 남편은 증권시황에 관심을 갖는 반면, 아내는 야생동물보호 뉴스에 관심을 보인다. 어쩌면 남녀를 공과 사로 분리하는 성별 분업의 구조에서, 더욱이 아이도 없는 부부가 공통의 관심사를 갖는다는 일 자체가 근본적으로 불가능할지도 모른다. 남편은 아내를 감정이 있고, 주체적 사고가 있는 개성적 인간으로 존중하는 대신 주어진 역할만을 충실히 수행하는 객체로서 대함으로써 둘 사이에는 제대로 대화와 소통이 이루어진 적이 없었다. 그러니 둘 사이에 정신적 친밀감과 유대감이 형성될 리 없고, 아내가 행복한 장소감을 느낄 수 없는 것은 당연하다.

그들 사이에선 대화와 의사소통뿐만 아니라 육체적 소통도 전혀 이루어지지 않았다. 작품에는 몇 차례 두 사람의 메마른 섹슈얼리티에 대해 기술되어 있다. 그것들은 모두 열정과 사랑이 부재하며 아내 편에서 보면 결코 자연스럽지도 즐거운 일도 아닌 노동에 불과했음을 보여준다. 항상 아내의 몸은 차가웠고, 마른 몸에는 물기가 돌지 않는다. 입으로는 사랑한다고 말하고 있지만 아내의 아랫도리는 마치 자기 것이 아닌 듯 부자연스럽다. 아내의 피부는 부드러웠지만 오랜 시간의 전희에도 불구하고 그녀의 몸은 갑옷을 입은 것처럼 열기가 힘이 든다. 그녀는 매번 고통을 참으며 남편을 받아들여야 했다. 불임클리닉에 다니면서부터는 배란기에 맞추어서 규칙적인 관계를 가져야 했다. 남편은 아내를 안고 싶은 욕망조차 규칙적으로 생겨나는, 무엇에든 잘 적응하는 상식적인 사람으로 자신을 치부하지만 아내는 배란기가 되면 성적 욕망이 저절로 생기는 파블로프의 개가 아니지 않은가. 둘 사이에는 성적 접촉 이전에 발생해야 할 사랑과 같은 감정의 접촉과 소통은 아예 부재했다. 이처럼 두 사람은 감정적으로나 육체적으로 어긋나기만 했던 것이다. 그들에게는 인간적 친밀성이나 유대감뿐만 아니라 남녀로서의 열정마저 부재했다. 불임은 이처럼 소통불능에 빠지고, 황폐해진 부부관계의 지극히 당연한 귀결인 것이다.

그들의 결혼이 파탄에 이른 것은 아내의 외출 때문이 아니었다. 남편은 그들 부부에게 결여된 것이 단지 아이라고 생각하고 있겠지만 그들에게 정말 필요한 것은 도구적·표현적 성역할을 벗어난 평등한 인간적 만남이요, 서로를 배려하고 존중하는 진정한 대화요, 친밀하고 지속적인 감정적 유대와 사랑일 것이다.

커크패트릭(Kirkpatrick)은 부부 성공에 잘 부합하는 요인으로 아내의 오르가슴에 대한 충분하고도 성숙한 능력, 파트너에 대한 애정의 확신과 만족 정도, 가부장적이지 않은 동등한 관계, 정신적·육체적 건강, 공동관심사에 기초한 조화로운 화합 그리고 배우자에 대한 호의적 태도라고 지적했다.[30] 하지만 이들 부부에게 이런 것이 하나라도 존재했던가?

그러면 배려와 관심을 잃어버린 남편의 태도에 아내는 어떻게 반응했을까? 아내는 남편과의 대화에서 불만을 직접적으로 표출한 적은 없다. 하지만 남편과의 대화 도중에 그녀의 말꼬리에는 힘이 들어가 있었고, 신문기사를 그녀가 먼저 오려버렸다고 남편이 화를 내자 변명 대신 말없이

---

30 앙드레 미셸, 변화순·김현주 역, 『가족과 결혼의 사회학』, 한울아카데미, 1991, 179~180면.

청소기를 돌리기 시작했고, 불임클리닉의 진료실로 들어가기 전에 아주 짧은 순간 "무력하고 간절한 눈빛"으로 돌아보았으며, 당신도 외롭냐는 질문에 "아뇨"라고 시큰둥하게 대답하고는 시위하듯 감자를 깎기 시작했다. 그리고 옆집 개 이야기를 하다가 "개들은 왜 자살같은 걸 안 하나 몰라"라는 "과격한 말을 내뱉었"다. 짐작컨대, 아내는 남편과의 대화 도중에 사뭇 날카로운 감정상태에 있었으며, 불임클리닉에 다니는 것을 싫어했고, 심지어 자살까지도 고려하는 심리적 위기를 겪고 있었다. 하지만 아내는 남편과의 관계가 불편해질 때마다 그것을 겉으로 드러내 표현하지 않고 대신 잠에 빠져 들었으며, 남편은 이를 평온으로 간주했던 것이다.

가부장제 이데올로기는 여성을 수동적이고 소극적인 존재로, 남성을 능동적이고 적극적인 존재로 인성적 자질마저 이분화해 왔다. 아내는 전형적인 여성성의 소유자로서 집밖으로의 탈출과 같은 적극적 태도를 통해 자신의 억압적 상황으로부터 벗어나려 하기보다는 집안에서 자기만의 자폐적 공간으로 도피함으로써 고통으로부터 벗어나고자 했던 것이다.

미국 영화 이야기를 들려주면서 자신은 선택이론에 의한 열성으로 거세되었다고 자학적으로 말하는 아내는 남편의 표현대로 제자리를 찾아간 것이 아니라 자포자기의 상태에 빠져 있었다. 더 이상 남편의 욕망에 대해서 반응하지 않는 자신의 몸에 대해서 미안해하지도 않았고, 오르가슴을 과장하지도 않았다. 남편을 거부조차 하지 않음으로써 감정이 없는 기계처럼 행동했음에도 남편은 그것을 자신의 편의대로 제자리를 찾아가고 있다고 해석해버렸던 것이다.

게다가 남편은 자신이 아내의 모든 것을 잘 알고 있다고 자부했다. 하지만 정작 아내가 밤늦게까지 돌아오지 않자 자신이 아내를 찾을 전화번호 하나 가지고 있지 않을 만큼 아내에 대해 무지의 상태에 있으며, 더욱이 아내의 내면에 대해서는 전혀 알지 못한다는 사실을 비로소 깨닫는다. 그는 아내가 왜 잠에 빠져 드는지, 그가 집에 있는 일요일조차 왜 옆집 여자를 따라 외출하는지, 임신을 원하는지 원하지 않는지 도무지 아는 것이 아무것도 없었던 것이다. 입으로는 아내를 사랑하고, 아내를 위해 모든 것을 다해주었다고 말하고 있지만 아내에 대해 관심도, 지식도, 존경도 가지고 있지 않았던 것이다.

에리히 프롬(Erich Fromm)에 의하면 사랑이란 보호와 관심, 책임, 존경, 지식을 필요로 한다. 여기서 책임이란 다른 인간존재의 요구에 대한 나의 반응이며, 존경은 어떤 사람을 있는 그대로 보고 독특한 개성을 아는 능력이다. 어떤 사람을 존경하려면 그를 잘 '알지' 않고서는 불가능하다. 보호와 책임은 지식에 의해 인도되지 않는다면 맹목일 것이다. 그리고 지식은 관심에 의해 동기가 주어지지 않으면 공허할 것이다. 그리고 내가 누군가를 사랑한다면 그와 일체감을 느끼지만 '있는 그대로의 그'와 일체가 되는 것이지, 내가 이용할 대상으로서 나에게 필요한 그와 일체가 되는 것은 아니다.[31]

하지만 그는 아내에 대해 관심도, 책임도, 존경도, 지식도 가지고 있지 않았으며, 표현적 역할을 수행하는 대상으로만 여겼다. 그럼에도 그는 자신이 아내를 사랑하고, 아내의 모든 것을 다 알고 있으며, 자신이 아내를 위해 모든 것을 다했다고 생각하는 오만에 빠져 있었다.

3) 내밀한 세계로의 도피, 또는 외출

수동적이고 소극적인 성격의 아내는 집에서 행복한 장소감을 얻지 못

---

31 에리히 프롬, 황문수 역, 『사랑의 기술』, 문예출판사, 2000, 46~52면.

하며, 남편과의 소통이 부재하기 때문에, 집 안의 집, 즉 그녀만의 자폐적인 내적 공간으로 도피한다. 아내의 방에 놓인 상자, 개폐식의 독일식 책상, 안락의자, 그리고 깊게 빠져 드는 잠……. 이것들은 바슐라르적인 의미에서 그녀만의 내밀한 공간들이지만 동시에 타인과의 소통을 거부하는 자폐적 공간들이다. 아내는 상자 속에 그녀의 모든 기억과 삶을 담아 놓고 뚜껑을 닫아버리며, 열려 있는 책상이 아니라 개폐식의 독일식 책상에서 책을 읽거나 무언가를 쓰다가 뚜껑을 닫아버린다. 심지어 잠을 잘 때도 안방의 침대에서 편안하게 잠을 자는 것이 아니라 그녀의 방에 놓인 안락의자에서 공벌레처럼 몸을 둥글게 말고 자신을 숨기는 듯한 자세로 낮잠을 잔다. 특히 잠이야말로 그 누구도 방해하고 침범할 수 없는, 무의식의 심층으로 돌아가 쉴 수 있는 자기만의 내밀한 공간이다.

> 아내가 그녀의 안락의자에 파묻혀 잠든 것을 보면 이따금 그때 생각이 났다. 뚜껑이 닫힌 상자들 곁에서 잠들어 있는 그녀의 모습. 그것은 자신을 상처 입힌 세상을 향해 빗장을 지르고 잠들어버린 그때의 모습과 비슷했다.[32]

"다리를 가슴께로 끌어당긴 채 웅크리고 앉은" 자세, 즉 "몸을 둥글게 말고 숨어 있는 공벌레"와 같은 자세로 잠을 자는 아내는 안락의자 속이 "깊숙해서 무덤처럼 편안하다"고 말한다. 이러한 아내의 자세는 자궁 속 태아의 자세로서 그녀의 요나 콤플렉스를 나타낸다. 즉 자신의 몸으로 숨을 수 있는 내밀한 공간을 만듦으로써 적대적인 집으로부터 숨어버리는 자세이다. 그녀는 질식할 것 같은 집으로부터 탈출하는 대신 자신만의 자폐적 세계에 깊이 빠져 들었던 것이다.

---

32 앙드레 미셸, 앞의 책, 33면.

하지만 이런 자폐적 퇴행적 태도는 억압적 집을 벗어나 자유를 찾을 수 있는 적극적이고 건강한 대응방식이 아님은 말할 필요조차 없다. 일종의 자기소외인 것이다. 그리고 잠에의 지나친 탐닉은 과거 입시강박증을 앓았던 병력이 있는 주인공이 삶의 활기를 잃고 우울증에 깊게 빠져 든 것으로 해석된다.[33] 즉 내부에 머물기를 강요당하면 몸은 유약해지고, 정신은 강함을 잃어버리게 되는 것이다.[34] 하지만 남편은 아내의 반복되는 잠의 병적 징후를 제대로 읽어내지 못했다.

차츰 아내는 잠을 자는 대신 옆집 여자를 따라 외출을 시작한다. 외출은 집이라는 공간에서 행복을 발견할 수 없기 때문에 이루어지는 탈출이다. 옆집 여자는 남편이 외국지사에 나가 있고, 초등학교에 다니는 아들이 둘이며, 차를 운전하는 사람으로서 집안에만 있던 아내와는 다른 방식으로 살아가는 여자이다. 그녀는 집안을 가구들과 온갖 장식품들로 꽉 채워 놓았을 뿐만 아니라 남편이 부재하는 시간의 공백을 각종 문화강좌나 헬스클럽에 다니는 것으로 꽉 채우는 여성이다. 그녀는 빈 공간만이 아니라 시간의 공백도 참지 못하는 강박증이 있는 여성이다.

우리 사회에는 화자의 아내처럼 집안에 유리되어 폐쇄적으로 살아가는 일군의 여성(중산층의 전업주부)들이 존재한다면, 각종 문화강좌나 계모임 등에 나가면서 외출을 통한 시간 죽이기로 살아가는 일군의 여성들도 존재한다. 이 두 유형 모두 사회와의 건강한 관계망을 상실한, 우리 시대 여성의 소외된 모습의 전형성을 띠고 있다.[35] 그런데 외출한 여성들이 찾

---

33 잠 이외에도 우울증의 징후들은 집안에서 일어난 작은 화재로 결혼사진이 타버린 일과 아내가 주방에서의 부주의로 옆구리에 화상을 입은 일 등 주의력 결핍에서 빚어진 행동에서 찾아볼 수 있다.
34 마크 위글리, 앞의 글, 393면
35 송명희, 앞의 논문, 196~197면.

아가는 공간은 사회적 생산활동이 이루어지는 직장이 아니라 식당, 주말 농장, 백화점과 같은 소비지향적 여가활동이 이루어는 곳이다. 집 밖으로 나온 여자들의 생활은 다음과 같이 아내의 입을 통해서 요약된다.

> "휴대전화로 집에 전화를 해서 숙제 안 한다고 아이들을 야단치고, 읽은 책 이야기도 하고, 헬스클럽이나 귀고리에 관한 이야기를 해요. 누구는 제사가 많다, 어떤 달은 세 번이라서 모임에도 잘 못 나온다, 누구는 상가 시세가 올라서 돈을 벌었다, 아무개 교수의 교양 강좌가 좋더라, 듣고 울었다, 그런 얘기를 하면서 시간을 보내는 것예요."[36]

여자들의 외출은 사회적 생산활동과는 분리된 채 소비지향적 여가활동이나 사소한 정보교환, 수다 등 소모적인 일에 바쳐지는 것이다. 그 이야기를 할 때 아내의 표정은 쓸쓸했고, 얼마 전 자신의 인생문제를 관심 있게 들어주는 남자를 옆집 여자가 몇 번 만났다는 말을 할 때는 훨씬 더 쓸쓸한 얼굴이 된 이유는 무엇인가? 그것은 사회적 생산활동과는 분리된 소비지향적 외출을 통해서는 여성의 삶에 근원적으로 덧씌워진 소외감과 고독의 문제를 해소할 수 없기 때문이다. 즉 그녀들의 외출은 진정한 자아확대로 연결되어 내적 충족감을 주거나 사회적 소속감을 안겨주지 못한다.

또한 외간남자와의 만남도 근원적 소외감과 고독감을 해소시켜주지 못한다. 더구나 독점적이고 폐쇄적인 일부일처제는 결혼제도 밖에서 이루어지는 이성과의 만남을 불륜으로 규정하고, 간통죄를 통하여 금기를 위반한 사람들을 처벌하고 있다. 이러한 현실에서 외간남자와의 만남이 진

---

36 은희경, 앞의 책, 44~45면.

정한 인간적 만남으로 발전하기는 어려운 것이 사실이다.

하지만 아내의 외간남자와의 만남은 그녀의 자아 찾기라는 차원에서 나름대로의 의의가 있다. 즉 부부라는 이름으로 감정적 접촉도 없이 이루어지는 의무화된 성관계가 아니라 자발적 성관계라는 점, 불임클리닉이 지시한 임신을 위한 성관계가 아니라 유희적 성관계라는 점, 그녀의 말을 들어주는 감정이 통하는 남자와의 소통된 관계라는 점, 스스로 몸의 주체성을 갖고 행한 섹슈얼리티라는 점에서 자아 찾기의 상징적 의미가 내포되어 있음을 간과할 수 없다. 즉 폐쇄된 집에서 가구처럼 살아가는 박제화 된 삶으로부터 벗어나기 위한 몸부림, 규격화된 삶을 벗어나기 위한 처절한 몸짓, 또는 인간관계의 소통에 대한 간절한 욕망의 표현으로 해석되는 것이다.[37] 그래서 아내의 성적 일탈을 단순히 도덕적 일탈로서만 해석하기는 어려운 것이다.

가정 속에 폐쇄되고 단절된 여성들은 늘 외롭고 소통할 사람이 필요하기 때문에 쉽게 외간남자들의 유혹에 빠져들기 쉽다. 그렇다고 그린파크 모텔이라는 일탈적 공간이 그녀의 정주처도, 내밀한 공간도 될 수 없음은 분명하다. 그리고 일탈의 결과는 더욱 처참하다. 남편은 아내의 일탈에 참을 수 없는 증오를 느껴 아내의 방을 파라핀으로 봉인하고 싶은 충동 끝에 정신요양원으로 입원시켜버린다. 즉 간통죄로 기소되어 이혼을 당하는 대신 아내는 요양원으로 폐기된 것이다. 아내를 정신요양원으로 입원시킬 수 있는 보호자로서의 권리를 남편이 가지는 한 그녀의 갇힌 운명은 끝이 나지 않을 것이다. 이제 아내는 그 어떤 희망도 버린 채 '벨 자'의 주인공처럼 요양원에 자신을 감금시킨 당사자인 남편을 기다리는 일

---

37 송명희, 앞의 논문, 200면.

과 잠을 자는 일, 일어나 약을 먹는 일만을 반복해야 할 것이다. 그것이 가부장제의 규범을 어긴 일탈적 여성이 받아야 할 징벌인 것이다. 요양원으로 가는 길에 닭장차의 닭이 몽땅 사라져버렸다고 비명을 지르는 아내, 그것은 바로 겉으로는 평온한 표정을 짓고 있지만 폐쇄적인 집보다도 더욱 폐쇄적인 요양원이란 낯선 공간으로 폐기처분 될 자신의 운명에 대해 지르는 섬뜩한 절규인 것이다.[38]

폐쇄적인 집에서 아내는 쇠줄에 묶인 채 '사육되는 애완견'과 같은 운명이었다면, 요양원에서 그녀는 '미친 여자'로 규정되며, 치료라는 명목으로 감호체제를 평생 벗어날 수 없는 더욱 부자유한 운명에 처해질 것이다. 그곳은 더 이상 희망 따위를 볼모로 잡지 않으며, 헛된 희망을 갖는 일도 없는, 신도시의 집보다도 훨씬 더 평온한(?) 공간이 될 것이다.

3. 결론

처음 신혼여행지에서 조개껍데기 목걸이를 사며, "바구니에 주워 담고 싶을 만큼 맑게 방울방울 굴러 떨어지던" 웃음소리의 소유자였던 아내는 결혼 5년 만에 '꽃의 박제'인 '포푸리 화환'처럼 생기를 잃고, 우울증에 시달리다가 정신요양원에 폐기처분되었다. 무엇이 그녀를 그렇게 만들었는가?

「아내의 상자」는 개성적 삶을 꿈꾸었을 한 예민한 여성이 남편과 대화도 소통되지 않는 숨 막힐 것 같은 집으로부터 벗어나기 위해 자폐적 세계로의 도피, 외출, 성적 일탈 등 몸부림을 쳐보지만 결국 집으로부터의

탈출도, 개성화에도 성공하지 못한 채 정신요양원으로 보내지는, 즉 갇힌 운명에서 벗어나지 못한다는 비극적인 이야기이다.

「아내의 상자」는 집이 여성에게 바슐라르가 말한 보호되고 안정된 내밀한 공간이 되지 못할 뿐만 아니라 심신을 병들게 만든다는 것을 여실히 보여주었다. 그리고 집밖으로의 소비지향적 외출에서도 진정한 정체성을 발견하거나 자유를 찾지 못한다는 것을 보여주었다. 남녀를 공과 사로 분리하는 성별 분업의 구조 속에서 여성은 안에서도 밖에서도 행복한 장소감과 인간적 정체성을 발견할 수 없으며, 건강한 삶을 영위할 수 없다.

자본주의 사회에서 성별 분업의 가장 기본적인 원리는 가족을 생산적인 사회분야와 분리시켜 여성을 소비생활의 담당자인 주부로 단정 지으려는 데 있다. 즉 사회는 생산을 담당하는 공적 분야이며, 가정은 노동력의 재생산을 담당하는 사적 분야로 분리시켜 남녀의 전담영역과 역할을 가부장제 이데올로기를 기반으로 하여 정책적으로 유지시킨다. 여기에 남녀를 차별하고 억압하는 가치우열과 위계질서가 가족을 통해 뒷받침되는 것이다.[39]

「아내의 상자」에서 보았듯이 남성이든 여성이든 그들의 세계를 안과 밖의 한 공간으로만 규정짓고 살아가는 한 그들의 삶은 행복하고 건강할 수 없다. 현상학적 공간이론가인 볼노브(O. F. Bollnow)는 「인간과 그의 집」에서 인간이 체험하고 생활하는 공간을 외적 공간(Aussuraum)과 내적 공간(Innenraum)으로 구분 짓고 있다. 외적 공간은 노동과 노력의 공간이며, 또 행동생활의 현실적 공간이요, 내적 공간은 인간이 뒤로 물러나서

---

39 이효재, 「고전사회학의 가족이론과 파슨즈의 핵가족론」, 이효재 편, 『가족연구의 관점과 쟁점』, 까치, 1988, 11~32면.

안락함을 느끼는 휴식과 평화의 공간이며, 안정의 공간이다. 인간은 근본적으로 상이한 성격을 지니고 있는 두 공간의 상호 긴장 속에서 살아가고 있다고 그는 말한다. 하지만 인간생활의 건전성은 이 두 영역의 올바른 균형을 이루는 데 그 근거를 두고 있다고 했다.[40]

볼노브의 말대로 인간적 삶의 건전성과 행복은 외적 공간과 내적 공간의 조화와 균형 속에서 찾아질 수 있을 것이다. 남녀의 공간을 안과 밖으로 분할하며, 불평등한 성역할을 강요하는 젠더정치학은 폐기되어야 한다. 남성이든 여성이든 그들의 자유로운 선택에 따라 보다 민주적이고 유연성 있게 성역할을 선택할 수 있고, 교환할 수 있어야 행복하고 자유로운 삶을 살 수 있다. 이 사실을 은희경은 「아내의 상자」에서 이분법적으로 성역할과 공간을 분할함으로써 불행해진 부부를 통해서 역설적으로 드러냈다.

『배달말』 43, 배달말학회, 2008. 12.

---

40 볼노브, 「인간과 그의 집」, 『열린 세계 닫힌 사회』, 새론출판사, 1981, 152~160면.

키스 또는 욕망, 그 끝없는 미끄러짐

박숙희의 『키스를 찾아서』를 중심으로

1. 잃어버린 키스를 찾아서

박숙희[1]의 장편소설 『키스를 찾아서』(2001)는 '키스'에 관한 집요한 욕망을 추구하는 여성의 이야기이다. 작가는 서문에서 왜 키스인가에 대해서 다음과 같이 밝히고 있다. "어느 날 나는 키스를 잃어버렸고, 그래서 키스를 찾아 나섰다. 나에게 키스는 절대 순수 혹은 완전한 사랑을 의미한다"[2]라고……

여기서 주인공 한지오가 찾고자 하는 '키스'는 육체적 행위라기보다는 '절대 순수의 완전한 사랑'이라는 정신적 개념이다. 작가는 "키스가 사라졌다"라는 첫 문장을 통해 주체(주인공)가 추구하는 욕망이 키스라는 성

---

1 박숙희(1959~)는 부산대학교 사회학과를 졸업하고, 1995년 한국일보 신춘문예를 통해 등단했으며, 장편소설 『쾌활한 광기』, 『키스를 찾아서』, 『이기적인 유전자』, 『사르트르는 세 명의 여자가 필요했다』 등을 발표했다.
2 박숙희, 『키스를 찾아서』, 문이당, 2001, 5면.

적 욕망이며, 이 욕망이 결핍된 욕망임을 환기한다. 그리고 그 결핍에의 인식은 다시 결핍을 채우기 위한 또 다른 욕망을 불러일으킨다.

라캉(Jacques Lacan)에 의하면 인간 주체는 정체감이 있는 주체, 투명한 주체, 통합된 주체가 아니라 불확실한 주체요, 결핍된 주체이며, 분열된 주체이다. 또한 인간 주체는 그 원초적 통일성이 분열된 상태이므로, 그 본질에 있어서 결핍이며 상실의 존재이다. 따라서 인간은 상실된 통일성과 전체성을 동경하면서도, 이를 영원히 달성할 수 없는 상실의 존재, 상실된 통일성을 회복하려는 끊임없는 욕망에 사로잡힌 결핍의 존재이다.[3]

결혼한 지 1년이 지난 한지오─나현우 부부는 낭만적인 사랑의 열정에 사로잡혀 연애를 시작했지만 결혼할 즈음부터 벌써 그 열정은 수그러들기 시작한다. 그리고 키스가 배제된 채 생리적 욕구의 배설에 불과한 섹슈얼리티를 반복하는 권태에 지배되어 있다. 이들의 결혼은 사랑의 결실이나 열정의 연장이 아니라 여성의 임신(결국 결혼식 전에 유산되어 버렸지만)과 다분히 그에 따른 남성의 책임감에 의해서 이루어졌다는 것이 정확한 표현일지 모른다.

어느 날 자신의 섹슈얼리티에서 키스가 사라졌다는 것을 자각한 주인공은 그것을 "명백한 결락이요 상실"로 인식하며, 잃어버린 키스를 찾아나선다.

> 사라진 키스가 남긴 공백을 응시하며 내가 진정으로 찾고 싶어 하는 것이 무엇인지 나는 알지 못한다. 단지 키스가 사라진 바로 이 자리에서 촘촘히 되짚어 볼 수 있을 뿐이다. 어쩌다가, 무엇 때문에 키스가 사라져 버렸는지를.
> 잃어버린 키스를 추적하는 것은 그 자체로 또 하나의 욕망이다.[4]

---

3 전경갑, 『현대와 탈현대의 사회사상』, 한길사, 1993, 163~164면.
4 박숙희, 앞의 책, 20면.

따라서 잃어버린 키스를 찾아 나선 여로-키스의 결핍에 대한 자각→
남편과의 관계의 회상→과거 남자들에 대한 회상→첫 키스의 상대였던
석진과의 키스(섹스)→집(남편)으로 복귀가 이 작품의 핵심서사이다. 어
떤 측면에서 이 작품은 출발지와 귀착지가 일치하는 회귀형의 여로형 소
설(road roman)로서 제목이 명시적으로 드러내보이듯이 키스에 대한 집요
한 욕망을 가진 주인공이 잃어버린 키스(절대 순수의 완전한 사랑)를 찾
아 나선 욕망의 서사이다.

2. 절대 순수의 완전한 사랑

주인공(1인칭 화자)에게 투사된 다분히 분석적이고 논쟁적인 내포작가
의 목소리에 의하면, 결혼이라는 제도는 섹스마저 일상화시키고, 일상화
된 섹스는 키스를 생략한다. 키스에 대한 그의 생각은 어떠한가.

> 표면적으로만 따지면 키스라는 행위는 지극히 육체적이다. 그러나 감정 없
> 는 키스는 불가능하다는 점에서 보면 키스는 육체적이라기보다는 오히려 감정
> 적이다. 또 키스는 그 행위의 구체성에도 불구하고 대단히 상징적이다. 섹스
> 전의 키스는 곧이어 전개될 섹스를 예고하고 유도한다는 의미에서 일종의 부
> 드러운 통과의례이며, 섹스가 끝난 후의 키스는 여전히, 그리고 계속해서 상대
> 를 사랑하겠다는 모종의 따뜻한 약속이다. 그러므로 키스가 생략된 채 시작되
> 는 섹스는 너무 뻔뻔하고 노골적이며, 키스로 마무리되지 않는 섹스는 허탈하
> 고 공허할 뿐이다.[5]

표면적으로 육체적인 행위인 키스는 한지오에게 실은 감정적인 행위이

---

5 위의 책, 19면.

며, 섹스를 전후한 페팅으로서의 의미와 사랑에 대한 따뜻한 약속으로 인
식된다. 그리고 키스도 또 하나의 섹스이다. 그래서 사랑하는 사람들에게
있어서 키스가 사라졌다는 것은 명백한 결락이요, 상실이라고 주장하는
가 하면 키스가 생략된 섹스의 뻔뻔스러움과 노골적 태도를 비난하고, 키
스로 마무리되지 않은 섹스가 얼마나 허탈하고 공허한 것인가를 반복하
여 진술한다. 무엇보다도 키스가 생략된 남성중심의 일방적인 섹슈얼리
티를 주인공은 폭력으로 느끼며, 무성의하고 습관적이며 지극히 생리적
인 욕구의 배설로 간주한다. 키스 지상주의자인 한지오는 나현우와의 첫
키스의 황홀함을 다음과 같이 표현한다.

> 첫 키스를 한 그때, 나는 늘 동경해 마지않던 감정의 절정을 분명히 경험했
> 다. 그것은 육체와 정신, 혹은 그와 내가 완전히 하나가 된 순간이었다. 입술과
> 입술이, 혀와 혀가 뒤얽히던 순간의 그 또렷한 일체감. 그리고 돌연함 암전. 그
> 어둠 속에서 나는 생의 귀중한 비밀을 엿보았다.[6]

> 순간, 갑자기 무능해진 나의 이성이 잠시 정신을 잃었다. 아니, 깨어있는 한
> 나를 지배하던 무수한 생각들로부터 완벽하게 해방되었다. 몇 초 동안, 세상은
> 온통, 캄캄했고, 새벽 공기는 한없이 달콤했다. 크레용 맛이 나는 그의 입술에
> 서는 기분 좋은 냄새가 풍겼다. 방금 전 카페에서 마신 헤이즐럿 커피의 맛과
> 향이었다.[7]

나현우(남편)와의 첫 키스의 경험은 육체와 정신, 그리고 그와 내가 하
나가 되는 '완전하고 황홀한 쾌감'으로 표현된다. 그것은 감정의 절정이
고, 대상과의 일체화이며, 생의 귀중한 비밀이자 완벽한 해방감이다.

6 위의 책, 76면.
7 위의 책, 77면.

다시 말해 결핍이 없는 상상계적 나르시시즘의 완전한 세계에 대한 경험이다. 키스야말로 한지오가 추구하는 절대 순수의 완전한 사랑이란 기의(Signified)를 구체적으로 나타내주는 기표(Signifier)인 것이다. 화자는 첫 키스의 경험을 두 페이지에 걸쳐 기술하고도 "이렇게 거칠게 요약해 버리기에는 아쉬운 감이 없지 않다. 많은 부분이 생략되었고, 또 달아나 버렸다"라고 부족함을 피력한다.

반면에 나현우와의 첫 섹스에 대해서는 지극히 짧게 "어떻게 치러졌는지도 모르게 한 번의 섹스가 끝났을 때, 우리는 꽤 오랫동안 각자 널브러진 채 침대에 누워 있었다. 땀으로 번들거리는 나현우의 몸을 보면서 나는 그의 몸이 의외로 평범하고 왜소하다는 생각을 했다"라고 정신성이 배제된 지극히 육체적인 경험으로 그려낸다. 그리고 상대방의 육체에 대한 실망감을 표현하는가 하면 두 번째의 섹스시에는 몰입으로부터 벗어나 벌써 상대를 바라보는 여유와 거리까지 발생한다.

> 두 번째, 섹스 때, 내 목에서 지나치게 크고 과장된 신음소리가 자주 흘러 나왔다. 골목길에서의 첫 키스가 신선한 흥분이라면, 곧이어 시작된 첫 번째 섹스는 격렬한 흥분이라 이름붙일 수 있을 것이다. 그리고 두 번째 섹스 때, 나는 약간은 위선적인 흥분을 가장했다. 분명히, 목 안에서 솟구쳐 나오는 낯설기 짝이 없는 신음소리가 내 귀에 들릴 때마다 문득 눈을 뜨고 나현우의 얼굴을 쳐다보았다.[8]

이처럼 키스에 집착하는 주인공은 잃어버린 키스를 회복하려는 끊임없는 욕망에 사로잡혀 남편과의 관계를 돌이켜보는가 하면, 과거의 남자들

---

8 위의 책, 79면.

을 회상해 보고, 마침내 첫 키스의 상대였던 석진을 다시 만나 잃어버린 키스를 찾고자 한다.

한지오의 회상이 보여주듯 그녀는 도발적인 시를 쓰는 남편 나현우의 순수한 소년 이미지에 매혹되어 한동안 절대 순수의 완전한 사랑의 감정과 키스와 섹스가 통합된 나르시시즘의 환상은 지속된다. 하지만 이 환상은 점차 사라지고, 둘 사이엔 키스도 생략된다.

한지오가 나현우와의 결혼에서 얻고자 한 것은 절대 순수의 완전한 사랑, 즉 상징적인 남근인 팔루스(phallus)의 소유지만 결혼을 통해서 그녀가 얻은 것은 환상과 신비화가 사라진 실제적인 남근(penis)의 소유일 뿐이다. 따라서 그녀의 절대 순수의 완전한 사랑이라는 팔루스 소유하기의 욕망은 영원히 지연되며, 충족될 수 없다. 라캉에 의하면 욕망의 실현은 '채워지는' 것이 아니라 그 같은 욕망을 재생산해내는 데에 있다.[9] 결국 "사랑의 관계는 요구와 욕망 사이에서 해결될 수 없는 긴장관계를 내포"[10]할 뿐인 것이다.

3. 키스 또는 욕망

한지오의 키스에 대한 무의식적 욕망, 현실 속에서 실현되지 못하는 억압된 욕망은 꿈으로 빈번히 재현된다. 그녀는 꿈속에서 "회사 앞 빵 가게의 주인 남자와 금성인쇄소의 김 주임, 그리고 얼마 전 읽은 장편소설의 주인공인 빈이라는 남자"와 키스하는 꿈을 자주 꾼다. 자신이 왜 그런 꿈

9 딜런 에반스, 김종주 외 역, 『라깡 정신분석사전』, 인간사랑, 1998, 278~287면.
10 마단 사럽, 김해수 역, 『알기 쉬운 자끄 라깡』, 백의, 1995, 188면.

을 꾸었을까를 분석해 보던 그녀는 첫사랑의 남자, 첫 키스의 남자, 처음으로 같이 잔 남자를 떠올려 본다. 그리고 마침내 잃어버린 키스를 찾기 위해 첫 키스의 상대였던 석진을 다시 만나 키스를 해보지만 석진과의 섹슈얼리티는 그토록 열망하던 키스를 실현한 데 대한 충족감이 아니라 상실감이다.

그녀는 석진이라는 대상이 자신의 욕망을 충족시킬 것이라고 믿고 다가갔지만(압축, 은유) 그녀의 욕망은 결코 충족되지 못하고 여전히 욕망은 남아 다음 대상으로 자리를 바꾼다(전치, 환유). 그녀는 자기가 어떤 완벽한 대상을 가지게 되면 결핍이 사라지리라고 믿었지만 그것은 착각에 불과했던 것이다.

> 완전히 육체적인 것도, 완전히 감정적인 것도 아닌 최초의 중성적인 상태, 바로 그 지점에서 수많은 연인들이 신기루를 보고, 그 신기루를 좇아 어리석은 방황을 시작하는지도 모른다. 그러나 그 지점은 아주 짧은 순간만 존재할 뿐인, 그야말로 신기루에 불과하다. 그리고 최초의 욕구는 욕구로서 존재할 때만 중성적이다. 낭만적인 신기루의 상태는 욕구의 실현과 동시에 파괴되어 버리고 마는 그런 것이므로.[11]

화자에 의해 "완전히 육체적인 것도, 완전히 감정적인 것도 아닌 최초의 중성적인 상태"라고 지칭된, 키스에 대한 욕망(desire)은 육체적(생리적)욕구(need)와 감정적(언어적) 요구(demand)의 틈새에 존재하는 것이다. 다시 말해서 생리적 욕구와 언어적 요구 간의 메울 수 없는 심연에서 영원히 채울 수 없는 무의식적 욕망은 형성된다. 라캉은 욕망은 만족을 위

---

11 박숙희, 앞의 책, 157~158면.

한 욕구도, 사랑에의 요구도 아닌, 요구에서 욕구를 뺀 차이로부터 발생하는 것이며, 동시에 양자분열현상 그 자체라고 했다.[12] 따라서 그 욕망은 아주 짧은 순간에만 존재하다 사라지는 신기루와 같은 것, 즉 욕망의 실현과 함께 파괴되는 것이다.

물론, 사라져버린 것은 그토록 집요하던 키스에 대한 욕망일 것이다. 실제로 석진과의 섹슈얼리티는 자신이 그토록 열망하던 절대 순수 또는 완전한 사랑으로 충일한 경험이 아니라 지극히 실망스런 것이었다. 그것은 환희와 향유(jouissance)가 있어야 할 곳이 텅 빈 자리로, 어긋남과 결핍으로 남아 있는 욕망과 결핍과 부재의 확인에 불과했다.

대상에 다가서는 순간 신기루처럼 물러나고 마는 충족되지 못하는 욕망, 즉 결핍으로서만 존재하는 것이 욕망의 본질이다. 라캉에 의하면 욕망은 환유이다. 대상은 신기루처럼 잡는 순간 저만큼 물러난다. 대상은 욕망을 완전히 충족시킬 수 없기에 인간은 대상을 향해 가고 또 간다. 죽음만이 욕망을 충족시키는 유일한 대상이다. 욕망은 기표이다. 그것은 완벽한 기의를 갖지 못하고 끝없이 의미를 지연시키는 텅 빈 연쇄고리이다.[14] 결국 한지오가 찾고자 한 것과 찾은 것 사이에는 분열이 일어날 수

12 자크 라캉, 권택영 외 편역, 『욕망이론』, 문예출판사, 1993, 267면.
13 박숙희, 앞의 책, 259면.
14 권택영, 앞의 책, 19면.

밖에 없다. 바로 시선과 응시 사이의 분열이다. 그녀의 절대 순수와 완전한 사랑에의 욕망은 현재에도 과거에도 충족되지 못한 채 결핍으로 남을 수밖에 없다.

> 키스에 대한 욕망은 결국 키스가 결핍되었다고 느끼는 관념이 만들어 낸 허구에 불과하다. 욕망의 구조는 실재라고 믿고 다가서지만(상상계) 그것이 허구이며(상징계), 여전히 욕망은 남아 그 다음 단계의 대상을 찾아 나서는(실재계) 순서를 밟기 때문이다.[15]

> 내 마음 속에서 늘 어떤 과녁 같은 것이 있었다. 그것은 때로 나를 지켜주면서 때로는 나를 옭아맸다. 그런데 석진의 몸이 나를 뚫고 들어와 그 과녁의 한복판을 관통하는 순간, 그것은 산산이 부서지면서 흔적도 없이 자취를 감추어 버리고 말았다. 언뜻 눈물을 흘렸던가? 그러나 아주 가뿐했다. 무슨 짓이든 할 수 있을 것 같았고, 무슨 짓을 해도 별 무리가 없을 것 같았다. 그냥 마음이 움직이는 대로 따라가는 것, 바로 그것이 정답일 수도 있겠다는 생각이 들었다. 그렇다면 과녁 따위는 더 이상 필요치 않을 것이다. 내가 나를 믿는 만큼 나는 자유롭게 행동할 것이고, 또 내가 나를 불신하는 만큼 시행착오를 거듭할 것이다.[16]

마음속의 과녁이란 바로 욕망의 목표, 즉 대상이다. 그 대상은 실현되는 순간 사라진다. 그래서 가뿐하며, 자유로워진 것이다. 그녀는 단 한 번의 외도로 욕망의 허구성을 깨달았으며, 자유로워졌다. 즉 대상에 대한 왜곡된 집착에서 벗어나게 된다. 그래서 그녀에게 혼외의 섹슈얼리티는 일탈로서의 의미가 아니라 자아회복의 의미를 지닌다.[17]

---

15 위의 책, 19면.
16 박숙희, 앞의 책, 259~60면.
17 송명희, 『타자의 서사학』, 푸른 사상, 2004, 83~84면.

그녀의 남편, 일방적인 첫사랑의 상대였던 대학선배 수현, 첫 키스의 상대였던 대학동창생 석진, 첫 섹스의 상대였던 직장동료 윤, 그리고 다시 만난 석진 등은 '절대 순수의 완전한 사랑'이라는 기의의 구체적 기표들이라고 할 수 있다. 하지만 이들 대상들은 절대 순수의 완전한 사랑이라는 기의를 완벽히 재현하지 못하고 계속 미끄러진다. 그녀는 끊임없는 파트너의 교체를 통해서 자기도취적 환상을 반복해보지만 그들은 결국 결핍 또는 부재의 흔적만을 남겨줄 뿐이며, 그녀의 욕망은 끝없이 미끄러지고 지연된다. 성적 파트너는 지속된 열정 이후에는 욕망의 대상이라기보다는 애정의 대상이 된다. 그래서 다른 대상을 찾아 옮아가고 순환은 반복되는 것이다.[18] 따라서 절대 순수의 완전한 사랑은 S이며, S', S'', S'''라는 대상을 찾아 끝없이 미끄러지는 재현 불가능성을 보여준다는 점에서 욕망의 환유적 연쇄인 $\$ \lozenge a$[19]이다.

결말에서 주인공이 절대 순수의 완전한 사랑은 재현 불가능하다는 것을 인정하고 집으로 복귀함으로써 키스를 찾아 나선 그녀의 방황은 끝난다. 집으로 돌아온 그녀가 남편과 한바탕 싸움을 치르고 나서 "따뜻한 방과 이불이 날카로운 첫 키스보다 훨씬 더 유혹적일 수도 있다"는 생각을 하게 된 것, 그리고 거실 소파에 웅크린 채 잠들어 있는 남편에 대해 측은하고 안쓰러운 느낌을 갖게 된 것이 바로 그것을 입증한다.

결국 그녀는 낭만적 사랑이라는 나르시시즘의 환상에서 깨어나 '키스-흥분과 즐거움'을 상실한 결혼의 무덤덤한 일상성을 받아들이게 되

---

18 마단 사럽, 앞의 책, 188면.

19 $\$ \lozenge a$: $\$$는 빗금친 주체이고, a(오브제 또는 쁘티 아)는 주체로 하여금 욕망을 끊임없이 불러일으키는 허구적 대상이다. 마름모꼴($\lozenge$)은 대상이 결코 주체의 욕망을 충족시키지 못한다는 결핍이다.

었다고 할 수 있다. 한 번의 일탈을 통해서 결혼의 일상성을 현실로 수용하게 되는, 결혼에 대한 새로운 의미 발견이 이루어진 셈이다. 일탈, 이혼까지 들먹인 격렬한 폭언과 폭력의 위기를 거치면서 결혼이라는 배는 결코 좌초하지 않았다.

이는 라캉적으로 해석할 때에 주인공이 상상계에서 벗어나 상징계적 질서를 받아들인 것으로 해석할 수 있을 것이다. 즉 주체는 절대 순수의 완전한 사랑을 추구하는 나르시시즘의 욕망에서 벗어나서 제도로서의 결혼이라는 사회문화적 질서에 동조하는 순응적(분열된) 주체로 재구성된 것이다. 이러한 과정에서 억압된 욕망이 무의식을 형성하게 되므로, 욕망은 우리가 상징적 질서에 머무는 한 영원히 충족될 수 없다. 즉 무의식적 징후들의 내용을, 기표의 연쇄가 그 기의를 여실히 재현할 수 없는 것이다.

4. 여자는 결혼에서 무엇을 원하는가

이 작품의 중요한 의미는 하나의 낭만적 사랑에 대한 이상과 현실의 결혼 사이의 불일치의 문제이다. 여성인 한지오가 결혼을 통해서 욕망한 것은 키스로 상징되는 낭만적 사랑이지만 현실 속의 결혼은 환상이 결여된 일상성에 지배되어 있다. 파트너와 완전한 일체감과 절대 순수의 사랑을 느끼게 해주는 키스란 하나됨(oneness)과 완성의 이데올로기로서 그것은 일종의 환상일 뿐이다. 라캉은 하나됨의 신화에 대해서 신랄한 비판을 가하였다.[20] 여주인공이 보여준 혼외의 일탈은 성적 쾌락의 추구가 아니라

---

20 마단 사럽, 앞의 책, 188~189면.

육체와 정신이 결합된 완전한 사랑을 추구하려는 욕망에서 비롯되었다. 작가는 이처럼 기존의 규범에 도전하는 여성을 통해서 여성이 진정으로 원하는 성적 욕망은 육체중심의 쾌락이 아니라 육체와 정신이 완벽하게 결합된 완전한 성이라는 것을 드러냈다. 키스에의 욕망은 결국 여성중심적인 성적 욕망을 의미한다.

"과거의 여성들은 실망에 부닥쳤을 때 자기의 희망을 버리지만 오늘날의 여성들은 자기의 희망을 고수한 채 결혼을 버린다"[21]라는 지적처럼 한지오가 취한 태도는 공격적이고, 지극히 첨단적인 현대성을 보여준다고 할 수 있다. 키스란 성과 사랑을 일치시키려는 상징적 행위이다. 이런 일치가 결혼제도 속에서 불가능할 때에 혼외관계를 통해서라도 그것을 일치시키고자 하는 여주인공은 분명 기존의 전통적이고 보수적인 여성상으로부터 변화된 이미지이다. 더욱이 간통죄가 존치된 사회의 기혼여성으로서는 매우 도발적인 태도라고 할 수 있다. 한지오가 취한 이런 첨단성은 다분히 그녀의 경제적 능력에 뒷받침된다고 볼 수 있다. 그녀는 출판사의 출판기획자로서 풀타임 직업을 가진 반면에 남편은 시인으로서 그가 한창 인기를 끄는 시인이라 할지라도 고정적인 수입이 없는 전업 작가이다. 이런 두 사람의 경제적 위상은 두 사람의 관계에도 분명 영향을 미치고 있다.

한지오에 의하면 키스를 생략하는 남성중심적 섹스는 사랑의 감정을 느끼지 못하게 만들 뿐만 아니라 폭력이다.

> 더 이상 참을 수 없어진 나현우가 갑자기 내 쪽으로 몸을 돌려 서두르기 시작했다. 곧이어, 그는 아직 젖꼭지도 서지 않은 나를 단숨에 정복하고 말았다.

---

21 울리히 벡 & 엘리자베트 벡—게른샤임, 강수영 외 역, 『사랑은 지독한 그러나 너무나 정상적인 혼란』, 새물결, 1999, 121면.

> 그가 내 몸을 뚫고 들어왔을 때 저릿한 현기증이 몸 전체를 관통했다. 그다지 유쾌하지 못한 현실이 또 다시 나를 깊숙이 찌르고 들어온 느낌이 들면서 불현 듯 서글퍼졌다.[22]

인용문은 키스가 생략된 성관계의 불유쾌함 아니 폭력성에 대한 진술이다. '뚫고 들어왔을 때' 또는 '찌르고 들어온'이라는 표현에서 보듯 키스라는 과정이 생략된 남성중심적인 성관계의 폭력성이 여성의 느낌을 통해서 전달된다. 즉 나현우의 행위는 아직 '젖꼭지도 서지 않은 나를 단숨에 정복'한 일종의 정복행위이자 지배행위이다. 그것은 결코 평등하고 유쾌한 성적 소통행위가 아닌 것이다. 남성은 페니스가 팽창하는 것으로 모든 준비가 끝나겠지만 상대방인 여성은 아직 받아들일 준비가 되어 있지 않다. 그것은 키스라는 행위를 통한 감정적 접촉과 전희가 생략되었기 때문이다.

영국의 동물학자, 특히 동물행태연구가인 데스몬드 모리스(Desmind Moris)는 인간의 '눈'에서 '성기'에 이르기까지의 '접촉'의 12단계를 구분했다. 그는 이 단계를 갼략화한 것은 강간이며, 단계를 세련화한 것은 오르가슴 지상주의라고 말했다. 특히 금전에 의한 결혼에서 비롯되는 사랑이 없는 부부간의 성교섭, 즉 부부의 침실에서 합법적으로 이루어지는 과정이 간략화된 성교섭을 폭력적 강간과 구분하여 '경제적 강간'이라고 지칭했다. 그리고 이런 경우 애정이 키나갈 기회는 완전히 사라진다고 했다.[23] 모리스에 의하면 키스는 접촉의 12단계 가운데서 제7단계에 해당된다.

---

22 박숙희, 앞의 책, 18면.
23 데스몬드 모리스, 박성규 역, 『접촉』, 지성사, 1994, 107면.

한지오-나현우 부부 사이에는 12단계의 과정이 간략화된 '경제적 강간'처럼 성관계가 이루어진다. 키스가 생략됨으로써 아내의 몸은 남편의 몸을 받아들일 준비가 전혀 안 된 채로 일방적이고 폭력적으로 성관계가 종결되고 마는 것이다. 당연히 여성은 오르가슴을 느낄 수 없을 뿐만 아니라 유쾌하지 못한 감정과 서글픔에 빠지게 된다. 결국 키스가 생략된 성행위는 남성중심적인 폭력적 정복행위이며, 사랑이라는 결속감과 일체감이 빠져버린 육체만의 관습적 배설행위에 불과하다. 당연히 여성은 상대방의 사랑을 의심하고 결핍을 느낀다.

결혼이란 일상성은 이처럼 키스를 빼앗아버리고, 관습적이고 폭력적인 성관계만을 반복한다. 키스를 찾겠다는 것은 결국 결혼의 일상성에 대한 거부이며, 관습적이고 폭력적인 남성중심의 성관계에 대한 거부이다. 즉 여성을 타자화시키는 남성중심의 욕망에 대한 거부이며, 완전한 성에 대한 여성중심적 욕망의 추구이다. 이야말로 남성의 여성에 대한 성적 대상화, 객체화, 타자화에 대한 거부이고, 성적 주체성의 표현이다. 키스야말로 정신과 육체의 통합적 오르가슴을 가능케 하는 완전성의 지표가 되고 있다. 이는 사라 러딕(Sara Ruddick)이 '더 나은 성'의 기준으로 제시했던 완전성의 개념과 그대로 일치하는 것이다. 즉 의식과 육체가 하나가 된 성이다.[24]

주인공이 키스라는 여성중심의 욕망을 찾아서 결혼제도를 벗어나보는 것은 쾌락을 위한 일탈이 아니라 성적 주체성 찾기를 위한 일탈이다. 하지만 그 일탈을 통해서 주인공은 그가 열망하던 욕망을 완전히 실현했는가? 한마디로 아니다. 욕망의 허구성(이데올로기성)을 통찰한 주인공은

---

24 R. 베이커 & F. 엘리스톤, 이일환 역, 『철학과 성』, 홍성사, 1982, 95~126면.

낭만적 사랑이라는 상상계적 자아의 나르시시즘의 욕망을 포기하고 집으로 복귀하여 일상적인 결혼의 의미를 받아들이는 상징계적 질서의 세계로 진입함으로써 현실에 순응하는(분열된) 주체로 재구성된다. 그런 의미에서 이 작품을 일종의 자아 찾기의 소설인 회귀형의 여로형 소설로 파악할 수 있는 것이다.

이 작품의 페미니즘 요소는 첫째, 결혼이라는 제도의 유무 또는 순결 이데올로기에 구애받지 않는 여성을 그려냈다는 점이다. 둘째, 키스가 생략된 남성중심의 성행위와 여성이 소망하는 욕망 사이의 어긋남을 통해서 여성이 원하는 완전한 성은 단순한 육체적 결합이 아니라 육체와 정신의 일체화이며, 남성만의 오르가슴이 아니라 남녀가 평등하게 충족을 느끼는 오르가슴이라고 하는 것을 분명히 표현했다는 점이다.

끝으로, 남편 나현우가 아내를 "함께 울타리를 만들어가는 좀 각별한 친구 사이"라고 말하자 아내 한지오는 "울타리를 만들어 가는 데 있어서 필요한 노력은 생략한 채 울타리만 필요로 하는 그의 말은 그야말로 궤변에 불과한 것"이라고 비난한다. 즉 남성에게는 결혼이라는 울타리가 중요할지 몰라도, 여성에게는 사랑이라는 내용이 더 중요하다는 것이다. 문제는 남성은 울타리의 중요성, 즉 결혼이라는 제도의 중요성을 인정하면서도 그것을 유지하는 데 필요한 노력, 즉 사랑을 지속시키려는 노력은 기울이지 않는다는 점이다. 작품은 결말에서 결혼의 일상성에 순응하는 (분열된) 주체를 보여주었지만 결혼의 일상성과 사랑을 상실한 관습적인 관계를 벗어나기 위한 남성들의 노력을 촉구했다고 할 수 있다.

『한국문학이론과 비평』 29, 한국문학이론과 비평학회, 2005. 12.

나혜석의 「어머니와 딸」과 대화주의

1. 뉴밀레니엄, 나혜석의 화려한 복권

지난 20세기까지 나혜석(1986~1948)은 지나치게 첨단적이어서 실패한 신여성의 전형으로서 영욕의 양극단을 치달은 그의 생애가 세간의 화젯거리로 대중들의 흥미를 자아내왔다. 하지만 2000년 2월의 나혜석의 문화인물 지정은 그를 스캔들의 주인공에서 뉴밀레니엄 여성의 귀감이 되는 모델로 복권시킨 대전기가 되었다. 작가로, 화가로, 페미니스트로 빛나는 광휘와 세인의 선망 속에 놓였던 나혜석의 전반기의 삶과 이혼으로 얼룩지고 행려병자로 쓸쓸히 사망하기까지의 후반기의 삶의 영욕을 모두 불식하고 21세기에서는 일찍이 그가 주장하던 '이상적 부인'의 모델로 새로운 역사적 평가를 받게 된 것이다. 뉴밀레니엄이 되기까지 문화인물로 지정된 여성이 신사임당 정도에 불과했던 것을 상기한다면 나혜석의 문화인물 지정은 우리 사회의 이상적 여성의 모델을 '현모양처'에서 '자아를 적극적으로 실현하는 여성'으로 바꾸었다는 상징적 의미로 받아들여진다. 나혜석이 평생을 통해서 주장하고 실천했던 이상적 삶은 지난 20세기까지는 너무도 첨단적인 삶의 형태로 여겨졌으며, 한 세기를 넘긴 21세기, 그것도 뉴밀레니엄을 맞아서야 비로소 정당한 역사적 평가를 받을 수 있을 만큼 시대를 앞선 것이었다.

실로 20세기를 거쳐 21세기를 살아가는 후배 여성으로서 오늘날 우리 여성들이 누리고 있는 이만큼의 자유와 권리가 결코 거저 얻어진 것이 아니라 선배들의 피나는 투쟁의 산물이었다는 확신을 나혜석의 생애와 문학을 연구해볼 때에 갖지 않을 수 없다. 더욱이 페미니즘 사상가로서 나혜석의 진보성과 선구성은 오늘날 우리가 페미니즘이라고 할 때에 서구의 사상과 사상가만을 떠올리는 것이 정말 무지의 소치라고 하는 것을 인정하지 않을 수 없게 한다. 나혜석의 글에서 만나게 되는 페미니즘은 오늘날에도 여전히 페미니즘의 새로운 쟁점으로 살아있는, 시대를 앞선 눈부신 새로움을 보여주는 것이기에 더욱 놀랍지 않을 수 없다.

2. 대화중심의 문체와 대화적 상상력

1) 대화중심의 문체 구성

내가 인형을 가지고 놀 때
기뻐하듯
아버지의 딸인 인형으로
남편의 아내 인형으로
그들을 기쁘게 하는
위안물 되도다

(후렴)

노라를 놓아라
최후로 순순하게
엄밀히 막아논
장벽에서
견고히 닫혔던
문을 열고
노라를 놓아주게

—「인형의 가家」에서[1]

입센의 희곡 『인형의 집』을 패러디한 나혜석의 시 「인형의 가家」(1921)[2]
에서 시적 화자는 선각적 신여성으로, 소녀들을 향해 사람이 되라고 촉구
한다. "아버지의 딸인 인형으로/남편의 아내 인형으로/그들을 기쁘게 하
는/위안물"로서의 인형적 종속적 삶을 거부하고 '사람이 되는' 길을 따
르라고 소녀들에게 강력한 어조로 권하는 것이다. 이 시에는 여성의 인
간으로서의 주체성을 강조한 저자 나혜석의 목소리가 강하게 반영되어
있다.

나혜석은 소설 「경희」(1918)에서도 가부장적 결혼제도로 들어가길 거
부하고 근대교육을 받음으로써 인간 주체로 바로 설 것을 자각하는 신여
성을 그린 바 있다. 그리고 「규원閨怨」(1921), 「원한怨恨」(1926)과 같은
1920년대 소설에서는 가부장제하의 구여성으로서의 삶이 얼마나 불행한
것인가를 반복해서 보여주고 있다. 즉 소설 「경희」와 시 「인형의 가」에서
주장한 신여성으로서의 주체적 삶에 대한 당위성과 신념을 가부장제의

---

1 이상경 편, 『나혜석 전집』, 태학사, 2000, 113면.
2 당시 나혜석은 『매일신보』에 번안되어 연재되던 입센의 『인형의 집』의 삽화가였고, 이를
  계기로 이런 시를 『매일신보』에 발표하게 된 것 같다.

피해자인 구여성을 등장시켜 다시 한 번 확인시킨 셈이다. 나혜석의 소설은 여성의 주체적 삶의 실현에 있어 봉건적이고 가부장적인 가족제도와 아버지(남성)는 타파해야 할 적대자로, 그리고 구여성은 변화해야 할 대상으로 형상화한 것이다.

그런데 나혜석의 페미니즘은 1930년대에 와서 큰 변화를 보이고 있다. 즉 「현숙」(1936)과 「어머니와 딸」(1937)에서 아버지의 존재는 아예 삭제되어 있으며, 가부장적 집 대신에 여관이 공간적 배경으로 설정됨으로써 억압적이고 폐쇄적인 가부장적 가족제도와 적대적인 아버지는 소설의 전경에서 사라지고 만다. 「현숙」에서는 억압적 아버지 대신에 가족제도 밖의 남성이 자본으로 여성을 통제하며, 「어머니와 딸」에서는 가부장적 의식을 내면화한 어머니가 가부장적 아버지를 대체하는 적대자로 등장한다. 그리고 두 작품은 우연인지 여관을 공간적 배경으로 설정하고 있다. 하지만 이것은 결코 우연일 수 없다. 이혼 이후에 나혜석은 체험 공간으로서의 집을 상실함으로써 여기저기 여관을 떠돌며 생활했고, 1937년께부터는 김일엽 스님이 출가한 수덕사를 찾아가 그 아래 수덕여관에서 오랫동안 기거했던 구체적 사실과 관련을 맺고 있는 것이다.

본고는 여성의 근대교육이라는 제재를 다룬 나혜석의 「어머니와 딸」을 분석함에 있어 동일한 제제와 동일하게 '어머니-딸 모티프'를 가진 소설 「경희」와 대비하면서 논의를 진행시켜 나가겠다.

「어머니와 딸」은 문체적 특성면에서 서술과 묘사가 거의 없이 인물간의 '대화' 위주의 소설이다. 이 작품의 주된 갈등은 「경희」와 마찬가지로 딸의 근대교육문제를 놓고 야기되는데, 그 갈등이 아버지-딸의 갈등이 아니라 어머니-딸 사이의 갈등으로 제시된 점이 흥미롭다. 즉 여관주인인 어머니는 고등여학교를 졸업한 딸 영애를 자신의 여관에 하숙하고 있는 도청공무원인 한운이란 청년과 결혼시키고 싶어 한다. 하지만 딸은 그가 싫을 뿐만 아니라 결혼 자체도 싫고, 다만 공부를 하고 싶을 뿐이다. 이 작품의 어머니는 여러모로 「경희」의 어머니와 비교된다. 「경희」에서는 어머니가 딸의 조력자로 등장함으로써 딸의 근대적 주체성 실현을 돕는 역할을 맡는다면, 「어머니와 딸」의 어머니는 아버지의 존재가 드러나지 않는 가운데 딸과 갈등을 빚는 적대자로 등장한다. 즉 「경희」에서는 '어머니'가 딸의 근대화 기획에 동참함으로써 작품이 "신여성/구여성의 대립에서 출발하여 신여성/구남성의 대립으로 서사가 전개되고, 이러한 구성이 계몽의 효과를 한층 고조시키는 동시에 아버지 세계의 부당함을 역설하는 효과를 자아낸다."[3]

반면에 「어머니와 딸」에서 '어머니'는 딸과 대립하는 존재이며, 딸의 근대화 기획(신여성이 되기 위한 교육)에 찬성하지 않는 가부장제 이데올로기를 내면화한 모습으로 제시된다는 점에서 신/구의 갈등은 딸/아버지, 즉 여/남의 갈등이 아니라 딸/어머니, 즉 여/여의 갈등으로 나타나는 차별성을 보인다.

「경희」의 어머니가 자신의 경험, 즉 남편의 축첩으로 인해서 마음고생이 심했던 것, 일본인이 경희를 찾아와 존대를 하고 월급을 많이 주겠다고 말한 사실, 그리고 실제 경희의 부지런해진 행동거지의 목격 등을 근거로 딸의 조력자가 될 수 있었던 데 반하여 「어머니와 딸」의 어머니는 그저 주워들은 풍월로 신여성을 타기한다. 즉 화자의 해설에 의하면 "이 여관집 마누라는 여러 번 좌석에서 신여자 논란이라는 것을 많이 주워 들

---

3 김복순, 「'딸이 서사'에 나타난 타자의 이중성」, 『나혜석 바로알기 제4회 심포지엄』, 정월 나혜석 기념사업회, 2001, 123~124면.

었"는데, 그것을 토대로 신여성에 대한 부정적 관념을 형성했던 것이다. 그녀가 펼치는 여성관은 "여자는 잘나면 남편에게 순종치 않고", "여자란 침선방적을 하여 살림을 잘하고 남편의 밥을 먹어야 하는 것", 다시 말해 침선방적과 살림을 잘하고, 남편에게 순종하며, 남편의 밥을 먹어야 하는 존재, 바로 현모양처이다. 그런데 그녀가 보기에 신여성은 '침선방적'도 못하며, 남편에게 순종하지 않는, 즉 현모양처와 배치되는 존재이다. 그래서 제2장에서 '어머니'는 신여성의 구체적 모델인 소설가 김 선생이 자신의 딸에게 나쁜 영향을 미친다고 판단하여 여관에서 나가라고 종용하는가 하면, '어머니-딸'과의 대화로 이루어진 제4장에서는 "이년, 한나절까지 자빠져 자고, 해다 주는 밥 먹고, 밤낮 책만 들여다보면 옷이 나니 밥이 나니? 이년 보기 싫다. 어디로 가버려라"와 같은 악다구니로 딸과 감정적으로 대립한다.

하지만 이 어머니의 여성관이란 그저 주워들은 풍월인 만큼 확고한 신념체계를 형성하고 있는 것은 아니다. 따라서 신여성에 대해 우호적인 하숙생 이기붕의 반발에 어머니는 반항할 힘을 잃거나 "나야 무식하니 무얼 알겠소마는"이라고 하며 짐짓 물러나버린다.

> 가) "왜요? 신여성은 침선방적을 못하나요. 남편의 밥보다 자기 밥을 먹으면 더 맛있지."
>
> 일 년 전에 이혼을 하고 다시 신여성에게 호기심을 두고 있는 이기붕은 이렇게 반항하였다. 이에 대하여 다시 주인마누라는 처음과 같이 강한 어조로 반항할 힘이 없었다.[4]
>
> 나) "주인, 대체 여자나 남자나 잘나면 못 쓴다니 왜 그렇소? 말 좀 들어봅시다."

---

4 이상경, 앞의 책, 166~167면.

"나야 무식하니 무얼 알겠소마는 여자가 잘나면 남편에게 순종치 아니하고 남자가 잘나면 계집 고생시켜."[5]

어머니는 주변사람들에게 자신의 생각을 말하기는 하지만 이를 논리적으로 설득하는 위치에 있지 않다. 왜냐하면 어머니는 등장인물 중 유일하게 근대교육을 받지 않은 인물로 등장하며, 다른 인물들보다 지적으로 더 열등하기 때문이다.

상대방을 설득하지 못한다는 점에서는 딸도 마찬가지이다. 이 점 또한 「경희」와의 차이점이다. 「경희」에서 작가의 자전적 모델로 보이는 '경희'는 신여성에 대한 모든 오해를 불식시킬 만큼 부지런하다. 작가는 경희의 부지런한 행동을 제시함으로써 기성세대의 신여성에 대해 형성된 편견을 말끔히 불식시키며, 신여성의 우월성을 입증하고자 노력한다. 즉 신여성이 결코 당시 국가사회적 모델이 된 현모양처상과 크게 배치되지 않을 뿐만 아니라 근대교육이 현모양처의 역할 수행에도 도움이 된다고 설득하는 것이다.[6]

---

5 위의 책, 167면.

6 「경희」는 여성도 주체적 인간으로 바로서기 위해서는 근대교육을 받아야 한다는 주제를 표방하고 있다. 그럼에도 불구하고 신여성에 관한 기존의 편견을 불식시키기 위해 '경희'를 현모양처와 배치되지 않는 인물로 그린 점에서 「경희」의 근대성에 대한 의문이 제기될 수 있다. 즉 근대교육을 받은 「경희」는 결국 일본이 여성교육의 목표로 삼은 현모양처가 되고자 하는 것인가의 문제이다. 하지만 이것은 나혜석의 글 전체를 읽지 않은 채 「경희」 한 편만 읽을 때에 나올 수 있는 편협한 시각이라고 생각한다. 즉 「경희」는 여성의 근대교육에 찬성하지 않는 사람들을 설득하기 위해 신여성이 현모양처와 배치되지 않는다는 것을 강조했을 뿐 현모양처가 되기 위해 근대교육을 받자는 것이 아닌 것이다. 즉 여성도 주체적 인간으로 바로 서기 위해서는 근대교육을 받아야 한다는 것이지 종속적인 현모양처가 '경희'의 목표는 결코 아닌 것이다. 즉 기술적으로 살림살이를 잘 한다는 것과 주체적 인간(신여성)의 길이 이분법적으로 양자택일해야 할 것은 아니지 않은가. 실제 나혜석은 '경희' 처럼 살림살이를 아주 잘 하는 신여성이었다고 한다.

하지만 「어머니와 딸」에서 딸은 작가의 자전적 모델이 아니며, 오히려 김 선생이 자전적 모델에 가깝다. 딸은 기존에 신여성에 대해 형성된 편견 그대로 행동함으로써 어머니로 하여금 자신의 편견을 확신하게 만든다. 즉 게으르고 아무런 생산성이 없이 책만 들여다보는, 현모양처와는 거리가 먼 모습을 보여줌으로써 어머니를 설득하는 데 실패한다. 그녀는 어머니의 물리적 언어적 폭력을 고스란히 당할 뿐, '경희'와 같은 당당함이나 말과 행동을 통한 설득의지도 갖지 못한다.

그런데 이것은 '신여성'에 대한 가치판단을 유보하고, 작품을 대화적으로 이끌려는 작가의 전략으로 받아들여진다. 작품의 다섯 개의 장 가운데서 '어머니-딸'의 대화로 이루어진 제4장이 길이 면에서 가장 짧으며, 나누는 대화도 서로가 서로를 이성적으로 설득하는 대화라기보다는 어머니가 일방적으로 딸에게 욕설을 퍼붓는 폭력적 언어구사로 일관되어 있다. 결국 어머니와 딸은 서로를 설득하지 못한 채 감정적으로 첨예한 대립을 할 뿐이다. 어머니의 '시집을 가야 한다'라는 명제와 딸의 '더 공부해야 한다'라는 명제 사이에는 전혀 대화의 가능성이 차단된 듯이 보이며, 어머니의 목소리만이 높아져 있다. 따라서 제4장이 길이가 가장 짧고, 대화 자체가 성립되지 않는다.

오히려 제3장의 '김 선생-딸'의 대화에서 딸은 더 공부를 하여 문학을 전공하겠다고 말하는가 하면, 한운이란 청년이 싫은 이유를 말하기도 하고, 어머니의 강요에 죽고만 싶은 심정을 노출하기도 한다. 그런데 딸이 계속하여 문학을 전공하겠다는 것은 「경희」보다 공부의 목표가 구체적이다. 「경희」에서는 근대교육의 필요성은 크게 강조되고 있으나 교육의 목표가 명시적으로 드러나지 않음으로써, 최근 연구자들로부터 결국 일제가 표방하는 현모양처가 되기 위해 공부하려는 것이 아니냐는 오해를 받는 한편 나혜석의 식민지적 근대성의 한계가 지적되고 있다.

「어머니와 딸」에서 '실제의 어머니'가 단지 육체상의 '생물학적 어머니'라면 '김 선생'은 딸 영애의 '정신적 어머니'이다. 딸이 김 선생을 존경하고 따르자 어머니는 "아니 글쎄 말이에요. 근묵자흑近墨者黑으로 선생이 온 후로는 우리 영애란 년이 시집을 안 가겠다 공부를 더 하겠다니 대체 여자가 공부를 더해 무엇 한답니까"라고 말하며, 김 선생 때문에 자기 딸이 시집을 안 가고 공부를 계속하겠다고 고집을 피운다고 생각하여 자신의 여관에서 나가줄 것을 종용한다.

이 작품은 서술과 묘사가 생략된 채 화자에 의해 매개되지 않는 순수한 발화, 즉 인물 간의 대화가 대부분이다. 나혜석의 1910년대와 1920년대의 소설 가운데 「경희」만이 서술(narration), 묘사(description), 대화(dialogue)가 어느 정도 균형을 갖추었을 뿐 「회생한 손녀에게」, 「규원」, 「원한」은 오직 서술만이 우세한 소설이다. 특히 「회생한 손녀에게」와 「규원」은 독백체의 서술로 일관함으로써 작품의 생동감과 극적 긴장감이 크게 떨어지는 소설이다.

그런데 희곡인 「파리의 그 여자」(1935)는 말할 필요가 없으며, 소설 「현숙」(1936)과 「어머니와 딸」(1937)까지도 서술과 묘사가 거의 생략된 채 대화체로 씌어졌다. 그리고 이러한 대화체는 희곡과 소설에 한정되지 않고 있다. 다시 말해, 대화체는 1930년대의 수필, 논설 등 글쓰기 전반에 확산되는데, 이에 대해서 다음과 같은 평가가 있다.

나혜석 산문의 이와 같은 대화체 형식은 당대의 어느 작가의 소설보다 대화 장면을 많이 삽입하고 서술자의 목소리를 억제함으로써 근대소설의 면모를 내보이는 한편, 작가적 메시지 또한 강하게 전달하는 나혜석 소설의 특징으로 연

결된다.[7)]

즉 1930년대의 소설뿐만 아니라 에세이 「이성간의 우정론」(1935), 「나의 여교원 시대」(1935), 「독신여성의 정조론」(1935) 등 나혜석의 글쓰기 전반적으로 확산된 대화체는 화자의 개입이 없이 인물들 간에 발생하는 순수한 발화형식이다. 대화는 인용문의 주장처럼 "작가의 메시지를 강하게 전달하는" 방식이 아니라 작가의 주관적이고 설명적인 개입을 차단시키고 사건을 극화, 장면화시킴으로써 이야기의 객관성과 사실감을 높이는 역할을 한다. 이러한 대화체의 객관적 제시는 작가, 화자, 인물 간의 거리를 발생시키며, 이 작품을 다성적 소설로 만드는 데 크게 기여한다.

2) 다성적 소설과 대화주의

바흐친(M.M.Bakhtin)에 의하면 총체로서의 소설은 다음과 같은 다섯 가지의 문체구성적 단위체로 구성된다.

1. 작가에 의해 직접적으로 이루어지는 문학적·예술적 서술 및 그 변형들.
2. 다양한 형태의 일상구어체 서술의 양식화(스까즈(skaz, 이야기)).
3. 다양한 형태의 준*準* 문학적(문어체의) 일상서술의 양식화(편지나 일기 등).
4. 작가에 의한 다양한 형태의 비예술적 문예문체(윤리적, 철학적, 과학적 진술이라든가 수사학적, 인종학적 묘사, 비망록 등).
5. 작중인물들의 독특한 개성이 담긴 발언.[8)]

---

7 이호숙, 「위악적 자기방어기제로서의 에로티즘」, 한국여성소설연구회, 『페미니즘과 소설비평』, 한길사, 1995, 92면 : '서술자의 목소리를 억제함으로써 근대소설의 면모를 내보이는' 견해에 대해서는 필자는 의견을 같이 하지만 작가의 메시지를 강하게 전달한다는 견해에 대해서는 필자는 의견을 달리한다.
8 미하일 바흐친, 전승희 외 공역, 『장편소설과 민중언어』, 창작과 비평사, 1988, 67면.

생동감 넘치는 대화체를 구사하고 있는 「어머니와 딸」은 바흐친의 분류에 의하면 '작중인물들의 독특한 개성이 담긴 발언'이라는 문체구성적 특징을 나타낸다고 할 수 있다. 작품에서 작가는 다섯 명의 인물을 등장시킴으로써 화자의 개입을 배제한 채 서로 다른 다수의 관점, 의식, 목소리가 공존하도록 만들고 있다. 제1장은 '어머니-하숙생 이기봉-한운' 세 사람의 대화, 제2장은 '어머니-김 선생'의 대화, 제3장은 '김 선생-딸'의 대화, 제4장은 '어머니-딸'의 대화, 제5장은 '김 선생-한운'의 대화로 제시된다. 이처럼 각 장에서 서로 다른 인물들 간의 대화는 '독특한 개성이 담긴 발언'을 통해 자연스럽게 '신여성에 대한 견해와 여성의 근대적 교육'에 대한 각자의 가치관과 입장의 차이를 드러내면서 작가의 일방적 가치의 주입을 차단하고 대화성을 강조하는 다성적(polyphony) 소설로 작품을 만들고 있다.

대화라는 개념을 매우 확장된 개념으로 사용하고 있는 바흐친에 의하면, 대화는 "차이 있는 것들의 동시적 현존"에 중요한 의의가 있다. 대화적 관계는 이것이냐 저것이냐의 상호배타적 관계가 아니라 상호포용적 관계이다. 독백적인 단성적 소설은 여러 목소리나 의식들이 작가의 목적이나 의도에 엄격히 통제되어 작가가 의도하는 하나의 신념체계만이 존재할 따름이다. 하지만 다성적 소설은 대화적이며, 그 대화는 늘 현재적인 것이어서 최종적인 결론을 유보하는 열린 속성을 갖는다.[9]

인물들의 개성을 반영하는 문체구성적 특징을 통해 독자는 어머니의 입장/딸의 입장/김 선생의 입장/이기봉의 입장/또는 한운의 입장의 차이를 이해하게 된다. 철저히 봉건적 가치의 수호자인 어머니/근대교육을 더

9 김욱동, 『대화적 상상력』, 문학과 지성사, 1988, 230면.

받아 문학가 되고 싶은 딸/소설 창작을 위해 여관에서 하숙하고 있는 신여성 김 선생/신여성에 대해서 우호적이며 여자도 전문교육을 받아야 한다고 말하는 이혼남 이기붕/딸과 결혼하고 싶으며, 그녀를 위해 학비를 절반쯤 대줄 수도 있다고 생각하는 공무원 한운 등의 다섯 명의 인물들은 서로 다른 가치와 입장들을 내세운다. 독자도 다섯 명의 인물들이 표명하는 서로 다른 가치, 즉 다성성을 이해하며 대화의 광장에 참여하게 된다.

진정한 대화는 상대방의 타자성을 인정하는 데서 이루어진다. 대화는 두 사람의 대화자만 있다고 되는 것이 아니라, 한 쪽이 다른 쪽의 타자성을 인정하고 받아들일 의사가 있어야 되는 것이다. 또한 우리 자신의 기대감이 남의 경험에 의해 수정되고 확장될 때 비로소 문학 이해는 대화적으로 된다.[10] 상대방의 타자성을 인정하는 데서 진정한 대화가 이루어진다고 할 때에, 이 작품의 제3장의 김 선생-딸의 대화, 제5장의 김 선생-한운과의 대화에서만 진정한 대화성이 구현되며, 제1장의 어머니-이기붕-한운의 대화, 제2장의 어머니-김 선생의 대화는 형식적이다. 그리고 제4장 어머니-딸의 대화는 서로가 상대방의 가치를 부정하기 때문에 대화 자체가 성립되지 않고 있다.

또한 작품은 '교육이냐 결혼이냐?' 하는 양자택일의 결말을 유도하지 않는다. 대신에 결혼도 하고 공부도 계속할 수 있는 제3의 길을 가능성으로 제시한다. 이처럼 유보적 결말 또는 열린 결말을 통해 작가는 독백적 가치의 주입이 아니라 독자 스스로 대화의 광장에 참여하여 판단하게 만든다. 이것도 이 작품을 대화주의적 다성성 소설로 만드는 데 크게 기여한다.

---

10 한스 로베르트 야우스, 「문학적 의사소통의 대화론적 이해」, 여홍상 편, 『바흐친과 문학이론』, 문학과지성사, 1997, 134면.

3) 내적 대화성

하지만 작가는 다섯 명의 인물들이 나누는 외적 대화의 배후에서 내적 대화를 통해 주제를 암시한다. 작품을 면밀하게 읽어볼 때, 근대교육을 받기를 희망하는 딸뿐만 아니라 보수적인 가부장주의의 신봉자인 어머니를 제외한 김 선생, 이기봉, 한운의 발언에서는 신여성과 여성의 근대교육에 우호적 태도를 가지고 있음이 드러난다(등장인물의 다수가 신여성에 대해 우호적인 데서 「경희」가 씌어진 1910년대와는 시대상황이 많이 달라졌음을 알 수 있다). 이들은 복수이지만 어머니가 가진 봉건적 가부장주의의 지배적, 독백적 입장에 반대한다는 점에서 하나의 목소리로 구성되어 있다. 이들의 공통점은 봉건주의와 가부장주의에 대한 반대와 저항이다. 이때 '어머니'는 생물학적으로는 여성(sex)이지만 젠더(gender)적 측면에서는 가부장적 가치의 수호자인 남성으로 해석할 수 있다. 따라서 성차별은 생물학적 남녀의 대립문제가 아니라 사회적 젠더의 권력문제임이 드러난다.

아무튼 이혼남인 이기봉은 주인여자의 '여자가 잘나면 안 된다는 주장, 근대교육을 받을 필요가 없다는 주장' 등에 대해서 "여자도 전문교육을 받아야 해요. 여자의 일생처럼 위태한 것이 있나요"라고 하는 열린 의식을 보여준다. 하지만 그는 "주인이 큰 철학가거나 문학가거든"이라고 비행기를 태우며 주인여자(어머니)에게 겉으로 동조하는 척한다. 그리고 속으로는 "알아들을 것 같지 아니하여 고만두고 비행기만 태운 것이었다"라는 이중적 태도를 나타낸다. 또한 "이기봉은 더 말해야 알아들을 것 같지 아니하여 이렇게 간단히 말해 버렸다"처럼 주인여자와의 대화에서 진지한 설득의 형태를 취하지 않는다(이기봉의 이러한 태도는 화자의 개입에 의한 짧은 서술에서 드러난다). 김 선생도 마찬가지로 주인여자와의 대화에서 진지한 태도를 취하지 않는다.

가) "내야 무식하니 무얼 알겠소마는 여자가 잘나면 남편에게 순종치 아니하고 남자가 잘나면 게집 고생시켜"
"그건 꼭 그렇소. 인제 아니까 주인이 큰 철학가요 문학가거든."
한참 비행기를 태웠다. 그리고 그것은 상대자의 인격이 부족한 때 생기는(원문은 '남기는') 현실이요, 도회지나 문명국에는 다소 정돈이 되었으나 과도기에 있는 미문명국이나 지방에서는 아직도 사실로 있다는 설명을 하고 싶었으나 알아들을 것 같지 아니하여 고만두고 비행기만 태운 것이었다.[11]

나) "밤낮 혼자서 고적하지 않아요?"
"무얼요, 졸업을 했어요. 그리고 고적한 것을 이겨 넘기는 공부를 하고 있습니다."
"수양이 깊으신 어른이란 달라."
"그렇지도 않아요."
"어쩌면 그렇게 공부를 많이 하셨어."
"많이 하긴 무엇을 많이 해요."
"참 여자로 훌륭하시지."
"천만에."
"공부를 해가지고 다 김 선생같이 되려면 누가 공부를 아니해요."
"왜요?"
김 선생은 어젯밤 윗방에서 하던 말을 들은 터이라 '이 마누라가 무슨 또 변덕이 생겼나' 하고 이렇게 물었다.
"우리네 같이 상일을 할까, 곱게 앉아서 글이나 쓰고 신선놀음이지."
"……"
김 선생은 '당신네들이 팔자가 좋소이다' 하고 싶었으나 그러면 말이 길어

---

11 이상경, 앞의 책, 167면.

질 것 같아 아무 대답을 아니하였다.[12]

가)는 어머니-이기붕의 대화, 나)는 어머니-김 선생의 대화인데, 둘 다 어머니(주인여자)를 대하는 태도에서 겉과 속이 다른 이중적 태도를 취하고 있다. 그들은 형식적으로는 주인여자와 대화를 이어나가지만 진정한 대화적 관계에는 이르지 못한다. 가)의 이기붕의 태도에는 주인여자의 인격적 지적 수준에 대한 멸시가 담겨 있고, 나)의 김 선생의 태도에는 주인여자의 말을 신뢰하지 않겠다는 태도가 깔려 있다. 뿐만 아니라 나)에서 주인여자의 김 선생을 대하는 태도 역시 이중적이다. 겉으로는 "수양이 깊으신 어른" 또는 "참 여자로 훌륭하시지"라고 하여 칭찬을 하는 듯하지만 "우리네 같이 상일을 할까, 곱게 앉아서 글이나 쓰고 신선놀음이지"에 오면 신여성에 대해서 빈정거리는 뉘앙스가 드러난다. 한편 그녀는 김 선생을 자신의 딸 영애에게 불온한 영향을 미치는 요주의 인물로 평가하며 여관을 옮기라고 말한다. 결국 인용문에서 화자의 개입이 없이도 인물 상호 간의 태도의 대비와 발화의 이중성을 통하여 내포작가의 태도가 드러난다. 그리고 신여성에 대해 부정적인 어머니의 신념 체계를 조롱함으로써 내포독자의 공감을 끌어내고 있음을 볼 수 있다. 이것이 이 작품의 내적 대화성[13]이다. 즉 작품은 객관적인 보여주기 방식인 대화체를 통해 인물들 간의 다양한 차이를 드러낸다. 작가나 화자가 인물과 거리 두기를 통해서 객관성을 확보하면서 다른 한편으로 인물들이 나누는 외적 대화의 배후에 작용하는 '내적 대화성'을 통해 주제를 드러내는 전략을 구사

---

12 위의 책, 169~170면.
13 미하일 바흐친, 앞의 책, 88~94면.

한다. 결국 「어머니와 딸」은 어머니와 딸의 직접적 대화는 차단되어 있지만 김 선생, 이기봉 등 제3자와의 대화를 통해서 여성의 근대교육에 반대하는 어머니의 편견이 잘못되었다는 것을 보여준 셈이다.

「어머니와 딸」에서의 이러한 작가의 태도는 「경희」에서의 계몽주의적 신념에 차있던 작가의 태도와는 매우 다르게 느껴진다. 또한 뚜렷한 결말을 제시하지 않음으로써 '결혼이냐, 공부냐' 하는 쟁점에 관하여 작가는 판단을 유보하고 있는 것처럼 보이기까지 한다. 「경희」를 썼던 1910년대의 나혜석은 여성도 결혼보다는 근대교육을 받아 인간 주체로 우뚝 서야 한다는 확신에 차 있었기 때문에 「경희」는 인물의 목소리나 의식들이 작가의 의도하에 엄격히 통제되며, 작가는 독자의 봉건적 신념 체계를 논쟁적으로 공략하여 설득시키겠다는 열정으로 인해 주제의식이 배음(overtone)[14]으로 강하게 주장되고 있다. 그리고 이로 인해 작품은 독백적인 단성적 소설이 되고 있다.

> 경희도 사람이다. 그 다음에는 여자다. 그러면 여자라는 것보다 먼저 사람이다. 또 조선 사회의 여자보다 먼저 우주 안 전 인류의 여성이다. 이철원 김 부인의 딸보다 먼저 하나님의 딸이다. 여하튼 두말할 것 없이 사람의 형상이다. 그 형상은 잠깐 들씌운 가죽뿐만 아니라 내장의 구조도 확실히 금수가 아니라 사람이다.[15]

하지만 1930년대의 나혜석은 보다 현실의 구체성에 발을 딛게 됨으로써 1910년대의 「경희」와 같은 단성적인 결말을 내리려고 하지 않는다. 작가는 「어머니와 딸」에서 작중인물들과 일정한 거리를 유지하며, 가치판

---

14 미하일 바흐친, 앞의 책, 92면.
15 이상경, 앞의 책, 103면.

단을 보류한 채 인물들 간의 대화만을 제시하여 독자 스스로에게 판단을 맡기려는 객관적 인식과 태도를 보여준다. 이것은 초기의 계몽주의적 정열의 약화로 해석될 수도 있다. 반면에 작가의 현실인식의 증가 및 복잡화로 해석할 수도 있다. 나혜석은 「어머니와 딸」에서 「경희」의 주인공 '경희'처럼 신념이 확고한 딸을 등장시키지도 않고, 딸의 근대교육을 지지하는 어머니 대신에 가부장제의 수호자가 되어서 딸을 억압하는 전근대적인 어머니를 등장시킨다. 이런 설정은 페미니즘의 후퇴라기보다는 나혜석의 현실 인식에 구체성이 확보된 것으로 파악하는 것이 더 적절한 해석이 될 것이다. 즉 나혜석은 나이를 먹고 이혼을 거치면서 여성의 적은 가부장제나 차별적 의식을 가진 봉건적 남성뿐만 아니라 가부장적 의식에 깊게 내면화된 여성이라는 또 하나의 집단이 존재한다는 것을 구체적으로 깨닫게 된 것 같다. 물론 「경희」에서도 사돈마님이나 떡 장사와 같은 인물들이 가부장제 이데올로기의 수호자로서 등장하지만 이들은 작품 내에서 경희의 부지런한 행동을 보고 오히려 경희에게 설득되는 변화를 나타내며, 어머니는 처음부터 경희의 지지자로 등장하는 낙관주의에 작품은 지배되어 있다. 하지만 직접 결혼도 해보고, 이혼까지 경험하는 우여곡절의 세월이 지나는 동안 나혜석은 젊은 시절의 열정적 신념이 붕괴하는 부정적 현실을 깨우치면서 한층 여성문제에 대한 시각이 복잡해졌으며, 그것이 「어머니와 딸」에서 반영되었다고 할 수 있다. 즉 작가인식의 복잡성이 이 작품을 다성적 소설로 만드는 데 작용했다고 생각된다.

3. 제3의 길의 모색

이 작품에서 '어머니'가 딸의 근대교육에 반대하는 중요한 이유는 신여성에 반대하는 가치적 측면 때문이지만 또 다른 이유는 학비를 댈 능력이 안 되는 '돈'의 문제이다. 김 선생도 어머니(주인여자)에게는 "횡포한 남자만 믿고 살 세상이 못 됩니다"라고 하여 여성도 교육을 받아 독립적 주체로 서야 한다고 말하지만 영애에게는 "돈이 없어서 공부 못하게 되니 시집가야 할 것 아닌가"라고 설득하는 양면성을 보여준다. 즉 여성도 의존적 삶을 벗어나 주체로서 독립을 해야 하는 데는 동의하지만, 공부를 하는 데는 학비문제가 해결되어야 한다는 현실적 쟁점이 근대교육의 필요성과 함께 중요한 쟁점의 하나로 부각되고 있다.

「경희」에서는 결혼보다는 근대적 교육을 받아 인간 주체로 당당히 바로 설 것이 당위로써 제시되며, 경희는 아버지로 표상되는 봉건적이고 가부장적인 편견과 싸우지만 학비문제가 전면에 등장한 적은 없다.[16] 하지만 「어머니와 딸」에서 딸은 가부장적 의식을 내면화한 어머니라는 적과 싸워야 할 뿐만 아니라 돈이라는 현실적 문제에도 직면하게 된다. 즉 공부를 하기 위해서나 인간으로 바로서는 데 돈의 필요성, 즉 경제가 뒷받침되지 않는다면 그것은 사상누각과도 같다는 현실인식이 작용하고 있는 셈이다. 딸 영애는 학비를 "누가 좀 대주었으면. 졸업하구 벌어 갚게"라고 막연한 의존적 태도를 나타내며, 자신이 직접 벌어 공부하겠다는 생각이나 의지를 갖지 못한다. 그리고 「경희」에서는 결혼 상대자 남성은 직접

---

16 실제 나혜석은 1915년에 아버지의 결혼강요에 부딪혀 도쿄로 돌아가지 못하고 여주공립보통학교에 교편을 잡으며 학비를 모아 복학한 일이 있음. 서정자 편, 『정월 라혜석 전집』, 국학자료원, 2001, 740면.

등장하지 않으며, 다만 아버지의 언술 속에서만 등장하는데, 「어머니와 딸」에서는 당사자인 청년 한운이 직접 등장하여 학비문제에 대해서 "내가 좀 대고, 자기 어머니가 좀 대고 하면 되지 않겠어요"라고 김 선생에게 말함으로써 남성이 신여성의 후원자가 될 수 있다는 가능성을 조심스럽게 모색하고 있다. 이처럼 남성에게 의존적인 태도는 소설 「현숙」의 남성 후원자를 모집하여 끽다점(커피숍)을 운영하려 하는 '현숙'에게서도 찾아볼 수 있다. 여성의 자립과 돈의 문제는 소설 「현숙」에 이어 「어머니와 딸」에서 반복된 셈이다. 그런데 여성의 독립에 있어 돈과 경제적 자립의 필요성은 제기되지만 그것이 여성 자신의 노동을 통해서 이루어져야 한다는 단계로 나아가지 못함으로써 나혜석의 페미니즘은 마르크스주의와는 그 길과 성격을 달리하게 된다.

마지막 제5장에서는 의외에도 딸이 결혼하고 싶지 않은 남성 '한운'이 오히려 딸의 근대교육의 조력자가 될 가능성을 제시한다. 작가는 결혼이나 공부가 결코 하나만을 선택해야 할 상호 배타적인 가치가 아니라 결혼과 공부를 양립할 수도 있다는 제3의 가능성을 열린 결말로 제시한 것이다. 즉 제5장에서 김 선생은 한운과의 대화에서

"혼자 사는 것이 제일 편할 것 같아요."
"그래도 남녀가 합해야 생활통일이 되고 인격통일이 되는 걸 어째요."
"그럴까요."
"그렇지요. 독신자에게는 침착성이 없는 걸 어쩌구."
"그건 그런가 봐요. 고적하긴 해요."
"어서 장가를 들으시오."[17]

---

17 이상경, 앞의 책, 178면.

와 같이 독신보다는 결혼의 가치를 우위에 두는 가치관을 표명한다. 따라서 영애가 한운과 결혼을 하게 된다면 결혼과 공부를 동시에 할 수 있는 제3의 길이 모색되는 셈이다. 즉 어머니가 주장하는 결혼이나 딸이 주장하는 공부라는 두 개의 가치를 통합하는 절충적인 제3의 길이다. 「경희」에서는 공부와 결혼이 양립할 수 없는 대립적 가치였지만 「어머니와 딸」에서 이 둘은 양립할 수 있는 가치로 제시된다. 또한 남성이 여성의 주체적 자아실현을 방해하는 적대자가 아니라 조력자가 될 수도 있다는 가능성을 신여성과 여성의 교육에 대해 우호적인 남성 한운과 이기봉을 등장시킴으로써 조심스럽게 모색했다.

이 작품에서 보여준 여성의 근대교육에 있어 돈이 필요하다는 현실인식은 「경희」보다는 한발 나아간 의식이다. 하지만 그것이 남성의 경제적 후원에 의존함으로써만 해결 가능한 것이라면, 여성의 주체로서의 진정한 자립은 어려워질 것이다. 즉 남성의 경제적 도움은 결국 여성으로 하여금 남성에의 종속을 완전히 떨쳐버릴 수 없게 만들기 때문이다. 이 작품에서 가능성으로만 제시된, 경제적 능력이 없는 여성에게 남성의 후원이라는 대안, 결혼과 교육의 병행이라는 절충적 대안은 매우 현실적이다. 하지만 인형화된 삶을 탈피하여 여성도 근대교육을 받음으로써 인간적 주체성을 회복해야 한다는 것이 페미니즘의 목표라면 이런 절충적 결말은 페미니즘의 주제를 퇴색시키는 다분히 타협적인 결말이라고도 할 수 있다. 그리고 이는 나혜석의 페미니즘이 후기에 보여준 성적인 측면에서의 급진주의적 성향[18]에도 불구하고, 여전히 자유주의적 성격을 띠고 있음을 재확인시켜 준다.

18 송명희, 『섹슈얼리티 젠더 페미니즘』, 푸른사상, 2000, 151~166면.

4. 결론

　본고는 그 동안 나혜석의 소설 연구가 「경희」 한 편에만 거의 집중되어 온 사실을 반성하면서, '여성의 근대교육'이라는 제재를 다루었다는 점에서 「경희」와 여러모로 비교되는 「어머니와 딸」을 분석해 보았다. 「경희」와 「어머니와 딸」은 동일한 제재와 '어머니-딸 모티프'에도 불구하고 많은 차이를 나타내는데, 초기작인 「경희」가 나혜석의 계몽주의적 정열을 반영하는 단성적 소설이라면, 후기작인 「어머니와 딸」은 나혜석의 현실의식의 증가를 엿볼 수 있게 하는 다성적 소설이다. 즉 「어머니와 딸」은 대화중심의 문체구성적 특징, 다양한 가치의 공존을 통한 대화성, 열린 결말 등을 통해 결혼과 공부의 양립이란 제3의 가능성을 모색한 다성적 소설이라는 결론을 얻었다. 하지만 남성이 신여성의 조력자가 될 수도 있다는 결말은 여성에게 경제적 의존이라는 올가미를 덮어씌움으로써 교육을 통한 여성의 주체성 회복이라는 페미니즘의 주제를 퇴색시키는 타협적인 측면도 동시에 지닌다. 그리고 이것은 나혜석 페미니즘의 자유주의적 성격을 다시 한 번 확인시켜준다.

『내러티브』 8, 한국서사학회, 2004. 2.

제4부

서사의 다양성

이광수의 기독교 사상과 종교다원주의

1. 서론

소년시절에 천도교에 입문했던 이광수는 일진회의 장학금으로 일본에 유학하게 된다. 그는 기독교 계통의 명치중학에 다니던 중에 톨스토이를 접하게 되고, 그를 매개자로 하여 기독교 사상에 심취한다. 한편 이광수는 20대 후반부터 『화엄경』, 『법화경』 등을 읽기 시작했다. 그리고 아들 봉근의 죽음 이후, 승려가 된 그의 삼종제 운허(이학수)의 영향으로 불교에 귀의하게 된다. 그는 말년에는 성경과 불경을 나란히 놓고 읽으면서 종교를 하나의 수양 도구로 여겼다고 한다.

이광수는 천도교 · 기독교 · 불교를 넘나들면서 세계관을 구축하였다고 한 논평[1]처럼, 춘원이 종교다원주의자로서의 면모를 갖추게 된 데에는

---

1 신광철, 「식민지 지식인의 기독교 인식 — 이광수의 기독교론을 중심으로」, 『한국기독교역사연구소 소식』 43, 2000. 7. 8.(인터넷자료)

다양한 종교적 편력과 무관하지 않을 것이다. 생애 자체가 종교다원주의자가 될 수밖에 없을 정도로 춘원은 여러 종교와 매우 밀접한 연관 속에서 삶을 살았던 것이다. 일찍이 백철이 내린 다음과 같은 평가는 바로 춘원의 종교다원주의를 인정하는 것에 다름 아니다.

> 춘원이 그의 작품들을 통하여 사상성을 표현하고 싶어 한 것은 기독교나 불교만이 아니고 유교 도교의 사상, 근세의 국내적인 것으로선 천도교리 등에 관심을 기울였는데, 다만 그 중에서도 어느 편에 더 치중했는가 하면 기독교와 불교가 중점을 갖게 되는 것이다. 본시 춘원이 야심한 것은 동서의 종교설이나 학설을 자기 작품 속에 종합적으로 섭취하려는 엑스텐시브한 의도와 함께 어떻게 하면 그 동서의 것들의 일치점을 찾아냈는가 하는 것을 의도한 것으로 보는데, 그 목표를 어느 만치 달성했는가는 딴 문제 (후략)[2]

춘원 문학이 갖는 종교적 다양성 때문에 그의 작품에서 기독교 사상을 찾으려는 연구자들은 실망어린 결론을 내릴 수밖에 없다. 김병익은 『무정』에서 기독교는 "개화인으로서의 표상"[3]으로 제시되었을 뿐이라고 했고, 이상섭도 이광수는 기독교적 개화인사로서 그의 『무정』은 "한국기독교에 대한 긍정적 반응이 아니라 부정적 반응"만을 보여주었을 뿐이라고 했다.[4] 구창환은 이광수의 기독교 이해는 근대화를 추구하는 사회문화적 측면에 기울었기 때문에 기독교 문학으로서는 미흡하며, 그의 문학에서 종교의식은 불교에 치우쳐 있을 뿐만 아니라 그의 기독교적인 작품까지도 도덕성이라든지 인도주의적인 문제에 기울어 큰 성공을 거두지 못하

---

2 백철, 「춘원문학과 기독교」, 『기독교사상』, 1964. 3 ; 동국대학교 부설 한국문학연구소 편, 『이광수 연구』(하), 태학사, 1984, 63면.
3 김병익, 「한국소설과 한국기독교」, 김주연 편, 『현대문학과 기독교』, 문학과지성사, 1984, 66면.
4 이상섭, 「신문학 초창기의 기독교」, 김주연 편, 위의 책, 31면.

였다고 하였다.[5] 한승옥 역시 "이광수는 기독교를 신문학 초기에 받아들여 그것에서 기성문화를 거역할 힘을 얻고 용감하게 유교문화를 거부하였으나 끝끝내 기독교에 몰입하지 못하고 불교사상에 귀의"한 작가로 평가했다.[6]

한편 김태준은 이광수가 진보주의적인 사상을 가진 신자로서 후에 불교적 색채가 농후해진 뒤에도 기독교의 정신이 깊게 작용한 작가로 평가했다.[7] 이길연은 이광수가 성장기에 체험한 기독교는 그가 개종한 이후에도 그의 정신사적 측면과 작품 『무정』, 『재생』, 『흙』, 『애욕의 피안』, 『그의 자서전』에 끊임없이 영향을 미쳤다고 했다.[8] 신익호는 이광수의 『재생』과 『애욕의 피안』에서는 선악의 갈등과 영육 간의 대결, 속죄를 통한 회개를, 『유정』과 『사랑』에서는 숭고한 정신적 사랑을, 『흙』에서는 희생과 봉사를 통한 휴머니티를 추구하였다고 보았다.[9] 김영덕은 춘원의 초기작품의 기독교 사상이 신앙적 고백이라기보다는 낭만주의적 기독교 사상이며, 인문적이라 했다.[10] 이인복은 춘원이 기독교의 대중보급에 공헌한 작가임을 인정하면서 그의 기독교는 항상 비교종교학 또는 비교사상론적 견지에서 수용되었으며, 이단과 대립하지 않는 개방적이고 자유로운 기독교관을 가졌다고 했다.[11] 이인복이 말한 이단과 대립하지 않는

---

5 구창환, 「춘원문학에 나타난 기독교 사상」, 신동욱 편, 『최남선과 이광수의 문학』Ⅱ, 새문사, 1981, 130면.

6 한승옥, 「기독교와 소설문학」, 소재영 외, 『기독교와 한국문학』, 대한기독교서회, 1990, 114면.

7 김태준, 「춘원의 문예에 끼친 기독교의 영향」, 『명지대논문집』3, 1969 ; 소재영 외, 위의 책, 280면.

8 이길연, 『한국 근·현대 기독교문학 연구』, 국학자료원, 2001, 29~35면, 140~158면.

9 신익호, 『기독교와 현대 소설』, 한남대학교출판부, 1994, 14~20면.

10 김영덕, 「춘원의 기독교입문과 그 사상과의 관계연구」, 『한국문화연구논총』5-1, 이화여대, 1965 ; 동국대학교 부설 한국문학연구소 편, 『이광수연구』(상), 190면.

11 이인복, 『한국문학과 기독교 사상』, 우신사, 1987, 27~38면.

개방적이고 자유로운 기독교관, 또는 비교종교학은 환언하여 종교다원주의라고 할 수 있을 것이다.

지금까지 살펴본 선행연구에서 보면 이광수를 단성적인 기독교 작가로는 보기 어렵다. 춘원은 기독교적 색채와 불교적 색채를 동시에 지닌 작가, 경우에 따라서는 "우리 민족의 전래한 종합종교의식(유·불·선의 혼합종교)을 무의식적으로 답습"[12]한 작가, 또한 천도교[13]까지를 추가한 작가로 볼 수 있다. 다시 말해 이광수는 종교다원주의 작가라고 할 수 있을 것이다.

이 글의 목표는 다음의 세 가지이다. 첫째, 근대초기에 이광수가 기독교(장로교)에 대해서 어떤 비판적 태도를 취했는지를 알아보겠다. 둘째, 이광수가 파악한 기독교 사상의 요체를 알아보고, 종교다원주의의 형성에 미친 톨스토이의 영향을 고찰하겠다. 셋째, 장편소설 『사랑』(1938)을 분석하여 춘원이 추구한 종교다원주의의 구체적 내용을 고찰하고자 한다.

2. 본론

1) 장로교회의 보수주의 신학 비판

1917년과 1918년 사이에 발표한 「야소교의 조선에 준 은혜」(『청춘』 9호, 1917. 7), 「금일 조선 야소교회의 결점」(『청춘』 11호, 1917. 11), 「신생활론」(『매일신보』, 1918. 9. 6~10. 19)이라는 세 편의 글은 기독교 전래 초기에 이루어진 기독교 담론이라는 점에서 한국 기독교 사상사에서 매

---

12 윤홍로, 『이광수 문학과 삶』, 한국연구원, 1992, 6면.
13 이에 대한 연구로는 다음과 같은 논문이 있다. ; 최원식, 「이광수와 동학」, 『관악어문논집』 3, 1978.

우 중요하게 취급될 만한 글이다. 더욱이 이 글들은 소설과는 달리 직접적이고 명시적으로 춘원의 기독교에 대한 생각과 태도를 확인할 수 있어 중요한 자료가 된다.

먼저 이광수는 「야소교의 조선에 준 은혜」(1917)에서 ① 한국인에게 서양사정을 알림, ② 도덕의 진흥, ③ 교육의 보급, ④ 여자의 지위 향상, ⑤ 조혼의 폐를 교정, ⑥ 한글(언문)의 보급, ⑦ 사상의 자격刺激, ⑧ 개성의 자각 등 기독교의 조선사회에 대한 기여를 긍정적으로 평가하고 있다.[14] 이는 주로 근대화와 관련된 내용들로서 근대주의자인 이광수는 기독교에 대한 평가조차 종교 그 자체의 관점이 아니라 우리 사회에 끼친 근대화의 기여라는 측면에서 살피고 있음은 자못 흥미롭다.

우리나라의 기독교 선교 초기에 언더우드의 선교신학은 교육과 사회사업을 통해서 한국의 사회문화발전에 기여했다. 아펜젤러의 교육신학은 학교를 통한 선교활동에 주력했는데, 젊은 지식인을 장래 민족지도자로 육성하여 사회변혁의 일꾼으로 삼고자 했다. 따라서 구습타파 등 사회개혁운동의 지원과 교육에도 적극적이었다. 헐버트의 정치신학은 선교뿐만 아니라 한국의 역사와 정치에도 책임의식을 갖고 있었기 때문에 고종의 정치밀사 역할도 기꺼이 수행하였으며, 사회적으로는 유교의 봉건적 구습과 폐습에 대한 인식을 깊이 하고 교육과 언론을 통해 개화와 계몽을 시도하였다.[15]

따라서 이광수가 기독교의 긍정적 영향을 논한 것은 언더우드의 선교신학, 아펜젤러의 교육신학, 헐버트의 정치신학 등이 우리나라에 끼친 근

---

14 이광수, 「야소교의 조선에 준 은혜」, 『이광수전집』 10, 우신사, 1979, 17~19면.
15 주재용, 『한국 그리스도교 신학사』, 대한기독교서회, 1985, 56~69면.

대화의 공헌을 긍정적으로 평가한 것이다. 후일 사학자가 초기의 선교 사업이 개화의 방편이었으며, 기독교 전래에 따른 한국사회의 변화로서 한글의 재발견, 구습의 개혁, 술·담배·아편의 금지, 미신타파, 혼례·장례의 변화, 여권신장과 여성교육론 등을 꼽았던 것[16]과 이광수가 쓴 글의 내용은 거의 일치하여 당시 그의 논점이 매우 적확한 것이었음을 입증한다.

「금일 조선 야소교회의 결점」(1917)에서 춘원은 자신의 기독교 비판이 기독교에 대한 전면적 비판이 아니라 단지 한국교회, 교인에 대한 비판일 뿐이라고 밝힌다. 그가 지적한 한국 기독교의 결점은 ① 계급적 위계질서, ② 교회지상주의, ③ 교역자의 무식함, ④ 미신적 신앙행태 등이다. 특히 교회지상주의 및 배타성과 관련하여 미국의 선교사들이 자기네의 청교도시대, 교회지상주의적 기독교를 전파함으로써 기독교 이외의 타 학문, 타 종교, 기타 모든 것에 대해 배타적 태도를 보여주었고, 이는 국가와 사회에 유익하지 못한 결과를 초래했다고 비판했다. 또한, 선교사들의 눈에 우리 민족은 아프리카의 토인과 같은 야매한 민족으로 비친 나머지 문명한 민족에게 행하는 선교가 아니라 미신적 선교방식을 채택했으며, 천당지옥설, 사후부활, 기도만능설과 같은 미신적 신앙으로 몽매한 민중을 오도했다고 선교행태에 대해서도 거센 비난을 가했다.

이러한 비판적 논조는 「신생활론」(1918)으로 이어진다. 그는 기독교의 폐단을 '교회만능주의'라고까지 표현하는가 하면, 짧은 기간 내에 신도가 30만 명에 달한 교세 확장을 '끔찍한 일'로 여기며, 문화를 가졌다는 민족으로서의 '일대 치욕'이라는 등 극단적 표현까지 서슴지 않는다. 그는 기독교 수용에서 보여준 우리의 무의식과 몰비판적 태도를 강하게 비

16 이만열, 「기독교의 전래에 따른 한국사회의 개화」, 『한국기독교와 역사의식』, 지식산업사, 1981, 9~47면.

판하는데, 자신의 기독교 비판이 장로교회의 경험을 토대로 한 것임을 밝혀 주목된다. 장로교회의 경험이란 그가 오산학교 교원으로 근무하던 때의 일을 말한다. 교주인 남강 이승훈의 권유로 오산학교 교원이 된 이광수는 톨스토이가 서거(1910)하자 학생들과 함께 추도회를 열다. 이 때문에 톨스토이주의자로 지목되어 재단(교장인 선교사 로버트)으로부터 교리문답까지 받으며 심한 배척을 받았다. 그리고 '이단을 학생에게 고취한다'는 이유로 결국 제명당하게 된다. 당시 오산학교는 설립자 이승훈이 투옥되고 소유권이 장로교 재단으로 넘어간 상태였다.[17]

이광수는 장로교 신학의 성경 해석상의 보수주의, 근본주의(fundamentalism) 및 선교방식을 직접 겨냥하여 비판을 가했을 뿐만 아니라 당시 그로 인해 기독교 계통의 학교에서 잦은 갈등이 야기되고 있는 상황을 다음과 같이 전한다.

성경 중에 윤리적 사회적 요소보다, 현대인의 미신이라 할 만한 종교적 요소를 중히 여깁니다. (중략) 천당, 지옥, 상벌 등과, 기도의 힘이 족히 병을 치료하고 원격한 인의 영을 위안한다는 등, 이러한 점을 중히 여기며, 따라서 종교심 이외의 인성을 경시하고, 종교 이외의 과학이나 사상을 경시하고 따라서 현세를 경시합니다. 이 모든 것은 성경의 주석과, 가르치는 자의 태도를 보아 알 것이외다. 이는 다만 조선뿐 아니라 어느 나라에서나 수백 년 전에 유행되었던 야소교외다.

이러한 해석이 정통(Orthodox)이 되어 일보라도 차범위를 초탈하여 혹 각자의 신앙으로, 자유로 해석한다든지, 하물며 이지적, 가학적으로 해석한다든지 하면, 유교에서 사문란적斯文亂賊이라는 대신에 믿음이 없는 자, 악마의 유혹을 받은 자라는 명하에 배척이나 책벌을 받아야 합니다. 야소교회에서 설립한 중등 정도 이상 학교에서는 성경 교사와 학생 간에 끊임없이 이러한 희비극을 연

---

17 이광수, 「두옹과 나」, 『이광수전집』 10, 595면.

출합니다. 우리는 유교라는 일 폭군을 면하자마자 야소교라는 일 폭군을 만났다 할 수 있습니다.[18]

이광수와 갈등을 빚은 한국장로교회는 보수주의 신학을 표방하는 미국 북장로교의 선교사들에 의해서 설립된 종파이다. 모페트(Samuel A. Moffet), 클라크(C. A. Clark) 등의 선교사들은 평양장로회신학교를 설립하여 성서만을 하나님의 유일한 계시로 여기며, 역사적으로 정통 칼빈주의의 전통을 표방하고, 청교도적 경건의 실천을 지향하였다.[19]

하지만 한국장로교회는 선교 시작 당시부터 정통주의와 보수주의에 대한 지나친 신념으로 인해 스코트(W. Scott)의 진보주의 신학과 충돌을 빚었다. 스코트는 한국장로교회가 처음부터 근본주의 신학의 성향을 갖고 있었다고 지적하며, 보수주의 신학의 지나친 폐쇄성과 교리적 독단성을 비판했다. 그리고 비교신학적 입장에서 타 종교와 대화하는 신학을 소개하였지만 보수적 목회자들로부터 강한 반발을 샀다.[20]

한국장로교회의 지나친 보수주의는 너무나도 교파적이고, 한 신학자의 체계에 맹종하는 경향, 정통주의자들이 신앙의 불가결인 교리로 생각하는 처녀탄생, 그리스도의 신성, 이적, 속죄, 부활 그리고 성서의 영감설 같은 근본주의에 대한 맹신, 교리절대주의, 문자절대주의에 빠진 나머지 신학의 발전을 불가능하게 했다. 뿐만 아니라 성서의 말씀을 인간의 언어와 사상에 구치시키고 말았다는 점에서 문제점을 지적받아 왔다.[21]

---

18 이광수, 위의 책, 349면.

19 주재용, 앞의 책, 70~74면.

20 위의 책, 84~89면.

21 이종성, 「한국신학계의 좌와 우」, 기독교사상사 편, 『한국의 기독교사상』, 기독교사상 200호 기념 별책부록, 1975, 79~80면.

한편, 한국 신학의 기초를 마련한 선교사 신학도 후일 신학자들에 의해서 비판되는데, 첫째, 선교사들은 한국 현실과 신학적 역사성을 고려하지 않고, 서구의 자본주의 사회구조와 역사에서 형성된 근본주의 및 정통주의 신학을 한국교회에 이식시키려 했다는 점, 둘째, 보수주의 신학 계열에 섰던 선교사들의 근본주의적 성서 이해로 말미암아 성서의 전체적인 문맥과 다양한 내용을 가르치지 못한 점, 셋째, 사회와 분리된 교회관의 문제로 대사회적인 문제에 간여하는 것을 제한하고, 교회를 현실의 도피처, 영혼의 구원을 얻은 위안처로만 생각했다는 점, 넷째, 선교사들의 문화적 우월주의에 근거한 선교관의 문제로서 한국의 전통종교 외 민중적 전통문화를 저급하고 미신적인 것으로 취급하여 선교는 서구 문화의 이전이라는 결과를 낳았다는 점 등이 부정적 역기능으로 지적되어 왔다.[22]

한국장로교회와 초기 선교신학의 문제점은 이광수의 기독교 비판과 그 내용이 대체로 일치한다. 그는 기독교를 전면적으로 비판한 것은 아니었다. 즉 사회개혁에 적극적이었던 언더우드의 선교신학, 아펜젤러의 교육신학, 헐버트의 정치신학에 대해서는 긍정적이었지만 장로교회가 취한 대사회적 개혁운동이나 민족운동과는 분리된 배타주의적이고, 근본주의적인 보수주의 신학에 대해서는 가차 없는 비판을 가했다.

1910년대 후반에 발표된 글들에서 볼 때, 이광수는 우리 민족의 주체적 입장과 근대화라는 시대적 목표에 충실한 선교적 과제의 발견을 기독교에 요청했다. 이는 근대지향의 민족주의자로서 당연한 요구였다. 하지만 장로교회는 대사회적 개혁운동이나 민족운동에는 무관심한 채 배타적,

---

22 주재용, 앞의 책, 96~100면.

근본주의적, 보수주의적인 신학에 빠져 있었기 때문에 이광수로부터 비판받지 않을 수 없었다. 춘원의 이와 같은 태도는 장로교회의 보수주의와 근본주의에 대해서 비판적이던 스코트의 자유주의 신학, 진보주의 신학과 동일한 입장에 서 있었다고 할 수 있다. 특히 타 종교를 인정하지 않는 장로교의 독선적이고 배타적인 태도에 대한 거부감의 이면에서 이광수의 개방적이고 종교다원주의적 종교관을 읽을 수 있다.

2) 이광수의 기독교 사상과 종교다원주의

「두옹과 나」(『조선일보』, 1935. 11. 20)에 따르면 이광수는 명치중학교 4학년(18세) 때에 톨스토이를 처음 알게 된다. 야마사키山崎俊夫라는 청교도적 일본청년으로부터 『내가 종교我が 宗敎』라는 책을 빌려본 것이 계기가 되었다. 빌린 책에서 톨스토이가 "교회는 예수의 가르침을 왜곡하고 거세해버리는 데"라고 말한 것에 춘원은 크게 공감한다. 그는 "이것이야말로 진리다. 인류가 이 모양으로 살아야만 평화의 세계를 이룰 것이다. 나는 일생 이 주의로 살아가겠다"라고 하며 톨스토이를 영적 스승으로 섬기게 된다.

이광수의 기독교 사상은 톨스토이를 매개자로 한 것으로서, 그가 톨스토이의 종교론에 크게 감격한 이유는 명치중학의 성경 강의가 예수의 본지에 부합하지 않는다고 느꼈을 뿐만 아니라 동경기독교청년회에서 기독교 연합으로 연 '전승戰勝 감사기도회'에 참여하였을 때에 든 회의 때문이었다. 즉 기독교의 본지에 어긋나는, 전쟁의 호전성을 찬양하고 옹호하는 왜곡된 신앙에 대한 회의와 갈등을 톨스토이의 저서가 활연하게 풀어주었기 때문이다. 이때 느꼈던 현실의 교회, 목사, 교인 등에 대해 느낀 종교적 갈등은 이광수의 후기작의 하나인 『그의 자서전』(『조선일보』,

1936. 12. 22~1937. 5. 1)[23]에 잘 드러나 있다.

이광수와 톨스토이가 동일하게 파악한 기독교의 근본사상은 "사랑과 비폭력, 무저항"[24]이다. 「그리스도의 혁명사상」(『청년』 11권 1호, 1931. 1)에서 춘원은 마르크스-레닌이 폭력과 총과 증오와 분노로 세상을 혁명하고자 한다면 그리스도는 사랑, 비폭력, 무저항, 용서로써 세상을 혁명한다고 말했다.[25] 이 글은 신년을 맞아 춘원의 신앙의 일단을 고백한 글로서 발표지인 『청년』은 YMCA의 기관지였다. 따라서 이 글이 발표된 1931년께까지 이광수는 기독교 신앙의 범주 안에 있었을 것으로 추측된다. 하지만 1935년에 쓴 「두옹과 나」에서 "지금 와서는 종교적 인생관에 있어서 나는 톨스토이와 길이 달라졌지마는 그의 예수교의 해석과 실천적 인생관에 있어서는 전과 같이 톨스토이를 선생으로 섬기고 있습니다"라고 하여 기독교와 종교적 결별이 이루어졌음을 시사한다. 그 후 이광수는 불교적 경향의 『이차돈의 사』(1937), 『꿈』(1938), 『무명』(1938), 『원효대사』(1941~1942) 등을 집중적으로 집필하였고, 「대성석가」(1939)라는 산문도 발표한다.

이광수가 톨스토이로부터 받은 기독교적 영향은 어디까지일까? 그것은 사랑과 비폭력, 무저항의 박애주의에 불과할까? 그리고 톨스토이의 기독교 사상은 장로교회의 교리와 어떻게 상치되기에 춘원이 톨스토이주의자로 지목되어 오산학교를 떠나게 된 것일까?

톨스토이는 1901년에 소설 『부활』로 인해 러시아 정교로부터 파문을 당하였고, 그 역시 환멸을 느껴온 러시아 정교와 기꺼이 결별한다. 톨스

---

23 이광수, 「그의 자서전」, 『이광수전집』 6, 331~332면.
24 이광수, 「톨스토이의 인생관」, 『이광수전집』 10, 489면.
25 이광수, 「그리스도의 혁명사상」, 위의 책, 254면.

토이에 대한 파문은 즉각 찬반양론으로 나뉘어 큰 사회적 반향을 불러일으켰는데, 톨스토이가 러시아 정교와 결별을 하게 된 이유는 무엇일까?

> 톨스토이는 다른 교파들에 대한 배타적 행태와 번잡한 의식에 대해 거부감을 표시하였고, 기독교의 주요교리인 삼위일체론, 원죄론, 예수의 동정녀 탄생설 등을 부인하였다. 그리고 종교의 타락은 모두 '① 성직계급·중재자, ② 기적에 대한 믿음, ③ 경전에 대한 믿음'에 기인한다고 하고, 참된 신앙은 결코 비합리적이지 않고 현대적인 지식과 모순되지 않는다고 주장하였다.[26]

톨스토이는 『종교란 무엇인가』, 『교의신학해부비판』, 『4복음서번역』 등에서 당시 러시아 정교가 종교로서 제구실을 못한다고 비판하였다. 뿐만 아니라 다른 교파에 대한 배타적인 행태와 번잡한 의식 등에 대해 강한 거부감을 표시하였다. 그리고 인용문에서 보듯이 기독교의 주요 교리인 삼위일체론, 원죄론, 예수의 동정녀 탄생설 등을 부인하였다. 또한, 종교의 타락이 성직 계급(중개자), 기적에 대한 믿음, 경전에 대한 믿음에서 기인하며, 참된 신앙은 결코 비합리적이지 않고, 현대적인 지식과 모순되지 않는다고 주장하였다. 이런 주장은 러시아 정교와 상치되는 것으로, 이와 같은 톨스토이의 기독교관 및 그 비판은 1910년대 후반에 쓴 이광수의 논설에서 거의 동일하게 발견된다.

> 가) 학문이라면 사서오경인 줄로 알던 조선인의 사상은 그대로 온통 야소교인이 전승하여 인생의 도라면 야소교뿐, 신구약전서나 차此에 관한 서적만이 학문인 줄 아옵니다. 피등彼等은 야소교도가 아닌 자를 이교도라 하여 교우를 피하고, 혼인을 금하며, 비록 어떻게 덕행이 높은 자라도 야소교도가 아니면

---

26 강돈구, 「유영모 종교 사상의 계보와 종교 사상사적 의의」, 김흥호·이정배 편, 『다석 유영모의 동양사상과 신학』, 솔, 2002, 342~343면.

죄인으로 여깁니다. 창세기의 천지창조설을 그대로 믿어 금일의 자연과학을 부인하며, 사후천당설을 그대로 믿어 현세의 개인의 행복과 종족적 번영을 무시합니다. 기도와 송경과 전도만 하나님의 일이라 하고 기타의 모든 현세적 사무른 천히 여기며, 성경을 배워서 목사 되기를 귀히 여기되, 다른 학술을 배우는 것을 천히 여깁니다.[27]

나) 성경 중의 윤리적 사회적 요소보다 현대인이 미신이라 할 만한 종교적 요소를 중히 여깁니다. 환언하면, 오인의 이지로 이해할 수 있는 요소보다 초경험적 신비적 요소를 중히 여기는 듯합니다. 예하면, 처녀잉태설, 야소의 모든 이적, 육신부활, 승천, 재림, 찬송가 끝에는 십계명과 함께 사도신경이라는 것이 있어 십계명과 함께 매주일에 암송하는 것이니, 상술한 것이 그 내용이외다.[28]

인용문 가)의 기독교의 타 종교(인)에 대한 배타적 태도, 자연과학의 부인, 사후천당설과 현세부인, 기도, 송경, 전도 등만 중시하고 현세적 사무를 천시하는 태도와 인용문 나)의 초경험적 신비적 기적에 대한 믿음 등에 대한 춘원의 비판은 톨스토이의 기독교 비판과 그대로 일치한다. 특히 "처녀잉태설, 야소의 모든 이적, 육신부활, 승천, 재림" 등의 초경험적 신비적 요소란 바로 장로교 신학의 근본주의에서 말하는 다섯 가지 요목(the five essencial)에 해당되며, 이광수는 이를 미신적 요소로 여기며 강한 거부감을 표명했다. 이처럼 톨스토이와 이광수는 동일하게 기독교의 근본주의 신앙을 결코 받아들일 수 없는 것으로 인식하여 강하게 거부했다.

톨스토이는 러시아 정교에 대한 비판적인 인식 아래 모든 종교는 근본적으로 동일하다는 종교 일치사상을 펼치게 된다.[29] 종교 일치사상이란

---

27 이광수, 「신생활론」, 『이광수전집』 10, 351면.
28 위의 책, 349면.
29 위의 책, 340~344면.

바로 종교다원주의를 말하며, 톨스토이는 종교다원주의자로 평가된다.[30]

　　이러한 주의 강령은 바라문교에도, 유대교에도, 유교에도, 기독교에도, 이슬
람교에도 모두 공통적이고 보편적인 것이다. 비록 불교가 신神의 정의를 부여
하지 않는다 해도 인간이 그것에 융합해서 하나로 되는 본원, 열반에 이르면서
자기의 소아를 잊어버리는 본원, 그러한 본원을 인정하는 데는 변함이 없다.
따라서 인간이 열반에 달함으로써 하나로 결합되는 곳의 본원은 유대교나 기
독교, 이슬람에서 신으로 인정되는 본원과 결국 같다.[31]

　　톨스토이의 개방적 종교관 및 종교다원주의는 이광수에게 전적으로 수
용된 것으로 보이며, 이는 이미 1910년대에 형성된 것으로 추측된다. 춘
원은 1910년대 초기에 토착신학자 다석 유영모와 오산학교 교원을 함께
지냈다. 이때 둘은 톨스토이의 영향으로 종교다원주의자가 되었을 것이
라는 견해가 있다.[32]

　　이광수는 톨스토이의 영향으로 기독교 절대주의의 독단에 빠지지 않았
다. 그리고 그의 생애에서 조우에서 조우하고 경험한 천도교, 기독교, 불
교를 모두 포용하고 종합함으로써 종교다원주의자로서의 면모를 갖추어
갔다. 물론 그가 자신을 종교다원주의자라고 직접 언명한 적은 없으며,

---

30 강돈구, 앞의 책, 340~344면.
31 톨스토이, 김병철 · 김학수 역, 『참회록 · 종교론』, 을유문화사, 1981, 161면.
32 이광수의 기독교 사상 및 다원주의적 종교관 형성에는 오산학교 교사를 함께 지냈던 다석 유
　영모와의 교류도 일정부분 영향을 미쳤을 것이라는 추정이 가능하다. 유영모는 오산학교 시
　절에 춘원을 통해서 톨스토이를 접했는데, 그는 "석가의 생각과 예수의 생각은 대단히 같아
　요"라고 말하는가 하면 화엄경 80권을 배운 적도 있을 만큼 종교사상의 폭이 넓은 토종 신학
　자였다. 유영모는 1912년에 이미 비정통 무교회주의와 더불어 종교다원주의적 입장을 취했
　는데, 그것이 톨스토이의 영향일 것이라는 설이 있다.(박영호, 『씨알─다석 유영모의 생애와
　사상』, 홍익재, 1985, 56~63, 98면 참조.)

그 당시에 종교다원주의라는 개념이 확고하게 형성되어 있었던 것은 더더욱 아니었다. 그럼에도 그의 종교사상은 어느 한 종교에 구애받지 않는 종교다원주의라고 말할 수 있으며, 이를 문학적으로 가장 화려하게 꽃피운 작품이 바로 본고에서 분석하고자 하는 『사랑』이다.

기독교와 다른 종교와의 관계에 관한 이론은 크게 세 가지로 나누어진다. 기독교 절대주의, 종교다원주의, 포괄주의가 그것이다. 기독교 절대주의(Christian absolutism)는 성서적이며 전통적인 기독교의 입장으로 기독교만을 참 종교요, 절대종교로 믿는 것이다. 따라서 구원은 예수 그리스도와 기독교를 통해서만 가능하다는 이론이다. 종교다원주의(religious pluralism)는 진정한 종교는 하나가 아니라 여럿이며, 절대종교란 있을 수 없고 모든 종교는 상대적이라는 주장이다. 따라서 구원에 이르는 길도 하나가 아니라 여럿이며 다른 종교에도 구원이 있을 수 있다는 이론이다. 포괄주의(inculusivism)는 기독교 절대주의와 종교다원주의를 절충하는 입장이다. 다른 종교나 문화권에 있는 경건한 사람들은 사실상 기독교인이므로 구원받을 수 있다는 주장이다.[33]

기독교와 다른 종교와의 관계문제는 기독교의 자기 이해를 위한 중요한 주제가 되었으며, 종교신학이란 이름으로 폭넓게 논의되어 왔다. 특히 포스트모더니즘의 물결을 타고 다원주의는 1980년대 이후 우리나라의 기독교 영역에서도 현저한 현상으로 나타났다. 감리교신학대의 변선환, 황정수 교수 등에 의한 종교다원주의 논쟁과 이들에 대한 교수 및 목사 자격을 박탈한 사건은 한국교회 및 신학의 보·혁 갈등의 첨예한 노정이라고 할 수 있다.

---

33 목창균, 「종교다원주의란 무엇인가」, 『활천』 462, 기독교대한성결교회 활천사, 1992, 13~14면.

결론적으로, 이광수는 일찍부터 톨스토이의 기독교 사상으로부터 절대적 영향을 받았다. 그것은 첫째, 예수의 근본정신을 사랑, 무저항, 비폭력의 실천으로 파악한 점이다. 둘째, 타 종교를 인정하지 않는 배타적이고 근본주의적인 기독교(장로교)를 비판하고 종교다원주의를 수용한 점이다. 하지만 그가 종교다원주의자가 된 것은 반드시 톨스토이 때문만은 아니라고 할 수 있다. 왜냐하면 그는 어려서부터 천도교, 기독교, 불교 등 여러 종교와 긴밀한 관계 속에서 살아왔기 때문에 그의 삶에서 종교다원주의는 자연스럽게 형성된 측면이 강하다.

3) 『사랑』에 나타난 종교다원주의

이광수는 『사랑』(박문서관, 1938)의 '자서自序'에서 사랑을 "일체생명 현상 중에서 가장 숭고한 것"으로 정의한다. 그는 육체의 결합을 목적으로 하는 사랑과 무차별 평등의 사랑, 부처님의 사랑, 육체(동물적 본능)를 떠난, 즉 이타적인 사랑으로 사랑의 유형을 구분한다. 그리고 육체에 대한 욕망을 배제한 사랑야말로 사랑의 극치이며, 이런 사랑을 가졌다는 것은 인류의 자랑이라고 하였다. 『사랑』에서 순옥은 안빈에 대해서는 육체의 결합을 떠난 순수한 영적 사랑을 추구하며, 육체적 본능 추구만을 목적으로 삼다가 그녀를 배반한 남편 허영에 대해서는 무차별 평등의 부처님과 같은 이타적 사랑을 펼쳐 보인 주인공이다.

최정석은 『사랑』을 불교의 육바라밀이라는 관점에서 순옥의 행위와 태도를 중점적으로 분석한 바 있다.[34] 김용태도 "'끝없이 높은 사랑'을 불

---

34 최정석, 「작품 〈사랑〉의 사랑분석」, 『효성여대연구논문집』 8 · 9, 효성여대, 1971, 138~141면.

교의 보살도로 심화"[35]한 작품으로 평가했다. 하지만『사랑』을 전일하게 불교적 작품으로 평가할 수는 없다. 윤홍로는 "진화론적인 과학사상과 기독교 사상, 그리고 우리에게 뿌리 깊이 박힌 불교사상 등과 아울러 전래적인 고유한 관습적 유풍을 외면하지 않고 자기 나름대로의 새로운 세계관을 습합한"[36] 작품으로 논평한 바 있다. 윤홍로가 말한 '새로운 세계관' 이란 다름 아닌 종교다원주의라고 할 수 있을 것이다.

『사랑』의 종교다원주의적 요소는 작품의 발단에서부터 드러난다. 석순옥은 소녀시절부터 안빈의 글을 읽고 그를 흠모하여 왔다. 마침내 간호사 자격증을 딴 순옥은 중등학교 교원을 그만두고 안빈의 병원에 취직하러 간다. 다음 인용문은 안빈을 만나기 위해 기다리는 동안 순옥의 눈에 잡힌 병원 대합실 풍경이다.

> 벽에는 위창 오세창의 낙관이 있는 전자 횡축이 걸렸는데, '病生於亂心心攝而病自瘳'라고 썼다. '병은 마음이 어지러워진 데서 생기는 것이니, 마음이 잡히면 병은 저절로 낫는다' 라는 말이다.
> 그리고 '無勞汝形無搖汝精可以長生' 이라는 액이 붙었다. '네 몸을 곤하게 말고 네 마음을 흔들리게 말라. 그리하면 오래 살리라' 는 장자의 말이다.
> 이러한 것들은 다 원장 안빈의 생각에서 나온 것임이 분명하였다.[37]

오세창의 서예액자에 적힌 말의 출처는 알 수 없지만 불교의 일체유심조 一切唯心造를 떠올리게 하는 내용이다. 그리고 다른 액자에는 장자莊子의 말이 적힌 것으로 밝혀져 있다. 또한 대합실의 책장에는 내방객을 위

---

35 김용태, 「〈사랑〉의 사상적 연구」, 『수련어문논집』 2, 부산여대, 1974 ; 『이광수 연구』(하), 469면.
36 윤홍론, 앞의 책, 143면.
37 이광수, 「사랑」, 『이광수전집』 6, 16면.

해 성경, 불경, 톨스토이의 소설과 여러 문학서적, 도교와 유교의 경전 등을 비치해 놓았다. 이 책들은 안빈이 기독교, 불교, 톨스토이즘, 도교, 유교에 이르기까지 어느 종교에 대해서도 자유롭고 개방적인 종교다원주의자라는 것을 나타내는 뚜렷한 암시로 읽을 수 있다.

『사랑』에서 취하고 있는 종교다원주의적 요소는 무엇보다도 안빈이란 인물을 통해 드러나는데, 작가 이광수는 안빈에게 자신의 이상화된 자아를 투사한 것으로 보여진다. 그는 대화 중에 자주 불교를 인용하지만 동시에 기독교도 언급함으로써 종교 간의 대화를 시도한다. 다음은 안빈과 죽음을 예감하는 그의 아내 옥남과의 대화이다.

"우리가 이번에 만난 것이 처음인 줄 아시오?"
하고 이번에 안빈이가 고개를 들어서 옥남 편을 바라본다.
"당신과 나와는 과거에두 여러 천만 번 수없이 부부가 되었거니와, 미래에두 여러 억만 번 수없이 부부로 만나는 것이야."
"글쎄, 그럴까요? 성경에도 부활하는 날은 서루 만난다구 하긴 했지마는,"
"그렇게 한번만 만나는 것이 아니야, 수없이 여러 번 만나는 거지."
"글쎄, 그랬으면 작히나 좋겠어요! 그렇게 믿어지질 아니하니깐 걱정이지요."
"그럼, 사람이 죽으면 어떻게 될 것 같소?"
"아무 것도 없어질 것만 같어. 무엇이 남겠어요? 다 썩어져서 없어지지. 숯이 다 타면 불이 사라지구 재만 남는 모양으루. 안 그럴까요?"
"저마다 사라지나?"
"저마다라니?"
"아주 성인이 다 되어서, 부처님이 다 되어서말요, 아무 원두 한두 욕심두 다 없어져야 사라진다는 거요. 불교에서 그것을 열반이라구 아니하우? 그렇지만 원두 많구 한두 많구 욕심도 많은 우리 중생들은 사라지려야 사라지지를 않는다는 것이오. 그 원과 한과 욕심을 다 풀구야 사라지지."
(중략)
"그것이 불교의 이치요?"

> "석가여래께서 먼저 가르치신 것이니까 불교 이치라고 하겠지마는, 누구나
> 우주와 인생을 바루 보면 이 이치에 도달하고야 말 것이니까 불교 이치라는 것
> 보다는 그냥 이치지─그것이 진리란 말이요. 진리야 하나뿐 아니요?"[38]

두 사람의 대화에서 불교의 인연, 윤회, 전생, 열반 등의 세계관은 기독교의 부활이라는 개념과 만나 대화한다. 특히 안빈은 '불교의 이치'냐고 묻는 옥남에게 '그냥 이치'라고 대답함으로써 특정 종교에 구속되지 않는, 즉 개방적 태도를 나타낸다.

안빈에 대한 사랑의 순수성을 지키기 위해 사랑하지도 않는 허영과 결혼한 순옥은 허영을 향해 끝없는 인내와 사랑을 펼쳐 보이지만 그녀에게 돌아오는 것은 배신뿐이다. 순옥이 남편 허영과 그의 여자 이귀득의 인간적 배반에 절망하자 안빈은 그녀에게 불교와 기독교를 두루 인용하며 불교의 인욕, 자비와 기독교의 인내, 사랑을 실천할 것을 독려한다. 이것은 불교의 인욕과 자비가 기독교의 인내, 사랑, 용서와 소통되는 동일개념임을 말한 것이다. 그는 「인욕忍辱」(『동광』, 1931. 1)이란 글에서도 불교의 육바라밀의 하나인 인욕과 기독교의 '성내지 말라'는 개념이 동일개념임을 말한 바 있다.[39]

종교다원주의자 길희성은 보살의 자비와 예수의 사랑을 동일한 것으로 파악한 바 있다. 보살의 자비는 공空에 근거한 무차별적인 사랑이며, 예수의 사랑 역시 무조건적 무차별적 무아적 사랑이라는 것이다. 보살과 예수의 순수하고 무조건적이며 무차별적인 사랑과 자비는 초월적 진리에 대한 통찰과 깨달음, 그리고 거기서 오는 무아적 진리의 자각에 근거한

---

38 이광수, 위의 책, 77~78면.
39 이광수, 「인욕」, 『이광수 전집』 8, 349면.

것이라고 말한다. 그것은 원수까지도 사랑하는 무조건적이고 아가페적인 사랑이고, 무차별적인 자비이다. 일찍이 인류가 실현하고자 했던 가장 순수하고 숭고한 도덕적 힘이며, 무지와 탐욕으로 병든 세계를 살리는 유일한 구원의 힘이라는 것이다.[40] 바로 그러한 사랑을 안빈은 절망에 빠진 순옥에게 실천할 것을 요구했던 것이다.

　　"선생님, 저는 인제는 더 나아갈 기운을 잃어버린 것 같습니다. 선생님, 연속해 오는 이 타격들이 제게는 너무 큰 것 같아요."

　　"그보다도 더 큰 타격이 올 때는 어떻게 하려고 어느 사이에 그런 말을 하오? 다 참아야지―참으되 부드럽게 참아야지. 이를 악물고 참는 것 말고, 어머니가 어린 자식에게 대해서 참는 모양으로 모든 것을 순순히 참는단 말이오. 그러기에 주인욕지住忍辱地하여 유화선순하는 것을 석가여래께서 보살의 안락행의 첫 허두에 말씀하셨소. 주인욕지―욕을 참는 자리를 떠나지 말고서, 그 말이오. 유화선순柔和善順이란 것은 부드럽게 화평하게 선하게 순하게 한 말이요. 그러니까 중생을 바른 길로 인도하는 첫 비결이 참는 것이란 말이요. 참을 수 있는 것을 참는 것이야 누구는 못하나? 참을 수 없는 것을 참길래 참는 것이라지―안 그렇소? 예수께서도 그렇게 말씀하시지 않으셨소? 용서하라고. 또 원수를 사랑하라고. 하나님이 해를 악인에게나 선인에게나 꼭 같이 비치시는 것을 배우라고. 그리고 맨 나중에 **하늘 위에 계신 너희 하느님 아버지께서 완전하심과 같이 너희도 완전하라고.** 또 바울도 그러지 아니하셨소? 사랑을 참고 사랑을 용서한다고. 또 예수께서 그러셨지? 형제가 내게 잘못할 때에 몇 번이나 참으리까,고 누가 여쭐 때에 너희 조상께서 일곱 번 참고 용서하라고 하였거니와 나는 진실로 너희다려 이르노니 일곱 번씩 일흔 번이라도 참으라고. 이에 대해서 부처님께서는 무한히 참고 영원히 참으라고 하였소. 사랑은 참는 것이니까. 그런 사랑이 점점 높은 정도에 올라가면 참는다는 것마저 없어질 것이요. 모두 자비니까 온통 자비니까 자비 속에 참는 것은 어디 있소? 참는다는 것이 아직 사랑이 부족한 것이지 정말 나를 완전히 잊고 보살행을 하는 마당에서

---

40 길희성, 『보살 예수』, 현암사, 2004, 202~205면.

참는다는 생각이 날 까닭이 없지. 그러니까 부처님은 벌써 참는다는 경계를 넘어서셨지. 그렇지마는 우리는 아직 참는 시대야 억지로라도 참는 공부를 하는 시대요. 아니 참는―참을 것이 없는 지경에 들어가기 위하여서 참는 가시밭을 피를 흘리며 걸어가는 것이요. 우리 중생이―인류가 말이지―다 **참는 공부**를 완성한 때면 이 사바사계가 곧 극락정도요, 천국이 거기 가는 중간도 못 되고."[41](고딕체는 필자)

위 인용문 중에 "하늘 위에 계신 너희 하느님 아버지께서 완전하심과 같이 너희도 완전하라"라는 구절은 마태복음 5장 48절이다. 안빈은 순옥에게 마태복음을 인용하며 "나는 순옥이가 사랑에서 완전하기를 바라오, Be perfect as your Father which is Heaven is Perfact! 이 말을 기억하기 바라오"라고 했다. 이는 순옥으로 하여금 기독교적인 비폭력의 자기희생과 이타적인 사랑을 끝없이 실천할 것을 독려한 것이다.

이광수는 「톨스토이의 인생관」, 「예수의 사상」에서도 이 구절이 포함된 마태복음 5장 38~48절을 인용한 적이 있다. 「두옹과 나」에서도 "마태복음 5, 6, 7장과 누가복음 12장을 고대로 실행해보려고 하였습니다"라고 고백했다. 마태복음과 누가복음의 설교는 소위 '산상수훈'이라고 일컬어지는 것으로서, 이광수가 톨스토이를 통하여 받아들인 기독교의 근본사상이자 그가 실천하고자 한 기독교 정신의 요체이다.

산상수훈은 예수의 윤리적 교훈을 집대성하여 편집한 내용으로, 인류의 도덕적 의식의 최고봉의 하나를 이루고 있다. 산상수훈을 관통하고 있는 정신은 인간에 대한 무한한 사랑과 생명에 대한 존엄성과 신빙성이다. 예수는 절대사랑과 절대용서를 가르쳤고, 인간이 온전해질 것을 요청했

---

41 이광수, 『이광수전집』 6, 240면.

다. 산상수훈의 근본정신은 생명공동체의 실현, 곧 하느님 나라의 실현이며, 그 핵심은 자유로운 인간의 사랑과 정의의 실천이다.[42] 이 산상수훈을 톨스토이와 이광수는 비폭력 무저항의 사랑과 지상낙원주의로 받아들였다.

> 톨스토이(1828~1910)도 예수의 산상설교가 문자 그대로 실현되어야 하고 또 철저히 실현될 수 있다고 믿은 전형적인 인물이다. 그는 교회가 예수의 요구를 무력하게 했다고 비난하였다. 톨스토이에게서 폭력의 포기는 산상설교의 핵심이다. 모든 국가는 폭력 위에 세워져 있다. 전쟁과 사형은 예수의 말씀에 어긋나며, 인종 박해와 사적 소유, 신분 차이는 존재해서는 안 된다고 보았다. 이러한 견해가 완전히 무정부주의에 가깝다는 비난을 받자, 그는 오히려 모든 사람이 산상설교의 요구를 지킨다면, 이 땅에 낙원상태가 이루어질 것이라고 주장하였다.[43]

안빈은 순옥에게 바로 산상수훈에서 설교한 비폭력 무저항의 사랑을 실천하고 구현할 것을 격려했던 것이다. 그리고 비폭력 무저항의 사랑은 결국 상대뿐만 아니라 그 자신을 구원하게 만든다고 역설한다. 이것을 불교적 표현으로 말하면 자리이타自利利他의 보살도의 구현이다. 보살은 대승불교가 지향하는 이상적 인간형으로 자신만의 해탈을 구하지 않고 자신의 이로움[自利]과 타인의 이로움[利他]을 동시에 추구하는 자이다. 그는 생사의 세계에서 고통을 받고 있는 중생이 단 하나라도 있는 한, 스스로 열반에 드는 것을 포기하고 중생과 함께 하고자 하는 존재이다.[44] 순옥이

---

42 김경재, 『종교다원시대의 기독교 영성』, 다산글방, 1992, 220~223면.

43 「산상설교의 해석사와 문학구조」,

　　http://blog.naver.com/holyhillch?Redirect=Log&dogNo=60011533669

44 길희성, 앞의 책, 188면.

그녀를 배신하고 기만한 남편 허영, 시모 한씨, 그리고 허영의 여자인 이귀득에게 보여준 태도는 결코 인간적 경지에서는 취할 수 없는 기독교의 순교자적 태도, 즉 비폭력 무저항의 절대사랑과 절대용서에 대한 실천이었다. 동시에 불교적 보살도의 숭고한 실천이었다.

작품에서 석순옥은 안식교도로 설정된다. 그녀는 어려서부터 안식교 선교사들의 청정하고 경건한 생활을 흠모하여 왔다. 석순옥과 그녀의 오빠 영옥을 비롯한 순옥의 가족 전체를 안식교 신도로 설정한 것은 안식교가 의료사업과 구제활동에 기여한 기독교 종파이며, 더욱이 이광수가 비판했던 장로교 신학에서 배척한 종파45)라는 것을 파악하고 있던 작가의 의도적 설정으로 보아진다. 이는 안빈의 의원 및 북한요양원, 그리고 석순옥이 북간도에서 근무했던 병원 등과 연속선상에 있으며, 작중인물들의 직업이 의사, 간호사, 교사 등으로 설정된 것과도 연관되는 것이다. 그리고 이러한 설정은 인간의 육체적 치료를 넘어서서 정신적·영적 구원이라는 이 작품의 주제를 형상화하는 데 궁극적으로 기여한다. 안빈은 환자 치료에 있어 의사보다도 간호사가 중요하고, 특히 환자에 대한 마음이 가장 중요하다며 순옥으로 상징되는 '돌봄'이라는 여성적 가치에 대해서

---

45 안식교는 교육사업과 의료사업, 그리고 구제활동에 상당한 기여를 해왔고, 도덕적 윤리적으로 훌륭한 종파지만 성격해석 및 교리면에서 정통 기독교와 해석을 달리함으로써 특히 장로교회로부터 배척되어 왔다. 미국의 윌리암 밀러(William Miller, 1782~1849)가 예수 그리스도의 절박한 재림과 천년왕국의 도래를 주장하고 나서면서 시작되었는데, 1844년 10월 22일에 하늘 성소를 주장한 히람 에드슨(Hiram Edson)과 토요일 안식일을 제창한 요셉 베이츠(Joseph Battes)를 거쳐 엘렌 화이트(Ellen White, 1827~1915) 여사에 의해 1863년에 공식적으로 제7일안식일 재림교회로 창립된다. 우리나라에는 1904년 하와이로 이민을 갔던 유은현과 손홍조가 일본인 구리야 히데시에게서 교리를 배워 귀국함으로 전교가 시작되었고, 해방과 더불어 전국에 퍼져갔다. 조선평양장로회신학교에서 발행한 "신학지남"에 안식교를 비판하는 글이 지속적으로 실린 것을 보면 안식교의 도전이 거센 상황이었음을 미루어 짐작하게 한다. (인터넷 : www.salombang.com)

높은 가치를 부여한다. 순옥은 중생을 돌보는 존재, 즉 보살도를 실천하는 인물인 것이다.

작품에서 안빈을 제외한 순옥, 옥남, 인원, 영옥 등은 모두 기독교 신도인데, 종교다원주의자로 보이는 안빈과 그들은 종교로 인하여 대립하지 않는다. 그들은 종교를 초월하여 서로 존경하고 사랑한다. 종교다원주의는 종교 간에 서로 대립할 필요가 없으며, 공존이 가능하기 때문이다. 안빈, 순옥, 인원, 영옥, 수선, 이 의사가 참여한 북한요양원이야말로 종교다원주의의 공동체이다. 이 공동체는 혈연관계에 의해서 만들어진 생물학적 가족이 아니다. 이들 사이에는 결혼이라는 제도가 끼어들지 않고, 성적 관계가 부재하는 대신 오로지 뜻이 맞고 서로 좋아서 자발적으로 모인 순수한 사랑의 공동체이다. 이들의 관계는 앤서니 기든스가 말한 순수한 관계(pure relationship)이다. 즉 관계 외적인 다른 것에 의존하지 않고, 순수하게 관계 그 자체의 내적인 속성에 따라 형성되고 지속되는 관계이다.[46] 이들에게 목적이 있다면 오직 형제자매처럼 서로 사랑하며, 병든 사람을 치료한다는 것뿐이다. 이 새로운 가족은 "'사랑'의 종교로 개종한 사람들의 감정적·정신적 결속에 의해 만들어진"[47], 종교다원주의적인 공동체요, 지상 낙원인 것이다.

이들은 서로 정신적 영향을 미치며 영적 구원을 얻는다. 작품에서 작중 인물들 사이의 정신적 영향 관계를 도표로 표현해보면 다음과 같다.

46 Anthony Giddens, 배은경·황정미 역, 『현대사회의 성·사랑·에로티시즘』, 새물결, 2001, 103~104면

47 김현주, 「이광수의 민족 만들기」, 『작가세계』 57, 2003년 여름호, 76면.

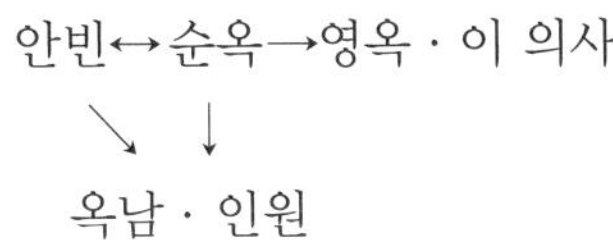

  안빈은 순옥에게 절대적인 영향을 미치지만 두 사람은 안빈의 고백처럼 상호영향의 관계에 있다. 순옥이 처음에는 간호사였다가 뒤에 의사가 되는 것은 그녀가 비폭력 무저항의 사랑을 실천하는 수련과정을 통하여 평생을 두고 흠모하고 존경해온 안빈과 동일한 수준의 자아완성에 도달하였다는 의미로 읽힌다. 안빈의 처인 옥남과 순옥의 친구인 인원은 안빈과 순옥으로부터 정신적 감화를 받으며, 순옥은 오빠 영옥과 북간도에서 만난 이 의사까지 감화시켜 북한요양원에 동참하게 만든다. 안빈과 순옥뿐만 아니라 이들은 모두 순수한 사랑을 공유하는 관계이다.

  안빈이 '사랑'에 관해 설교하는 이데올로기적 존재라면, 순옥은 그 사랑을 실천(practice)을 통해서 완성시킨 존재이다. 따라서 이 작품의 진정한 주인공은 이데올로기적 인물인 안빈이 아니라 구체적으로 비폭력 무저항의 사랑을 실천하고 인간구원에 자신을 던져 희생하는 실천적 인물 석순옥이다. 그리고 이는 실천적 종교를 중시한 톨스토이와 이광수의 종교관과 일치한다. 이광수는 결혼이라든가 성적 관계를 배제한 순수한 사랑의 공동체이자 지상 낙원의 재현을 통해서 그가 추구한 사랑의 최고봉을 보여주고자 했다.

  북간도 생활에 심신이 지친 나머지 결핵에 감염된 순옥은 북한요양원에서 한동안 환자로서 요양을 한다. 그는 그곳을 지상의 낙원으로 인식하며, 말할 수 없는 기쁨과 평화를 느낀다. 이 기쁨과 평화를 통해서 작가는 타인에 대한 비폭력 무저항의 사랑이 궁극적으로는 자기구원에 이르는 자리이타의 보살도였음을 입증하고 있다. 이광수가 생각하는 이상적 종교는 결코 내세지향적인 종교가 아니다. 지상에서도 낙원을 구현하고 체험할 수 있는 현세지향적 종교이다. 이것은 톨스토이의 영향이며, 산상수훈에서 설한 하느님 나라의 실현이기도 하다. 「예수의 사상」에서 이광수는 하느님의 진리가 가르치는 대로 행하면 세상에 천국이 오리라는 것이 예수의 사회관이라고 설파하였다.[48]

이 작품의 종교다원주의는 기독교와 불교의 대화에 그치지 않는다. 순옥이 북간도 병원에서 만난 독일인 가톨릭 신부와 수사, 수녀들의 희생적인 사랑에 대해 순옥은 깊은 감동을 받는다. 순옥은 "제 재산이라는 욕심을 전혀 떼어버리고 제 몸의 행복이라든지, 안락이라든지를 다 버리고 오직 하나님의 길인 사랑의 도리를 세상에 펴는 것으로 일생을 바치는 그들의 생활이 실로 높고 귀하"다고 생각한다. 자신은 기껏해야 인연이 있는 남편과 그의 아들, 시어머니를 위하여 일생을 바치는 것이기 때문에 신부, 수사, 수녀들의 삶이 더 숭고하고 고결하다고 여긴다. 따라서 순옥은 "가톨릭교의 교리에 대하여서는 공명이 아니되었으나 그 교역자들의 행, 즉 생활방식에 대하여는 전폭으로 흠모"하게 된다. 그리고 신부와 수녀들도 순옥을 한 성도로서 대우하게 된다. 순옥이 보여준 비폭력 무저항의 사랑을 가톨릭 신부, 수사, 수녀의 자기희생적 삶에서도 발견함으로써 이광수는 불교, 기독교, 천주교의 종교 간의 대화를 시도하는 종교다원주의자로서의 면모를 유감없이 드러냈다.

그런데 이광수의 종교다원주의자로서의 이상은 여기에서 끝나지 않는다. "오늘날 과학에서 인과율이라고 하는 인과와 불교에서 말하는 인과

---

48 『이광수전집』 8, 519면.

가 결국은 마찬가지지마는, 이 우주와 인생을 지배하는 제일 근본이 되는 법칙이 인과의 법칙이란 말야"[49]라고 불교의 인과의 법칙이 현대과학에서 말하는 인과율과 다르지 않다고 말함으로써 종교와 과학 간의 대화까지도 시도한다. 뿐만 아니라 안빈은 동물적 사랑과 성인의 사랑을 혈액 속의 방향물질로 구분하는 실험을 하는데, 전자는 비릿한 유황냄새가 나는 아모로겐이며, 후자는 맑고 그윽한 향기의 아우라몬이다. 그리고 순옥의 피에서는 성인의 피에서나 발견되리라고 생각되는 아우라몬이 추출된다. 이것은 순옥의 안빈에 대한 사랑이 본능적 차원이 아니라 순수한 영적 사랑의 차원임을 과학실험을 통하여 밝힌 것이다. 또한, 사랑이라는 인간의 감정을 호르몬이라는 생리학적 결과로 입증한 것이다. 이광수는 일찍부터 기독교가 과학과 분리된 다른 길을 가는 것에 대해서 비판했던 만큼 호르몬 실험은 그의 종교다원주의적 태도가 종교에 한정되지 않고 현대과학에까지 확대된 것으로 해석할 수 있다.

이처럼 이광수 소설의 여주인공은 『사랑』에 와서 비폭력 무저항의 사랑을 실천하는 자기희생과 이타주의의 정점을 보여주는 여성으로 변화한다. 그는 『무정』이나 『개척자』에서 신념을 갖고 주체적 신여성을 추구하던 여성상이 더 이상 아니다. 또한, 『재생』, 『그 여자의 일생』, 『사랑의 다각형』 등에서처럼 황금에 눈멀어 파멸의 길을 걷는 여성상도 아니다. 순옥은 비폭력 무저항의 사랑을 실천하는 의지적 여성이지만 동시에 자신의 행동과 도덕의 준거를 안빈에게 두고 있다는 점에서는 무주체성을 드러낸다. 『사랑』에서 보여준 여성상은 페미니즘의 관점에서는 후퇴다. 이 작품을 여성의 희생을 미화한 안티페미니즘으로 읽을 개연성마저 충분하

---

49 『이광수전집』 6, 58면

다. 순옥은 1930년대 이후에 발표한 「신여성의 십계명」, 「여자의 힘」, 「여성교실」 등에서 보여준 이광수의 보수적 여성관[50]을 반영하고 있다. 순옥의 비폭력·무저항의 사랑이 아무리 숭고한 기독교 정신의 구현이며, 중생구제라는 불교적 보살도의 실천이라고 해도 그 길이 순옥의 친구 인원이 안빈에게 던진 질문―"석가여래나 예수께서는 모든 중생을 위해서, 천하 사람을, 모든 인류를 위해서 그런 고생을 하셨지마는, 순옥이야 그게 무엇입니까? 변변치도 아니한 병쟁이 하나를 위해서 일생을 망쳐버리니"―처럼 인간적 차원에서는 결코 이상화될 수 없다. 여성의 희생을 종교적 신앙으로 미화하고 이상화한 『사랑』에 나타난 '사랑'은 분명 안티페미니즘이고, 비현실적이며, 관념적인 것이라고 말할 수밖에 없다.

더구나 이 작품이 보여준 무저항 비폭력의 무조건적 절대사랑과 절대용서가 일제강점 말기인 1930년대 말의 시대상황과 관련하여 어떤 민족적 가치를 획득할 수 있을 것인가? 근대 초기에 기독교의 보수주의, 배타주의, 그리고 대사회적 무관심 등에 대해서 그토록 예리한 비판의식을 보였던 이광수가 『사랑』에 와서 대사회적인 문제에는 전혀 관심을 나타내지 않은 채 개인적 구원을 목표로 한 무조건적인 사랑과 용서를 들고 나오는 것은 얼마나 모순적인가. 이 작품에서 추구한 여성상과 사랑에 대한 부정적 질문들은 얼마든지 던질 수 있을 것이다.

근대초기에 근대지향의 민족주의자였던 이광수가 1930년대 중반에 접어들면서 반민족적 친일의 길을 걸었듯이 종교적 태도에 있어서도 춘원은 초기에 보여주었던 첨예한 비판정신을 상실하고 원수까지도 사랑하는 무조건적인 사랑과 용서, 무차별적 자비를 이상화하고 있다. 이 작품의

---

50 송명희, 『이광수의 민족주의와 페미니즘』, 국학자료원, 1997, 292~294면.

개인적 구원을 목표로 한 무조건적 사랑(자비)과 용서란 비현실적이고 관념적인 것일 수밖에 없다. 그리고 그것은 초기에 그가 그토록 싫어했던 보수주의로의 명백한 회귀라고 하지 않을 수 없다.

어쨌든 이 작품에서 작가가 의도한 주제는 비폭력·무저항의 사랑과 자기희생을 통한 인간의 구원이며, 궁극적으로는 자기 자신의 구원이다. 이광수는 이 작품에서 불교의 인연, 윤회, 전생, 열반이라는 개념이 기독교의 부활이라는 개념과 서로 대화할 수 있는 개념이며, 불교의 인욕, 자비가 기독교의 인내, 사랑과 동일개념임을 말하였다. 특히 비폭력 무저항의 절대사랑과 절대용서는 불교의 보살도에서 말하는 자리이타의 구원과 소통되는 개념임을 여러 차례 천명하였다. 그리고 '북한요양원'을 통해서 내세지향적 유토피아가 아니라 현세지향적 낙원, 지상의 유토피아를 구현하고자 했다. 이 작품에서 가장 중심적인 종교는 기독교와 불교지만 작가는 가톨릭, 나아가 현대과학까지도 포용하는 폭넓은 종교다원주의적 사랑을 주제로서 제시했다.

3. 결론

본고는 이광수의 기독교 사상과 종교다원주의를 사회평론과 논설, 장편소설 『사랑』을 텍스트로 하여 분석하였다. 본고의 분석을 통해 얻은 결론은 다음과 같다.

첫째, 이광수는 기독교의 근대화라는 대사회적인 역할에 대해서는 긍정적이었지만 장로교회의 배타적 근본주의적 보수주의 신학에 대해서는 대단히 비판적이었다.

둘째, 이광수는 기독교의 근본사상을 비폭력주의, 무저항주의, 사랑으로 파악했다.

셋째, 이광수는 톨스토이의 영향으로 종교다원주의자가 되었으며, 내세추구의 유토피아가 아니라 지상의 낙원을 구현하고자 했다. 그리고 이를 문학적으로 형상화한 작품이 바로 『사랑』이다. 주인공 석순옥은 비폭력과 무저항의 기독교적 사랑을 실천하는 인물이며, 이는 불교적으로 볼 때에는 보살도의 구현이다. 작가는 비폭력 무저항의 숭고한 사랑과 구원은 기독교뿐만 아니라 불교, 천주교에도 존재하며, 그것을 과학으로도 입증할 수 있다는 종교다원주의적 태도를 나타냈다. 그리고 북한요양원을 통해서 내세의 천국이 아니라 지상에서 구현되는 유토피아를 재현하였다.

결론적으로, 이광수는 『사랑』에서 기독교, 불교, 천주교, 현대과학까지를 포용하고 종합하는 종교다원주의적 종교관을 통해 가장 이상화된 사랑의 모습을 보여주었다. 그것은 바로 비폭력 무저항의 사랑의 실천이며, 절대 순수의 정신적 사랑이고, 자리이타의 보살의 길이며, 지상의 유토피아의 구현이다. 하지만 그것은 인간적 차원에서는 구현하기 어려울 뿐만 아니라 일제말의 민족현실과는 거리가 먼 관념적인 사랑일 수밖에 없다.

『한국문학논총』 46, 한국문학회, 2007. 8.

박화성 소설연구

『북국의 여명』에 나타난 성숙의 플롯을 중심으로

1. 서론

1925년 『조선문단』에 이광수의 추천으로 단편 「추석전야」를 발표하면서 등단한 박화성(1903~1988)은 일본유학으로 인해 중단했던 작가활동을 1932년 1월에 『동아일보』 신춘문예에 동화 「엿단지」의 당선, 5월에 「하수도공사」(『동광』)의 발표, 6월에 장편소설 『백화』를 『동아일보』에 연재하는 등 화려하게 재개한다.

박화성은 1930년대를 대표하는 여성작가이며, 특히 강경애, 지하련 등과 함께 사회주의 계열의 작가로 분류된다. 백철은 박화성을 프로운동에는 직접 가담하지 않았으나 사회주의 이념에 공감을 표시한 작가라고 평한 바 있다.[1] 이재선은 박화성을 사회비판의 리얼리즘을 표방하며, 피착취계급의 궁핍한 삶과 착취계급의 기생적인 생산양식을 폭로한 작가로

---

1 백철, 『신문학사조사』, 백양당, 1949, 177면.

평가했다.[2]

하지만 박화성에 대한 연구는 그가 17편의 장편소설[3]을 대중매체에 발표함으로써 갖게 된 대중소설가라는 인식과 그간 작품을 접하기 어려웠다는 점 등의 이유 때문에 제대로 이루어지지 못했다. 그런데 2004년에 『박화성문학전집』전 20권이 완간됨으로써 앞으로는 연구가 활성화될 것으로 기대한다.

박화성에 대한 기존연구는 단편소설을 대상으로 한 경우가 대부분으로, 페미니즘[4] 또는 사회주의[5]가 주요쟁점이었지만 그 성격이 깊이 있게 규명되었다고는 볼 수 없다. 본고의 연구대상인 『북국의 여명』에 대해서는 서정자와 야마다 요시코의 논문이 있을 뿐 아직 본격적인 연구가 이루어지지 않았다. 즉 서정자는 「'주의자'의 성·사랑·결혼」[6]에서 주인공이 보여준 섹슈얼리티의 양면성을 살피고 있다. 즉 우리 근대사에서 여성해방의 논리와 성해방의 논리가 주인공에게서 발전적으로 해소되기보다는 모순의 양면성을 보인다는 것이다. 야마다 요시코는 「박화성의 장편

---

2 이재선, 『한국현대소설사』, 홍성사, 1979, 434면.

3 『백화』(1932), 『북국의 여명』(1935), 『고개를 넘으면』(1955), 『사랑』(1956~1957), 『벼랑에 피는 꽃』(1957~1958), 『내일의 태양』(1958), 『바람뉘』(1958~1959), 『창공에 그리다』(1960), 『타오르는 별』(1960), 『태양은 날로 새롭다』(1960~1961), 『가시밭을 달리다』(1962), 『너와 나의 합창』(1962~1963), 『젊은 가로수』(1963), 『거리에는 바람이』(1963~1964), 『눈보라의 운하』(1963), 『열매 익을 때까지』(1965), 『새벽에 외치다』(1966) 등.

4 박정애, 「창조된 '여류'와 그들의 이원적 착란」, 『현대문학의 연구』 20, 한국문학연구학회, 2003. 1.
　이윤정, 「박화성 소설에 나타난 여성문제인식 고찰」, 『여성학연구』 16−1, 부산대학교 여성학연구소, 2006.
　변신원, 「박화성을 통해 젠더/근대 다시 읽기 시론」, 『제1회 박화성학술대회 발표집』, 박화성연구회, 2007. 10. 27.

5 변신원, 『박화성소설연구』, 국학자료원, 2001.

6 서정자, 「'주의자'의 성·사랑·결혼」, 『현대소설연구』 26, 한국현대소설학회, 2005. 6.

『북국의 여명』에 대하여」[7]에서 작가의 세계관을 살피고 있는데, 박화성의 일본유학 동안 일본에는 복본주의福本主義[8]가 유행을 했던 만큼 이것이 박화성의 세계관 형성에 영향을 미쳤을 것으로 보고 있다. 그리고 야마다는 박화성이 일본에서 만난 세이께 부인[9]을 모델로 하여 『북국의 여명』을 집필한 것이라 주장했다. 하지만 이는 남편의 전향에 실망하여 홀로 북국으로 떠나는 결말에 근거하여 제기된 것으로, 부분에 대한 확대해석으로 볼 수 있다.

『북국의 여명』은 『조선중앙일보』(1935. 4. 1~12. 4)에 연재된 그의 두 번째 장편소설로서, 첫 장편소설인 『백화』가 역사소설인 반면 이 소설은 자전적 소설로 알려졌다. 즉 주인공 효순의 보통학교 교원 생활, 서울에서의 여학교 생활, 첫사랑 리창우와의 만남, 일본유학 생활, 김준호와의 결혼과 이혼 등의 모티프는 박화성의 자전적 체험과 깊은 연관을 맺고 있으며, 시기적으로도 일치한다. 이는 그의 자서전인 『눈보라의 운하』나 수필, 그리고 작가연보와의 상호텍스트성에서 쉽게 확인된다. 그렇지만 『북국의 여명』은 자전적 소설이 아니라 성장소설이다.

박화성은 이 작품의 집필 의도를 다음과 같이 밝히고 있다.

대정 15년(1925년)부터 소화 10년(1935)까지 10년 간의 당시 남녀 인텔리 각 층의 사상적 경향과 그들의 이상과 번민 등등을 조금이라도 그려보자는 것이요, 또한 선각자이요, 진보적인 남녀동무들의 성생활의 일면과 사생활의 일면

---

7 야마다 요시코, 「박화성의 장편 『북국의 여명』에 대하여」, 『현립니가타여자단기대학연구기요』 44, 현립니가타여자단기대학, 2007. 3, 217~225면.

8 복본주의는 후구모도 가즈오福本和夫의 이론으로 사상운동의 단계를 전무산계급적 정치투쟁으로 규정하고, 그 조합적 행태에서 철저한 '분리와 결합'을 거쳐 골수분자를 걸러내어 재편성하는 사상투쟁 운동을 말한다.

9 『북국의 여명』에서는 '시미즈상'으로 등장한다.

이며 동경에 있어서의 ○○생활(판독불가) 일면 등등 (중략)

그러나 이상의 모든 점보다도 주로 나의 노력하는 바는 남자의 부속물로서 일생을 지내야만 한다고 자타가 공인하는 한 여성이나마 자식으로서 아내로서 어머니로서의 도리와 천직을 다하면서도 남자의 구속과 가정의 예속에서 완전히 벗어나 또한 한 개의 인간으로서 그의 사상과 일을 위하여 굳게 얽힌 정리와 만난을 돌파하고 끝까지 용맹스럽게 나갈 수 있다는 것을 특별히 우리 여성 제씨에게 보이려는 것입니다.[10]

즉 1920~30년대의 인텔리 남녀의 사상적 경향과 그들의 이상과 번민, 진보적 남녀의 성생활과 사생활의 일면, 그보다도 삼종지도의 여성이 그 도리와 천직을 다하면서도 남자의 구속과 가정의 예속에서 벗어나 한 개의 인간으로서 그의 사상과 일을 위하여 얽힌 정리와 만난을 돌파하고 용맹스럽게 나아가는 면을 보이고자 했다는 것이다.

하지만 발표 당시 한효는 이 작품에 대하여 너무나 많은 실망과 불신을 준 작품으로 혹평했다. 더욱이 부르주아적 교리성巧利性에서 완전히 해탈되지 못한 작가 자신의 주관적 제한 때문에 결국 부르주아적 윤리에 일관된 애욕의 갈등과 무연할 수 없게 만들었으며, 사건의 전개를 때로는 너무나도 우상화시키는 편향에까지 함익되었다고 보았다.[11]

본 논문은 1920~30년대 지식인들의 사상운동의 분위기를 생생하게 전달하는 증언적 성격을 띠었을 뿐만 아니라 박화성의 대표작의 하나로 꼽을 수 있는 『북국의 여명』을 성장소설로 파악하여 주인공 백효순의 실천운동가로서의 성숙과 작품에 나타난 사상적 경향이 무엇인가에 중점을

---

10 박화성, 「진보층의 이상과 고민을」, 『삼천리』, 1935 ; 박화성, 서정자 편, 『박화성문학전집 18』, 푸른사상, 2004, 234면.
11 한효, 「평론가로서 작가에게 보내는 편지」, 위의 책, 321~322면.

두어 고찰하겠다.

2. 본론

1) 성장소설 『북국의 여명』

『북국의 여명』은 주인공 백효순이 일본유학의 학비를 대준 최진과 파혼하고, 사상운동의 태도가 맞는 연하의 김준호와 결혼하지만 그가 옥중의 고통을 견디지 못하고 전향함으로써 직접 실천운동을 하기 위해 홀로 북국으로 떠난다는 내용이다. 이 작품의 해설에서 서정자는 "이 시기 한 여성지식인이 어떻게 프롤레타리아 혁명의 투사로 나아가게 되는가를 보여주는 성장소설"[12]로 작품의 성격을 규정한 바 있다.

교양소설, 발전소설, 형성소설, 이니시에이션소설 등을 아우르는 포괄적 개념으로[13], 우리나라에서는 '성장소설'이라는 용어를 가장 보편적으로 사용하고 있다. 성장소설은 한 사회나 집단 속에 속한 인물이 그 사회가 자신에게 요구하는 역할과 그 세계 속에서 자신의 고유한 가치를 깨닫는 과정을 그린다. 이 소설은 주인공의 변화의 양상이 미성숙에서 성숙으로, 불완전에서 완전으로, 결핍에서 충족으로 변화되는 과정을 담고 있는 서사적 특질을 가진 장르이다.[14]

---

12 서정자, 「박화성의 『북국의 여명』 읽기」, 박화성, 서정자 편, 『박화성문학전집2』, 푸른사상, 2004, 502면.

13 오한진은 주인공의 내면적 성장과정을 취급한 것이면 발전소설, 주인공의 교양과정을 보편적이고 조화로운 완성단계까지 서술한 것이면 교양소설, 일정한 목적을 향한 주인공의 성장과정을 교육적 측면에서 서술하였다면 교육소설로 구분할 수 있지만 이러한 개념들은 융통성 있게 사용된다고 했다. (오한진, 『독일교양소설연구』, 문학과지성사, 1989, 11면)

14 최현주, 『한국성장소설의 세계』, 박이정, 2002, 36면.

군이 성장소설의 하위개념들을 변별하자면, 교양소설(Bildungsroman)은 19세기 독일의 독특한 사회문화적 상황 속에서 발생하여 사회적·정치적 상황으로부터 분리된 개인적 자아의 운명, 즉 개인의 내면화 양상을 주로 다룬다. 즉 미성숙한 젊은이가 성숙한 어른으로 발전하는 자서전적 양상을 띠게 된다.[15] 형성소설(novel of formation)은 개인의 성장과 그를 둘러싼 사회상황에 등가의 관심을 표현한다. 즉 허쉬(M. Hirsch)는 형성소설의 일곱 가지 특성을 지적한 가운데 그 두 번째 항에서 형성소설은 〈전기적〉이고 〈사회적〉인 것과 관련된다고 했다. 사회는 소설의 안타고니스트이며, 삶의 학교요, 경험의 장소라는 것이다. 하지만 형성소설은 사회를 다루면서도 사회소설과는 다르게 전반적인 사회의 문제를 드러내지 않는다고 했다.[16] 이니시에이션소설(initiation story)은 외부세계에 대한 무지로부터 중대한 인식으로의 통과과정, 혹은 자기발견과 거기에서 결과 되는 인생이나 사회와의 타협을 기술한다.[17]

『북국의 여명』은 형성소설의 성격을 지닌 성장소설이다. 왜냐하면 이 작품은 일제하의 사상운동의 분위기를 증언하면서도 주인공의 자전적 성격도 갖추고 있기 때문이다. 그리고 이 소설은 주인공 개인의 내면적 성숙에 초점을 맞추기보다는 사회와의 관계 속에서 실천운동가로 성숙해가는 외적 과정에 더 치중한다. 그렇지만 전반적인 사회 문제는 드러내지 않는다는 점에서 형성소설의 성격을 강하게 지녔다. 다시 말해 전기적이고 사회적인 양면의 균형을 지향했다.

---

15 한용환, 『소설학사전』, 고려원, 1992, 241면.

16 Marianne Hirsch, "The Novel of Formation as Genre : Between Great Expectations and Lost Illusion", *Genre* 12, 1979, pp. 296~299.

17 Mordecai Marcus, "What Is an Initiation Story?", 김병욱 편, 최상규 역, 『현대소설의 이론』, 대방출판사, 1986, 462면.

모르데카이 마르쿠스(Mordecai Marcus)는 이니시에이션을 주인공의 성숙과 각성의 정도에 따라 시험적(tentative), 미완성(uncompleted), 결정적(decisive) 유형으로 분류한 바 있다. 여기서 '시험적' 유형은 성숙과 각성의 문턱에만 이끌어갈 뿐 결정적으로 성숙의 문지방을 넘어서지 못하는 형태이며, '미완성'의 유형은 주인공을 성숙과 각성의 문턱을 넘어서게 하지만 어떤 확신을 찾으려는 상태로 놓아두는 자아발견의 형태이다. '결정적' 유형은 주인공을 완전한 성숙과 각성에 다다르게 하거나 최소한 주인공이 성숙에 이르는 결정적인 진로를 정했음을 보여주는 형태이다.[18]

송명희는 마르쿠스가 제시한 시험적(tentative), 미완성(uncompleted), 결정적(decisive)이란 세 가지 개념을 성숙의 '유형'이 아니라 성숙의 '단계'라는 개념으로 응용하여 주인공의 성숙은 시험적 단계에서 미완성의 단계로, 다시 결정적 단계로 완성되어 간다는 이론을 개진한 바 있다.[19] 즉 결정적 단계로의 성숙은 갑자기 일어나는 것이 아니라 시험적 단계에서 미완성의 단계로, 다시 결정적 단계로 성숙하는 과정을 밟으며 이루어진다고 본 것이다. 본고도 시험적, 미완성, 결정적이라는 개념을 유형이 아니라 성숙의 단계라는 개념으로 받아들여 주인공이 결정적 성숙에 이르기까지의 과정을 고찰하겠다.

2) 일본유학 전의 '시험적' 단계

이 작품의 서술시간은 1925년에서 1935년까지이며,[20] 작품에서 중간

---

18 위의 논문, 464면.
19 송명희, 「북한소설 『한 자위단원의 운명』의 공산주의 인간학과 전형」, 『한국문학이론과 비평』 13, 한국문학이론과 비평학회, 2001. 12, 124면.
20 하지만 실제로 작품에서는 1934년 11월 3일(명치절)까지만 나옴.

중간 연대가 명시적으로 드러나 있다. 하지만 작품의 스토리 시간은 서술 시간 이전 주인공의 초등학교 교원시절까지 플래쉬백 되어 있다. 작품의 발단은 효순이 초등학교 교원을 그만두고 서울에서 여학교 학생이 된 1925년 4월부터 시작되는데, 그녀가 여름방학이 되어 고향에 내려갔을 때(1925년)의 변화된 고향의 모습에 대한 심회를 기술한 다음의 대목을 보자.

> 굶어서 도적놈이 되고 배가 고파 매음부로 집을 나가며 그리도 저리도 못하는 사람들은 돼지의 밥을 맛보기 위하여 새벽부터 동이를 이고 양조회사에 술 찌꺼기를 사러 몰려들다가 싸워서 다치고 울고 빈 동이를 들고 그냥 돌아가고 쓰레기통을 뒤져먹다가 중독이 되어 죽고……. 한편은 썩어가건만 한편은 생생하게 살아 있는 내장을 가진 고향은 그래도 매일매일 움직이고 커가고 있지 않은가?[21]

인용문에는 하층민이 도적이 되고, 매음부가 되고, 술 찌꺼기마저 사지 못하고, 쓰레기통을 뒤져 먹다 식중독으로 죽어가는 모습 등 빈궁의 적나라한 실상이 냉정하게 포착되어 있다. 그렇지만 이어진 다음 문장에서 계급의식 같은 것은 전혀 표출되지 않고 있다. 즉 "한편은 썩어가건만 한편은 생생하게 살아 있는 내장을 가진 고향은 그래도 매일매일 움직이고 커가고 있지 않은가"라고 하여 단지 고향 M시의 다양한 모습의 한 양상으로서만 빈궁의 문제를 받아들이고 있을 뿐이다.

뿐만 아니라 주인공은 자신의 어린 시절을 기독교신자의 집에서 태어나 어려서 공주처럼 호강스럽고 행복하게 자랐다고 회상한다. 열한 살의 나이에 책보를 들고 가기 힘들어 계집아이가 들어다 주었고, 비 오는 날

---

21 박화성, 앞의 책, 134면.

이면 밥 짓는 여인이 업으러 왔으며, 좋아하던 강아지가 죽자 머슴이 바닷가 빈터에 묻어주었던 사실을 기억한다. 그런데 주인공은 강아지의 죽음에는 슬픔의 눈물을 흘리지만 밥 짓는 여인, 심부름하는 계집애, 머슴 등에 대해서는 한마디 연민조차 내비치지 않는다. 단지 어린 시절의 부르주아적인 유복한 삶에 대한 그리움만이 표백되어 있을 뿐이다.

이 시기에 효순은 계급, 사회, 민족, 국가 등 개인을 넘어서는 어떤 사회의식도 갖지 못한 채 사상적 공백상태에 놓여있었다. 가정의 몰락으로 남의 도움까지 받아가며 공부하려는 것도 "공부를 하면 장차 훌륭한 사람이 될 것"이라는 다소 막연한 목표의식 때문이었다.

오빠 남혁, 오빠의 친구들인 백상현, 리창우 등 동경유학생들은 정치토론을 벌이거나 유학생 주최 음악회, 강습소 활동 등에 고향에 내려온 효순을 적극 참여시킴으로써 사상운동 참여의 분위기를 조성한다.

이런 효순에게 영향을 미친 사람은 오빠의 친구인 동경유학생 리창우다. 효순은 유독 리창우에게 존경과 흠모의 정을 느끼지만 그가 이미 결혼한 남성이기 때문에 단념한다. 하지만 그는 뜨거운 사랑의 열정을 일을 위한 연구와 사색에 바쳐야 한다며, 두 권의 책을 주고, 이후로도 효순에게 책을 보내 그녀의 사상적 지도자 역할을 맡는다. 그런데 리창우는 바다에서 수영을 하다 익사하고 만다. 그를 죽게 만든 것은 실제작가 박화성이 연애지상주의자가 아니므로 결코 유부남을 사랑의 대상자로 받아들일 수 없다는 관념으로부터 기인했다고 볼 수 있다.

실제로 박화성은 리창우의 모델이 된 오빠의 친구 Y에게서 첫사랑의 감정을 느낀 적이 있다. 그는 이혼까지 결심했다며 열렬히 구애했지만 박화성은 부인이 있으니 어쩔 수 없다고 거절하였다. 하지만 박화성은 Y를 두뇌가 명석하고 언론의 조리와 체계가 분명한 이론가로서 유학생 주최의 행사 때는 언제나 그가 대표로서 선두에 섰다고 기억한다. 그리고 Y의 명석한 이론가적 측면에 깊은 동경을 갖고, 그들의 첫사랑을 "아침이슬처럼 맑고 영롱한 추억"으로 회상한다.[22] Y의 명석한 두뇌와 언론의 조리와 체계가 분명한 이론가적 면모는 『북국의 여명』에서 첫사랑 리창우와 남편 김준호의 캐릭터[23]에 강하게 반영되어 있다.

리창우가 효순에게 준 책의 하나는 크로포트킨의 『청년에게 호소함』인데, 효순은 이 책을 읽고 "어쩌면 크로포트킨이란 사람은 요렇게 꼭 옳은 말만 했나"라며 큰 감동을 받는다. 크로포트킨(Pyutr Kropotkin, 1842~1921)은 러시아의 혁명가이자 무정부공산주의자, 즉 아나키스트다. 리창우가 효순에게 크로포트킨의 책을 주었다는 것은 그가 아나키스트였을 가능성을 암시한다. 리창우가 바다에서 익사했을 때, 효순은 그의 집을 찾아가 그의 시체 앞에서 "내 뼈가 되고 피가 되고 살이 되고 생각이 되는 공부를 부지런히 부지런히 하겠습니다. 그리하여 당신이 다 못하고 간 말을 내가 받아 소리치며 당신의 하고자 하던 일을 내가 맡아하겠습니다"[24]라고 맹세한다. 즉 효순은 리창우로부터 깊은 영향을 받고 자신도 리창우가 하려던 운동을 하기 위해 공부하겠다는 목적의식을 갖게 된다. 하지만 이 단계는 성숙과 각성의 문턱에만 이끌어갈 뿐으로, 아직 성숙의 문지방을 넘어서지 못하는 '시험적(tentative)' 단계라고 할 수 있다.

리창우가 효순에게 책을 준 시점은 1924년이다. 크로포트킨에 대한 정보는 19세기 말부터 일본에 전해졌으며, 『청년에게 호소함』은 그의 저작

---

22 박화성, 「받았던 사랑 · 주었던 사랑」, 『박화성 문학전집19 — 추억의 파문』, 98~101면.
23 '김준호'의 캐릭터에는 당연히 박화성의 전남편이었던 사회주의자 '김국진'의 캐릭터도 강하게 반영되었을 것이다.
24 박화성, 『박화성 문학전집2 — 북국의 여명』, 268면.

중에서 가장 많이 읽히고, 최초로 번역된 글 가운데 하나이다.[25] 『크로포트킨 전집』(전 12권)(春陽堂, 1928~1930)이 발간될 정도로 그의 사상은 한 시대를 풍미했고, 재일한인 독립운동가들은 1910년대 중반부터 일본 아나키스트와의 교류를 통해 『상호부조론』을 중심으로 한 무정부공산주의를 수용했다.[26]

우리나라에서도 크로포트킨은 1920년대에 들어서자마자 본격적으로 소개되고 논의되기 시작했다.[27] 아나키즘의 이론과 실천을 겸비한 신채호는 당시 조선청년들에게 크로포트킨의 『청년에게 호소함』의 세례를 받아야 한다고[28] 권할 만큼 당시 지식층 사이에 크로포트킨의 영향력은 상당하였다. 『상호부조론』은 주로 재일한인 유학생들에 의해 소개되었는데, 식민지라는 특수한 상황 아래 민족해방운동의 새로운 이론적 지평을 여는 데 널리 활용되었다.[29]

백효순이 리창우로부터 크로포트킨의 책을 받은 것을 통해 작가는 당시 우리 지식층에 끼친 크로포트킨 수용의 분위기를 가감 없이 전달한다. 실제 박화성도 일본유학(1926~1930) 전후의 시기에 크로포트킨을 접했을 것이다.

---

25 조세현, 「동아시아 3국(한 · 중 · 일)에서 크로포트킨 사상의 수용」, 『중국사연구』 39, 중국사학회, 2005. 12, 240~247면.

26 위의 논문, 263~264면.

27 조남현, 「한국근대문학의 아나키즘 체험 연구」, 『한국문화』 12, 서울대 한국문화연구소, 1991, 4면.

28 신채호, 「낭객浪客의 신년만필」, 『동아일보』, 1925. 1. 2.

29 조세현, 앞의 논문, 271면.

3) 앎과 삶이 일치하는 실천운동 - '미성숙'의 단계

일본에 유학하여 영문학부 2학년(1927년)이 된 효순은 사회과학연구회라는 독서회에 가입한다. 이 '사회과학연구회'의 성격이 어떤 것인지 밝혀진다면 이 작품의 사상적 경향의 성격을 밝히는 데 상당한 도움이 될 것이다. 다음의 인용문을 보자.

> 그러므로 당시의 학생은 식민구조의 모순 때문에 자기 가정이 몰락해 가는 것을 경험하면서, 또 몰락을 예견하면서 사회주의에 접근해 갔다. 그리고 이상주의를 좋아하는 연령이었으므로 사회주의적 인류를 공상에 담았다. 그것을 교조적으로 이론화한 것을 학생들은 사회과학이라 했고, 전위적 이론이라 했다. 학생의 초보적 지식수준에서 교조적 설명이란 이해하기 쉬웠다.[30]

일제하에서 사회과학이란 범박한 의미에서 이상주의적 사회주의의 교조화된 이론을 말하는 것으로서, 동경에서 효순 등이 가담한 사회과학연구회에서 공부한 사상 역시 이상주의적 사회주의의 교조화된 이론 이상으로 해석하기는 어려울 것 같다. 그리고 이때의 사회주의 속에는 아나키즘과 공산주의가 모두 포함된다고 본다. 사실 한국인들 사이에는 공산주의가 수용되기 전에 이미 아나키즘이 수용되었고, 공산주의는 아나키즘을 사상적 기반으로 하여 수용되었다가 분화되어 나와 아나키즘을 대체하게 되었다.[31]

효순은 사회과학연구회의 회원이 되어 독서회에 매주 참례하는 한편,

토요일마다 그의 하숙에서 조선 여자들끼리만 모이는 독서회를 조직하여 의식화를 진행한다. 이 독서회의 회원은 전문학생, 여학교 학생, 보통학교 졸업 정도의 회원 등 다양하다. 이 독서회에서 효순은 강의를 하고, 상현도 강사로 초청된다. 여기서 실천운동에 가담했던 사람들은 학력이 낮음에도 불구하고 강사의 말을 이해하는 힘이 더 컸고, 질문에 논조도 당당히 대답한다. 이에 효순은 "탁상공론이라더니 실천행동이란 과연 위대한 효과를 주는 것이로구나"라는 깨달음과 실천운동에 직접 가담하고 싶은 내적 욕구가 증대된다. 그 결과 효순은 각 단체의 투사들과 접촉하는 한편, 여러 모임에도 출석하면서 XX동경지회를 창립하여 최고간부로 임명되는 등 실천운동에 직접 뛰어든다.

> 그는 비로소 실제운동에 가담할 의사를 가지고 선배인 동지들의 지도를 받아 독서회원 이외에 온량한 분자의 동무들까지 동원하여 XX동경지회를 조직코자 준비임원회의 과정을 지나 창립대회까지 열게 되었다.[32]

이러한 설정은 박화성이 1927년(12월 27일)에 근우회 동경지부의 창립 준비위원장을 맡았다가 1928년(1월 21일)에 위원장으로 선임되었던[33] 자전적 경험이 바탕이 되고 있다.

근우회槿友會는 좌·우 양파 여성단체가 연합하여 범여성적인 단일적 민족운동단체로서 출발하지만 활동의 추진과정에서 이념의 이해와 실천적 행동에 있어 좌·우 양파 간에 차이를 보였고, 이에 따라 창립 이듬해인 1928년에 우파의 대표급 여성들은 근우회를 떠나게 된다. 하지만 일제

---

32 박화성, 『박화성 문학전집2 − 북국의 여명』, 364~365면.

33 박용옥, 「근우회의 여성운동과 민족운동」, 역사학회 편, 『한국근대민족주의운동사연구』, 253~254면.

에 대한 저항운동에서는 근우회가 좌파의 독단이 되었던 때에도 민족주의적 성향을 보이고 있어 근우회 운동의 전체적 성격은 민족주의운동일 수밖에 없었다.[34]

그런데 실천운동의 최고간부까지 된 효순의 행동은 그의 학비부담자이자 약혼자인 최진과 갈등을 빚게 된다. 실천운동에는 나서지 말아 달라, 간부만은 되지 말라는 최진의 부탁에 효순은 주의자답지 않은 말이라고 흥분하여 "실천이 없는 이론은 사랑이 없는 부부보다도 더 허무한 것"[35]이라고 대항하고, 그에 대한 증오감에 휩싸인다. 이론과 실천의 일치, 즉 앎과 삶이 일치해야 한다는 효순과는 달리 최진은 "실천운동은 아직 우리에게 이르다. 우리는 더 꾸준히 연구해서 이론의 체계를 이뤄야 한다. 그러므로 단연 그 회의 간부책무를 사임하는 동시에 그 회에서 탈회하여 학교공부나 착실히 하라"[36]라고 반대의사를 표명해온 것이다. 그 결과 둘은 파혼으로 치닫고 만다. 최진이 효순과 그녀의 오빠 남혁의 사상운동 가담 때문에 학교에서 자신의 입장이 난처해졌다는 것과 효순의 학비를 대기 위해서는 2~3년간 자신이 더 학교에 근무해야 한다고 호소함에도 효순은 의지를 꺾지 않으며, 학업을 중단하고서라도 실천운동에 나서겠다는 강한 의지를 천명한다.

실력양성 후에 실천운동을 하라는 최진과 당장 실천운동에 뛰어든 효순 두 사람의 갈등은 일제하 민족주의 우파의 실력양성론과 사회주의 사상을 수용한 민족주의 좌파 간의 민족운동의 이념과 노선 갈등의 한 전형을 보여준다고 할 수 있다. 효순이 실천운동을 반대하는 최진을 기회주의

---

34 위의 논문, 314~316면.
35 박화성, 앞의 책, 366면.
36 위의 책, 366면.

자로 매도하는 것은 일종의 '악의 발견'이다. 이니시에이션소설에서 주인공의 입사(initiation)의 경험은 '악의 발견' 이후에 일어난다.[37] 자신들의 사랑이 남녀 간의 사랑이 아니라 동지적 사랑이라고 생각한 효순이 실천운동을 반대하는 최진에 대해 환멸을 느껴 파혼하고, 실천운동에서 자신의 정체성을 찾으려 한 것은 실천운동가로서의 성숙의 문턱에 어느 정도 이르렀음을 보여준 것이다.

효순은 실천운동의 화신으로 여겨지는 총동맹간부의 한 사람이요, 조도전대학 정치과의 학생 김준호와 사귀게 된다. 그는 효순의 사상적 의식화를 돕는 한편 그녀에게 청혼한다. 백상현과 오빠 남혁은 외모와 성격면에서 김준호가 리창우와 비슷하다고 말한다. 즉 효순은 김준호에게서 첫사랑 리창우를 발견했던 것이다. 박학다식한 투쟁적 이론가 김준호와의 결혼은 실천운동의 동지적 만남이요, 리창우와 한 약속을 지키기 위한 것으로 볼 수 있다.

일본에서 준호, 상현, 효순, 순정 등이 한 운동은 그들의 모임에 일본인 순사가 감시를 한 것이라든가, 그 운동 때문에 상현이 망명하고, 준호가 잡혀가 취조를 당하고 일본에서 2년간 수감생활을 한 것 등을 통해서 일제가 금하고 있는 사상운동임은 분명하지만 그것이 구체적으로 어떤 성격의 사상운동이었는지에 대해서는 작품에서 언급되지 않고 있다.

효순은 남편 준호가 일본에서 귀국한 뒤 XX농민조합조직의 계획이 발각되어 수감되자 4년간 그의 옥바라지에 산후의 건강악화와 극심한 궁핍 속에서도 최선을 다하는 전통적 희생적 여성상을 보여준다. 하지만 준호

---

37 C.Brooks & R.P.Warren, *Understanding Fiction*, second edition, New York : Appeleton−Century−Craft, 1959, pp.303~321.

가 옥내에서 전향 선언을 했다는 소식에 놀라 쓰러졌으며, 식음을 전폐하고 자리에 누워 생각하다가 면회를 가서 따진다.

이 소식을 듣는 순간 효순의 머리가 쇠뭉치로 맞은 듯이 땡하고 두어 번 빙글 도는 듯하더니 눈앞이 캄캄해지면서 효순이는 그 자리에 쓰러졌다.
십 년을 하루같이 돌 하나하나씩을 닳게 갈아서 지성껏 재주껏 쌓아가던 탑이 일시에 무너지는 공허를 느끼는 효순의 머리는 북속처럼 텅 빈 듯 허황하였고 사 년 동안 말로는 형용하지 못할 가진 고투로 일천만 가지의 곤란과 유혹을 이겨오던 그 강철 같은 긴장이 일순간에 풀어져 버릴 때 효순의 전신에서 뛰고 있던 맥이 일시에 탁 끊어져 버리고 몸을 지탱하고 있던 뼈들이 뚝 꺾이는 듯 효순은 그 자리에 쓰러져 모든 의식을 잃어버리고 말았다.[38]

준호가 가출옥해서 자신의 전향에 대해 변명하지만 효순을 설득하지 못한다. 오히려 효순은 준호를 '철면피, 비겁자'로 매도하고, "가장 믿고 존경하고 사랑하던 동지를, 남편을 잃어버리는 것은, 아니 잃어버리는 것보다도 그에서 배신을 당했다는 것은 살을 찢어 뜯을 만큼 분하고 원통하고 아까운 일"[39]이라고 배신감에 사로잡혀 급기야 분리를 선언한다. 준호의 전향은 효순에게는 결정적 '악의 발견'이다. 효순은 이미 오빠 남혁의 2년간의 수감생활 후의 전향에 실망한 바 있고, 최진의 선실력양성론을 기회주의적인 것으로 매도하며 파혼까지 불사한 바 있지만 준호의 전향이야말로 효순에게 결정적이고 치명적인 환멸을 안겨준 것이다.

최진과의 파혼, 김준호와의 결혼, 그리고 결혼관계 분리에 이르기까지 효순으로 하여금 중요한 결정을 하게 만드는 준거는 다름 아닌 실천운동

---

38 박화성, 앞의 책, 466~467면.
39 위의 책, 477면.

에 따른 노선의 일치냐 불일치냐, 앎과 삶의 일치냐 아니냐의 문제였다. 아나키스트들은 '앎과 삶'의 일치를 가장 큰 윤리적 덕목으로 삼는데,[40] 효순도 동일한 가치관의 소유자라고 할 수 있다.

효순이 준호의 전향에 대해 환멸을 느끼고 갈등하는 시기는 실천운동가로서 성숙과 각성의 문턱을 넘어섰지만 아직 결정적 진로를 발견하지 못하고 확실성을 찾아 갈등하는 '미완성(uncompleted)'의 단계라고 할 수 있다.

4) 북국으로 떠나는 '결정적' 단계

운동의 핵심에 서있던 상현이 경성에서의 검거사태가 나자 동경에서 잠적하여 어디론가 망명해버린 것은 1928년의 일이다. 그가 어디로 망명했는지는 명시적으로 드러나지 않지만 상현의 연인인 순정이 그에게 가기 위해서 중국말을 배운다고 한 데서 중국일 가능성이 크다. 하지만 북국은 러시아(연해주)일 수도 있다. 평소 상현은 자유롭고 활발하게 활약할 무대로서 북쪽을 늘 동경하고 있었다. 효순 역시 어려서부터 북쪽을 동경해 왔다. 남편의 전향선언에 실망하여 괴로운 날들을 보내던 중 효순은 상현과 순정으로부터 탈출하여 그들이 있는 곳으로 오기 바란다는 뜻밖에 놀랍고도 기쁜 통지를 받게 된다.

> 효순이는 뛸 듯이 기뻐하였다. 어려서부터 동경하던 북쪽나라! 유일의 고향처럼 공연히 가고 싶어 하던 그곳에서 둘도 없는 동지들이 자기를 기다리고 있다는 생각을 할 때는 그만 하늘로 날아갈 듯한 유쾌함을 느끼건만 머리를 돌려

---

40 하승우, 「항일운동에서 '구성된' 아나코 - 코뮌주의와 아나키즘 해석경향에 대한 재고찰 : 크로포트킨의 사상을 중심으로」, 『동양정치사상사』 7-1, 한국동양정치사상사학회, 2008, 7면.

자기에게 매어 달려 있는 아들과 딸과 늙은 어머니를 바라볼 때 공중에서 떠돌
던 그 기쁨은 눈처럼 얼어버렸다.[41]

상현과 순정의 편지는 어린 자식들과 어머니에 대한 정 때문에 갈등하
던 효순으로 하여금 집을 떠나 실천운동을 위해 북국으로의 여정에 오르
는 결정적 진로를 발견하도록 영향을 미친다. 같이 실천운동을 하는 상현
과 순정이야말로 효순이 생각하는 동지적 부부의 이상적 모델이다. 준호
의 전향으로 동지적 관계가 결렬됐기 때문에 부부관계 분리선언은 효순
으로서는 지극히 당연한 것이다.

만주국 도문을 경유해서 가야 하는 북국을 찾아가는 흥분되고 행복한
소회는 작품의 결말에서 다음과 같이 표현된다.

북국의 새벽바람은 고드름처럼 차게 날카롭게 효순의 흥분한 뺨을 갈겼다.

지루하고 복잡한 꿈에서 깨어난 듯 효순의 머리는 여명 따라 점점 차고 맑아
진다.

봉강鳳岡역이 번개처럼 앞을 지나가자 저 멀리 동쪽으로 서기가 서리는 바다
가 보인다.

"오 바다! 바다! 너는 머지않아서 타오르는 태양을 안으리라. 바다! 나도 너
처럼 행복스럽구나."

효순은 기운차게 부르짖었다. 이 순간 희망에 빛나는 눈과 미소에 열린 입술
을 가진 효순이는 북국의 여명을 독차지한 주인공이었다.[42]

그러면 상현과 순정은 왜 북국으로 갔으며, 효순은 왜 그들을 찾아 북
국으로 떠났을까? 국내의 검거사태와 일본에서의 활동의 제약 때문에 상

41 박화성, 앞의 책, 470면.
42 위의 책, 499면.

현은 상대적으로 자유롭게 활동할 수 있었던 북국으로 망명하여 그곳에서 활동하다 효순에게 연락을 취했을 것이다. 즉 상현의 북국으로의 망명은 1920년대 후반 국내의 공산주의 운동과 아나키즘운동이 지하로 잠적할 수밖에 없었고, 일본에서의 활동도 소극적 투쟁밖에는 할 수 없었던 상황을 반영하는 것이다. 다시 말해 북국은 국내나 일본과는 달리 상대적으로 활동이 자유로운 곳이었기 때문이다.

1920년대 말 만주에서는 아나키즘과 관련하여 '재만무정부주의자연맹'이 조직되는 등 아나키즘 활동이 본격적으로 시작되었다.

> 만주 신민부의 대종교 계열의 민족주의자들과 아나키스트들은 〈한족총연합회〉를 통해 그런 관계를 현실화시켰다. 1929년 7월 북만주 해림海林에서 〈재만조선무정부주의자연맹〉이 조직되면서 아나키즘 활동이 본격적으로 만주에서 시작되었다. 이 단체의 이념적 기반은 조선의 크로포트킨이라 불렸던 이을규가 다졌는데, 이을규는 1924년 4월 이희영, 유자명, 백정기, 정현섭 등과 함께 〈재중국조선무정부주의자연맹〉을 조직하고, 1927년에는 남경에서 〈동방무정부주의자연맹〉을 조직했던 아나키즘 운동계의 거물이었다.[43]

그리고 공산주의와 관련해서는 어떤 일들이 있었을까? 조선공산당조직도 1925년 4월에 1차 조선공산당이 조직된 이래 불과 3년 동안에 네 차례나 대량 검거를 당하고 조직과 해체를 거듭하였다. 하지만 코민테른이 제4차 공산당 사건 후 1928년 '12월 테제'에서 인텔리 중심의 조선공산당의 해체와 노동자·농민 중심당의 재조직을 명령하였지만 일본의 집요한 탄압으로 후속당은 성립되지 않았다.[44] 국내의 공산주의 운동은 실패하

---

43 하승우, 앞의 논문, 14면.
44 강만길, 『한국현대사』, 창작과비평사, 1984, 69~73면.

였고, 재일한인들의 공산주의 운동도 실패하였다. 따라서 공산주의자들은 상대적으로 활동이 자유롭던 간도나 연해주로 망명하여 독립운동을 전개했다.

그리고 국내에선 민족주의자들뿐만 아니라 공산주의자들도 자발적이거나 강요에 못 이겨 일본 측에 협력자, 즉 전향자가 속출했다. 준호의 전향에서 그러한 시대의 분위기가 충분히 감지된다. 가령, 작품 속의 준호가 전향을 선언한 1934년에 감옥에서 석방된 공산주의자 가운데 375명이 공산주의를 포기하고 전향자가 되었다.[45] 대표적인 마르크스주의 평론가 박영희의 "얻은 것은 이데올로기요, 잃은 것은 예술이다"라는 전향선언도 이러한 시대적 맥락에서 이루어졌던 것이다.

효순이 남편에게 분리를 선언하고 가족마저 버린 채 북국으로 떠난다는 것은 실천운동가로의 성숙에 이르는 결정적 진로를 발견했다는 의미이다. 즉 남편의 내조자로서 실천운동에 소극적으로 참여하는 것이 아니라 그 스스로 적극적인 실천운동가가 되는 '결정적(decisive)' 성숙의 단계를 보여준 것이다.

효순이 북국으로 떠나는 결말은 작가의 의도대로 "남자의 구속과 가정의 예속에서 완전히 벗어나 또한 한 개의 인간으로서 그의 사상과 일을 위하여 굳게 얽힌 정리와 만난을 돌파하고 끝까지 용맹스럽게 나갈 수 있다"는 것을 보여준 것임에 분명하다. 하지만 남편과의 분리, 어린 자녀들과 노모를 남겨두고 집을 떠나는 결정이 너무 짧은 기간내에 큰 갈등 없이 이루어졌다는 점에서는 리얼리티가 떨어진다는 지적 또한 하지 않을 수 없다. 효순은 실천운동의 노선아 맞을 때에는 몇 년씩 옥바라지도 불

---

45 서대숙, 현대사회연구회 역, 『한국공산주의운동사연구』, 화다, 1985, 192~195면.

평 없이 해내지만 그렇지 않을 때에는 파혼, 부부관계의 분리 등으로 대항하는 이상주의적이고, 교조적인 이념추구의 인물로 그려졌다.

효순이 미성숙에서 성숙으로 나아가며 적극적인 실천운동가로서의 확고한 정체성을 확립하기까지는 세 차례의 큰 시련을 겪게 된다. 즉 첫사랑 리창우의 죽음, 약혼자 최진과의 파혼, 그리고 남편 준호의 전향과 그로 인한 분리선언 등이 그것이다. 이처럼 효순은 세 남성과의 시련 및 갈등을 차례로 거치면서 결정적 성숙의 단계에 이른다. 이는『북국의 여명』이 성장소설의 전형적인 구조를 지녔다는 것을 확인시켜준다. 즉 성장 주체에게 주어지는 전환은 죽음이나 성에 대한 새로운 인식, 혹은 사회나 인간의 구조적인 악에 대한 환멸, 사회의 여러 가치들로부터의 일탈과 그로 인한 혼돈 체험 등을 매개로 하여 일어나기 때문이다.[46]

5) 사상적 경향의 실체

앞에서도 밝힌 바 있듯이 박화성이『북국의 여명』을 쓴 의도의 하나는 "대정 15년(1925년)부터 소화 10년(1935)까지 10년 간의 당시 남녀 인텔리 각층의 사상적 경향"을 그려보자는 것이었다. 따라서 이 작품에 나타난 사상적 경향이 무엇인가를 알아보는 일은 매우 중요하다.

첫째, 이 작품의 사상적 경향은 이미 앞서 논의한 바 있듯이 주인공이 정신적으로 깊은 영향을 받았던 리창우로부터 받은 책이 크로포트킨의 『청년에게 호소함』이며, 리창우가 하려던 운동을 효순이 계속하겠다는 것을 천명한 데서, 또한 아나키즘의 윤리적 덕목인 '앎과 삶의 일치'를 주인공이 실천하고자 한 데서 크로포트킨의 무정부공산주의, 즉 아나키

---

46 최현주, 앞의 책, 42~43면.

즘일 가능성을 시사한다.

둘째, 주인공의 오빠인 남혁과 그의 친구인 상현 등이 M로동총동맹의 결성(1925)에 관여한 것과 (목포)제유회사동맹파업(1926)을 선동한 혐의 등으로 검거되어 2년간의 수감생활을 한 것 등에서 볼 때에는 사회주의적 경향성을 띤 것으로도 해석된다. 박화성은 자신의 고향인 목포에서 실제 일어났던 역사적 사건들—M로동총연맹, 제유회사동맹파업사건—을 삽입함으로써 작중인물이 처한 현실과 실제 역사 사이의 긴밀한 연관성 및 사실성을 크게 강조하고 있다. 'M로동총동맹'은 목포의 사회주의 노동운동의 결사체이며, '제유회사동맹파업사건'은 바로 '목포제유회사동맹파업사건'을 말한 것으로, 이 사건은 일제식민치하에서 일본기업의 무자비한 탄압에 항거하여 임금인상과 노동시간 단축 등을 내걸고 가난한 조선인 노동자들이 유관 노동단체와 주변 대도시 시민들의 지지와 후원을 받으면서 집단적이고 조직적으로 70여 일에 걸쳐 전개한 노동운동이었다.[47] 바로 그 운동의 선동혐의로 남혁, 상현이 체포되었으므로, 이들의 사상적 경향은 사회주의적 성격을 띠었다고 할 수 있는 것이다. 하지만 그들은 사회주의 운동으로서보다는 민족운동의 일환으로 이에 참여했을 가능성이 매우 크다. 왜냐하면 제유회사동맹파업 자체가 일본인 사주에 대항하는 민족운동의 성격과 노동운동의 성격을 공유하고 있었기 때문이다.

셋째, 조직의 지도자인 상현이 동경을 탈출하고, 총동맹의 간부였던 준호가 일본에서의 수감생활을 마치고 돌아와 농민조합의 조직을 하다가

---

47 박종섭, 「1926년 목포제유공장 노동자의 집단파업에 대한 역사적 의의」, 인터넷 『목포문화원 자료실』, 2004. 3. 4

구속되는데, 농민조합운동은 사회주의 진영만이 아니고 아나키즘 진영에서도 행한 것이기 때문에 이것만으로는 이 작품의 사상적 경향을 무엇이라고 단정하기는 어렵다.

넷째, 효순이 좌우 양파의 통합조직으로 출발하였다가 좌파중심의 여성운동이 된 근우회로 추정되는 여성중심의 XX동경지회를 조직하여 최고간부가 된 데서는 사회주의적 경향성을 고려할 수 있다. 하지만 근우회 활동도 근본적으로 민족주의 여성운동이었다.

이상에서 볼 때, 『북국의 여명』은 1920~30년대에 실제 일어났던 역사적 사건들을 생생히 반영하고 있다. 그 사상운동은 모두 민족의 독립을 지향한 항일민족운동의 성격을 띤 것으로 우파적인 성격이 아니라 아나키즘 운동이든 공산주의 운동이든 여성운동이든 좌파적 성격의 운동임에 분명하다. 즉 이 작품의 사상적 경향은 아나키즘과 공산주의를 포함하여 범박한 의미에서 사회주의적인 성격으로 파악된다. 하지만 박화성은 사상적 경향의 실체에 대해서는 끝내 침묵한다. 그 이유는 일제의 검열을 피해가려는 의도로 짐작된다. 하지만 박화성은 사상 자체가 무엇이든, 즉 아나키즘이든 공산주의든 페미니즘이든 또는 민족주의든 동경유학생들이 국내외의 조직에 가담하여 활동을 주도하던 당시의 분위기만을 사실적으로 그려내려 했기 때문에 사상적 성격을 모호하게 하였을 가능성도 있다.

3. 결론

본 논문은 전기적이면서도 사회적 성격을 띤 박화성의 장편소설 『북국의 여명』을 성장소설로 파악하여 주인공 백효순의 실천운동가로서의 성숙과 작품에 나타난 사상적 경향이 무엇인가에 초점을 맞추어 고찰했다.

효순은 시험적(tentative) 단계에서, 미성숙(uncompleted)의 단계로, 다시 결정적(decisive) 단계로 실천운동가로서의 성숙을 완성해간다.

즉 사상적 공백상태에 있던 효순은 리창우로부터 깊은 영향을 받는데, 그의 죽음 앞에서 그가 하려던 일을 대신하겠다는 맹세를 한다. 하지만 이 단계는 아직 실천적 사상운동에 대한 뚜렷한 의식을 갖지 못한 시험적 (tentative) 단계라고 할 수 있다.

일본에 유학한 주인공은 사회과학연구회에 가입하여 의식화를 이루어 나가는 한편, 실천운동에 가담하여 XX동경지회의 최고간부를 맡게 된다. 이 과정에서 실력양성론을 주장하는 최진과 갈등을 빚고 파혼을 하는데, 최진과의 노선 갈등은 첫 번째 '악의 발견'이라고 할 수 있다. 효순은 사 상과 운동의 태도가 맞는 연하의 김준호와 결혼한다. 하지만 그가 전향함 으로써 극도로 환멸(결정적 악의 발견)을 느끼는 한편 실천운동에 대한 의지를 더욱 강화한다. 이 단계는 성숙의 문턱을 넘어서는 자아발견은 이 루었지만 아직 결정적 진로는 발견하지 못하는 미성숙(uncompleted)의 단 계이다.

마침내 효순은 적극적인 실천운동가가 되기 위하여 홀로 북국으로 떠 난다. 즉 해외로 망명하여 운동하고 있는 상현과 순정의 곁으로 가 그 스 스로 실천운동가가 되겠다는 결정적(decisive) 성숙의 단계에 진입함으로 써 작품은 결말을 맺는다.

이 작품은 실력양성론과 전향에 반대하며, 가족관계마저 분리하고, 실 천운동에 직접 뛰어들기 위해 북국으로 떠나는 주인공의 선택을 통해 사 상운동 참여에 동의한다. 그런데 정작 그 사상운동이 구체적으로 어떤 '주의'를 표방하는 운동인지에 대해서는 독자의 상상에 맡겨 놓는다.

하지만 이 작품에서 추구한 사상운동이 좌파적 성격이라는 것만은 분명하다. 다만 그것이 아나키즘인지 공산주의인지에 대해서는 분명히 알 수 없다. 작가는 어떤 주의를 표방하기보다는 사상운동에 열정적으로 참여했던 지식층의 활동상을 두루 그려내는 것만으로 만족했는지도 모르지만 집필 당시 의도했던 사상적 경향의 실체에 대해 끝내 침묵함으로써 일제의 검열을 피해갔다고도 볼 수 있다.

동시대의 작가 강경애가 『인간문제』(『동아일보』, 1934)나 「소금」(『신가정』, 1934) 등에서 하층의 여성을 주인공으로 내세우며, 주인공의 사회주의적 자아각성과 성숙을 뚜렷이 보여준 것과는 달리 『북국의 여명』에서 박화성은 그가 초기 단편들에서 보여준 만큼의 사회주의 이념조차 보여주지 못하고 있다.

그러나 이 작품은 1920~30년대 국내외에서 사상운동을 하던 젊은 지식층의 이상과 좌절, 그리고 민족운동을 둘러싼 노선의 갈등, 전향, 망명 등 당시의 분위기를 생생히 증언하고 있다는 것만으로도 시대적 의의를 다 했다고 할 수 있다.

『한국문학이론과 비평』42, 한국문학이론과 비평학회, 2009. 3.

김성종의 초기소설연구

중 · 단편을 중심으로

1. 서론

김성종은 우리나라의 대표적인 추리소설가이다. 하지만 그는 처음부터 추리소설가로서 출발하지 않았다. 그는 1969년에 『조선일보』 신춘문예에 당선된 이후 1971년에 『현대문학』을 통해서 추천 완료된다. 일간지의 신춘문예와 정통문예지를 통해 등단한 그는 등단매체의 성격으로 보나 신춘문예당선작인 「경찰관」과 『현대문학』의 최종추천작인 「17년」의 풍부한 문학성과 진지함으로 보아서 분명 본격 순수작가로서 소설쓰기를 시작하고 있다.

그런데 1974년에 『한국일보』 장편소설공모에 추리소설인 『최후의 증인』이 당선됨으로써 그는 순수작가의 길에서 대중작가, 추리작가의 길로 접어들게 된다. 『최후의 증인』 이후 경향 각지의 일간지와 스포츠신문 등은 작가 김성종에게 추리소설을 경쟁적으로 주문하게 된다. 따라서 그는 대하 역사소설인 『여명의 눈동자』(『일간스포츠』 연재, 1975~1981)[1]를 발표한 이후에는 추리소설 창작에만 전념하게 된다.[2] 즉 1980년을 전후하여 『부랑의 강』(1979), 『일곱 개의 장미송이』(1980), 『서울의 황혼』(1980), 『안개 속에 지다』(1981), 『죽음을 부르는 소녀』(1981), 『나는 살고 싶다』(1981)[3] 등의 장편추리소설을 집중적으로 발표하며 그는 본격적인 추리소설가의 길을 걷게 된다.

그는 추리소설가로서의 면모를 뚜렷이 하기 이전까지는 본격소설과 추리소설의 경계에 서 있는 작품들을 썼다고 보아지며, 본격소설과 추리소설의 두 갈래의 길에서 어느 길로 자신의 작가적 정체성을 결정할지 고민했다고 생각된다. 그로 하여금 추리소설가로 변신하게 만든 결정적 작품인 『최후의 증인』도 그와 같은 이중적 성격과 고민을 반영하고 있다고 할 수 있다.

『최후의 증인』은 6 · 25 전쟁에 얽힌 한국 현대사의 비극을 다루고 있지만 이 작품의 겉 이야기는 우연히 일어난 두 살인사건을 추적하고 있다. 따라서 정희모는 "이 소설은 한편으로 범인을 잡기 위한 추리소설이 되며, 한편으로 역사적 사건의 중심에 있는 개개인의 삶의 질곡을 밝혀가는 본격소설이 되기도 한다"[4]라고 성격을 규정지었다. 이정옥은 이 작품을 전통적 추리소설의 장르적 관습으로부터 일탈한 일종의 변용 추리소설로 파악했다.[5] 그리고 김영성은 "김성종의 초기소설은 추리소설과 그

---

1 MBC 텔레비전 드라마로 제작 · 방영(1991. 10. 7~1992. 2. 6)됨.
2 추리소설에만 전념하게 된 이유는 발표매체인 신문사의 요청 때문이었다고 인터뷰에서 밝혔다.(2007. 11. 4, 추리문학관)
3 여기서의 발간연도는 책으로 출판된 연도 기준이며, 실제 작품의 발표시기는 신문에 연재된 시기로서 발간연도보다 앞선다.
4 정희모, 「추리기법의 서사화와 그 가능성 ─ 김성종의 〈최후의 증인〉을 중심으로」, 『현대소설연구』 10, 한국현대소설학회, 1999, 414면.
5 이정옥, 「변용 추리소설에서 변형된 인물의 기능과 의미」, 한국소설학회 편, 『현대소설 인물의 시학』, 태학사, 2000, 239면.

것의 서사적 변용의 경계를 모호하게 하면서, 추리소설의 문학적 가능성을 보여준다는 점에서 의의가 있다"[6]라고 했다.

지금까지 김성종 소설에 대한 연구는 정희모의 「추리기법의 서사화와 그 가능성—김성종의 〈최후의 증인〉에 나타난 추리기법을 중심으로」[7], 송명희의 「김성종의 추리소설과 섹슈얼리티」[8]가 있다. 추리작가 백휴가 쓴 『김성종 읽기』[9]는 본격적인 연구서로서는 미흡하다. 그리고 김재국의 「추리소설의 지적 상상력」[10], 이정옥의 「변용 추리소설에서 변형된 인물의 기능과 의미」[11], 김영성의 박사학위논문 「한국현대소설의 추리소설적 서사구조 연구」[12], 조현일의 「추리소설과 문학교육」[13] 등에서도 김성종의 작품에 대해 부분적으로 언급하고 있다.

본고는 김성종의 초기 중·단편소설에 대한 연구를 통하여 그의 소설이 불완전한 추리소설에서 완전한 추리소설로 변모해가는 과정, 즉 그가 추리소설가로서의 정체성을 찾아가는 과정을 밝혀보고자 한다.

---

6 김영성, 「한국 현대소설의 추리소설적 서사구조 연구」, 한양대학교 박사학위논문, 2003. 6, 84~85면.

7 정희모, 앞의 논문, 413~430면.

8 송명희, 「김성종의 추리소설과 섹슈얼리티」, 『한국문학이론과비평』 16, 한국문학이론과비평학회, 2002.

9 백휴, 『김성종 읽기』, 남도, 1999.

10 김재국, 「추리소설의 지적 상상력」, 『디지털시대의 대중소설론』, 예림기획, 2002.

11 이정옥, 앞의 논문.

12 김영성, 앞의 논문.

13 조현일, 「추리소설과 문학교육」, 『국어교육학연구』 17, 국어교육학회, 2003. 8, 387~413면.

2. 본론

1) 초기의 중·단편소설

여기서 초기의 중·단편소설이라고 하는 것은 김성종이 1970년대에 발표한 작품들을 일컫는다. 즉 창작집 『어느 창녀의 죽음』(1977. 11)[14]과 『고독과 굴욕』(1979. 3)[15]에 수록된 작품들을 말한다.[16] 장편 추리소설의 창작에 전념해온 김성종의 중·단편은 이 시기에 발표한 것이 거의 전부이며, 이후로는 한 권의 콩트집이 추가될 뿐이다.[17]

『어느 창녀의 죽음』에 수록된 작품은 모두 9편으로서 1969년 1월부터 1977년 2월 사이에 발표한 작품들이다. 그리고 『고독과 굴욕』에 수록된 작품은 모두 10편이다. 두 권의 창작집에 수록되지 않은 작품으로는 『현대문학』 등단추천작인 「우리가 소년이었을 때」(『현대문학』 16권 5호, 1970. 5)가 있다. 그는 1970년대에 모두 20편의 중·단편을 발표한 셈이다.

두 권의 창작집에 실린 작품들을 제시해보면 다음과 같다.

---

14 『어느 창녀의 죽음』은 1977년 11월 문학예술사에서 처음 출간된 이래 1983년 7월에 재출간되고, 1987년 10월에는 『김교수의 죽음』으로 제목 바뀌어 출판되며, 1997년에 남도에서 『어느 창녀의 죽음』으로 중간된다.

15 『고독과 굴욕』에는 작품발표연도가 밝혀져 있지 않다. 하지만 1979년 1월에 작가후기를 쓴 것으로 볼 때 『어느 창녀의 죽음』 발간 이후 1978년까지 발표한 작품들을 묶은 것으로 추정된다.

16 이밖에 『회색의 벼랑』이 『주부생활』 1980년 8월호 특별부록으로 출간되었는데, 기존의 두 권의 창작집에 수록했던 「고독과 굴욕」, 「어느 창녀의 죽음」, 「회색의 벼랑」, 「소년의 꿈」, 「심온 달궁」 등 5편을 뽑아 재수록한 것으로 새로운 작품 수록은 없다.

17 그밖에 1981년에 발간한 콩트집 『죽음의 도시』에 수록된 콩트가 있다. 『죽음의 도시』(남도, 1981. 8)에는 23편의 콩트가 수록되었는데, 이 가운데 기존 창작집에 수록되었던 「낫」이 중복 수록되었다. 『죽음의 도시』는 1995년에 남도에서 재발간되는데, 「낫」이 빠지는 대신 3편의 작품이 추가되어 발간되었다.

　*『어느 창녀의 죽음』(문학예술사, 1977. 11)

　「경찰관」(1969. 1) ―『조선일보』 신춘문예당선작품

　「17년」(1971. 8) ―『현대문학』 최종추천작품

　「슬픔」(1972. 8) ―『월간문학』

　「낫」(1974. 7) ―『북한』 31호

　「어느 창녀의 죽음」(1973. 6) ―『현대문학』 19권 6호(중편)[18]

　「사형집행」(1974. 9)

　「습지식물」(1975. 1)

　「김교수님의 죽음」(1976. 6)

　「소년의 꿈」(1977. 2~5) ―『기독교사상』 1977년 2월호~5월호 연재(중편)[19]

　*『고독孤獨과 굴욕屈辱』(명지사, 1979. 3)[20]

　① 「심온달궁深溫達窮」

　② 「창窓」

　③ 「바다의 죽음」

　④ 「눈물」

　⑤ 「고독孤獨과 굴욕屈辱」(중편)

　⑥ 「이슬」

　⑦ 「회색灰色의 절벽絕壁」(중편)

　⑧ 「코스모스」

　⑨ 「바다」

　⑩ 「빛과 어둠」

---

18 『어느 창녀의 죽음』에는 이 작품이 1974년 9월에 발표한 것으로 되어 있으나 필자가 조사한
　바에 의하면 1973년 6월(『현대문학』 9―6)에 발표되었다.

19 중편 「소년의 꿈」은 뒤에 장편 『얼어붙은 시간』(소설문학사, 1984. 12)으로 개작했음.

20 『고독과 굴욕』은 2005년 2월에 Sky Media에서 재출간됨.

2) 추리소설의 기본 요건

전통적 추리소설은 J. 시몬스(Symons)에 따르면 '문제의 제출'과 '탐정의 논리적 추론에 의한 해결'이라는 두 가지 요소를 전제로 한다. 즉 '수수께끼의 제출—논리적 추론에 의해 조사—수수께끼의 해결'이라는 형식적 틀에 기초한 플롯으로 구성된다.[21] T. 토도로프에 의하면, 추리소설은 누구에 의해 어떻게 그런 사건이 일어났는가라는, 스토리가 낯설게 만들어진 형식의 소설로 내용상, 추리소설, 드릴러, 서스펜스소설로 나누어진다. 그리고 실제로 무엇이 일어났는가에 해당하는 '범죄의 이야기'와 어떻게 독자 혹은 화자가 그것에 대하여 알게 되는가에 해당하는 '조사의 이야기'로 구분되는 이중적 이야기로 구성된다. 하지만 범죄의 이야기는 서사가 시작되는 시점에는 부재하다가 탐정의 조사 이야기를 따라가다 보면 결말에서 드러난다.[22] 이상우는 본격적인 추리소설은 '사건'이 있고, '사건해결의 주인공(탐정)'이 있고, 사건해결에 필요한 '자료의 제시'가 있고, '사건해결이라는 결말'이 있고, 그 해결이 어떻게 되었다는 '증명'이 있는 기본구조의 소설[23]이라고 했다. 김창식은 추리소설이란 살인과 같은 범죄 사건이 탐정의 기지와 눈부신 활동에 의해 해결되는 이야기로서 먼저 어떤 수수께끼가 주어지고 그것을 논리적으로 추리하여 마침내 그 수수께끼를 해결한다는, 곧 '수수께끼의 제시—논리적 추리—수수께끼의 해결'이라는 세 단계의 형식적 틀을 갖추게 된다고 했다.[24]

---

21 J. Symons, *Bloody Murder : From the Detective Story to the Crime Novel*, New York : Warner Book, Inc., 1993(3rd), p.1.

22 T. 토도로프, 신동욱 역, 『산문의 시학』, 문예출판사, 1992, 46~60면.

23 이상우, 「추리소설의 안과 밖」, 『오늘의 문예비평』 11, 1993. 12, 284면.

24 김창식, 「추리소설 형성기의 실상과 김내성의 『마인』」, 대중문학연구회, 『추리소설이란 무엇인가?』, 국학자료원, 1997, 161면.

김창식의 견해는 시몬스의 이론을 따른 것이다.

추리소설에 대한 다양한 정의가 존재하지만 본고에서는 다음의 세 가지 요건을 충족시키는 작품을 추리소설로 보고자 한다. 첫째, 살인사건과 같은 범죄가 존재하는가의 여부이다. 이를 충족시키기 위해서는 희생자와 범인이 존재해야 한다. 둘째, 그 사건을 해결하는 탐정이 존재하는가의 여부이다. 셋째, 논리적 추론에 의한 조사와 해결이 이루어졌느냐이다.

3) 범죄사건의 유무

김성종의 20편의 초기소설은 한결같이 '죽음' 이라는 소재와 관련되어 있다. 타살, 자살, 사형에 이르기까지 죽음이라는 소재와 관련되지 않은 작품은 한 작품도 없다. '죽음' 과 연관된 소재적 특성은 그가 경험한 어린 시절의 어머니의 죽음과 관련된다고 보아진다. 김성종은 『어느 창녀의 죽음』을 발간하면서 '작가의 말' 에서 다음과 같이 적고 있다.

> 진눈깨비를 맞으며 산길을 내려올 때 비로소 나는 내가 철학자가 된 것 같은 기분이 들었다. 어머니도 아기도 없는 횅한 방에 앉아서 나는 이제부터 내 밥을 내가 차려 먹어야 한다는 것을 깨달았다. 나의 고독과 비애를 어루만져 줄 사람이 이 세상에 아무도 없다는 것도 깨달았다.
>
> (중략)
>
> 내가 이런 과거를 들춰내는 것은 그것이 나의 문학적 바탕에 중요한 영향을 끼쳤기 때문이다. 확연히 구분해 낼 수는 없지만, 열세 살 그때부터 나의 시선은 고독과 허무, 그리고 비극이라는 것에 뿌리를 박기 시작하지 않았나 하는 생각이 든다.[25]

---

25 김성종, 『어느 창녀의 죽음』, 남도, 1994, 309면.

어머니와 동생의 죽음을 열세 살의 어린 나이에 경험한 탓에 '고독과 허무, 그리고 비극'이라는 허무주의적 세계관에 그의 초기작품이 지배되었다는 고백이다. 즉 그의 초기소설은 일관되게 '죽음'이라는 그늘을 벗어나지 못한 채 우울하며 허무주의적이 색채를 띠고 있다. 뿐만 아니라 '어머니의 죽음'이라는 모티프는 여러 작품에서 반복적으로 나타난다. 가령, 「17년」이라는 작품은 전쟁통의 피난지였던 여수의 공동묘지에 17년간 방치해 두었던 어머니의 묘지를 찾으러 갔지만 실패하는 이야기이다. 이 작품은 작가의 자전적 경험이 크게 반영되어 있다. 즉 어머니가 아기를 낳고 죽으며, 며칠 후 그 아기마저 죽는 등 전기적 사실과 그대로 일치한다. 또한, 이 작품의 주인공 '이두'는 여성지의 편집부장으로 설정되었는데, 이는 작가 김성종이 1960년대 후반부터 1975년께까지 진학사를 비롯하여 『여원』, 『여성중앙』 등 여러 잡지사에서 편집 일에 종사했던 전기적 사실과 일치한다. 하지만 20편의 작품 가운데서 죽음이라는 소재가 범죄사건으로 그려진 것, 즉 추리소설의 가능성을 안고 있는 작품은 「어느 창녀의 죽음」, 「소년의 꿈」, 「회색의 절벽」과 이밖에 「낫」, 「습지식물」 등 몇몇 작품에 불과하다.

중편소설인 「어느 창녀의 죽음」은 변사체로 발견된 젊은 여자의 신원과 사망 원인을 밝혀가는 이야기이다. 결국 살인과 같은 범죄행위는 없는 것으로 밝혀지지만 오형사가 등장하여 논리적 추론에 의거하여 사건을 조사하고 해결하는 조사의 이야기가 주를 이루는 작품이다. 이 작품은 결말에서 타살이 아닌 자살로 밝혀지기 때문에 범인은 없으며, 대신 6·25라는 민족 비극이 탄생시킨 가족의 이산으로 창녀가 된 여동생이 사창가를 찾은 오빠와 근친상간을 하였다는 것을 알게 됨으로써 자살한다는 이야기이다.

「소년의 꿈」은 쓰레기장에서 발견된 변사체의 주인공인 박 사장이 살해된 범죄사건이 존재한다. 그리고 범인은 사창가의 포주인 김기팔이다. 오형사가 등장하여 변사체의 신원을 밝혀가는 과정에서 자기 집의 가정부였던 소녀(영화)를 성폭행하여 임신시킨 박 사장의 범죄가 드러난다. 뿐만 아니라 자식이 없는 박 사장 부부는 소녀가 임신한 아기를 욕심냈고, 이 때문에 그녀가 박사장 집에서 도망친다. 이를 알게 된 김기팔이 삼촌을 사칭하며 박사장을 협박하여 돈을 갈취하고, 이 사실이 드러나자 영화의 동생 상수가 사온 술에 쥐약을 몰래 타서 독살한 범죄사건이 이 작품의 내용이다. 추리소설로서의 골격을 비교적 잘 갖춘 작품이라고 할 수 있다.

「회색의 절벽」은 국제 미스터리이다. 서울의 힐튼 호텔에 투숙한 김지숙이란 여인의 자살사건을 캐던 K일보 홍콩 특파원 김윤호 기자는 자살한 여인이 김지숙이 아니라 이연희이며, 이연희와 자주 접촉하던 인물 중의 한 명이 실제 김지숙의 남편 김규식임을 알아낸다. 그는 김규식 일당이 영화사 설립의 야심을 가진 영화배우 채소희에게 접근하여 홍콩으로 초대한 후 납치한 사건에 대한 특종기사를 쓰는 도중 집으로 찾아온 정체불명의 사내로부터 죽임을 당한다. 이 작품은 탐정(기자)이 결말에서 죽임을 당하는 반전의 스토리이다. 범죄사건이 있고, 기자가 주인공으로 등장하여 논리적 추리에 의해 범죄사건을 밝혀가는 전형적인 추리소설의 구조를 갖추고 있다.

「낫」은 신원미상의 남자가 살해당하는 사건, 즉 살인사건이 존재한다. 희생자는 학교교장으로 부임 예정인 50대의 남자이며, 범인은 20년간 부모의 묘소를 지키며 살아온 청년이다. 여기서 남자의 신원과 살인사건의 전말을 알아낸 것은 현지 경찰이다. 살인의 동기는 20년 전 남자가 교사시절에 벙어리 부부를 죽인 사건 때문에 일어났다. 즉 지리산 일대 공비들에 의해서 남자(교사)의 아버지가 살해되고, 그 보복으로 공비에게 부역한 벙어리 부부를 남자가 살해한다. 그리고 부부의 남겨진 아들이 속죄차 찾아온 남자를 살해하고 본인도 자살한 사건이다. 가해자가 피해자가 되고 피해자가 가해자가 되는, 좌우 이데올로기 갈등으로 일어난 민족비극이 발생시킨 살인사건인 셈이다.

이 작품은 살인이라는 범죄는 존재하지만 논리와 추론에 의한 사건의 조사와 해결이라는 추리소설 특유의 문법은 지켜지지 않고 있다. 즉 수수께끼의 제출―논리적 추론에 의한 조사―수수께끼의 해결이라는 형식적 틀에서 벗어나는 자리에 민족의 역사적 비극이 대체하고 있는 것이다. 즉 살인의 동기로서 6·25와 좌우 이데올로기의 갈등으로 빚어진 20년 전의 비극적 사건이 드러난다. 이 작품은 "『최후의 증인』에서 작가의 관심은 수수께끼의 풀이과정에 있는 것이 아니라, 수수께끼를 형성한 역사적 배경에 있고, 그 점이 이 소설의 진정한 주제가 된다"[26]라고 했던 것과 마찬가지의 성격을 지니고 있다.

「습지식물」은 범인을 찾는 탐색의 구조는 없지만 타살로 추정되는 아버지의 죽음이 존재한다. 말하자면 직계비속에 의한 간접 살인이다. 이 사건의 비밀을 우연히 알게 되는 인물로는 검사인 아들이 등장한다. 검사는 아버지의 장례를 치르기 위해 귀향한 인물로서, 그는 중풍으로 오랫동안 병석에 누운 아버지가 자는 방바닥에 큰형이 구멍을 뚫어 연탄가스로 아버지가 사망했을 것으로 추정한다. 하지만 그것은 담배를 피우다가 연기가 방바닥으로 스며드는 것을 보고 우연히 알게 된 사실로서 의도적인

---

26 정희모, 앞의 논문, 416면.

사건조사나 범죄사실 추궁은 없다. 다만 "사랑채에 구멍이 났더군요"라는 말을 건넬 뿐이다. 그리고 부차적 사건으로 고등학교시절의 은사 집에 있던 소녀를 은사의 부탁으로 서울로 데려가는데, 그녀는 은사로부터 성폭행을 당하여 임신한 몸이다. 그런데 열차를 타고 가는 도중 소녀는 열차에서 뛰어내려 자살을 시도한다. 소재적인 측면에서는 추리소설로 발전할 가능성을 안고 있지만 논리적 추리가 존재하지 않으며, 범인 및 범행의 동기가 간단히 추론되어 있을 뿐이다.

4) 사건해결의 주인공인 '오병호 형사'의 등장

김성종은 작가로서 출발 당시부터 추리소설가로서의 면모를 잠재하고 있었다. 이를 입증해주는 사실의 하나가 바로 최초의 작품부터 사건해결의 주인공인 경찰관 '오병호'를 등장시킨다는 점이다. 우리나라의 특성상 사설탐정제도가 없기 때문에 김성종의 소설에는 범죄사건 해결의 주인공으로 경찰이나 형사가 자주 등장한다. 그의 최초작인 「경찰관」(1969)에 '오병호'라는 인물이 처음 등장하는데, 그는 범죄사건을 수사하는 형사가 아니라 낙도 지서에 주임으로 배치된 감상적인 성격의 경찰관이다. 이 인물은 「어느 창녀의 죽음」, 「소년의 꿈」, 『최후의 증인』에서 형사로 재등장하며, 이후의 그의 추리소설에서 반복적으로 등장하여 범죄사건을 수사한다. 그는 마치 E. A. 포우(Poe)의 추리소설에 등장하는 '뒤팽'이나 코난 도일의 추리소설에 등장하는 탐정 '셜록 홈즈'와 같은 캐릭터이다. 김성종은 1988년에는 아예 『형사 오병호』라는 장편 추리소설을 발간할 정도로 '오형사'라는 인물을 그의 추리소설에서 범죄사건 해결의 주인공으로서 반복 설정한다. 그렇다고 그의 모든 추리소설에서 오형사가 사건해결의 주인공으로 등장하는 것은 아니다.

김영성은 「경찰관」이 추리소설의 구성적 요소를 비교적 충실히 갖추고
는 있지만 전통적 추리소설이기보다는 추리소설적 서사구조를 변용한 작
품으로 파악한 바 있다.[27] 이 작품에는 토도로프가 말한 범죄의 이야기
도, 조사의 이야기도 없다. 다만 사건의 전말을 밝힌 주인공으로 경찰관
오병호가 등장할 뿐이다. 감상적 성격의 오병호는 용의자인 어부를 동정
하여 수갑을 풀어주고 자신이 먹을 저녁밥을 대신 주며, 숙직실에서 같이
잠을 재우는데, 이때 허심탄회한 인간적인 대화에서 아이를 죽여 사과궤
짝에 담아 가지고 다닌 전말이 밝혀진다. 즉 장애가 있는 아이를 낳아놓
고 아내가 이틀 만에 죽자 "살더라도 병신이라 괄시"를 받을 것을 염려하
여 아이를 죽였다는 것이다. 그리고 장애가 있는 시체를 팔면 돈을 많이
준다는 말에 시신매매를 위해 육지로 나가려다 검문에 걸린 것이다. 오병
호는 논리적 추리나 심문에 의해서가 아니라 인간적인 대화를 통하여 사
건의 전말을 밝혀냈다. 따라서 이 작품을 추리소설 또는 추리소설의 변용
으로 보는 관점에는 무리가 있다. 이 작품은 본격소설로서, 이후의 김성
종의 추리소설에서 범죄사건을 해결하는 주인공 '오병호'가 처음으로 등
장한다는 데 의의를 찾을 수 있다.

이 작품에서부터 오병호의 개성적 성격은 뚜렷이 드러난다.

> 그의 동료들이 누리고 있는 거의 광적일 정도의 치열한 계급의식도 그에게
> 는 없었다. 때문에 사랑하는 아내가 산후 병고로 죽자, 그는 더없이 단조로운
> 생활로 빠져 들어 갔던 것이다. 그가 무능경찰로 딱지를 맞고 이 낙도로 유배
> 나 다름없이 버림을 받은 것은 이러한 그의 생기 없는 인생이 사회적으로 인정
> 을 받지 못했기 때문이라 할 수 있었다.[28]

---

27 김영성, 앞의 논문, 76~80면.
28 김성종, 「경찰관」, 앞의 책, 147면.

그는 아내가 산후병고로 죽은 홀아비로서 무능경찰의 딱지를 맞고 낙도로 유배나 다름없는 배치를 받았지만 오히려 섬 생활에 자족하는 인물이다. 바다를 동경하는 그는 일부러 경사진 언덕의 중턱에 지서가 들어서도록 노력한다. 그는 바다 풍경에 반하여 아침에 바다에서 솟아오르는 태양을 보고 빙그레 웃는가 하면 달빛이 부서지는 밤이면 잠을 못 이루다가 죽은 아내와 손을 잡고 반짝이는 긴 바다를 거니는 꿈을 꾸는 낭만주의자다. 또한 그는 직계존속에 의한 영아살해사건의 용의자인 어부가 죽자 자신이 그의 자살을 예상하고 있었다는 것을 깨닫고 죄책감에 빠져드는 휴머니스트이기도 하다. 따라서 그는 거친 삶을 살아야 하는 경찰로서는 부적합한 성격의 소유자라고 할 수 있다.

그는 「어느 창녀의 죽음」에서 형사로 재등장하는데, 동료 형사로부터 "역시 넌 다른 데가 있어. 너 같은 친구가 경찰관이 되었다는 게 이상한 일이야. 내 생각엔 넌 학교 선생이나 하면 좋을 거야"라는 말을 듣는 내향형의 인물이다.

작가는 오형사의 외모를 다음과 같이 묘사한다. 이 외면 묘사에서도 자의식이 강한 허무주의자로서의 성격은 드러난다.

> 그는 양장점 앞을 지나다가 문득 걸음을 멈추고 진열장 유리에 비친 자신의 몰골을 멍하니 바라보았다. 진열장 안에 걸려 있는 몹시 비싸 보이는 여자용 밤색 털 오우버 속에는 부쩍 마른 사내 하나가 눈송이를 허옇게 뒤집어쓴 채 잔뜩 움츠리고 서 있었다. 턱 주위를 거무스레하게 감싸고 있는 수염과 앙상하게 튀어나온 광대뼈, 그리고 불안하게 치떠 있는 두 개의 큰 눈동자가 영락없이 사흘 굶는 실업자의 모습이었다.[29]

그는 마치 형사 콜롬보처럼 까칠한 모습에다 자의식이 강한 인물이다. 더구나 그는 사회성도 부족하고, 경제적 욕심도 없으며, 자신의 직업에 대해서마저도 권태를 느끼고 있는 심드렁한 인물로 그려진다.

> 그가 경찰서 수사과에 온 것은 한 달 전쯤이었다. 평소에 말이 없이 조용한 그는 이곳에 와서도 별로 친교를 맺지 못하고 거의 혼자 지내고 있었다. 대부분 가정을 가지고 있는 동료들은 집이라고 한 간 장만하려고, 또는 살림을 늘리려고 맹렬하게 뛰어 있었지만, 홀몸인 그는 그런 욕심도 없이 그저 막연하게 하루하루를 지내고 있었다. 직업에 대해서도 몹시 싫증을 내고 있는 그는 벌써 오래 전부터 그만 두려고 마음먹고 있었지만, 막상 실직자가 되어 어슬렁거릴 것을 생각하니 당장 그럴 수도 없었다.[30]

그리고 『최후의 증인』에 등장하는 오병호는 두 개의 살인사건에 얽힌 비밀을 풀어가는 명수사관이다. 그럼에도 불구하고 그는 결코 냉철한 이성의 소유자가 아니며, 세상에 대해서는 셜록 홈즈처럼 권태를 느끼는 인물이다. 그는 사건을 수사한 결과 역사적 굴곡과 사회적 편견으로 인해 희생당한 개인의 삶을 발견하게 되는데, 비극적 역사의 무게를 견디지 못해 마침내 자살하고 만다. 즉 범인을 색출하는 데는 성공하지만 그가 찾아낸 것은 끔찍한 범죄의 전말이 아니라 비극적인 역사적 사실이며, 두 사람의 자살이라는 의도하지 않은 결과였고, 피살자는 피해자가 아니라 가해자라는 사실이다.

> 그의 슬픔은 단순한 슬픔 이상의 것이었다. 그것은 마치 외로운 방랑객이 오랜 여행 끝에 고향에 돌아와 새삼스럽게 자신의 비참함과 생의 허무를 깨닫고

---

30 김성종, 「소년의 꿈」, 위의 책, 201면.

는 울음을 터트리는 그런 모습이었다. 무엇을 찾아 지금까지 헤매었던가. 황바우도 죽었고, 손지혜도 죽었다. 남은 것은 아무것도 없었다. 이 어쩔 수 없는 힘 앞에 그는 더욱 패배감을 느꼈고 그래서 더욱 분노를 느꼈고 그런 나머지 절망적인 몸부림을 했다. 아아, 차라리 모른 체 할 것을……. 그랬더라면 황바우도 손지혜도 살아 있을 것이 아닌가. 괜한 영웅심이 두 사람을 죽게 했다. 그렇다. 나는 영웅심에 사로잡힌 놈이다. 어떻게 하겠는가. 책임을 져라. 책임을 지란 말이다. 한낱 보잘것없는 쓰레기 같은 자식…….[31]

따라서 "이 어쩔 수 없는 힘 앞에 그는 더욱 패배감을 느꼈고 그래서 더욱 분노를 느꼈고 그런 나머지 절망적인 몸부림"을 치며 오열한다. 그리고 두 사람을 자살로 내몬 자신에 대해 "한낱 보잘것없는 자식, 쓰레기 같은 자식"이라고 절규하며 권총자살을 하고 만다.

오형사의 이러한 캐릭터는 이후의 소설들에 일관되게 유지되며, 『최후의 증인』을 전형적인 추리소설로서 평가하게 만드는 대신 "범인을 찾는 탐색의 이야기가 아니라, 비극적 사건의 종말을 찾아가는 생의 패배, 삶의 패배에 관한 이야기"로 평가하게 만드는 요인으로 작용한다. 그리고 『최후의 증인』을 "범죄(트릭)를 풀기 위한 추리, 범인을 잡기 위한 추리가 아니라 삶을 위한 추리, 역사의 의미를 캐기 위한 추리"[32], 즉 추리소설과 본격소설의 중간적 성격의 작품으로 자리매김하게 만드는 데 영향을 크게 미친다.

반면, 『최후의 증인』에 등장하는 오형사의 '세계에 대한 환멸'은 지나치게 단순화된 선악 이분법에 기초한 감정이며, 끊임없이 반복되어 생산·소비된다는 점에서 이데올로기적 기능을 수행하고 있다는 비판이 있

---

31 김성종, 『최후의 증인』(하), 남도, 1979(1993년 중판), 307면.
32 정희모, 앞의 논문, 429면.

다. 즉 오형사의 '세계에 대한 환멸' 은 근본적으로 감상주의적 태도에 기초한 것으로, 독자로 하여금 환멸의 감정을 추체험하게 함으로써 일상생활에서 느끼게 마련인 자신의 허무감을 위로하게 만든다는 것이다. 따라서 오형사의 허무주의는 수동적 니힐리즘으로 세계의 부조리함에 대해 생산적으로 반응한다기보다는 자기위안적으로 작용한다는 것이다.[33] 이 견해는 『최후의 증인』을 비정파 탐정소설[34]로 보고, 이 소설이 여타의 대중소설이 수행하고 있는 세계현상에 대한 허위보고와 이데올로기적 기능에서 벗어나지 못하고 있다는 비판이며, 독서과정에서 이에 대한 비판적 거리를 취해야 한다는 지적이다. 하지만 이러한 견해는 『최후의 증인』이 추리소설이라는 점만을 부각시키며, 작품의 성격을 지나치게 단순화시킴으로써 나온 견해라고 할 수 있다. 그리고 『최후의 증인』이 비정파 탐정소설인가에 대해서도 논란의 여지가 있다.

5) 논리적 추론에 의한 사건의 조사와 해결의 유무

추리소설이냐 아니냐의 가장 중요한 관건은 논리적 추론에 의한 사건의 조사와 해결이 존재하느냐 일 것이다. 즉 토로도프가 말한 '범죄의 이야기' 와 '조사의 이야기' 가 작품에 존재하느냐의 유무가 가장 중요한 관건이다.

「어느 창녀의 죽음」은 자살로 판명이 나기 때문에 범죄의 이야기는 없다. 다만 조사의 이야기가 존재할 뿐이며, 결말에서 범죄의 이야기 대신에 자살을 하게 된 동기가 밝혀진다. 김성종은 이 작품에 대해 "내가 처

---

33 조현일, 앞의 논문, 404~405면.
34 비정파 탐정소설이란 '하드 보일드(hard boiled)형' 을 지칭하는 개념이다.

음으로 시도해본 추리수법의 작품으로, 분위기가 어둡고 끈적거리는 것이 특징이다"[35]라고 자평한 바 있다.

① 신고된 여성 변사체의 신원을 조사하고 싶은 욕망을 느낌.
② 사체에 나타난 특징으로 술집 작부나 창녀로 추정하고 수사 착수.
③ 종3 사창가의 군고구마 파는 노인의 가게에서 만난 나이 어린 창녀로부터 여자의 생전 신원과 소재 파악.
④ 사창가의 늙은 창녀로부터 죽은 여인의 이름(춘이)과 그녀가 평안북도 의주 출신의 월남민으로 1·4 후퇴 때 월남하다 가족들과 헤어졌다는 사실을 알아냄.
⑤ 포주를 소환하여 춘이가 손님으로 온 젊은 남성이 나간 후 사라졌다는 사실을 파악.
⑥ 춘이의 소지품을 조사하여 명함을 남긴 다섯 명의 남성들을 조사.
⑦ 인천 운수창고의 관리부장인 백인탄을 조사하는 과정에서 춘이가 월남 당시 헤어진 그의 여동생이며, 고객으로 온 그가 자신의 오빠라는 사실을 알게 됨으로써 춘이가 자살했다는 사실을 추론한다. 즉 이 작품에서 조사의 이야기는 자살한 여자의 신원을 밝혀가는 과정이며, 동시에 이 여성의 자살 동기를 밝혀내는 과정이다.

작가는 창녀 춘이의 죽음에 대해서 다음과 같은 결론으로 결말을 맺는다.

그는 방파제를 두드리는 성난 바다의 물결이 썩어가는 대지를 깨끗이 쓸어
가 버리기를 실로 간절히 기원하면서, 그녀를 죽인 조국을 증오했다.[36]

---

35 김성종, 『회색의 벼랑』, 주부생활사, 1980, 277면의 '작가의 말'.
36 김성종, 『어느 창녀의 죽음』, 84면.

즉 희생자인 창녀 춘이를 자살로 내몬 범인이 있다면, 그것은 조국, 즉 6·25 전쟁이라는 결론이다. 이 작품에서 변사체에 나타난 신체적 특징, 즉 "음부가 심히 헐어 있고 손톱에 매니큐어를 칠했다는 점, 그리고 약물 중독에 의한 사망이라는 사실"을 토대로 "술집 작부 쪽보다는 창녀 쪽으로"로 수사의 방향을 잡는다는 것, 창녀가 드나들만한 사창가 한복판의 산부인과와 성병 전문의 병원에서 단서를 찾으려고 한 점, 종3(종로 3가 사창가) 담당형사에게 죽은 여자의 사진을 주고 알아봐 달라고 부탁하는 등 조사 과정에서 논리적 추론이 사건 해결의 주요한 요소로 부각된다는 점에서는 추리소설로서의 요건을 충족시킨다. 이 작품은 ①~⑥까지는 조사의 이야기이며, ⑦에서 자살의 동기가 판명되기 때문에 범죄의 이야기는 없다.

「소년의 꿈」은 범죄의 이야기와 조사의 이야기가 모두 존재하는 중편소설이다. 이 작품은 초기소설로서는 비교적 추리소설의 문법이 잘 지켜지고 있다.

① 범죄사건의 발생 — 쓰레기장에서 변사체가 발견되었다는 신고가 들어옴.

② 쥐약에 의해 독살된 피살자 신원조사 — 남겨진 구두, 양복에서 신원을 파악하고자 안경점과 양복점을 뒤지지만 실패한다.

③ 우연히 들른 웨스턴이란 바에서 동명의 양복점에 대해서 듣게 된다.

④ 양복점에서 피살자의 신원 파악 — 동양물산 사장 박윤기로 밝혀짐.

⑤ 박 사장 집 인근의 구멍가게에서 박 사장 집의 가정부로 들어간 소녀(영화)가 임신을 했으며, 자식이 없는 박 사장 부부가 아이를 낳으면 뺏으려고 하자 그녀가 도망쳤다는 이야기를 듣는다. 그리고 그녀를 박 사장 집에

소개시켜준 아줌마가 시장에서 생선장수를 하고 있다는 말을 듣게 된다.

⑥ 변사체가 발견된 사창가에서 임신한 어린 창녀(영화)를 만난다.

⑦ 창녀에게 낙태를 권하지만 거절당하고, 포주에게 변사체를 아느냐고 물어본다.

⑧ 형사가 꿈인 창녀의 남동생(상수)에게 탐문수사.

⑨ 생선장수 아주머니를 만나 박 사장이 가정부를 성폭행했으며, 아이를 낳으면 돈을 주겠다고 했지만 도망쳤다는 말과 그녀의 이름과 고향이 곡성이라는 사실을 알게 된다. 그리고 아주머니가 자신의 남동생에게 영화 남매를 서울역에 데려다주라고 부탁했다는 말을 듣게 된다. 아주머니의 얼굴과 어린 창녀가 살고 있는 사창굴 포주의 얼굴이 닮았다는 사실을 알게 된다. 즉 김기팔이 영화 남매를 서울역에 데려다 주는 대신 자신의 사창굴에 데려다가 매음행위를 시킨 사실을 알게 된다.

⑩ 사창굴로 가보지만 영화와 동생 상수는 없어지고, 김기팔을 심문해보지만 박 사장을 본 적도 없다고 잡아뗀다.

⑪ 오형사는 호남선 열차를 타고 영화의 고향으로 향한다. 하지만 영화 남매는 삼촌집을 이미 떠난 뒤였다.

⑫ 역 대합실에서 영화 남매를 만남. 폭설로 교통이 끊어진다.

⑬ 남매를 여관에 데려가 조사를 하는 과정에서 남매는 서로 자신이 박 사장을 죽였다고 주장한다.

⑭ 두 사람의 주장을 토대로 범죄의 이야기가 재구성된다. 즉 영화의 사연을 알게 된 포주 김기팔은 박 사장을 사창가로 오게 해 삼촌임을 사칭하며 강간죄로 고발하겠다고 협박하여 2백만 원을 갈취한다. 그리고 다시 찾아온 박 사장의 입으로 이 사실이 영화에게 알려지자 술이나 마시자고 달래는데, 술을 마시다가 박 사장이 죽자 영화 오누이를 향해 너희

들이 죽이지 않았냐고 뒤집어씌우고 박 사장을 쓰레기장에 버린다.

⑮ 오형사는 김기팔이 상수를 시켜 사온 정종을 미리 쥐약을 넣어둔 주전자에 데워 마시게 해 박 사장을 죽였다는 사실을 추론한다. 하지만 상수는 자신이 사람을 죽였다는 글을 적어놓고 폭설 속으로 나가 동사하고 만다.

이 작품은 ①~⑬이 범인을 찾는 조사의 이야기이며, ⑭~⑮에서 오형사는 범인 김기팔이 박 사장을 죽인 범죄의 이야기를 추리에 의해 재구성한다. 범죄(범인), 희생자, 탐정의 세 요소가 반드시 존재하며, 마지막에는 탐정의 뛰어난 추리를 통하여 불가사의한 사건의 범인이 드러나는 소설이 정통파(수수께끼형) 추리소설이다.[37] 하지만 이 작품에서는 피살자 박 사장은 피해자가 아니라 어린 소녀 영화에 대한 가해자임이 드러난다. 따라서 이 작품은 범죄사건을 그린 단순한 추리소설이라기보다는 이 사회가 나이 어린 남매의 인생과 꿈을 어떻게 파괴했는가를 그린 진지한 본격소설로서의 이중적 측면을 지닌다.

「회색의 절벽」[38]은 범죄의 이야기와 조사의 이야기가 모두 포함된 국제 미스터리로서 1978년 홍콩방문 중 일어난 영화배우 최은희 납치사건에서 작품의 모티브를 얻어 씌어졌을 것으로 추정된다.

① 서울 힐튼 호텔에서 정보국으로부터 이중간첩 혐의를 받고 있는 김지숙의 여권을 소지한 미모의 여인이 투신자살하는 사건이 발생한다.

② K일보 홍콩 특파원 김 기자에게 서울 본사로부터 이 여인에 대해서

---

37 송덕호, 「추리소설의 유형」, 『추리소설이란 무엇인가』, 34면.
38 「회색의 절벽」과 「회색의 벼랑」은 동일 작품임.

알아보라는 지시가 떨어진다. 알려준 주소로 찾아가 보는데, 그곳에 정작 실제 김지숙이 살아있음을 확인하고 여권을 분실했다는 말을 듣는다.

③ 영화배우 출신의 채소희는 영화사 설립을 위해 홍콩 대륙영업공사의 자금지원을 기대했지만 부사장인 왕탁으로부터 그것이 어렵다는 말을 들으며, 대신 구룡영업공사의 전무이사 김규식을 소개받는다. 그는 구룡영업공사의 사장부인이 채소희의 여학교 동창생인 이연희이며, 그녀가 채소희를 만나고 싶어한다며, 그녀를 홍콩으로 초대한다.

④ 김 기자는 한국총영사관이 있는 코리아센터에서 죽은 여인의 사진과 일치하는 인물이 이연희라는 것을 밝혀낸다. 그는 교민회와 그녀의 동거인이었던 황으로부터 그녀의 근황을 듣는다. 그는 홍콩 경시청을 찾아가 이연희의 신상명세와 그녀가 자주 접촉하던 인물들에 대해서 알아본다. 그녀는 남측과 북측 모두와 접촉한 요주의 인물로, 그녀가 접촉한 인물들 중 한 명이 김지숙의 남편 김규식이다.

⑤ 김규식이 서울에서 홍콩으로 돌아온다는 사실을 알게 된 김 기자는 공항으로 가서 그가 동행한 인물이 여배우 채소희 부부와 이연희가 자주 접촉하던 인물 왕탁임을 알고 모종의 음모가 진행중이라는 사실을 눈치챈다.

⑥ 호텔까지 이들을 미행한 김 기자는 이튿날 채소희가 남편의 동행 없이 김규식과 배를 타고 사라지자 호텔로 돌아와 그녀의 남편을 만난다.

⑦ 채소희 납치사건이 발생했음을 직감한 그는 집으로 돌아와 국제적인 미스터리 특종기사를 쓰는 도중에 찾아온 사내들에 의해 쇠뭉치에 맞아 쓰러진다.

①에서 수수께끼가 제출되고, ②~⑤까지 조사의 이야기가 이어진다.

하지만 ⑥에서 여배우 납치사건이라는 의외의 범죄가 발생하며, ⑦에서 범죄를 알아챈 김 기자가 살해되는 추가범죄가 발생되는 반전으로 결말된다. 이 작품은 작품의 공간이 해외로까지 확장되고, 이중간첩의 자살사건에다 여배우 납치사건이라는 범죄가 결말에서 발생하며, 이 납치사건을 조사하고 있는 기자가 살해되는 반전으로 작품이 결말되었다는 점에서 이전의 추리소설이 비하여 복잡한 사건구조를 보여준다. 즉 수수께끼의 제출─논리적 추론에 의한 조사─수수께끼의 해결이라는 기본적 공식을 벗어나고 있다.

3. 결론

이 글은 우리나라의 대표적인 추리작가인 김성종의 초기 단편소설과 중편소설에 대한 연구를 통하여 그의 소설이 불완전한 추리소설에서 완전한 추리소설로 어떻게 변모해갔는가, 즉 그가 추리작가로 정체성을 찾아가는 과정을 밝혀보고자 했다.

초기의 중·단편 20편 가운데 살인과 같은 범죄 사건의 유무, 사건해결의 주인공의 유무, 논리적 추론에 의한 사건의 조사와 해결이라는 추리소설의 기본요건을 완벽하게 갖춘 작품은 「소년의 꿈」과 「회색의 절벽」 2편에 불과하다. 「어느 창녀의 죽음」은 사건해결의 주인공이 존재하고, 논리적 추론에 의한 조사와 해결은 있으나 결말에서 자살사건으로 판명이 난, 추리소설로서는 불완전한 소설이다. 「낫」, 「습지식물」은 살인사건은 있지만 논리적 추론에 의한 조사와 해결이 부재하기 때문에 추리소설의 범주에 넣을 수 없다. 그리고 나머지 소설들은 추리소설과는 거리가 먼 본격소설들이다.

　즉 「어느 창녀의 죽음」(1973)에서 처음 추리기법이 시도되었지만 이 작품은 불완전한 형태의 추리소설이 되고 말았고, 「소년의 꿈」(1977)은 완전한 추리소설로 형상화되었지만 본격소설의 진지함을 지니고 있으며, 「회색의 절벽」(1978년 창작 추정)은 국제 미스터리로 소설의 공간을 해외로 확장했으며, 사건구조가 복잡해지고 있다

　작가 김성종은 1970년대에 본격소설(serious fiction)과 추리소설(mystery story)의 두 갈래 길에서 자신의 정체성에 대해 고민하며, 본격소설과 추리소설의 중간적 성격의 작품들을 발표하다 1970년대 후기로 갈수록 추리소설로서 완벽한 요건을 갖춘 작품들을 발표했다. 그리고 1980년을 전후하여 본격적인 추리작가로서 자신의 작가적 정체성을 확고히 했다고 할 수 있다.

〈부록〉 김성종 작품집 목록

연번	작품명	연 도	출판사	구 분	비 고
1	최후의 증인	1977년 2월	태종출판	장편추리	고려미디어에서 1996년, 재간행
2	어느 창녀의 죽음	1977년 11월	문학예술사	단편집	
3	고독과 굴욕	1979년 3월	명지사	단편집	스카이미디어에서 2005년 2월 재간행
4	부랑의 강	1979년 9월	남도	장편추리	
5	회색의 벼랑	1980년 6월	주부생활사	중편집	주부생활 1980년 8월호 부록
6	일곱 개의 장미송이	1980년 9월	남도	장편추리	
7	서울의 황혼	1980년 10월	인문당	장편추리	
8	안개 속에 지다	1981년 1월	명지사	장편추리	
9	죽음을 부르는 소녀	1981년 2월	여학생사	장편추리	
10	여명의 눈동자	1981년 3월	남도	장편대하 10권	1975년~1981년, 일간스포츠연재
11	나는 살고 싶다	1981년 3월	소설문학사	장편추리	
12	죽음의 도시	1981년 8월	남도	꽁트집	남도에서 1995년 5월 재간행
13	제5열	1982년 3월	남도	장편추리3권	
14	미로의 저쪽	1983년 1월	명지사	장편추리2권	
15	제5의 사나이	1983년 2월	남도	장편추리3권	
16	반역의 벽	1984년 1월	남도	장편추리2권	
17	제3의 情死	1984년 5월	소설문학사	장편추리	
18	얼어붙은 시간	1984년 12월	소설문학사	장편추리	
19	아름다운 밀회	1985년 1월	남도	장편추리2권	
20	피아노살인	1985년 4월	명지사	장편추리	
21	비련의 火印	1985년 10월	소설문학사	장편추리	
22	경부선특급살인사건	1985년 12월	남도	장편추리1권	
23	라인X	1986년 6월	남도	장편추리3권	

24	국제열차살인사건	1987년 9월	추리문학사	장편추리3권	
25	김교수의 죽음	1987년 10월	남도	단편집	『어느 창녀의 죽음』을 제목만 바꿈
26	형사 오병호	1988년 6월	대작사	장편추리	
27	서울의 만가	1988년 8월	여원	장편추리	
28	최후의 밀서	1989년 2월	명지사	장편추리	
29	불타는 여인	1990년 1월	추리문학사	장편추리	
30	백색인간	1991년 1월	남도	장편추리2권	
31	홍콩에서 온 여인	1992년 1월	수목	장편추리2권	
32	슬픈 살인	1993년 3월	추리문학사	장편추리3권	
33	비밀의 연인	1993년 5월	해냄	장편추리2권	
34	세 얼굴을 가진 사나이	1994년 3월	해난터	장편추리2권	
35	버림받은 여자	1994년 3월	수목	장편추리2권	
36	여자는 죽어야 한다	1995년 2월	남도	장편추리2권	
37	끝없는 복수	1995년 10월	남도	장편추리1권	
38	Z의 비밀	1996년 4월	명지사	장편추리	
39	돌아온 死者	1996년 6월	신원문화사	단편집	
40	가을의 유서	1996년 11월	해난터	장편추리3권	
41	붉은 대지	1997년 7월	해냄	장편추리5권	
42	코리언 X파일	1997년 2월	추리문학사	장편추리2권	
43	한국국민에게 고함	1998년 8월	남도	장편추리3권	
44	DJ에게 보내는 편지	2000년 7월	추리문학사	에세이	
45	봄은 오지 않을 것이다	2006년 9월	남도	장편추리3권	
46	안개의 사나이	2008년 1월	뿔	장편추리	

『한국문학이론과 비평』 37, 한국문학이론과비평학회, 2007. 12

제5부

영상서사에 재현된 페미니즘
또는 정신분석

가족 이데올로기와 젠더의식
— 〈부모님 전상서〉를 중심으로

변화 그리고 비가역성
— 김기덕의 〈시간〉을 중심으로

영화 〈양철북〉의 정신분석

일상 속의 파시즘과 소격효과
— 파스빈더의 〈불안은 영혼을 잠식한다〉를 중심으로

가족 이데올로기와 젠더의식

〈부모님 전상서〉를 중심으로

1. 서론

21세기 최고의 영상미디어로 기술발전을 거듭하고 있는 텔레비전[1]은 어느 매체보다도 대중들과 친화성을 가진 미디어로서 보편성과 공공성, 중립성, 즉시성과 현실성, 매력성과 환상성, 그리고 수동성을 띠고 있다.[2]

〈부모님 전상서〉(KBS2 TV, 2004. 10. 16~2005. 6. 5)는 첫 방송을 시작한 이후 종영될 때까지 30%가 넘는 높은 시청률을 기록했다. 특히 이 주말 드라마는 불륜 같은 자극적인 소재나 이분법적이고 흑백논리적인 갈등의 설정 없이 평범하고 잔잔한 일상사를 다루면서도 방영 기간 내내 시청자들로부터 큰 사랑을 받았다.

---

1 김택환, 『영상미디어론』, 커뮤니케이션북스, 2000, 21면.
2 최진우 외, 『대중매체론』, 대광문화사, 1994, 201면.

〈부모님 전상서〉는 홈드라마의 장르적 관습[3]에 매우 충실한 드라마이다. 첫째, 인물면에서 뚜렷한 한두 인물에 치우치지 않고 안재효 교감 부부를 비롯하여 자녀, 며느리, 고모 등 가족 전체가 주인공이다. 둘째, 다양한 관점을 취한 점이다. 가령, 장녀인 성실의 이혼문제에 대해서도 흑백논리를 사용하지 않고, 성실과 남편 창수의 관점, 성실 부모와 시모의 관점 등을 두루 보여줌으로써 시청자 스스로 판단하게 만들었다. 셋째, 주제면에서 가족과 사랑, 갈등과 화해라는 홈드라마의 전형적인 주제를 다루었다. 넷째, 미학적인 측면에서 일상성을 취하고 있으며, 형식면에서는 드라마의 이야기가 지속적으로 이어지고, 시간이 이야기의 전개를 구속하지 않는 시리얼(serial)에 속한다. 다섯째, 이 드라마의 주요 세팅은 농촌의 전통 한옥이다. 이 세팅은 이 홈드라마가 취하고 있는 가족 이데올로기와 관련하여 매우 중요한 상징성을 띠고 있다.

21세기에 접어들면서 한국사회의 큰 변화를 실감케 하는 것 가운데 하나는 가족 이데올로기일 것이다. 2008년 호주제의 전면 폐지로 전통적인 가부장주의는 우리 사회의 지배적인 가족 이데올로기로 더 이상 작동할 수 없는 큰 변혁의 전환점을 맞고 있다. 21세기에 적합한 새로운 가족 이데올로기의 창출이야말로 오늘의 우리 사회가 선결해야 할 과제의 하나일 것이다.

본고는 높은 시청률로 시청자들에게 막강한 영향력을 행사한 텔레비전 드라마 〈부모님 전상서〉가 제시하고 있는 가족 이데올로기와 남녀 성역할 및 아버지상에 대해서 주목하며, 이 홈드라마가 취하고 있는 가족 이데올로기와 젠더(gender)의식을 분석하고자 한다.

---

3 최영묵 · 주창윤, 『개정판 텔레비전 화면깨기』, 한울 아카데미, 2003, 142~144면.

2. 한옥의 공간성과 전통적 가족주의

이 드라마는 점점 잊혀져가는 전통적 가족주의를 환기하기 위하여 서울 근교인 경기도 여주라는 농촌을 배경을 삼았으며, 주요 세팅을 요즘 농촌에서도 찾아보기 힘든 전통 한옥으로 설정하였다. 안 교감의 집은 "세팅은 단지 연기를 위한 배경이 아니라, 주제와 성격 설정을 상징적으로 확대한 것"[4]이라고 했던 루이스 자네티의 말을 상기시킨다. 즉 가족 이데올로기를 보다 효과적으로 전달하기 위해서 도시보다는 농촌을 배경으로 삼았으며, 서구식의 양옥이나 아파트가 아니라 전통 한옥[5]이 주요 세팅으로 설정되었다.

한옥은 그 자체만으로도 전통에 대한 뛰어난 상징성을 띤다. 그것은 시각적으로 과거에 대한 향수를 불러일으키며, 도시화와 핵가족화로 상실되어가는 가족주의라는 주제를 형상화하는 데 더할 나위 없이 효과적이다. 따라서 카메라는 매회 한옥 안팎 구석구석을 비출 뿐만 아니라 이 집 전체를 조망하는 쇼트를 빈번하게 내보낸다. 어디 그뿐인가? 뒷동산에는 안 교감 부모님의 묘소까지 배치함으로써 '효'로 대표되는 가족 이데올로기는 더욱 뚜렷이 주제화된다.

> 건축공간-가옥, 사원, 도시-은 자연적 속성들이 결여하고 있는 명료함을 담고 있는 소우주이다. 건축은 집합적이든 개인적이든 언어로 표현될 수 있는 경험뿐만 아니라 깊이 느껴지는 경험들을 분명하게 표현하는 가시적 세계를 창조함으로써 인식을 교양시키려는 인간의 노력을 지속시킨다.[6]

---

4 루이스 자네티, 김진해 역, 『영화의 이해』 전면개정 7판, 현암사, 2005, 309면.
5 세팅이 된 한옥은 500년 된 조선시대의 고택이라고 함.
6 이푸 투안, 구동희·심승희 역, 『공간과 장소』, 대윤, 1995, 165면.

안 교감의 한옥은 가족 구성원 모두가 안정과 애정을 느낄 수 있는 안식처로서 바슐라르가 말한 행복의 공간이자 피난처로서의 집이다. 이-푸 투안(Yi-Fu Tuan)에 의하면 '공간(space)'과 '장소(place)'라는 개념은 구별된다. 공간은 움직임이며, 개방이며, 자유이며, 위협이다. 하지만 장소는 정지이며, 개인들이 부여하는 가치들의 안식처이며, 안전과 애정을 느낄 수 있는 고요의 중심이다. 안 교감의 집은 이-푸 투안의 구분에 따르자면 공간이 아니라 장소이며, 마당에 철따라 아름답게 피는 꽃은 사랑과 행복의 '장소'로서의 집의 의미를 더욱 강화시킨다. 뿐만 아니라 집의 대문과 기둥에 붙어 있는 '가화만사성家和萬事成'이라는 입춘서도 이 드라마의 주제와 매우 긴밀하게 연결되어 있다. 이러한 입춘서는 한옥에서 흔히 발견할 수 있는 것이지만 정을영 감독이 가족의 행복과 화합이라는 주제를 표현하기 위해 세심하게 연출한 것으로도 볼 수 있다.

이처럼 영상 이미지의 반복을 통한 주제 전달은 인쇄매체에서는 쉽게 시도할 수 없는, 영상미디어가 가진 매혹적인 소구력이라고 할 수 있다. 래너드 데이비스(Lennard J. Davis)가 "소설에서 모든 장소는 이데올로기적이다"라고 했듯 이 드라마에서의 장소 역시 이데올로기적이다. 즉 작가가 전달하고자 하는 이상화된 가족 이데올로기가 한옥이 표상하는 공간성을 통해서 효과적으로 전달되고 있다. 존 버거(John Berger)가 말했듯이 '보다(see)'라는 말에는 '인지·판단·관찰'이라는 의미가 포함되어 있다. 즉 보는 것에는 인식행위가 언제나 공존되고 있다. 다시 말해서 눈을 통해서 지식을 얻는다는 것은 보는 것에 의하여 항상 영향을 받고 있는 것이다.[7] 따라서 감독이 보여주는 영상의 이면에 내포된 가족 이데올

---

7 존 버거, 편집부 역, 『이미지―Way of Seeing』, 동문선, 2002, 242면.

로기에 수용자들은 보는 것만으로도 무의식적 영향을 받게 된다.

안 교감의 한옥은 이혼의 갈등으로 얼룩진 성실의 아파트, 미혼의 성미가 친구와 함께 살고 있는 원룸, 도시에 있는 아리의 친정집, 가게에 딸려 있는 미연의 친정집 등과 차별되는 완전성이 뚜렷이 부각된다. 이 집은 추억 속의 공간이 아닌, 우리가 살아보고 싶은 현실 너머에 존재하는 이상적인 집, 바로 유토피아의 원형이다.

반면에 성실(김희애 분)의 아파트는 오늘날 보편화된 부부중심의 핵가족의 불안정성을 보여주며, 갈등이 일어났을 때에 조정자가 부재함으로써 더욱 갈등이 첨예화되는 문제점을 드러낸다. 시가媤家 또한 남편과 갈등관계에 처한 결혼한 여성에게 있어 결코 정신적 안주처로서의 집이 되지 못할 뿐만 아니라 그 자체로서도 이미 갈등으로 얼룩진, 투안이 말한 ‘공간’ 이다.

따라서 성실은 주말이 되면 자신의 아이들을 데리고 안 교감의 집으로 귀환한다. 그녀에게 친정은 남편과의 갈등으로 얼룩지고, 발달장애 아들을 돌보기 위해 항시 긴장해야 하는 ‘공간’ 인 자신의 아파트를 떠나 언제든지 복귀하고 싶은 ‘장소’ 이다. 안 교감 부부를 비롯하여 가족 모두는 언제나 성실을 사랑으로 감싸 안고, 무조건적인 지지자가 되어준다. 이것은 출가한 딸을 죽어도 시집귀신이 되라며 친정에 발도 못 붙이게 했던 과거와는 달라진 오늘날의 풍속도이다. 요즘의 젊은 여성들은 시가보다는 친정집 가까이에서 살며, 친정집과 정서적으로 더 깊은 유대를 맺고 있는 것이 현실인 것이다.

그리고 이 드라마는 뒷동산에 안 교감의 돌아가신 부모님의 묘소를 배치함으로써 가족의 범위는 수직적으로 더 확대된다. 안 교감 가족은 가족에게 중요한 일이 있을 때마다 이곳에 찾아가 고한다. 이 점에서 이 묘소는 전통사회의 사당祠堂과 같은 구실을 한다고 볼 수 있다. 그리고 안 교감은 밤마다 이 드라마의 제목이 되고 있는 '부모님 전상서'라는 편지(사실은 일기)를 쓰며 돌아가신 부모님과 소통한다. 심지어 안 교감 부부는 조상의 제사 때문에 여행 한번 변변히 가지 못한 것으로 설정되었다. 안 교감의 가족과 돌아가신 조상은 시간을 초월하여 긴밀하게 연결되어 있으며, 이를 연결시키는 힘은 바로 효를 바탕으로 한 유교적 가족주의이다.

즉 한옥과 뒷동산의 부모님 묘소, 그리고 안 교감이 매일 쓰는 '부모님 전상서'는 근대를 넘어서서 탈근대화 된 21세기에도 변함없는 유교적 가족 이데올로기를 시청자들에게 반복하여 주입시킨다. 말하자면 한옥과 부모님의 묘소, 그리고 밤마다 쓰는 편지는 가족주의라는 기의를 나타내는 기표, 즉 상징이다. 이 드라마는 유교적 가족 이데올로기를 통해 핵가족, 가족해체, 그리고 호주제 폐지라는 시대적 변화에 당황해하고 있는 현대인들에게 강력한 향수 코드를 환기하며, 보수적인 시청자들의 감성을 사로잡는 데 성공한다.

하지만 이 드라마가 보여주고 있는 남성중심의 효와 가족제도, 전통 한옥을 통해 반복적으로 주입하고 있는 유교적 가족주의는 21세기의 대안적인, 즉 민주적이고 평등한 가족이념과는 거리가 있으며, 여전히 보수적이라는 평가를 면할 수 없다.

3. 남녀 성역할의 이분법과 이혼문제

"유교 가족윤리는 음양에 의거한 성역할론에 근거한다"[8]는 말처럼 이

8 김미영, 『유교문화와 여성』, 살림, 2004, 12면.

드라마에서 남녀의 성역할은 남성은 직장, 여성은 가정이라는 이분법에 철저히 지배되어 있다. 안 교감을 위시하여 장남 지환은 은행원, 차남 정환은 포장마차 주인 등으로 남자들은 집 밖에서 노동하며 가족을 부양하는 성역할을 부여받은 반면, 안 교감의 아내인 '옥화'를 비롯하여, 장남의 처인 '아리', 차남의 처인 '미연'(시나리오 작가) 등의 여성은 가사를 담당하는 성역할의 이분법이 철저히 지켜지고 있다. 하지만 미혼의 막내 딸 '성미'(패션 회사 홍보실 근무)나 이혼하고 혼자 사는 고모 금주(미용사)는 직업을 가지고 있으며, 전업주부로 살다가 이혼한 장녀 '성실'은 새롭게 직업(식품회사의 프로슈머)을 가진다. 그리고 미연의 모는 택시기사인 남편의 벌이가 시원치 않기 때문에 음식점을 경영한다. 이들은 직업을 가지되 그 직업이 모두 여성적인 것도 주목할 사항이다. 다만 독신인 성실의 고향친구가 유일하게 의사라는 전문직으로 설정되었다.

이미 기성세대인 '옥화'는 어쩔 수 없다고 하더라도 신세대 며느리로 등장하는 '아리' 조차 아버지의 회사를 물려받는 후계자가 될 수도 있는 상황인데도 직장 일을 싫고 피곤한 것으로 치부하며 전업주부의 길을 택한다. 이는 '현대여성들이 직업은 필수, 결혼은 선택'이라고 여기는 현실과는 매우 동떨어진 설정이라 하지 않을 수 없다.

안 교감은 우리 시대의 성실한 모범시민이지만 집에 오면 가사 일을 전혀 돕지 않는다. 며느리가 둘씩이나 있는 마당에 시아버지까지 가사 일을 거들어야 할 필요는 없다고 말할 수도 있다. 그런데 그는 며느리를 들이기 전부터도 가사 일에는 전혀 손을 대지 않았다. 그는 아침에 일어나면 강변으로 산책을 가거나 저녁에 집에 들어와서 식사를 마치고 서재로 들어가 사전이나 책을 보고, '부모님 전상서'를 쓴다. 반면 아내 옥화는 며느리들과 식사준비를 하거나 화단과 텃밭을 가꾸고, 차남의 포장마차의 준비를 도와준다.

구조 기능론적 가족이론가인 탈코트 파슨스(Talcott Parsons)에 의하면 남성은 남편과 아버지로서 대외적 직업을 통해 가족을 경제적으로 부양하는 수단적(도구적) 역할(instrument role)을 담당하며, 여성은 아내와 어머니로서 대내적인 통합과 긴장관리의 표현적 역할(expressive role)을 담당한다고 했다. 부모는 이러한 성별역할 분담을 통해 사회구조와 상호연결을 유지하면서 사회화의 담당자로서 효과적으로 기능할 수 있는 필요조건이 된다는 것이다. 하지만 파슨스의 가족이론은 1950년대 미국 중산층 가족의 특수한 현상적인 성격과 보수적인 기능의 측면을 구조 기능론의 입장에서 설명하였기 때문에 제한적인 의미만을 가질 뿐이다. 따라서 비판사회이론과 여성학적 입장에서 파슨스의 가족이론은 크게 도전을 받아왔다.[9]

자본주의 사회에서 성별 분업의 가장 근본적인 원리는 가족을 생산적인 사회분야와 분리시켜 여성을 소비생활의 담당자인 주부로 단정하려는 데 있다. 즉 사회는 생산을 담당하는 공적 분야이며, 가정은 노동력의 재생산을 담당하는 사적 분야로 분리시켜 남녀의 전담영역과 역할을 가부장제 이데올로기를 기반으로 하여 정책적으로 유지시킨다. 여기에 남녀를 차별하고 억압하는 가치우열과 위계질서가 가족을 통해 뒷받침되는 것이다.[10]

작가 김수현과 정을영 감독의 보수적인 젠더의식은 전통 한옥을 통해서 유교적 가족 이데올로기를 주입시켰을 뿐만 아니라 남녀를 공公과 사

私로 분리하고, 남성에게 도구적 역할, 여성에게 표현적 역할을 부여하는 가부장제 이데올로기를 기반으로 한 이분법적 성역할에서 다시 한 번 확인되었다고 할 수 있다.

그런데 안 교감의 가족 가운데 세 명의 이혼한(하는) 여성이 등장하는 것은 이혼율이 세계 3위에 달하는 오늘날의 세태를 반영한다고 볼 수 있다. 안 교감의 이복여동생 금주는 아이를 낳지 못해 이혼당하고 일찍이 친정으로 돌아와서 오빠 가족과 동거하고 있는 인물이다. 그녀는 드라마의 후반부에서 안 교감 부부로부터 재혼에 대한 강력한 권유를 받지만 재혼에 대해서 부정적이다. 맞선 자리에 등 떠밀려 나가지만 평소에 하지도 않던 붉은색 매니큐어를 바른다든가 요란한 치장을 하고 나감으로써 재혼 의사가 없음을 상대방에게 전달한다. 또한, 맞선 보는 남자의 직업(군수)이 가짜였다는 것도 재혼에 크게 동의하지 않는 작가의 가치관을 반영하는 것으로 해석할 수 있다. 그리고 미연의 친정집에서 식당일을 돕는 여성의 경우에도 재혼이 거의 성사될 듯하다가 아이가 3명이나 되는 남자의 집에 직접 가보고나서는 재혼을 망설이는 상태로 작품을 끝맺은 것도 재혼에 동의하지 않는 작가의 보수적 가치관을 일정 부분 반영한 것으로 볼 수 있다. 하지만 이 부분은 현대여성은 재혼을 한편으로는 원하지만 굳이 복잡한 가족관계에 자신을 희생하면서까지는 하지 않으려는 세태를 반영한 것으로도 읽을 수 있다.

그리고 남편의 외도와 가정폭력으로 이혼을 한 성실이 남편을 용서하고 재결합의 가능성을 암시한 것도 가족의 해체에 동의하지 않는 작가의 보수주의적 가족관을 반영하는 설정이라고 할 수 있다. 물론 남편이 자신의 잘못을 인정하고 관계를 확실하게 청산했으며, 발달장애 아들에 대해서도 관심을 가지는 등 행동의 변화를 보여주었다. 또한, 갈등관계에 있

던 시모의 태도 변화 등 성실이 용서와 화해, 그리고 재결합으로 마음을
바꿀 개연성은 충분하게 제시되었다.

하지만 드라마의 초반부에서 보여주었던 남편의 성실에 대한 폭력 문
제에 대해서는 그냥 간과해버림으로써 가정폭력을 정당화시켜준 측면이
있다. 즉 남편의 가정폭력과 외도는 모두 발달장애 아들에 대한 스트레스
나 아내가 아들에게만 관심을 두었기 때문이라는 것으로 결코 정당화될
수 없는 문제이다. 즉 남편의 외도나 가정폭력을 "남자가 가슴으로 우는
거 알아!"라고 절규하며 합리화한다든지 아내가 아들한테만 관심을 가졌
던 데 대한 반발 때문이었다는 설정은 여성에게 파슨스가 말한 표현적 역
할을 요구하는 작가의 보수적 가치관의 반영이라고 할 수 있는 것이다.

4. 변화하는 아버지

이 작품이 기존의 고루한 전통 보수의 가족주의만을 보여준 것은 아니
다. 무엇보다도 안 교감이 보여준 아버지상은 과거의 가부장적 권위주의
에 사로잡힌 전통적인 가부장의 모습이 결코 아니다. 특히 그는 자녀들에
대해서는 아내인 옥화보다도 더 민주적인 태도를 보여준다. 안 교감 역을
맡았던 탤런트 송재호는 한 신문과의 인터뷰에서 "자식들이 부모의 말에
순종하는 것은 안 교감이 가부장적이고 권위적인 존재여서라기보다 사랑
으로 자식들의 이야기를 들을 줄 아는 아버지이기 때문"이라고 말했다.
그렇다. 현대의 아버지가 자식으로부터 존경을 받기 위해서는 드라마 속
의 안 교감처럼 민주적 태도와 사랑으로 자식을 포용해야 한다. 어떤 의
미에서 이 드라마의 진정한 주인공은 바로 안 교감이다. 그는 전통 가족
에서뿐만 아니라 현대 가족에서도 여전히 가족의 중심은 여성(어머니)이

아니라 남성(아버지)이라는 것을 보여주는 인물이다. 시대가 변해서 남성이 가족의 지배자로 더 이상 군림할 수는 없지만 남성은 여전히 가족의 규범으로 존재한다. 아니 존재해야 한다는 메시지를 작가는 안 교감을 통해서 전달한다.

안 교감은 가부장적인 지배자로 군림하는 대신에 어떤 경우에도 자식들에 대해서 전폭적인 신뢰와 무조건적인 지지를 보내는 인물이다. 장남의 결혼, 차남의 결혼 시에 그들의 배우자 선택을 무조건적으로 지지하였으며, 심지어 장녀인 성실의 이혼 결정에 대해서도 아내 옥화와 함께 '네 뜻을 존중한다' 며 무조건 수용한다. 성실이 이혼하기로 했다는 말에 "경솔한 아이가 아닌데 이유가 있겠지"(6회)라고 하며 구체적인 이유도 묻지 않는 대목에서 그의 자식에 대한 신뢰가 얼마나 큰지 잘 알 수 있다. 이처럼 그가 어떤 태도를 보여주리라는 것을 알기 때문에 자식들은 어려운 의사결정이나 정서적 위로가 필요할 때에 어머니인 옥화가 아니라 아버지인 안 교감을 찾아간다. 때로 안 교감은 자녀들을 따로 불러내서 아내 옥화와 달리 자신이 그들을 전폭적으로 지지하고 있다는 사실을 밝힌다. 그야말로 엄부자모가 뒤바뀐 엄모자부의 역할모델이다.

다음은 66회분(2005. 5. 29)의 첫 시퀀스로서 안 교감과 딸 성미의 대화 장면이다.

> 성미 : 아빠, (문을 열고 들어온다) 막내 왔어요.
> 안 교감 : 응, 어서 와, 일루 앉아.
>   (성미 앉는다.)
> 안 교감 : 왔어?
> 성미 : 네.
> 안 교감 : 생각지도 못했어.
> 성미 : 너무 늦은 시간이죠?

안 교감 : 오려면 좀 일찍 오지 그랬어. 왜 갑자기 오고 싶었어?

성미 : 아니요 아빠, 어디 좀 갔었어요. 며칠 휴가 뺐어요.

안 교감 : 응, 잘 됐네.

성미 : 회사에선 일찍 나왔어요.

안 교감 : 어디 갔었어?

성미 : 동해안. 형표 오빠랑

안 교감 : 뭐 달라진 일 있어?

성미 : 아니요.

안 교감 : 거긴 왜 갔어?

성미 : 그냥 차 태워 가는데 가만있었어요. 오늘 아빠 딸 안하고 오빠랑 지내
고 싶었는데 못하고 말았어. 일 저지를 뻔 했어요, 아빠 막내. 이런 얘
기 할 수 있어서 좋아요. 만약 일 저질렀으면 아마 아무 얘기 안하고
시침 뚝 뗐을 거야.

안 교감 : 막내야, 일 저질러도, 그게 무슨 일이래도 나는 얘기해 주길 바래.
시침 뚝 까고 너 혼자 네 속 불편해하는 것보다. 난 알아. 멀리 가고
싶었던 거. 일 저지르고 싶었던 거. 그 마음 다 알아.

성미 : 그럼 저지를 거 그랬나? 아빠한테 죄송해서 안했는데. 아빠 실망시켜
드리는 거 무서워서…….

안 교감 : 알아 고마워. 힘들어서 어떡 허냐? 큰일 났다.

성미 : 몰라, 아빠. 흑흑, 이럴 줄은 몰랐는데, 너무나 마음이 아파. 내가 너
무 나쁜 아이 같고, 오빠가 너무 안 됐고, 너무너무 미안하고, 흑흑.

막내딸 성미는 처음에는 가벼운 경어로 대화를 시작하지만 점차 반말
로 말한다. 친구와 같은 부녀지간을 보여주려는 의도인 듯하다. 이때 안
교감의 딸에 대한 태도는 자애로움의 극치를 보여준다. 이상적 아버지에
대한 신비화가 극대화되는 순간, 옥화가 들어서면서 애인과 헤어져 울고
있는 성미에게 퉁명스럽게 왜 우느냐고 다그치자 분위기가 깨진다. 옥화
가 찬물을 끼얹자 안 교감은 말을 예쁘게 하지 않는다고 나무란다. "이쁜
말은 당신 전문이잖아 뭐 나까지"라고 응수한다. 정말 옥화의 지적대로

안 교감은 "이쁜 말", 즉 듣기 좋은 말로 자식들의 자발적인 존경과 사랑을 한 몸에 받는다. 반면에 옥화는 때로 말을 감정대로 막 해버리는 경향이 있다.

시청자에게 안 교감은 그의 아내보다 훨씬 이상적인 모습으로 비춰진다. 이러한 장면 제시는 상대적으로 더 감정적이고, 덜 합리적이며, 덜 민주적인 어머니와 더 이성적이고 합리적이며 민주적인 아버지의 이미지를 비교하게 만듦으로써 존경받을 수 있는 아버지상의 아우라(aura)를 만들어낸다. 안 교감의 자식들로부터의 존경은 상당 부분 아내 옥화의 상대적 열등함으로부터 나온다고 할 수 있다. 작가는 안 교감과 아내 옥화의 이미지 대조를 통하여 현대사회에 적합한 아버지의 새로운 권위를 창출하는 데 성공한다. 이러한 서사전략은 시청자들로 하여금 자신도 의식하지 못하는 사이에 작가가 제시하는 남성우월의 가치에 공감하고 동조하도록 만드는 것이다.[11]

하지만 안 교감 부부의 자식에 대한 태도의 상이함에도 불구하고 이들의 자식에 대한 사랑에는 차이가 없다. 어찌 보면 현실적인 어머니와 현실에 대해서는 저만큼 물러나 이상화된 아버지는 서로 조화를 이루는 관계일 것이다. 안 교감이 이상화된 아버지상이라면, 옥화는 리얼리티가 뛰어난 어머니 상으로서 탤런트 김해숙은 이 역할을 매우 실감나게 연기했다. 무조건적으로 자식에게 헌신하고 인내하는 전통적인 희생적 모성상이 아니라 자식에게 적당히 자신의 감정도 드러내고, 며느리와 때로 친구처럼 막역한 관계를 유지하는 새로운 (시)어머니상의 창조는 새로운 아버지상과 더불어 새로운 가족주의를 보여주고자 한 이 드라마의 의도와 부

---

11 팸 모리스, 강희원 역, 『문학과 페미니즘』, 문예출판사, 1997, 58면.

합된다.

　그런데 안 교감은 지나칠 만큼 자식 편을 들어 때로 아내를 소외시킨다. 가령 장남 부부를 아리의 친정으로 보내자는 것과 시나리오 작가인 둘째 며느리를 오피스텔로 출·퇴근시켜 작품 활동에 전념하도록 하자는 멋진(?) 결정을 하고 아내와 전혀 상의하지 않은 채 자식들에게 먼저 말해버린다. 뿐만 아니라 막내딸 성미의 결혼 상대자의 아버지가 소문난 난봉꾼이었던 것을 문제 삼아 옥화가 반대하자 그는 딸 성미를 따로 불러내 자신은 딸의 결정을 지지한다고 말한다. 이때의 그는 결코 신중하지 않으며, 아내 편에서 볼 때에도 결코 바람직하지 않다.

　성미의 상대역인 형표는 부모의 재산만 믿고 빈둥거리며, 고등학교 때 사고를 쳐서 미혼부가 된 인물로 그 아버지의 전력이 아니더라도 결코 바람직한 남편감이 아니다. 결국 성미는 결혼을 하게 되면 직장을 그만두고 병원에 입원한 시부를 간호해야 한다는 말에 스스로 물러서 버리지만 책임 있는 부모라면 그런 여러 점을 잘 살펴 성미가 현명한 판단을 내리도록 조언을 해야 할 것이다. 자식의 견해에 무조건적으로 동조하는 것이 민주적인 태도는 아니기 때문이다. 특히 이 드라마가 표방하는 가치가 개인주의가 아니라 가족주의라고 한다면 성미의 결혼문제를 두고 가족들은 민주적인 의사결정과정을 거쳐야 하지 않았을까?

　사실 자녀들 위에 군림하지 않고 전폭적인 사랑과 지지를 보내는 안 교감은 이상적인 아버지의 모델일 수 있다. 하지만 가족의 중요한 문제를 결정짓는 데 아내와 먼저 의논하지 않는 그는 결코 이상적인 남편 모델이라고는 할 수 없다. 물론 그는 가정폭력을 휘두르거나 외도를 하는 마초(macho)적인 남성은 아니다. 작중에서 이런 남성상은 성실의 남편인 창수(허준호 분)가 담당했으며, 그로 인해 그는 이혼을 당하고 사업에도 실패하는 대가를 치렀다.

가족의 문제를 아내와 상의하지 않고 그 혼자 결정하려고 한 안 교감의 태도는 과거의 권위주의적인 가부장의 모습에서 많이 탈피했음에도 아직 그의 머릿속에 가부장주의의 잔재가 남아 있음을 입증하는 것이라고 할 수 있다. 그는 돌아가신 부모님께 매일 전상서를 쓰면서 소통할 것이 아니라 현실의 아내인 옥화와 좀 더 대화하며 상호소통하고 자식의 문제를 의논하고 결정할 필요가 있다.

한 신문의 칼럼은 안 교감을 아버지 부재시대의 초상으로 정의한다.

> 송재호가 연기하는 안교감은 가부장적 이데올로기를 완전히 떨쳐버린 인물은 아니지만 자신의 솔직한 감정을 드러내지 못한다. 딸의 이혼에도 반대하지 못한다. 그저 딸의 인생을 존중하며 묵묵히 지지한다.
> 그는 가족의 중요성을 강조하지만 왜 가족이 무너져 가는지에 대해서는 대안이 없다. 안 교감을 통해 발산되는 점점 작아지는 아버지는 사회구조적인 어려움과 맞물려 아버지와 가족에게 위안을 줄 뿐이다. 말이 좋아 권위적인 모습을 탈피한 부드러운 아버지이지 사실은 안교감은 아버지 부재不在 시대의 초상이다.[12]

이 칼럼의 논조는 부드러운 아버지로의 변화가 달갑지 않다. 민주적인 아버지상에 대해 "가부장제를 극복한 캐릭터라기보다는 자신의 생각을 고집스럽게 밀고 나갈 수 없는 약한 아버지상에 대한 안타까움을 대변한다"고 불만스럽게 적고 있다. 이 칼럼은 과거의 권위적인 아버지, 또는 마초적인 남성에 대한 향수를 내비치며 가부장주의가 퇴조하는 시대에

---

12 서병기, 「부모님 전상서, 안 교감은 아버지 부재시대의 초상」, 『헤럴드 경제』, 2005년 4월 28일자 인터넷 뉴스.

역행하고 싶은 심정을 드러낸다.

하지만 안 교감은 위의 칼럼에서 평가한 것같이 약한 아버지가 결코 아니다. 그는 밖에서는 교장 승진에도 탈락하고 정년을 코앞에 둔, 어찌 보면 초라한 소시민이다. 하지만 집에 돌아오면 가장으로서 온 가족의 존경을 한 몸에 받는 당당한 아버지다. 요즘 안 교감처럼 가족으로부터 존경을 받는 당당한 아버지가 현실 속에 얼마나 존재할까? 현실의 아버지들이 안 교감처럼 가족을 사랑으로 포용할 의사가 있는지는 알 수 없지만 그가 가족으로부터 받고 있는 존경과 권위는 되찾고 싶은 것이 솔직한 심정일 것이다.

이 작품에서 변화하는 가족관을 잘 보여주는 것은 장남 지환과 큰 며느리 아리를 처가로 들여보내는 대목이다. 드라마는 안 교감 부부가 장남이라고 해서 무조건적으로 부모를 모셔야 한다는 고루한 가족의식에서 벗어난, 매우 현대적이며 유연성 있는 인물임을 보여준다. 장자에게 부여되었던 부모 부양의 의무가 약화되고 있는 시대상을 반영하는 대목이다.

또한, 요즘 가정은 책임과 의무만이 강요된 경우가 많은데, 안 교감의 집에서는 가족 전체가 큰 교자상에 둘러앉아 아침저녁으로 식사를 하며, 가끔 술 파티도 하고, 고스톱을 치기도 한다. 더욱이 명장면은 옥화가 음정과 박자를 틀려가며 고모로부터 노래를 배우는 대목이다. 드라마는 가족의 오락적 기능을 환기하며, 가족이 격의 없이 사랑을 나누고 인간적으로 친밀한 관계가 되어야 한다는 것을 보여준다. 특히 솔직하고 명랑하지만 집안일을 잘할 줄 모르는 큰 며느리 아리가 시모인 옥화와 가까워지는 것은 그 특유의 붙임성으로 둘 사이가 인간적으로 친해졌기 때문이다. 가족은 강요된 의무의 관계가 아니라 인간적으로 친해지고 그것이 사랑으로 깊어지는 관계여야지 부부, 부모자식, 또는 고부라는 형식과 의무에

얽매이는 한 결코 진정한 가족 공동체로 결속될 수 없다는 것을 이 작품
은 유감없이 보여주었다.

5. 결론

전반적으로 볼 때, 유교적 가족주의에 대한 지나친 강조, 남녀 성역할
의 고정화 등 전통적이고 보수적인 가족 이데올로기를 담고 있는 이 드라
마가 많은 시청자들에게 수용될 수 있었던 것은 안 교감 부부가 자식을
넘치는 사랑으로 감싸고, 자식들 역시 부모의 뜻을 자발적으로 따르는 관
계, 그리고 단란함과 화목함으로 가득 찬 집안 풍경들 때문이었다고 할
수 있다.

이 드라마에서 부모자식, 부부 사이의 형식적인 권위나 위계서열은 크
게 약화되었지만 가족 간의 내부통합의 원리로써 효와 우애, 사랑과 존경
은 여전히 필요하다는 가족 이데올로기는 시종일관 강조되었다. 즉 혈연
공동체로서의 가족의 기본골격은 여전히 유지되면서 가부장의 절대적인
권위는 사라지고 그것이 사랑으로 대체된 모습을 보여주었다.

그런데 이 작품이 보여준 가족의 모습을 현실 속에서 쉽게 찾아볼 수
없는 것이 오늘의 실정이다. 그런 측면에서 이 드라마가 보여준 일상성은
리얼리티가 아니라 일종의 판타지, 이상화된 가족의 판타지라고 할 수 있
다. 왜냐하면 현실 속에서 우리가 경험하는 가족은 미화된 가족주의 이데
올로기에도 불구하고 갈등과 좌절로 얼룩지고, 해체의 위기에 놓인 경우
가 더 많기 때문이다.

〈부모님 전상서〉는 가족의 불안정성과 해체의 위기에 직면한 현대인들
에게 안 교감 내외가 자주 아침산책을 나갔던 안개가 피어오르는 강변 풍

경처럼 아름다운 가족의 모습, 그 신비로운 아우라를 보여주었다. 그것은 과거의 풍경도 , 현실 속의 풍경도 아닌, 현실 너머에 존재하는 이상적인 가족의 모습이다. 그리고 그 신비롭고 아름다운 모습의 이면에는 작가의 보수적인 가족 이데올로기가 작동하고 있으며, 그것이 시청자들에게 무의식적으로 영향을 미친다고 할 수 있다.

〈부모님 전상서〉가 보여준 높은 시청률은 아직도 우리 사회에는 민주적이고 평등한 가족과는 거리가 있는 보수적인 가족주의에 찬성하는 다수의 사람들이 존재한다는 것을 입증하였다고 할 수 있다. 특히 텔레비전이라는 매체가 갖고 있는 대중들과의 친화성과 영향력을 생각할 때에 〈부모님 전상서〉가 보여준 가족 이데올로기는 보수적인 가족주의의 재생산에 일조하고 있음을 부인할 수 없다.

끝으로, 이 드라마가 가족주의를 지나치게 강조한 나머지 배경이 농촌으로 설정되었음에도 불구하고 이웃과의 관계가 전혀 배제되었다는 아쉬움을 남긴다. 즉 안 교감의 집은 농촌을 배경으로 하고 있지만 마치 현대도시의 아파트처럼 이웃과 단절된 양상을 나타냈다. 폐쇄적인 혈연공동체를 넘어서서 이웃과 함께하는 가족의 모습이 아쉬웠다.

『우리어문연구』 26, 우리어문학회, 2006. 12.

변화 그리고 비가역성

김기덕의 〈시간〉을 중심으로

1. 새로움 그리고 돌아갈 수 없는 것

'비가역성' 이란 변화를 일으킨 물질이 본디의 상태로 돌아오지 아니하는 성질을 말한다. 본디의 상태로 돌아갈 수 없는 비가역성은 비단 가시적인 물질세계에서만 일어나는 일은 아니다. 시간, 사랑과 같은 인간의 감정, 그리고 인간관계와 같은 불가시적인 경우도 한 번 지나가거나 변화하면 돌이킬 수 없다. 김기덕의 열세 번째 영화 〈시간〉은 바로 몸과 시간과 관계의 비가역성을 다루고 있다.

새로움을 찾는 것은 본능이다

시간을 견디는 것이 인간이다.

반복 안에서 새로움을 찾는 것이 사랑이다.

…시간 속에서 영원한 것이 없다는 것을 깨닫는 것이 인생이다.

여기 죽도록 사랑하는 연인이 있다…

그러나 오랜 만남으로 사랑이 식은 것이 아니라

셀렘이 식었고 몸이 식었고 열정이 식었고 그리움이 식었다

나는 이 연인에게 한 가지 문제를 던진다

말도 안 되는…

— 김기덕, 〈시간〉

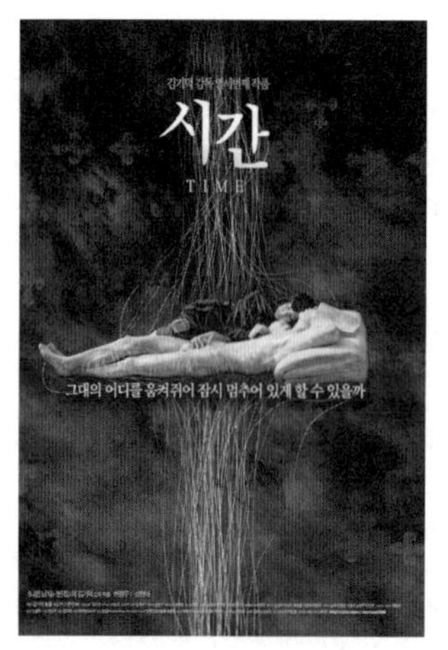

영화의 포스터에는 남자형상의 누워 있는 조각 옆에 여자(성현아)가 잠들어 있다. 그리고 "그대의 어디를 움켜쥐어 잠시 멈추어 있게 할 수 있을까"라는 글귀가 적혀 있다. 이 영화에서 김기덕 감독은 흘러가는 시간 속에서 변화하는 사랑의 감정을 영원히 붙잡아 두고 싶은 인간의 욕망을 표현한 것일까.

〈시간〉은 그러한 욕망을 달성하기 위해 얼굴을 바꾸는 끔찍한 성형수술까지 감행하며 남자로부터 완전히 잠적해버린 후 6개월 만에 새로운 얼굴, 그리고 새로운 이름으로 나타나는 여자의 이야기이다. 이 6개월은 성형수술이 완전히 정상으로 자리 잡는 데 필요한 시간이다.

새로워진 새희는 다시 남자친구 지우의 관심을 얻는 데 성공한다. 그들의 첫 번째 관계 후에 새희는 "어땠어요?"라고 묻고 남자는 "되게 새로웠

어요. 이런 느낌 처음인 것 같아요"라고 대답한다. 하지만 '사랑하냐'는 질문에는 "아직 모르겠어요. 되게 좋아요"라고 대답을 유보한다. 남자는 잠들고, 여자는 "제 뜻대로 됐네요. 그런데 제가 행복해 보이나요? 그런데 이상하게 슬프네요. 가슴이 터질 것만 같아요"라며 자의식이 발동한다. 이때 그녀는 관객을 향해 앉은 자세로 질문을 던짐으로써 감독의 의도를 보다 직접적으로 전달하고 있다. 그녀가 성형수술까지 해가며 그토록 열망하던 것을 얻은 절정의 순간이 충만한 상태가 아니라 슬프고 공허한 상태라니⋯⋯. 이 장면은 라캉(J. Lacan)이 말했듯이 환희와 향유(jouissance)가 있어야 할 곳이 텅 빈 자리로 남겨지고, 결핍과 부재로서만 확인되는 욕망의 본질을 유감없이 보여주고 있다.

여자는 남자가 사랑하는 여자가 과거의 세희인지 아니면 현재의 새희인지 궁금해져 세희의 이름으로 남자에게 편지를 쓴다. 새희의 울부짖는 만류에도 불구하고 남자는 세희를 만나러 가겠다고 선언한다. 여자는 새희가 되어 한순간 충만한 사랑을 소유하는 듯하지만 남자가 세희를 만나러 떠나감으로써 곧 사랑은 어긋나고 미끄러진다. 남자의 앞에 새희는 세희의 가면(사진)을 쓰고 나타난다. 경악하는 남자⋯⋯. 결국 새로운 몸의 새희는 지우가 사랑했던 여자 세희의 대용품에 불과했던 것이다.

> "세희 : 나 지겹지! 2년 동안 계속 보니까⋯⋯."
> "지우 : 말도 안 돼."
> "세희 : 키우던 강아지도 지겨워서 딴 사람 줬잖아!"
> "지우 : 사람하고 개하고 똑같냐?"

남자친구 지우는 키우던 강아지는 지겹다고 다른 사람에게 줘버리지만 뜻밖에도 과거의 여자 세희를 잊지 못하며, 성적 만족과 사랑을 구분하는 보수적(?) 인물이었던 것이다. 하지만 새희의 얼굴(몸)은 이전의 세희가 될 수 없고, 지우와의 사랑의 감정과 관계도 과거로 돌이킬 수 없다는 냉엄한 현실을 그녀는 너무 늦게 깨닫게 된다.

2. 성형, 몸에 대한 폭력

이 영화의 첫 시퀀스는 성형외과 수술실의 끔찍한 수술 장면으로부터 시작된다. 선이 그어지고, 째고, 잘리며, 삽입되고, 봉합되고, 주사되는 몸⋯⋯. 영화 〈시간〉에서 보이는 피투성이의 수술실의 충격적 영상은 성형이 인간의 신체에 가하는 끔찍한 폭력이라는 사실을 여러 차례 환기시킨다. 성형의 정체란 수술 전(before)─수술 후(after)의 모습이 대칭된 유혹적인 병원 문 너머 수술실에서 인간의 몸에 가해지는 폭력이라는 것을 감독은 영상언어로 분명히 말하고 있다.

그간 살인, 강간, 구타, 학대, 착취, 매춘, 원조교제, 아동의 약취유인 등의 갖가지 폭력적이고 일탈적인 코드들이 지배하는 영화 세계를 그려온 김기덕 감독은 〈시간〉에서 성형이란 폭력 항을 새롭게 추가하고 있다. 〈시간〉을 만든 감독의 문제의식은 자못 진지하고 무거워 보인다. 영화는 성형이 광범위하게 만연된 오늘의 세태를 비꼬며, 이 성형이라는 폭력의 이면에 작용하는 복잡한 의미작용을 통해서 현대인의 일그러진 자화상을 그려낸다.

전통적으로 우리는 "신체발부는 수지부모요 불감훼상이 효지시야身體髮膚 受之父母 不敢毁傷 孝之始也"라는 공자님의 가르침을 금과옥조로 여기며 살아왔다. 몸은 부모님으로부터 물려받은 것으로, 이 주어진 몸을 훼손하는 것을 최대의 불효요 악덕으로 여겼던 것이다.

그런데 영화 〈시간〉의 인물들은 가족들과 함께 살지 않는다. 그들은 가족들로부터 독립하여 원룸에서 혼자 살며, 이성의 파트너가 있고, 프리섹스를 즐긴다. 그들은 결혼 같은 것에도 그리 관심을 두지 않는다. 전통적인 가족관과 몸 개념이 이들에게 통용될 리 만무하다.

포스트모던 사회에서 사람의 몸은 더 이상 자연으로부터 주어지는 것, 생물학적 본질이 아니다. 몸은 다양한 사회적 힘과 연관되어 발달하는 사회적 구성체로서 미완의 실체이며, 사회적 불평등을 유지하는 데 필수적인 것으로 인식된다. 몸을 경제자본(돈, 재화, 용역), 문화자본(교육), 그리고 사회자본(사회구성원들의 재화와 용역을 상호 간에 연결해주는 사회적 관계망)과 함께 자본의 한 형태로 인식한 브르디외(Bourdieu)는 육체자본이라는 개념으로 몸을 상품화시키는 현대사회의 다양한 방법들에 대해서 검토한 바 있다.

정말 현대사회에서 몸은 변화 가능한 것이 되었으며, 개인이 자신의 몸을 디자인하는 책임을 지게 되었다. 최근 우리나라는 몸짱, 얼짱이라는 신조어가 생겨났는가 하면 성형에 대한 사회적 인식도 과거와는 크게 달라지고 있다. 더 이상 성형은 소수의 유명배우나 탤런트, 모델, 부자들만의 전유물이 아니다. 또 감추고 숨겨야 할 부끄러운 일도 아니다. 이제 성형을 했다는 사실을 당당하게 드러내놓고 시인할 만큼 성형은 남녀노소를 불문하는 보편적 현상이 되었다. 우리나라는 미용성형이 세계 최대로 산업화된 나라가 되었고, 외신은 이를 빈정거린다. 하지만 이미 거대해진 성형산업은 젊음과 아름다움과 자신감을 심어준다는 이데올로기로 표준화되고 이상화된 몸으로의 완전한 변형을 유혹하며, 공격적인 마케팅을 시도한다. 실제로 결혼시장과 취업시장에서 보다 더 교환가치가 높은 상품으로 자신을 팔고자 하는 소비자들의 현실적 욕구와 부응함으로써 성형은 가속적으로 성행되어간다.

카페에서 무의식적으로 다른 여자들에게 자꾸만 눈길을 보내는 지우에게 신경질적으로 화를 내던 세희는 집으로 찾아온 지우에게 "지루하게 똑같은 모습이라서 미안해", "맨날 똑같은 몸이라서 미안해", "맨날 똑같은 얼굴이라서 미안해"를 연발한다. 그리고 지우와의 섹스가 그녀의 적극적 애무에도 여의치 않자 카페에서 만났던 여자를 떠올리며 하라고 말한다. 비로소 관계가 이루어진 다음 세희는 그 여자를 떠올렸느냐고 물으며 다시 화를 내고…….

지우와 사귄 지 2년이 된 세희는 자신의 똑같은 모습, 몸, 얼굴 때문에 둘 사이의 섹스가 지루해지고 감동이 없이 일상화되어진 것이라고 생각한다. 연인 사이의 관계에서 몸의 설렘은 시간이 경과함에 따라 감소한다. 즉 상대방으로 하여금 전혀 성적 자극을 못 느끼도록 육체적 매력이 줄어들어 무감동한 몸이 되고 마는 것이다. 이것은 남녀가 마찬가지이다. 남자만 여자의 몸에 대해서 무감동을 느끼는 것이 아니라 여자도 마찬가지인 것이다.

그런데 영화 〈시간〉에서는 여자만이 변화 없는 모습, 몸, 얼굴이라서 미안하다고 남자에게 말한다. 왜 여자만이 미안해하며, 남자를 성적으로 자극하기 위해 노력을 기울여야 하는가? 그리고 성형수술을 통해서 일상화된 관계를 벗어나야 하고, 둘 사이의 관계가 변할지도 모른다는 불안감에 시달려야 하는가. 왜 여성만이 남성의 성적 쾌락과 만족을 위해서 봉사하는 존재로 묘사되어야 하는가.

여기에서 영화 〈시간〉 역시 남성중심적 가치가 내재되어 있다는 혐의를 벗어날 길이 없어진다. 김기덕의 영화들이 표현하고 있는 남성중심적 가치와 시선은 늘 페미니스트들의 공격을 받아왔다. 이번 영화는 이 점을 피해 가는가 싶었는데, 이 대목에서 복병처럼 숨어 있다가 얼굴을 든다. 하지만 이 영화는 기존의 김기덕 영화가 보여주던 가학적 남성—피학적 여성이라는 인물의 공식과는 멀리 떨어져 있다는 점에서 차이를 나타낸다.

세희가 찾아간 성형외과 의사(김성민)는 성형수술을 한다고 할지라고 지금보다 더 예뻐질 수 없다고 말하며, 성형수술과정을 담은 끔찍한 동영상을 보여준다. 그리고 한 번 수술을 하게 되면 "다시는 자신의 모습을 찾지 못해요"라고 확실하게 알려준다. 즉 성형수술이 얼마나 고통스러우며, 더 중요한 것은 수술 이전의 모습으로 결코 돌아갈 수 없다는 점을 분명히 한다.

성형수술이 인간에게 몸에 대한 스스로의 지배력을 부여한 것처럼 보이게 하지만 그것은 시간의 비가역성을 초월하여 얼마든지 원하는 대로 변화 가능한 무소불위의 영역은 아니다. 영화 속의 의사의 말대로 부모조차 알아볼 수 없도록 만들 수는 있지만 변형 이전의 상태로 되돌릴 수는 없는 것이다. 그럼에도 그녀는 "새로울 수 있다면 참아야죠"라고 말한다. 보통 성형수술을 하려는 여자들은 "아름다워질 수 있다면 참아야죠"라고 말했을 것이다. 이 차이에 주목할 필요가 있다.

그런데 정작 지우가 사랑한 것이 현재의 새로워진 새희가 아니라 과거의 세희였다니……. 사실 지우는 세희를 지겨워하며 변화된 세희를 욕망하지만 정작 세희가 사라지자 이제는 과거의 세희를 욕망한다. 하지만 새희는 세희로 되돌아갈 수 없다. 몸의 비가역성 때문이다. 이때 그녀가 할 수 있는 일은 세희라는 실체 대신에 세희의 사진(허상, 이미지)으로 만든 가면을 쓸 수밖에 없는 것이다. 그가 사랑한 세희가 더 이상 지상에 존재하지 않는다는 절망감에 뛰쳐나간 지우는 세상의 누구도 알아볼 수 없도록 자신도 성형수술을 해버린다. 성형수술으로 자신의 사랑을 배반한 세희에 대한 처절한 복수인 것이다. 지우가 어떤 모습으로 바뀌었는지 알 수 없는 그녀는 계속 지우를 찾아 여러 남자들을 만나며 방황하다 지우로 생각되는 한 남자를 쫓아가지만 그는 교통사고로 즉사한다. 남자의 죽음으로 영원히 둘 사이의 관계는 복원할 길이 차단된 것이다.

미친 듯이 울부짖던 새희는 다시 성형외과를 찾아가서 이 세상의 누구도 자신을 알아볼 수 없도록 다시 성형수술을 해달라고 주문한다. 마치 성형만이 구원이라는 듯이……

영화의 마지막 장면은 성형수술을 마친 여자가 자신의 엉망으로 흐트러진 이전 얼굴(성현아) 사진을 들고 병원의 문을 열고 나오다가 세희(박지연)와 부딪치는 처음 장면이 반복된다. 선글라스와 마스크로 얼굴을 가리고 병원을 나오는 이 장면의 반복은 성형중독에 빠져 끊임없이 새로움이라는 욕망을 반복하는 주체성을 상실한(얼굴 없는) 존재를 드러낸 것으로 해석된다.

마치 사이보그의 부품을 갈아 끼우듯이 영화 속 인물들은 자신을 수선해야 할 존재로 물화시키며 성형을 반복한다. 그들은 사랑이 권태로울 때에도 성형을 시도하고, 사랑하는 대상을 잃고 절망하는 자신이 견딜 수 없어도 성형을 하고, 성형수술로 자신의 사랑을 배반한 상대방에게 복수하기 위해서도 성형을 한다. 이때 몸은 인격을 가진 실체가 아니라 끝없이 소비되는 이미지, 환영이다.

지우는 세희를 수술한 성형외과 의사를 찾아가 술을 마시며 왜 수술을 해주었느냐고 따지며 몸싸움을 벌이는데, 의사는 네 부모도 알아볼 수 없도록 너를 바꾸어버릴 수 있다고 으름장을 놓는다. 그렇다. 성형외과 의사야말로 성형을 원하는 사람에게는 그에게 몸을 주는 부모보다도 더한 권력을 행사할 수 있는 존재이다. 몸을 주문하는 대로 바꾸어줄 수 있는 신과 같은 권력자인 것이다. 영화에서 세희는 여기저기서 오려낸 눈, 코, 입술이 몽타주 된 사진을 들고 병원을 찾아간다. 의사는 주문된 얼굴대로 만들어내는 다름 아닌 창조자다.

의학기술이 신의 영역에 도전하는 시대에 인간은 더 이상 신의 피조물이거나 부모로부터 몸을 물려받은 자연적 존재가 아니다. 인간의 몸은 타고나는 것이 아니라 얼마든지 인위적으로 변형 가능한 것이 되었고, 몸에 대한 권리도 신이나 부모가 아니라 개인에게 주어졌다. 그리고 그 권리는 개인이 가진 경제적 능력에 비례하고 지배당하는 시대가 되었다. 그러나 자신의 몸을 다르게 변형시킬 수 있는 권리, 몸에 대한 지배가 개인에게 주어진다는 것이 과연 개인의 몸에 대한 권리의 진정한 신장인 것일까? 그것은 다름 아닌 몸의 물신화, 상품화, 대상화는 아닌가.

개인이 자신의 몸을 스스로 통제하게 됨으로써 소위 몸 프로젝트는 각종 스포츠, 헬스, 다이어트, 나아가 성형수술에 이르기까지 다양하게 이루어진다. 그리고 생물학적 복제, 유전공학, 스포츠과학, 성형수술과 같은 다양한 분야의 발전으로 인해 몸은 점점 취사선택적인 것이 되어간다. 과학기술의 눈부신 발전으로 인해 많은 사람들이 자신의 몸을 지배하게 되고, 다른 사람으로 하여금 자신의 몸을 지배하게 할 수 있는 가능성도 커지고 있다. 대중매체는 몸의 이미지, 성형수술, 육체를 젊고 섹시하고 아름답게 유지할 수 있는 각종의 방법에 대한 기사와 프로그램으로 가득하다. 과학과 기술에 의한 몸의 개조를 어느 정도까지 허용해야 하는가에 대한 사회적 합의나 도덕적 가치판단은 아직 도출되지 않았지만 성형의 현실은 이를 훨씬 앞질러 나가고 있다.

몸 프로젝트는 많은 경우에 자신의 건강과 미적 만족을 위한 프로젝트가 아니라 남에게 잘 보이기 위해 이루어진다. 즉 취업시장과 결혼시장에서 자신을 보다 더 잘 팔리는 상품, 매혹적인 존재가 되기 위해 수행된다. 육체가 자본이니, 그것의 교환가치를 극대화하기 위해 투자되는 프로젝트이다.

세희는 남자친구에게 새로운 성적 매력을 환기하기 위해 식이요법, 몸매 가꾸기 같은 차원이 아니라 성형수술로 완전 변형을 감행했다. 성형은 운동을 하고 다이어트를 하는 것과는 차원이 다른 프로젝트이다. 막대한 시간과 돈과 고통이 투자되어야 이루어지는 외모에 대한 완전한 변형인 것이다.

몸 프로젝트는 건강한 몸에서 아름다운 몸으로, 이제는 새롭게 변화된 몸으로 바뀌고 있다. 〈시간〉의 세희가 바로 그런 인물이다. 연인 사이의 권태를 벗어나게 하는 것은 새롭게 변화된 몸이라는 가치판단이 작용한 것이다. 하지만 그것이 정말 그녀 자신의 주체적 가치판단인 것일까? 그것은 어디까지나 남성의 설계나 시선, 그리고 환상을 내면화한 것일 뿐이다. 즉 남성권력이 지배하는 가부장사회의 가치와 질서에 자신도 모르게 길들여진 탓이다. 실제 영화에서도 세희의 성형 결정은 카페에서 다른 여자들을 힐끔거리는 남자의 태도 탓이며, 그녀의 몸에 반응하지 않는 남자의 몸 때문이지 않은가.

미용성형의 관행은 여성미를 둘러싼 문화적 강요를 강화한다. 성형의 이면에는 몸에 칼을 대고, 살을 에고, 뼈를 깎는 육체적 정신적 부담과 원하지 않는 결과에 대한 위험성과 불만, 심지어는 생명을 잃는 경우까지도 있다. 그리고 엄청난 경제적 부담을 안겨줌은 물론이다. 이처럼 육체적 정신적 경제적 대가를 치러가면서도 여성들이 성형에 빠져드는 것은 여성을 대상화, 상품화, 물신화하는 남성지배의 문화 속에서 여성들이 몸에 대한 강박 속에 놓여 있다는 것을 의미한다. 성형을 선택하는 것은 개인

의 자유로운 의사인 듯 보이지만 개인은 문화적 강요와 강박으로부터 결
코 자유롭지 못한 존재이다.

3. 정체성의 부정 또는 유목민적 주체

〈시간〉에는 세희가 몇 차례나 얼굴을 가리는 장면이 나온다. 얼굴을 가
린다는 것은 자기정체성에 대한 부정이다. 자신의 얼굴이 싫어서 세희는
침대시트로 얼굴을 가리고, 수술한 세희는 새희가 되기 전까지 선글라스
와 마스크로 얼굴을 가리고, 지우가 사랑한 여자가 새희가 아니라 세희라
는 것을 깨달았기 때문에 그녀는 세희의 사진으로 새희의 얼굴을 가린다.
즉 세희를 부정하며 새희가 되었다가 다시 새희를 부정하며 세희가 되고
자 한다.

새로워지기 위해서 첫 번째 수술을 한 세희는 새로운 세희(새희)가 되
고, 두 번째 수술을 한 새희는 다시 또 다른 세희가 된다. 세희라는 정체
성은 고정되어 있지 않고 변화한다. 영화는 성형외과 병원을 나서는 여자
(성현아)에게 세희(박지연)가 부딪쳐서 여자가 들고 나오던 수술 전의 사
진이 든 액자가 깨어지는 것으로 설정하고 있다. 그리고 여자는 사진을
돌려받지 않고 떠나간다. 수술 후 새로운 이미지로 새롭게 태어나기 위해
서는 반드시 수술 이전의 과거의 이미지는 깨어지고 버려지고 부정되어
야 한다. 깨어지고 버려진 것은 사진틀이 아니라 과거의 이미지이다. 이
것이 사진틀의 깨어짐의 은유적 의미이고, 성형의 최종적인 목표이다.

성형은 기존의 자신의 모습, 얼굴, 몸을 부정하고 바꾸어버림으로써 고
정된 주체가 아니라 유목민적 주체이자 복수의 주체를 표현한다. 끊임없
는 정체성 재가공과 주체성 재구성이야말로 우리 시대의 핵심적 과제이

다. 들뢰즈가 말한 노마디즘(nomadism)은 기존의 가치와 삶의 방식을 부정하고 불모지로 옮겨 다니며 새로운 것을 창조하는 일체의 방식을 의미한다. 성형도 특정의 모습에 자신을 고정시키지 않고 끊임없이 자신을 부정하고 바꾸어간다는 의미에서는 노마디즘이라고 말할 수 있을 것인가.

영화 〈시간〉의 인물을 비롯하여 현대인들은 겉으로 보여지는 몸, 즉 이미지에 집착한다. 이미지가 본질을 압도할 뿐만 아니라 이미지 자체가 본질이 된다. 내면을 앞지르며 표면, 아니 표피적인 것이 승리를 거둔다. 멀티미디어 시대의 피할 수 없는 운명이다.

상품의 모델만을 바꾸어 상품판매를 극대화하는 전지구적 자본주의는 차이를 증폭시킴으로써 시장을 확대하고 끝없이 이윤을 창출한다. 끊임없이 새롭고 다르게 보이는 정체성(주체성)을 매혹적인 상품으로 가공하는 것이다. 소비자들은 새로움에 현혹되어 이 은폐된 기제에 조종당하는 줄도 모르고 소비를 반복한다. 끊임없이 다른 것이 되라는 강요된 욕망을 재발명 또는 재생산하는 상품의 논리가 사람에게도 그대로 적용되고 있다. 성형이 바로 그것이다.

성형시장에서 여성은 소비자가 되어 자신의 얼굴과 몸을 표준화되고 이상화된 미의 목표를 구현하는 대상으로 물화하고, 변신에 대한 끊임없는 집착과 노력을 강요받는다. 사람의 몸, 얼굴, 모습마저도 인위적으로 디자인(성형수술)되어 소비되는 시대, 몸이 개인의 정체성과 가치를 표현하는 수단으로 부각되는 시대가 되어버렸다. 당연히 육체는 자본화되고 외모지상주의(lookism)가 판을 친다. 젊고 잘 가꿔진 육감적인 육체에 전례 없는 선망과 찬사를 보내는 시대에 자아를 상징하는 것은 인간의 내면과 정신이 아니라 외적 영역, 즉 몸의 표면이다. 몸의 외면은 표준화에 맞춰 변형되고, 이것이 만들어내는 이미지의 소비는 반복된다. 그러니 낡은 이미지는 새로운 이미지로 새롭게 바뀌어야만 가치를 획득한다. 그래서 성형중독은 일어난다.

세희는 자신의 낡은 이미지를 버리고 새로운 정체성을 갖기 위해 성형수술을 감행했다. 성형수술로 세희의 얼굴과 몸은 변했지만 바뀐 것은 얼굴과 몸일 뿐 세희의 내면과 기억은 그대로 새희에게 이어지고 있는데도, 세희와 새희는 두 개의 자아로 분열되어 서로 다른 정체성을 구성하며, 현재의 새희는 과거의 세희를 질투한다.

성형수술은 새롭고 매력적인 외모를 선사했는지 모르지만 남자친구는 바뀐 그녀를 떠나가고, 남겨진 것은 두 개로 분열된 자아, 즉 정체성의 혼란뿐이다. 세희와 새희를 연출하는 복수의 주체는 창조적 노마디즘이 아니라 끝없이 차연을 헤매는 오로지 과정만이 있는 주체, 자신이 타자인 줄도 모르는 채 부유하는 꼭두각시에 불과하다.

4. 시간과 욕망

사랑은 변하지 말아야 하지만 몸은 변해야 한다는 딜레마에서 그녀가 선택하는 것이 성형수술이다. 사랑이라는 지속되어야 할 가치 속에서 시간이라는 변수는 몸의 설렘을 무디게 만들었고, 여자는 성형으로 이에 도전한다. 이 도전은 성공하는 듯이 보이지만 결국 실패한다. 남자친구가 과거 세희와의 사랑을 잊지 못했던 것이다.

라캉에 의하면 성적 파트너는 지속된 열정 이후에는 욕망의 대상이라기보다는 애정의 대상이 된다. 그래서 다른 대상을 찾아 옮아가고 순환은 반복된다. 따라서 완전한 사랑은 S이며, S′, S″, S‴라는 대상을 찾아 끝없이 미끄러지는 재현불가능성을 보여준다는 점에서 욕망의 환유적 연쇄인

$\lozenge$a이다.

세희는 남자친구와의 충만한 사랑을 욕망하며 성형수술을 하지만 새로워진 그녀가 얻게 된 것은 일시적인 성적 욕구의 충족일 뿐 사랑이라는 욕망은 영원히 충족되지 못한 채 지연된다. 결국 라캉이 말한 대로 "사랑의 관계는 요구와 욕망 사이에서 해결될 수 없는 긴장관계를 내포"할 뿐이다. 인간은 그것이 사랑이든 무엇이든 결핍된 통일성과 전체성을 동경하면서도, 이를 영원히 달성할 수 없는 상실의 존재, 상실된 통일성을 회복하려는 끊임없는 욕망에 사로잡힌 결핍의 존재일 뿐인 것이다.

욕망이란 사다리를 타고 올라가 보아야 그것은 끝이 없다. 모도의 바다를 배경으로 한 조각공원에서 여자(세희 또는 새희)와 남자가 올라가 앉았던 손가락 모양의 사다리(층계)가 끝도 없이 허공을 향하고 있는 것과 마찬가지인 것이다. 욕망은 붙잡을 수 없고 허망한 것이다. 바닷물의 출렁임과 밀물과 썰물의 반복은 시간 속에서 끝없이 욕망하고 결핍에 시달리며, 욕망의 회로를 빠져나오지 못하는 사랑에 빠진 연인에 대한 상징이다.

『펜문학』 83, 펜클럽한국본부, 2007. 5.

영화 〈양철북〉의 정신분석

1. 뉴저먼 시네마

뉴저먼 시네마(New German Cinema, Das Neue Kino)는 1960년대부터 1970년대에 걸쳐 독일에서 일어난 새로운 영화운동을 지칭하는 명칭이다. 시기적으로 1962년의 〈오버하우젠 선언〉으로부터 1979년 〈함부르크 선언〉 공표까지의 새로운 독일영화를 말한다. 한편 데이비슨은 "1962년에서 1989년 사이에 서독에서 국가의 지원을 받은 비교적 독립적인 영화"로 뉴저먼 시네마를 정의하기도 한다.[1]

독일영화는 1920년대의 표현주의 영화의 쇠퇴와 나치즘의 대두로 활기를 잃고 침체에 빠지게 된다. 전후에는 전범국가에 대한 연합국의 통제에 의해 이러한 현상은 더욱 심화되었다. 독일 영화의 기반이 약해진 상태에

---

1 남완석, 「뉴저먼 시네마 – 신화의 해체와 재구성」, 『독일문학』 97, 한국독어독문학회, 2006, 181면에서 재인용.

서 무차별적으로 수입된 할리우드 영화는 독일영화의 쇠퇴를 더욱 가속화시켰다.

이러한 상황에서 1962년 오버하우젠 영화제(Oberhausen Film Festival)라는 단편 영화제에 참여하였던 독일의 젊은 영화감독들(26명)은 알렉산더 클루게(Alexander Kluge)를 중심으로 기존의 관습적인 영화산업구조로부터 탈피하여 시대와 사회에 대한 깊은 관심을 표명하고, 기존 영화에 대한 파산 선고를 내리는 〈오버하우젠 선언〉을 채택한다. 아래는 그 선언문 중 일부이다.

> 이제 새로운 영화가 도래할 기회가 왔다. 국제적으로 인정을 받고 있는 독일의 단편 영화들이 토대가 되어 새로운 독일의 장편영화를 만들게 될 것이다. 이 영화들은 새로운 자유를 원한다. 기존의 산업적 관심으로부터의 자유, 상업적 고려로부터의 자유, 특정 그룹의 지배로부터의 자유를. 이제 아버지 세대의 영화는 죽었다. 우리는 새로움을 신봉한다.

이러한 선언에 관심을 가진 연방정부는 '청년독일영화관리국(Kuratorium Junger Deutscher Film)'이라는 비영리 단체를 만들어 지원하였으며, ARD, ZDF 등의 TV방송국에서도 이들에게 재정적인 지원을 하게 된다. 몇 년 뒤 이들을 지원할 재정이 바닥나고, 새로 제정된 독일의 영화 지원책이 마련되면서 이들에 대한 지원은 유명무실하게 된다. 그 후 여러 감독들은 직접 '작가영화제작사(Filmverlager Autoren)'를 설립하여 TV방송국들과의 협력하에 공동으로 제작비를 마련하게 된다.

이들 신세대 감독들은 기존의 상업적 관심으로부터 자유롭고, 특정그룹의 지배로부터도 자유로운, 즉 기존의 모든 시스템으로부터 자유롭고 새로운 장편영화를 만들고자 했다. 이들의 영화는 정치, 경제, 사회에 대한 비판이 가장 두드러지는 강한 실험성으로 세계영화사의 한 획을 긋는 영화운동으로 평가되어[2], '뉴저먼 시네마' 라는 명칭을 부여받게 된다.

이처럼 국제적인 관심을 끈 뉴저먼 시네마는 폴커 쉴렌도르프(Volker Schlondorf)의 〈젊은 퇴를레스(Der Junge Torless)〉(1966)와 알렉산더 클루게의 〈어제의 소녀(Abschied von Gestern)〉(1966) 등으로부터 시작된다. 그 뒤 이 운동은 70년대에 들어서 절정기를 맞게 되는데, 그 시기의 대표적인 세 감독으로 라이너 베르너 파스빈더(Reiner Werner Fassbinder), 베르너 헤어조크(Werner Herzog), 빔 벤더스(Wim Wenders)를 꼽을 수 있다.[3] 그리고 뉴저먼 시네마의 대표작으로는 윌리히 샤모니의 〈저것〉(1965), 폴커 쉴렌도르프의 〈젊은 퇴를레스〉, 〈양철북〉(1979), 빔 벤더스의 〈도시의 아리스〉, 라이너 베르너 파스빈더의 〈여우와 그의 친구〉(1975), W. 헤르초흐의 〈신의 분노〉(1971) 등이 주목되었다.

감독 개개인이 작가주의적 입장을 취하는 등 프랑스의 누벨바그운동으로부터 큰 영향을 받은 뉴저먼 시네마는 처음부터 특정한 양식적 체계 안에서 유형화된 것은 아니었다. 즉 뉴저먼 시네마가 양식화된 것은 훨씬 뒤의 일로서 평론가들과 이론가들에 의해서 이루어졌다. 처음에는 이탈리아의 네오리얼리즘이나 프랑스의 누벨바그와 마찬가지로 특정한 양식을 표방하는 사조로서 출발한 것은 아니었던 것이다. 따라서 당시 활동했던 감독들 사이에는 특정한 양식상의 공통점이 두드러지게 발견되지는 않았다. 그래서 뉴저먼 시네마는 운동이나 학파가 아니라는 지적이 있으며, '가장 운동처럼 보이지 않는 운동' 으로 평가되고, 감독들의 미학적,

---

2 김정호, 『영화 따라잡기』, 평민사, 2004.
3 잭 씨 엘리스, 변재란 역, 『세계영화사』, 이론과실천, 1998, 461~464면.

주제적 다양성이 강조되기도 한다.[4]

렌츨러(E. Rentschler)는 뉴저먼 시네마를 아방가르드 영화로 간주하며 "기존의 영화와 영화인들에 반대해서 투쟁했고, 낡은 질서를 붕괴시키고 새로운 질서를 창조했으며, 나아가서 그 대표자들은 자신을 실현시키려는 억제할 수 없는 충동에서, 자발적이고 독창적인 비전을 갖고 있었던" 것으로 보았다. 할리우드 영화와 비교할 때 뉴저먼 시네마는 비전형적인 내러티브 전략을 구사하고 동일시 기제를 거부하는 등 전위적 속성을 지니고[5] 있지만, 뉴저먼 시네마의 철학이나 스타일은 감독들의 수만큼이나 다양해서 한마디로 정의내리기는 어렵다. 하지만 평자에 따라서는 브레이트 수용, 소재로서의 역사, 파시즘에 대한 관심을 바탕으로 영화 속에서 그에 대한 발언을 하는 것으로 말하기도 한다.[6]

이탈리아의 네오리얼리즘, 프랑스의 누벨바그 운동으로 이어져 온 예술영화운동을 계승하고 있는 뉴저먼 시네마 운동은 작가영화가 산업적으로 독립할 수 있는 대안을 모색했다는 점에서도 그 의미를 찾을 수 있다.

그러나 "우리는 프로이며, 우리의 영화를 보건 말건, 심지어는 우리 영화와 전혀 다른 영화를 꿈꾸는 관객일지라도 우리의 동조자다. 우리는 계속 나아갈 것이다"라고 한 1979년 〈함부르크 선언〉 이후 관객들이 그들의 의도대로 따라주지 않았기 때문에 뉴저먼 시네마는 영화사의 한 획을 긋고 사라져갔다.

본고는 뉴저먼 시네마의 기수인 폴커 쉴렌도르프(Volker Schöndorff) 감

---

4 남완석, 앞의 논문, 181면.

5 남완석, 위의 논문, 184면에서 재인용.

6 피종호, 「파스빈더 영화와 혼합된 매체현실」, 『뷔흐너와 현대문학』 20, 한국뷔흐너학회, 2003, 449면.

독의 영화 〈양철북〉을 정신분석학적 비평으로 분석하고자 한다. 영화비평에서 정신분석학적 방법론은 이미 1970년대부터 다양하게 시도되어 왔다. 영화가 판타지 및 꿈과 쉽게 연결된다는 점에서 영화감독들은 인간의 무의식을 시각적으로 재현하기 위해서 일찍부터 노력을 기울여왔던 것이다. 정신분석학적 영화비평은 프로이트주의와 라캉주의라는 큰 흐름을 형성하고 있다. 영화는 인간정신의 욕망을 체현하는 것으로 여겨지며, 스크린은 판타지와 욕망들, 즉 인간의 무의식을 투사하는 장소로 여겨지고, 영화는 관객을 욕망하는 주체, 즉 장치—관객이 자신의 눈과 동일시하는 카메라를 비롯한 영화적 장치들—의 주체로서 위치지어진다고 간주되어지기 때문이다.[7] 심리학자 휴고 먼스터버그(Hugo Munsterberg)는 그의 저서 『영화, 그 심리학적 연구』에서 "영화는 바깥세상을 기억·상상·주의집중·감정이 포함된 마음기전으로 바꾸어놓는다"라고 했다. 즉 영화와 정신의학은 모두 인간의 행동과 습관, 특히 특이한 행동과 습관에 높은 관심을 가지고 있고, 영화 속의 이야기 사례들은 인간의 고조된 감정과 희한한 동기를 담고 있다.[8]

2. 〈양철북〉의 정신분석

1) 〈양철북〉과 뉴저먼 시네마

〈양철북〉(Die Blechtrommel)〉은 1999년의 노벨 문학상 수상자인 귄터 그

---

7 수잔 헤이워드, 이영기 역, 『영화사전 — 이론과 비평』, 한나래, 1997, 313~314면.
　샌디 플리터만 루이스, 「정신분석학, 영화, 그리고 텔레비전」, R. 알렌 편, 김순훈 역, 『텔리비전과 현대비평』, 나남, 1994, 231~278면.
8 조두영, 『프로이트와 한국문학』, 일조각, 1999, 140~141면.

라스 원작의 장편소설을 영화화한 작품이다. 뉴저먼 시네마의 기수인 폴커 쉴렌도르프(Volker Schöndorff) 감독에 의해 1979년에 제작되었으며, 뉴저먼 시네마의 대표작 중 하나로 평가되는데, 같은 해 칸느영화제 황금종려상(작품상)과 아카데미 최우수외국어영화상을 수상했다.

스웨덴 한림원은 귄터 그라스에 대한 노벨문학상 수상 경위에서, "그라스가 양철북을 통해 인간들이 떨쳐버리고 싶었던 거짓말, 피해자와 패자 같은 잊혀진 역사의 얼굴을 장난스러운 블랙 유머 가득한 동화로 잘 그려냈다"라고 그 의의를 설명하며, 20세기의 가장 위대한 작품의 하나로 『양철북』을 평가했다. 영화 〈양철북〉에서 원작자 그라스는 각색 작업에 참여했으며, 영화화된 자신의 작품에 대해 상당히 긍정적인 평가를 내렸던 것으로 전해진다.

〈양철북〉은 1899년 독일과 폴란드의 접경지역인 단치히를 배경으로 한 소시민 가족의 일상과 제2차 세계대전 전후의 독일 역사가 치밀하게 얽히면서 전개된다. 영화의 첫 시퀀스는 카슈바이족 농부의 딸인 안나(티나 엥겔 분)가 도망병을 치마폭에 숨겨 주는 동안 그에게 겁탈당하는 것으로부터 시작된다. 이 사내는 1년 뒤 뒤쫓던 군인들의 추격에 강물로 뛰어든 후 실종된다. 그리고 안나는 아비 없는 자식 아그네스를 혼자서 키우게 된다.

카메라의 렌즈가 작아졌다가 커지면서 시간이 도약되어 성장한 아그네스를 중심으로 영화가 전개되다가, 다시 렌즈가 작아졌다가 커지면서 오스카(다비드 베넨트 분)가 탄생한다. 즉 아이리스 인(iris in)되었다가 아웃(iris out) 됨으로써 십수 년에서 몇 년의 시간이 생략되는 것이다. 이와 같은 아이리스의 사용은 관객의 영화에의 몰입을 방해한다. "사실주의 감독은 관객이 카메라의 존재를 잊게 만들려고 하며, 표현주의 감독은 끊임없이 카메라의 존재성을 관객들에게 환기시킨다"[9]라고 했듯 카메라의 렌즈를 의식하게 만드는 영화적 기법은 이것이 영화라는 것을 환기시킴으로써 소격효과를 유발한다. 뉴저먼 시네마의 기법 중의 하나인 소격효과는 작중인물이나 사건과의 거리를 발생시키며, 관객으로 하여금 인물과 사건에 비판적 거리를 갖도록 유도하는 것이다. 아이리스는 뉴저먼 시네마의 전형적 카메라 기법은 아니지만 소격효과를 유발시키는 데 활용되었다.

영화 〈양철북〉을 보는 관객은 좀처럼 감정이입이나 동일화의 감동을 즐기기가 어렵다. 어린이인지 어른인지 모를 무표정한 얼굴의 오스카를 비롯하여 세 살 어린이가 올려다본 개구리 시점(앙각)에 비친 인물들의 왜곡되고 일그러진 모습, 그리고 오스카의 도전적인 목소리가 눈앞에 펼쳐지는 장면들에 대해 서사적인 거리를 갖게 하고 동일화를 방해하기 때문이다.

영화에서 오스카는 주인공이지만 동시에 내레이터이고 관찰자이다. 이러한 설정은 원작소설이 오스카를 화자로 한 1인칭 서술이라는 사실과 관련된다. 영화 〈양철북〉에서도 1인칭의 내레이터인 오스카의 역할이 큰 비중을 차지하고 있다. 그러나 여기서 주목해야 할 사실은 오스카가 전후 사정을 설명해주는 친절한 해설자와는 구별되는 기능을 하고 있다는 점이다. 즉 오스카는 해설자이기 이전에 관찰자이다. 쉴렌도르프 감독은 영화에서 이 관찰자의 시선을 영상으로 개입시킴으로써 1인칭으로 되어 있는 원작의 서사성을 유지시키고자 했다. 오스카의 목소리에 의한 해설과 함께 아이의 시선을 끊임없이 부각시키는 감독의 의도는 원작의 1인칭

---

9 루이스 자네티, 김진해 역, 『영화의 이해』, 현암사, 2005, 28면.

서술구조와 일치하는 것이다.[10]

　따라서 영화 속의 장면들은 전체의 반 이상이 세 살짜리 어린이의 시점에서 관찰한 어른들의 세계이다. 감독은 카메라의 앵글을 성장을 멈춘 오스카의 작은 키에 맞춤으로써 성인들의 세계를 독특한 방식으로 굴절시키고 있다. 볼프강 가스트에 따르면 "극단적이거나 심한 개구리 시점은 대상을 강하게 왜곡시키기 때문에 생산자의 주관적 묘사 방식에 관객이 주목할 기회를 마련해준다"[11]라고 했다. 즉 개구리 시점은 대상인물을 위협적 존재로 보이게 하거나 때로는 희화적인 존재로 보이게 만들어 관객과의 거리를 조성하는 것이다. 사실 오스카의 비판적 시점은 소설의 화자처럼 관객이 장면을 받아들이는 과정에 개입한다. 그런 의미에서 오스카는 객관적이고 중립적인 3인칭의 관찰자가 아니라 인간과 역사를 풍자하고자 한 작가의 가치가 개입된 1인칭의 주관적이고 제한적인 화자라고 할 수 있다. 그리고 각 장면들을 연결시키는 내레이터인 오스카의 목소리도 결코 중립적이지 않다. 감독은 이러한 목소리의 톤을 통하여서도 작중인물들에 대한 풍자적 태도를 전달하고 있다.

　〈양철북〉은 소격효과를 비롯하여 제2차 세계대전 전후의 역사를 소재화한 점, 그리고 나치 파시즘에 대한 비판 등 여러 측면에서 뉴저먼 시네마의 특성을 반영하고 있다.

　쉴렌도르프는 잘 짜여진 상업적 영화를 만들었던 감독으로 평가받는데, 대표작 〈양철북〉에서는 파시즘의 실체를 우화적으로 영상화해 웃음을 던져주고 있다. 그는 독일영화인들 가운데 해외에서 가장 대중적으로

---

10 장은수, 「독문학의 효과적인 영상자료활용연구1」, 『뷔흐너와 현대문학』 13, 한국뷔흐너학회, 1999, 297~317면.
11 볼프강 가스트, 조길예 역, 『영화』, 문지사, 1999, 54면.

알려진 감독으로, 1966년 〈젊은 퇴를레스〉 이후 적극적으로 뉴저먼 시네마 운동을 벌였다. 특히 〈양철북〉은 그의 국제적 성공을 가능하게 했던 작품이다.

2) 오스카의 정신분석

(1) 자궁회귀 선망과 분리불안

아그네스(앙겔라 빙클러 분)는 외사촌 얀 브론스키(다니엘 올브리크스키 분)와 사랑하는 사이지만 단치히에서 식료품 가게를 운영하는 독일계 남자 알프레트 마체라트(마리오 아도르프 분)와 결혼하여 아들 오스카를 낳는다.

출생 전 오스카가 어머니의 자궁에서 바라본 세상은 아버지가 마체라트인지 얀인지 알 수 없는 낯설고 불안한 세계이다. 또한, 마체라트가 저울을 가져오며 몸무게를 재겠다고 호들갑을 떠는가 하면 오스카가 크면 가게를 물려주겠다고 말하는, 즉 저울로 상징되는 계량적 세상, 이해 타산적이고 속물적인 세계이다. 오스카는 이것이 싫어서 눈을 감고 세상에 나오지 않으려고 한다. 하지만 세 살이 되면 양철북을 사준다는 아그네스의 약속에 자궁으로 돌아가려는 소망(자궁회귀선망)을 포기한다.

오스카가 세 살이 된 생일날의 시퀀스는 겉으로 보기에 완벽한 행복과 평화를 보여준다. 사람들은 오스카의 생일을 축하하기 위해 모여 즐겁게 식사를 하고 있다. 어머니 아그네스는 피아노를 치며 노래 부르고, 얀도 같이 노래를 부를 때에 마체라트는 눈을 감고 이를 평화롭게 듣고 있다.

하지만 오스카의 눈(개구리 시점)에 잡힌 장면은 남녀가 성적으로 음란하게 서로를 희롱하고, 특히 다른 사람들의 시선을 교묘히 피하여 얀은 피아노를 치는 아그네스의 가슴을 애무하거나 식탁 밑에서 그의 발을 아그네스의 다리 사이로 집어넣어 희롱하는 등 위선적이고 추악한 모습을 보여줄 뿐이다.

오스카는 어른세계에 혐오감과 환멸을 느낀 나머지 할머니 안나의 치마폭 속으로 들어가려 한다. 이것도 자궁회귀선망(womb-envy complex)에 대한 상징적 행위이다. 그런데 할머니로부터 거절당하자 파티가 열리고 있는 방문을 닫고 나와 그의 장래(성인으로 성장하는 것)가 두려워 세 살에서 영원히 성장을 멈추겠다고 결심한다.

출생시 세상에 나오지 않으려 한 출생거부로부터 세 살의 생일날에 층계에서 일부러 굴러 떨어짐으로써 난장이가 되어 스무 살이 될 때까지 양철북을 장난감처럼 갖고 놀며 성장을 거부한 기형적 삶까지 모두 자궁회귀선망 내지 자궁으로부터의 분리불안(separation anxiety)으로 해석할 수 있다. 자궁으로의 회귀 내지 자궁으로부터의 분리불안은 일종의 퇴행이다. 복잡하고 불안한 현실과는 달리 그지없이 편안하고 말할 수 없이 좋은 장소인 자궁에 계속 머물러 있거나 돌아가고 싶은 심리를 말한다. 자궁 회귀선망이란 결국 어머니와 분리되기 이전의 세계, 어머니와 아이가 분리되지 않고 일체화된 상태로 돌아가고 싶은 욕망을 의미한다.

어머니와 분리되기 이전의 시기를 프로이트는 '원초적 나르시시즘'의 세계라고 불렀지만 라캉은 이를 '거울단계'라고 불렀다.[12] 그리고 프로이트는 어머니와 아이가 완벽한 일체감을 느끼는 유아기를 3, 4세로 잡았고, 라캉은 이를 좁혀 18개월로 잡았다. 즉 세 살 이전의 시기는 어머니와 아이가 서로에게 전부가 되는 완벽한 일체감의 시기이다. 프로이트에 의

---

12 권택영, 『프로이트의 성과 권력』, 문예출판사, 1999, 11면.

하면 세 살이라는 나이는 아이와 어머니가 완벽하게 결합된 원초적 나르시시즘의 시기가 끝이 나는 연령이다. 세상에 어머니와 그 단둘이라고 믿었던 세 살의 생일을 맞은 오스카의 눈에는 그와 사랑의 경쟁 관계에 놓인 얀과 마체라트가 들어온다. 뿐만 아니라 어머니 아그네스는 더 이상 그와 분리할 수 없는 하나가 아니다. 그녀는 그(오스카)가 아닌 다른 남자(얀)를 사랑하는 독립된 주체라는 것을 인정하지 않을 수 없다.

오스카는 태어나면서 이미 출생의 외상(트라우마)이 두려워 자궁으로 되돌아가려 했지만 양철북의 유혹 때문에 그 소망을 포기했다. 그리고 세 살의 생일날에 양철북을 받고 성장을 멈추겠다고 결심한다. 성장을 멈춘다는 것은 자궁으로의 회귀는 불가능하다고 할지라도 세 살의 유아적 세계에 고착(fixation)된 채 성인으로 성장하지 않겠다는 의지를 표현한 것이라고 할 수 있다. 즉 거울단계인 상상계(the Imaginary)에서 상징계로의 진입을 거부하는 행위라고 할 수 있다. 이 거울단계(mirror stage)에서 아이는 자신의 이미지를 총체적이고도 완전한 것으로 가정한다. 정신분석의 용어로 이를 이상적 자아의 단계라고 할 수 있다. 이 단계는 타자에 의해 '보여짐'을 모르는, 즉 객관화되기 이전의 '나'에 해당된다.

오스카가 보여준 자궁회귀선망과 퇴행, 그리고 세 살의 어린이에 고착되어 있다는 것은 소년 시절 히틀러의 친위대[13]이기도 했던 귄터 그라스 자신의 나치 복무 사실에 대한 죄책감과 이 죄책감으로부터 도피하고 싶은 심리와도 연관되어 보인다. 즉 그라스는 〈양철북〉의 주인공을 세 살의 관찰자적 인물로 설정함으로써 독일 역사에 대한 자신의 죄책감과 이로

---

13 2006년 8월 11일 귄터 그라스가 자전소설 『양파껍질을 벗기며』의 출간을 앞두고 60년 동안 숨겨온 2차 대전 말기 나치 친위대에 전투병으로 복무한 사실을 고백하여 파문을 일으켰다.(『매일신문』, 2006. 12. 7)

부터 도피하고 싶은 양가감정을 무의식중에 표출하였다고 할 수 있다. 동시에 이것은 나치시대 역사의식과 정치적 책임감을 결여하고 있는 독일 소시민계층에 대한 알레고리이다.[14]

(2) 북소리 – 아버지적 권위에 대한 저항

'보여짐'을 모르는 단지 '바라봄'만이 존재하는[15] 단계에 영원히 머물기를 희망하는 오스카는 거울단계의 환상이 깨어지는 성인세계의 충격적 사건들을 접할 때마다 북을 치고 괴성을 질러 유리 – 유리창, 안경, 병 – 를 깨어버림으로써 이에 저항한다. 유리가 깨어진다는 것은 심리학적으로 그가 다시 한 번 외상(트라우마)을 경험한다는 의미이며, 그 근저에는 자궁회귀선망 내지 분리불안이 강력하게 작용하고 있다고 해석할 수 있을 것이다.

오스카는 자신의 기분을 거슬리는 일에 대해서 북을 치고 괴성을 지름으로써 유리를 파괴하는데, 이는 유아기 특유의 자기중심적인 행동 특성이다. 이를 라캉의 용어를 빌어 표현하자면 성인세계의 상징계적 질서를 거부하고, 상상계적 단계에 계속 머물기를 바라는 유아적 퇴행심리와 관련된다고 할 수 있다.

그런데 오스카는 왜 말을 하지 않고 북을 치거나 괴성을 질러대는가? 그것은 언어(말)가 인간이 사회화되어 사회에 적응하고 살아가는 하나의 방법이기 때문이다. 정신분석학에서 언어의 사용은 애초의 본래적 존재

---

14 김누리, 「알레고리와 역사 – 『양철북』의 오스카르 마체라트의 시대사적 함의에 대하여」, 『독일문학』 65, 한국독어독문학회, 1998, 196면.
15 자크 라캉, 권택영외 편역, 『욕망이론』, 문예출판사, 1994, 15면.

로서의 인간이 가지고 있던 욕구에 대한 억압에 다름 아니다. 언어를 사용한다는 것은 이미 상징계로 이행한다는 의미이며, 부성의 특징으로서 금기, 법, 가부장적 권위 등을 받아들인다는 의미이다. 다시 말해서 어머니와의 공생적 관계가 단절되고 아버지의 질서로 이행된다는 의미이다. 오스카는 이것이 싫어 언어를 거부하며, 언어 이전의 괴성이나 북소리로 의사표현을 대신하였던 것이다.

오스카가 학교에 입학했을 때에 선생님이 양철북을 강제로 빼앗으려 하자 소리를 질러 선생님의 안경(유리)을 깨어버리는 행위는 학교라는 제도, 즉 사람을 길들이려는 기성세대의 권위에 절대 굴복할 수 없다는, 다시 말해서 상징계로 진입하여 사회적 자아로 굴절할 수 없다는 심리적 저항의 표현이다. 또한, 성장부진의 이유를 알려고 아그네스가 오스카를 병원에 데리고 갔을 때에도 의사가 북을 빼앗으려 하자 괴성을 질러 병원에 진열된 뱀, 태아 등이 담긴 포르말린 유리병을 깨어버린 행위도 마찬가지로 해석할 수 있다.

오스카가 열네 살이 되었을 때, 어머니 아그네스가 얀과의 불륜관계에 대해서 죄책감을 느끼고 성당으로 가 신부에게 고백성사를 한다. 기다리던 오스카는 성당 안의 모자상으로 올라가 북을 걸어놓고 아이 형상 조각의 손에 북채를 쥐어주고 북을 쳐댄다. 신부가 나와 북을 빼앗고 뺨을 때리자 오스카는 크게 울어댄다.

학교와 병원과 성당은 인간을 길들이고, 정상과 비정상, 윤리와 비윤리의 잣대로 구분하여 사회적 질서를 강제하는 장소이다. 선생과 의사와 신부는 오스카의 북을 빼앗음으로써 그에게 그들이 정한 기존질서에 복종할 것을 강요하지만 오스카는 이에 저항한다. 그가 학교와 병원에서 유리를 깨는 행위, 고요한 성당 안에서 북을 쳐대는 행위는 바로 학교, 병원,

종교로 표상되는 기성질서에 대한 저항, 성인세계에 대한 저항, 바로 아버지적 권위에 대한 저항이며, 상징계적 질서에 대한 거부이다. 이것은 바로 위선적인 성인세계에 대한 거부이며, 나치 파시즘이 지배하는 권위적 역사에 대한 수용 거부로 파악할 수 있다.

(3) 삼각형의 욕망

작품의 결말단계에서 소련군이 주둔하여 나치당원을 색출할 때에 나치의 당원이었던 마체라트는 목숨에 위협을 느껴 나치당원 배지를 바닥에 숨긴다. 그런데 오스카가 이것을 수색을 받고 있는 마체라트의 손에 다시 쥐어줌으로써 결국 그는 그것을 숨기기 위해 목으로 삼키다가 소련군의 총에 맞아 죽게 된다. 나치당원이었던 독일인 마체라트의 죽음은 2차 대전을 일으켰던 독일의 패망을 의미하며, 나아가 나치 파시즘에 대한 작가의 변형된 복수를 상징한다. 또한, 아버지 세대의 어두운 역사적 유산에 대한 감독의 응징을 표현한 것이라고도 볼 수 있다.

오스카는 어머니의 사랑의 경쟁자인 얀 브론스키를 독일군이 단치히를 점령했을 때에 우체국으로 가자고 하여 죽음으로 몰아넣었듯이 다시 그의 첫사랑인 마리아[16]의 경쟁자인 아버지 마체라트를 소련군에 의해 죽게 만들었다. 따라서 권위적인 아버지는 더 이상 존재하지 않는다. 그는 아버지를 죽이고 자신이 아버지가 된 것이다.

프로이트에 의하면 성차의 분화가 일어나기 이전 즉 전前오이디푸스기에 아이들의 1차적인 사랑의 대상은 어머니다. 그런데 아버지라는 제3자가 개입함으로써 어머니를 사랑하는 이 욕망은 불가능한 꿈으로 드러난

---

16 마리아는 어머니를 대체하는 존재이다.

다. 아버지는 남아에게 어머니를 사랑하지 못하도록 금지한다. 이것이 근친상간의 금기이며, 아버지의 법이자 문명의 질서이다. 아버지는 어머니에 대한 사랑을 포기하지 않으면 거세시키겠다고 협박한다. 이 과정에서 남아는 아버지를 죽이고 싶은 살부충동을 느끼게 되는데, 이 살부충동은 평상시에 억압될 수밖에 없다. 그렇지만 평상시의 질서와 윤리가 해체된 전쟁기에는 이러한 억압과 금기가 느슨해진다. 전쟁 상황을 교묘하게 이용하여 오스카는 두 명의 경쟁자―어머니를 사랑한 얀과 자신의 첫사랑 마리아의 남편인 마체라트―를 죽게 만든 것이다.

르네 지라르의 '삼각형의 욕망' 이론[17]으로 해석하자면, 욕망의 주체인 오스카는 얀과 마체라트를 욕망의 중개자로 하여 어머니(아그네스와 마리아)라는 대상을 욕망하는 구도를 나타낸다.

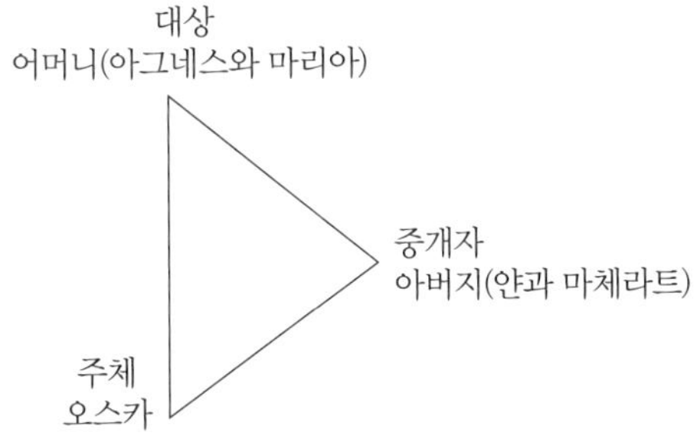

지라르에 의하면 유아는 아버지에 대한 동일시로 인해 어머니를 욕망하게 된다. 어머니에 대한 성적 욕망은 아버지에 대한 모방에서 비롯된다. 즉 주체는 타자가 욕망하는 것을 욕망한다. 모든 욕망은 라이벌의 욕망을 모방한 것이며, 따라서 모방적인 욕망이다. 그리고 지라르에게 욕망하는 주체는 언제나 남성이며, 라이벌 역시 남성이다. 반면 욕망의 대상

____

17 르네 지라르, 김치수·송의경 역, 『낭만적 거짓과 소설적 진실』, 한길사, 2001, 39~101면.

은 언제나 여성이다. 주체가 대상을 완전히 소유하여 라이벌을 제거해버리면 이 삼각형 구도는 유지될 수 없다. 주체의 욕망은 라이벌이 있기 때문에 존재하는 것이며, 라이벌이 사라지면 그의 욕망도 사라진다.[18]

〈양철북〉에서도 욕망하는 주체는 남성이며, 라이벌 역시 남성이고, 욕망의 대상은 여성이다. 오스카는 얀과 마체라트 두 명의 아버지에 대한 동일시로 어머니를 욕망하게 되는데, 작품의 후반부에서는 어머니 아그네스가 이미 자살하였고 얀도 죽었으므로 삼각형의 욕망은 마체라트를 중개자로 하여 새어머니 마리아라는 대상을 향해서 발생한다. 즉 리비도의 대상이 어머니에서 마리아로 이행된 것이다. 그리고 라이벌인 마체라트의 죽음 이후 오스카는 마리아의 남편이자 연인이 된다. 또한, 오스카 자신이 새로운 아버지, 즉 마리아가 낳은 쿠르트(오스카는 쿠르트가 동생이 아니라 그의 아들이라고 확신한다)의 실제적인 아버지가 된다.

스무 살의 오스카는 마체라트의 묘지에 북과 북채를 던져 넣으며, '계속해서 성장을 멈출 것인가 아니면 다시 성장해야 할 것인가'로 고민한다. 이때 쿠르트가 던진 돌팔매에 맞아 오스카가 성장을 다시 시작하게 된다는 것은 매우 상징적이다. 이제부터 그는 아버지의 아들이 아니라 아들의 아버지가 되어야 하기 때문이다. 그 사실을 쿠르트가 확실하게 깨우쳐 준 것이다. 성인남자를 아버지로 만드는 것이 아들이라고 할 때에, 그가 쿠르트의 돌팔매에 맞아 성장을 다시 시작한다는 것은 의미심장하다. 아들의 아버지(마체라트, 얀)는 죽고, 아들이 아버지가 되는 세대의 순환은 영화의 첫 시퀀스의 배경이 되었던 카슈바이의 들판에서 젊은 처녀였

18 임옥희, 「가족로망스 : 외디프스화와 욕망의 삼각형」, 여성문화이론연구소 정신분석세미나팀, 『페미니즘과 정신분석』, 여이연, 2003, 29면.

던 안나가 늙은 할머니가 되어 일을 하며, 들판을 가로질러가는 오스카가 탄 기차를 바라보는 장면과도 상응한다. 아들은 성장하여 아버지가 되고, 젊은 처녀가 할머니가 될 만큼 세월이 흘렀던 것이다. 그리고 전쟁이 끝나 가장이 된 오스카는 피난민 수송열차를 타고 아들 쿠르트, 그리고 마리아와 함께 소련군 점령하의 단치히를 떠난다.

작품은 기차가 떠나가는 열린 결말로 종결됨으로써 성인이 된 오스카의 미래를 보여주지 않는다. 원작의 1, 2부만을 영화화하고 3부를 남겨둠으로써 영화의 결말은 불확실하게 끝났지만 소설의 3부는 결코 희망적이거나 낙관적이지 않다. 곱추가 된 오스카는 정신병원에 수감되는데, 그곳을 안식처로 여기며 세상 밖으로 나오기를 거부하기 때문이다. 이 역시도 일종의 자궁회귀선망과 연속선상에 있다. 결국 오스카는 3부에서도 정상적인 성인의 성숙한 삶을 거부하였다고 할 수 있다. 이것은 전후 독일사회가 보여준, 나치즘의 과거를 진지한 성찰을 통해 청산하지 않은 채 오히려 망각하고 억압하려 한 민주의식의 미성숙에 대한 알레고리이다.[19]

오스카가 오이디푸스 콤플렉스를 극복하지 못하고 얀과 마체라트를 죽음으로 몰아넣은 것은 얀으로 상징되는 폴란드, 또는 마체라트로 상징되는 독일이라는 국가(아버지)적 질서에 대한 거부로 해석할 수 있다. 특히 마체라트를 죽게 만들어 마리아를 차지하고, 그 자신이 아버지가 된다는 의미는 독일 나치즘에 대한 응징의 의미와 함께 히틀러의 지배로부터 독립을 희망한 단치히인의 정치적 욕망을 상징적으로 표현했다고 해석할 수 있다.

---

19 심누리, 앞의 논문, 196~197면.

3) 아그네스의 정신분석 – 거식증과 폭식증, 그리고 자살

작품에서 가장 강렬하고 빈번하게 재현된 장면은 아그네스와 얀의 비밀스런 애정표현과 밀회이다. 둘은 마체라트의 시선을 피하여 매주 목요일 시내의 플로라 호텔에서 비밀스럽게 만난다. 어느 날 자신에게 폭력적으로 대하는 아이들에게 환멸을 느낀 오스카는 어머니를 따라 시내로 나간다. 그는 어머니가 자신을 마커스의 잡화상에 맡겨놓고 급한 걸음으로 어디론가 떠나자 미행하여 그녀가 얀과 호텔에서 만난다는 사실을 알게 된다. 어머니와 얀의 밀회를 확인한 그가 분노하여 시계탑으로 올라가 북을 치며 괴성을 지르자 건물의 유리창이 깨어지는 소동이 일어나고 밀회는 중단된다. 유리창이 깨어진다는 것은 어머니에 대한 환상이 깨어지는 오스카의 정신적 외상에 대한 상징이며, 이는 전형적으로 오이디푸스 콤플렉스를 보여주는 장면이다. 그가 세 살 때 성장을 중단하게 된 가장 큰 동기도 어머니와 얀의 사람들의 눈을 피한 성적 접촉을 목격했기 때문이었다. 다름 아닌 어머니의 사랑에 대한 질투감정, 즉 오이디푸스 콤플렉스 때문이었다.

아그네스는 얀을 사랑하는데도 마체라트와 결혼한다. 당시 폴란드와 독일 간에 분쟁이 야기되던 단치히의 정치적 상황과 관련하여 볼 때 폴란드인인 얀과 결혼하는 것이 독일인인 마체라트와 결혼하는 것보다 불리하다는 판단 때문이었던 것 같다. 그 결과 얀을 사랑하는 아그네스의 성적 욕망은 사회가 합법적으로 용납하는 방향으로 표출되지 못하고 억압되어 있으며, 동시에 얀과의 관계에 대해 깊은 죄책감을 갖고 있다. 자신의 성적 욕망과 배치되는 마체라트와의 결혼생활은 아그네스를 점점 더 큰 갈등으로 몰아넣는다.

　이 갈등은 바닷가의 산책 시퀀스과 뱀장어 스튜를 억지로 먹이려는 시퀀스에서 가장 치열하게 표출된다. 모래밭을 맨발로 걸으려고 아그네스가 스타킹을 벗을 때, 얀은 이를 도와주는 척하며 마체라트 몰래 그녀의 허벅지를 더듬는다. 이 상면이 오스카의 냉정한 시선 속에 포착되고, 마체라트가 사진을 찍어주자 아그네스는 오히려 그에 대해서 혐오감을 나타낸다. 그들은 바닷가의 낚시꾼에게 다가간다. 낚시꾼이 건져낸 말머리의 시체 속에서는 수많은 뱀장어가 나오고, 겉으로 아름답고 평화로워 보이는 수난절 금요일의 바닷가 풍경은 그로테스크한 장면을 통해 끔찍하게 반전된다.

　낚시꾼이 건져낸 것은 죽은 말의 머리뿐만 아니라 그것을 파먹고 자란 수십 마리의 살찐 뱀장어들이다. 죽은 말머리의 끔찍한 모습과 뱀장어가 우글거리는 데 질려 아그네스는 구토를 한다. 하지만 마체라트는 1차 세계 대전 때는 말의 시체뿐만 아니라 전사한 영국군들의 시체 덕분에 뱀장어들이 말할 수 없을 정도로 살쪘다는 이야기를 낚시꾼과 주고받으며, 우글우글 기어 나오는 뱀장어를 신이 나서 자루에 집어 담는다. 그리고 집으로 돌아와 살아 있는 뱀장어의 머리를 잘라 스튜를 끓일 때, 오스카는 냉정하고 무감각하게 그 옆에서 빵을 뜯어먹고 있다. 마체라트가 이 뱀장어 스튜를 싫다는 아그네스에게 억지로 먹이려 하자 그녀는 강하게 거부하면서 발작적으로 피아노를 친다. 그 피아노곡이 '마탄의 사수'인 것은 아그네스가 마체라트에게 심리적으로 저항한다는 함축적인 뜻이 들어 있다. 감정의 폭발상태에 있는 아그네스를 달래주라는 마체라트의 부탁으로 방에 들어선 얀은 신을 향해 빌고 있는 '마리아 막달레나 초상화' 앞에서 기도하고 있는 아그네스를 손으로 애무해준다. 이어 아그네스는 냉정을 되찾고 주방으로 나와 뱀장어 스튜를 게걸스럽게 먹는다. 이때 액자

속의 그림이 '마리아 막달레나'인 것은 의미심장하다. 프리드리히 헤벨의 비극 〈마리아 막달레나〉(1844)에서 주인공은 후회하는 죄인으로 형상화된 성서적 인물로서 결말에서 투신자살한다.[20] 즉 '마리아 막달레나 초상화'는 아그네스의 후회, 죄책감, 그리고 자살까지도 암시한다.

여기서 뱀장어는 남성의 성기, 즉 리비도를 상징하고 있다. 따라서 마체라트가 뱀장어를 억지로 먹이려는 행위는 아그네스에 대한 분노의 표현으로서 강압적인 성폭력, 즉 새디즘의 상징이다. 아그네스가 뱀장어를 보고 구토하거나 그것을 먹지 않으려는 거식증(anorexia)은 마체라트에 대한 거부와 혐오감 내지 저항으로 해석할 수 있다. 거식증拒食症에 이어 아그네스는 게걸스럽게 뱀장어 요리를 먹어치우고, 입덧의 증후로써 생선폭식증(addephagia)을 일으킨다. 뱀장어, 생선 통조림, 그리고 평소 먹지도 않던 날 생선까지 먹어치우는 아그네스의 비정상적인 식욕항진은 마체라

---

20 〈막달레나 마리아〉는 헤벨의 1844년에 발표된 3막 비극작품으로, 1846년 쾨니히스베르크(지금의 러시아 칼리닌그라드)에서 초연되었다. 작품의 제목은 처음에 '클라라'로 붙여졌으나, 후회하는 죄인으로 형상화된 성서적 인물 마리아 막달레나의 이름을 빌려 제목을 수정했다. 이 작품은 전형적인 시민비극으로 소시민 출신의 처녀 클라라의 운명을 내용으로 한다. 레싱의 〈에밀리아 갈로티〉가 시민계급과 귀족계급의 극복할 수 없는 갈등을 문제삼고 있다면 헤벨의 작품은 시민계급 자체의 고착화된 도덕률에서 비극의 원인을 찾을 수 있다. 완고한 소목장이의 딸 클라라는 약혼자 레온하르트에게 정조를 빼앗겼다. 레온하르트는 지참금이 탐나 클라라와 약혼한다. 그러나 그녀의 아버지가 딸의 지참금을 다 써버리고 그녀의 동생 카를이 절도 혐의를 받고 구속되자 자신의 출세에 방해된다고 일방적으로 파혼을 선언한다. 클라라의 어머니는 충격으로 죽게 되고 아버지는 세상의 이목을 두려워한다. 레온하르트의 아기를 갖게 된 클라라는 어릴 적 친구인 서기의 청혼을 받아들이지 못하고 레온하르트를 찾아가 결혼해줄 것을 애원한다. 이러한 사정을 알게 된 서기는 레온하르트와 결투하여 그를 죽이고 자신도 부상을 입는다. 클라라는 세상에 퍼질 추문과 그로 인해 상처받을 아버지가 두려워 우물에 투신자살한다. 시민비극의 전형을 구성하는 아버지와 딸의 관계는 이 작품에서 보다 더 성숙되어 있다. 시민계급 특유의 명예심과 사회적 선입견, 체면을 중시하는 아버지의 자살을 막기 위해 클라라가 먼저 자살한다. 딸의 죽음 앞에서 아버지의 "세상이 무엇이 무엇인지 모르겠다"라는 독백과 함께 막이 내린다. (네이버 백과사전)

트에 대한 살해욕망의 전이이며, 또한 자기주장을 제대로 펴지 못하는 데서 나오는 분노, 그리고 윤리적 자책감에 빠진 나머지 일으킨 일종의 마조히즘의 상징이다.

아그네스의 자살(suicide)은 결국 얀에 대한 성적 욕망이 도덕이 용납하는 방향으로 적절히 해소되지 못하고 억압됨으로써 일어났다. 그리고 다시 얀의 아이를 임신한 데 따른 도덕적 갈등이 불러온 극단적이고 비극적인 죽음이다. 또한, 살해충동을 느끼는 대상인 남편 마체라트를 죽일 수도 없어 그 자신을 살해한, 즉 자기에로의 전향(turning against self)의 가장 극단적인 형태이다. 자기에로의 전향이란 공격적인 충동이 다른 사람이 아닌 자기에로 향하는 것을 말한다.[21]

죽기 전에 아그네스는 얀과의 부적절한 관계에 대한 극심한 갈등에 빠져 마커스를 찾아가 의논을 한다. 하지만 그는 폴란드인인 얀은 안 된다고 말하며, 차라리 마체라트가 나으며, 유태인인 자신도 개종을 하였으니, 자신과 함께 런던으로 떠나자고 말한다. 마커스로부터 적절한 해결책을 듣지 못한 아그네스는 성당에 찾아가 신부 앞에서 고백성사를 하게 되며, 이 고백성사는 오스카의 북소리에 의해 중단된다. 고백성사를 할 때 고백실은 빗금 처진 창 너머로 신부의 얼굴이 조각나 보이고, 아그네스의 얼굴은 옆면 한 면만이 비춰진 채 어둠 속에 잠겨 있다. 이것은 아그네스의 내면적 불안과 갈등, 그리고 분열된 자아를 영상적으로 표현한 것이다.

뱀장어 스튜와 관련된 시퀀스에서도 거울을 통해 상을 두 개로 분열시킴으로써 인물들의 내면적 갈등을 적절히 표현하고 있다. 그런데 갈등에 처한 것은 아그네스만이 아니다. 마체라트와 오스카도 갈등에 빠져 있다.

---

21 이무석, 『정신분석에의 초대』, 이유, 2003, 175면.

자신이 만든 스튜를 아그네스로부터 거부당한 마체라트는 주방에 홀로 남아 맥주를 마시는데, 그의 모습이 유리창에 비쳐 두 개의 영상을 만들고 있다. 주방의 소란에 환멸을 느낀 오스카는 주방문을 닫고 다른 방으로 들어가지만 조금 열린 문틈으로 거울에 비춰진 아그네스와 얀의 혐오스런 성적 접촉을 엿보게 된다. 어둠 속에서 쭈그리고 앉아 생각에 잠겨 있는 오스카의 심각한 모습도 거울에 비쳐 두 개의 영상을 만들고 있다. 이처럼 아그네스, 마체라트, 오스카 모두 갈등에 휩싸여 있고, 자아가 분열되어 있음을 영상을 통해 보여준 것이다.

두 남성 사이에서 갈등하는 여성 아그네스는 그 자체로서 탁월한 상징성을 띠고 있다. 즉 얀과 마체라트 사이에서 갈등하는 아그네스는 폴란드와 독일 사이에 끼어 항상 정체성의 갈등을 겪어야 했던 단치히 사람들의 복잡한 정치적 입장을 상징한 것으로 해석할 수 있다. 마음속으로는 얀을 사랑하면서도 현실적으로는 마체라트의 아내로서 살아가야 했던 아그네스가 겪는 갈등이란 단치히를 둘러싼 폴란드와 독일 사이의 끊이지 않는 영토분쟁을 상징한다. 아그네스가 보여준 거식증과 폭식증은 마체라트로 상징되는 독일에 대한 증오심과 억압된 분노에 대한 은유이다. 그리고 자살은 타인에 대한 살해충동을 실행할 수 없어 자신을 살해한 것이다. 거식증, 폭식증, 자살로 이어지는 아그네스의 비정상적 행동은 폴란드와 독일 사이에서 갈등해온 단치히 사람들의 고통과 단치히를 점령한 독일에 대한 증오심에 대한 상징으로 해석할 수 있다. 그녀가 아비 없는 자식으로 자랐다는 사실도 단치히의 국가적 정체성이 모호했던 사실에 대한 훌륭한 은유로 파악할 수 있다. 〈양철북〉의 배경이 된 1899년부터 제2차 세계대전이 종결된 1945년까지의 단치히는 나치가 제2차 세계대전의 포문을 열어서 전 도시가 파괴되는 전화를 입은 것을 비롯해 정치적으로 변화

무쌍한 변화의 소용돌이에 휩싸였던 곳이다. 즉 제2차 세계대전을 전후하여 독일과 폴란드 사이의 영토분쟁을 겪으며, 베르사유조약에 따라 자유도시가 되었다가 제2차 세계대전의 개시와 함께 독일에 복속되었고, 전후에는 폴란드로 귀속되어 그단스크로 개칭된 곳이다. 또한, 이곳은 오랫동안 슬라브 원주민, 독일인, 폴란드인, 유태인 등 여러 민족이 공존하며, 민족 간의 갈등과 정체성 문제가 항상 쟁점의 대상이 되어왔다.[22]

이러한 단치히의 정치적 역사적 배경은 고스란히 〈양철북〉에 반영되어 있다. 단치히는 원작자인 그라스의 실제 고향으로, 제2차 세계대전의 시발점이 되었던 단치히를 배경으로 사건이 전개된 것은 소설 『양철북』이 독일의 어두운 과거를 담아낸 '역사소설'로 평가된다는 점에서 사실성을 배가시킨다고 하겠다.

3. 결론

이 글은 귄터 그라스의 소설 『양철북』을 뉴저먼 시네마의 기수인 폴커 쉴렌도르프가 1979년에 감독한 영화 〈양철북〉을 정신분석비평으로 분석하였다. 특히 주인공인 오스카와 그의 어머니 아그네스의 정신분석을 시도하였다.

오스카와 아그네스의 정신분석을 통해서 알 수 있는 것은 모자관계, 부자관계, 남녀관계에서 나타나는 개인의 심리적 갈등만이 아니다. 즉 오스카의 자궁선망(womb-envy complex)과 오이디푸스 콤플렉스(Oedipus

---

22 장은수, 「폴커 쉴렌도르프의 영화 〈양철북〉과 아이의 시선」, 『독일학연구(독일학)』 5, 서울대 독일어문화권연구소, 2000, 89~90면.

complex), 아그네스의 거식증(anorexia)과 폭식증(addephagia), 자살(suicide)로 표현되는 두 남성 사이의 갈등은 폴란드와 독일이 벌인 단치히(Danzig)를 둘러싼 영토분쟁과 정치적 갈등을 상징적으로 표현하고 있다.

오스카가 보여준 자궁회귀선망과 퇴행, 그리고 세 살 어린이에 고착되어 성인세계를 거부한 것은 원작자 그라스의 나치복무사실에 대한 죄책감과 그로부터 도피하고 싶은 심리, 나아가 나치시대 역사의식과 정치적 책임감을 결여하고 있던 독일 소시민계층에 대한 알레고리로도 읽을 수 있다. 그리고 오스카가 얀과 마체라트를 죽음으로 몰아넣은 것은 얀으로 상징되는 폴란드도, 마체라트로 상징되는 독일이라는 국가(아버지)적 질서도 거부한 것으로 해석할 수 있다. 특히 아버지 마체라트를 죽게 만들어 마리아를 차지하고, 그 자신이 아버지가 된다는 것은 독일 나치즘에 대한 응징의 의미와 함께 히틀러의 지배로부터 독립을 희망한 단치히인의 정치적 욕망을 상징적으로 표현했다고 볼 수 있을 것이다.

두 남성 사이에서 갈등하며 거식증과 폭식증을 보이다가 끝내 자살한 여성 아그네스는 그 자체로서 매우 탁월한 상징성을 띠고 있다. 즉 마음속으로 얀을 사랑하면서도 현실적으로 마체라트의 아내로서 살아야 했던 아그네스의 갈등은 단치히를 둘러싼 폴란드와 독일 사이의 끊이지 않는 영토분쟁으로 고통 받던 단치히인의 고통과 그들의 복잡한 정치적 정체성을 상징한 것으로 해석할 수 있다. 그녀가 아비 없는 자식으로 자랐다는 사실도 단치히의 국가적 정체성이 모호했던 사실에 대한 훌륭한 은유로서 파악할 수 있다.

그라스는 단치히의 역사와 독일 나치즘에 대한 비판을 세 살의 나이에 고착된 오스카라는 괴이한 인물과 그를 둘러싼 독일인들의 모습을 통해 냉소적이고 비관적인 시선으로 그려냈다. 그는 미군포로수용소에서 석방

된 후 독일민족이 얼마나 많은 죄를 졌는가 하는 사실을 직시하게 되었다고 고백했고, 독일 역사는 늘 자신 앞에 가로놓인 집단책임의식이었으며, 글쓰기는 과거를 현재 속에 되살리는 일, 상처를 드러나 보이게 하는 일, 너무 쉽게 아물게 하지 않는 일이라고 했다.[23]

그라스의 소설『양철북』에 대해 과거사 문제를 본격적으로 다룬 전후 최대의 문제작이자 최고 작품이며 독일소설의 한 절정이라는 평가가 있듯이 쉴렌도르프의 영화〈양철북〉도 제2차 세계대전 전후의 단치히의 역사를 밀도 있게 풍자하고, 나치즘을 비판한 문제작이라고 평가할 수 있을 것이다.

『한국문학이론과 비평』36, 한국문학이론과비평학회, 2007. 9

---

23 김래현, 「역사시로서의『양철북』」, 『독일어문학』24, 한국독일언어문학회, 2004, 46면 재인용.

일상 속의 파시즘과 소격효과

파스빈더의 〈불안은 영혼을 잠식한다〉를 중심으로

1. 일상 속의 파시즘

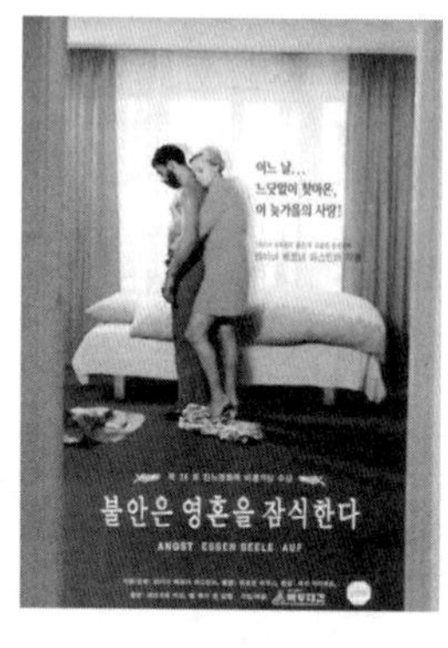

〈불안은 영혼을 잠식한다〉는 1974년 뉴저먼 시네마의 기수인 라이너 베르너 파스빈더(Rainer Werner Fassbinder)의 대표작으로서 그가 각본을 쓰고 감독하였으며, 미술도 직접 담당하였다. 1974년 칸느영화제에서 비평가상을 받은 이 작품은 국내에는 1977년 11월에 극장에서 개봉되었으며, 뉴저먼 시네마의 전형적인 작품으로 평가된다. 비전문 배우인 브리기테 미라(Brigitte Mira)와 엘 헤디 벤 살렘(El Hediben Salem) 등이 주연한 이 영화는 더글라스 서크의 〈천국이 허용한 모든 것〉을 패러디하였다고 한다.

파스빈더는 1965년부터 영화를 제작하기 시작하여 1982년 사망할 때까지 장·단편 영화 43편을 제작하였다. 1870년대 프로이센 제국에서부터

1970년대에 이르기까지 거의 100년 동안의 독일을 개관하고 있는 그의 영화에서 파스빈더는 자신의 시대의식과 주제를 역사화함으로써 독일사회와 문화의 지형도를 통시적으로 개관할 수 있게 할 뿐만 아니라 브레이트 수용, 소재로서의 역사, 파시즘에 대한 관심 등 뉴저먼 시네마의 전형적 요소들을 보여준다.

파스빈더는 과거의 역사보다는 현재의 문제점과 그 원인을 찾는 데 몰두한 감독이다. 초기작에서부터 그의 영화에 등장한 주요 등장인물들의 공통점이 있다면 그들이 자본주의 사회에서의 '소외계층'이라는 점이다. 뒷골목의 깡패들, 동성연애자, 외국인 노동자, 창녀, 노인 등에 대한 이야기가 그의 영화의 대부분을 차지한다. 그는 멜로드라마(주로 50년대 할리우드 영화, 예를 들면 더글러스 서크 감독의 영화 같은)의 내러티브 속에 이런 인물들을 배치하고 그들이 주변사람들을 통해 사회체제와 맺는 관계들을 일상적인 사건의 배열로 보여준다. 대사는 지극히 평이하고 절제되어 있으며 연기 또한 무표정한 것이 특징이다.

파스빈더는 '사랑(연인 간의, 가족 간의, 친구 간의)'을 소재로 하여 그 주제를 다루는 데 놀라운 솜씨를 보여 왔으며, '일상생활의 파시즘' 묘사에서 특히 탁월하다. 〈불안은 영혼을 잠식한다〉에서는 노년여성과 인종문제가 혼재된 남녀의 결혼이라는 소재를 통해서 일상 속에 존재하는 파시즘을 다양하게 분석해낸다. 영화의 첫 시퀀스에서 아랍인들이 드나드는 카페에서 사람들이 에미를 대하는 태도, 에미가 살고 있는 아파트 여인들이 에미와 알리를 향한 시선, 에미의 자녀들이 에미와 알리를 향한 태도, 에미의 청소부 동료들이 보여주는 알리에 대한 태도, 식료품가게 주인이 알리와 에미를 대하는 태도, 유고슬라비아에서 온 새로운 청소부 욜란다를 대하는 에미를 비롯한 동료 청소부들의 태도, 히틀러가 자주 다

넸다는 값비싼 식당에서 종업원이 에미와 알리를 향해 보여주는 태도, 알리의 정비소 동료들이 에미를 향해서 보여주는 비아냥 등등 수없이 많은 장면에서 현대 독일사회에 잔존하고 있는 일상 속의 파시즘은 빈번하게 드러나고 있다. 심지어 알리를 사랑한다고 믿는 에미의, 알리를 대하는 태도에서조차 독일인으로서의 우월감이 드러나고 있다면, 현대 독일사회에서 일상 속의 파시즘이 얼마나 광범위하게 퍼져 있는가를 잘 짐작할 수 있다. 그리고 그에 대한 비판이 이 영화에서 파스빈더가 의도한 중요한 주제라는 것을 알 수 있다.

특히 청소부 같은 독일의 하층계급조차 민족적 우월감을 드러내며, 아랍계 외국인 노동자나 유고슬라비아에서 온 청소부를 냉대하고 경멸하며 소외시킨다. 하지만 영화는 인종주의 파시즘만을 보여주는 것이 아니다. 에미가 들어간 아랍인들이 모이는 카페의 사람들이 에미를 '할망구' 라고 부른다든지, 알리의 아랍인 동료들이 에미가 늙었다는 이유로 "모로코에서 할머님이 오셨나"라고 야유하는 것 등에서 노인여성에 대한 경멸도 드러나고 있다. 사실 영화는 멜로드라마의 외형을 취하고 있지만 지속적이고도 반복적으로 사회비판적 메시지를 전달하며, 관객으로 하여금 동정이나 연민이 아니라 분석적이고 비판적인 시선을 요구한다. 결국 파스빈더는 모든 인간관계를 비판적 안경을 쓰고 바라보고 있으며, 관객들도 영화 속의 이야기나 인간관계 속으로 빠져 들기보다는 비판적 관객으로 거리를 둘 것을 의도하고 있다.

알리가 에미에게 "독일에서 아랍인은 벌레만도 못하죠. 학살사건과 올림픽 이후로는 더해요", "아랍인은 인간도 아니에요"라고 자조적으로 말하는 데서 독일인들의 관념 속에 아랍계 외국인에 대한 차별이 얼마나 극심한가를 잘 알 수 있다. 실제로 이 작품은 1970년대 오일쇼크로 인해 확

산된 경제적 위기감 및 1972년 뮌헨 올림픽 때 벌어졌던 아랍계 급진주의
자들에 의한 테러를 통해 악화된 반외국인 정서를 배경으로 만들어진 작
품이다.

또한, 외국남자와 결혼한 독일여자에 대해서 "남자한테 환장한 년", 또
는 "외국놈과 놀아나는 더러운 화냥년", 심지어 아들조차도 어머니인 에
미를 향해서조차 '창녀'라는 경멸적 표현을 서슴없이 내뱉으며 텔레비전
을 깨부수는 데서 유태인을 차별하며 아우슈비츠의 가스실로 몰아넣던
독일인의 민족적 우월감이 아직도 뿌리깊게 잔존하고 있음이 여지없이
드러난다. 특히 이런 우월감은 에미가 알리를 향하여 이웃여인의 짐을 나
르라고 지시를 하거나 청소부 동료들이 찾아왔을 때에 근육질의 알리의
몸을 구경거리로 만드는 것, 알리가 먹고 싶다는 쿠스쿠스라는 요리를 해
주지 않으며 무의식적으로 내뱉는 "독일에서는 그런 음식을 먹지 않아"
라는 대사 등에서 잘 드러난다. 이에 알리는 자존심에 상처를 입고 집을
나간다. 에미는 주변 독일인들로부터는 피해자의 위치에 서왔지만 어느
사이 사랑한다고 믿었던 알리를 향해서 자신이 가해자가 되어 있었던 것
이다. 이것은 영화의 초반부에서 에미가 자신과 아버지가 나치당원이었
으며, 아버지는 폴란드인인 남편을 싫어했다고 알리에게 밝혔던 사실과
관련되어 있다. 즉 과거 나치의 파시즘 망령이 현대 독일에 와서는 일상
속으로 파고들어 보통사람들의 사적인 영역에서 반복되고 있다는 데 대
한 감독의 비판적 성찰을 볼 수 있는 것이다.

자식들을 모두 결혼시키고 청소부 일을 하면서 외롭게 혼자 사는 60세
의 과부인 에미와 "독일인은 주인이고, 아랍인은 개"라는 차별 속에 외롭
게 살아가는 외국인 노동자인 알리는 모두 독일사회의 소외계층이다. 두
사람은 서로의 외로움을 채워 줄 수 있는 존재임을 예감하면서 나이와 인

종의 벽을 넘어 가까워지고 결혼에 이르지만 직장과 이웃 사람들은 에미를 따돌리고, 알리 역시 주위의 노골적인 적대감에 시달린다. 그러나 주위의 싸늘한 시선은 두 사람의 슈타인 호수로의 밀월여행 후에 정반대로 달라져 있다. 그 사이에 그들의 인간성이 바뀐 것이 아니라 그들의 갑작스런 태도 변화는 각자의 실리를 위한 것이다.

에미의 큰아들은 아이를 돌볼 사람이 필요하자 어머니와 화해를 시도했고, 식료품 가게 주인은 물건이 잘 안 팔리자 장삿속으로 태도가 돌변하였으며, 아파트의 이웃은 그녀의 지하실 창고를 사용하기 위해 친절해졌던 것이다. 즉 그들은 자본주의 시대에 자신들의 이기적 이익을 위해 어제까지 경멸을 보냈던 사람들과 얼마든지 타협할 수도 있으며, 계획적으로 친근하게 대할 수도 있는 속물적 인간 군상인 것이다. 바로 그런 계산적인 인간 군상을 파스빈더는 비판적 렌즈로 응시했다.

영화는 불행이 행복으로 바뀐 듯한 순간에 정작 에미와 알리의 관계에 균열이 생기기 시작한다. 어느새 주위 사람들에 동화된 에미는 자신도 모르는 사이에 알리를 열등한 아랍인으로 대하게 되고, 자존심에 상처를 입은 알리는 자신이 결코 이들에게 받아들여질 수 없는 소외된 존재일 뿐이라는 사실을 깨닫고 옛 애인에게로 떠난다. 에미는 알리를 찾아가 화해를 시도하지만 그는 이미 외국인 노동자들에게 잘 나타나는 불치병인 위궤양에 걸려 있다. 영화는 에미가 반드시 알리를 건강하게 회복시키겠다고 다짐하는 열린 결말로 종결된다. 그런데 에미의 이러한 다짐이 그의 소망대로 이루어질지 아니면 6개월 뒤에 다시 발병하게 될지는 알 수 없다. 이런 열린 결말도 뉴저먼 시네마의 전형적인 기법 가운데 하나이다.

사실 파스빈더의 영화는 겉으로 남녀의 사랑을 다루거나 멜로드라마의 공식을 차용하는 경우라도 궁극적으로는 현대 독일의 사회적 타락을 주제화한 경우가 많았다.[1] 마찬가지로 〈불안은 영혼을 잠식한다〉의 경우에도 에미와 알리의 결혼을 통해서 보여주고자 한 것은 인종과 나이 차이를 뛰어넘은 멜로드라마적인 사랑이 아니라 현대 독일사회에 만연된 일상 속의 파시즘, 특히 독일사회의 주변적 존재인 외국인 노동자에 대한 독일인들의 인종차별과 소외의 문제라고 할 수 있다.

알리가 앓고 있는 심인성 위궤양은 당시 독일사회에서 다시 보편적 정서로 자리 잡기 시작한 병적인 반외국인 감정의 환유적 상관물이다. 파스빈더는 인종적 파시즘이 극복된 과거의 일이 아니라 현재진행형[2]이라는 것을 관객들이 인정하고 인식할 것을 촉구하였다고 하겠다. 즉 파시즘은 나치 히틀러 시대에 자행되었던 과거완료형이 아니라 지금도 사적 영역에서 심지어 하층계급에게조차 일상 속에 뿌리 깊게 자리 잡은 현재진행형임을 영화는 보여주고 있는 것이다. '불안은 영혼을 잠식한다' 는 뜻의 원제목 'Angst Essen Seele Auf' 는 알리가 자기 나라 속담을 서툰 독일어로 번역하여 불안해하는 에미를 위로한 말인데, 독일 어법에 맞지 않는 말로서 'Angst ißt Seele Auf' 가 정확한 표현이다. 의도적으로 틀린 표현을 제목으로 사용한 것은 외국인들이 독일어의 동사 변화를 정확하게 구사하기 어렵듯이 독일의 법칙에 따라 살 수 없다는 은유로 해석된다. 파스빈더의 대부분의 작품들과 마찬가지로 이 영화도 독일사회에 잔재한 파시즘을 공격하고, '라인강의 기적' 이라는 장밋빛 전망 뒤에 숨은 위선적인 모습과 소외된 계층의 문제를 극명하게 드러냈다.

---

1 조길예, 「파스빈더의 영화 속에 그려진 독일 현대사와 부정의 미학」, 『브레히트와 현대연극』 7, 한국브레히트학회, 1990, 345면.
2 위의 논문, 351면.

2. 브레히트의 소격효과

이 영화에서 주인공으로 나오는 늙은 독일여성인 청소부 에미와 자동차 정비공으로 등장하는 모로코인 알리의 애정관계는 피부색의 차이, 사회적 관계의 어색함, 나이 차이 등에서 오는 어색함이 영상적으로도 다양하게 드러나고 있다. 이 어색함은 그로테스크한 분위기마저 자아낸다. 주인공들은 자신들의 주변사회에서 비웃음의 대상이 되고, 관객은 이에 대해 거리감을 갖는다.[3] 이것이 바로 브레히트의 소격효과를 영화적으로 활용한 것이다. 그 자신 게이였던 파스빈더는 존재하는 모든 것을, 모든 관계를 비판적인 안경을 쓰고 응시했다. 그리고 이를 위해 브레히트의 서사극에서 활용한 소격효과를 중요한 영화적 기법으로 차용했던 것이다.

파스빈더는 독일 대중에게 큰 인기를 끌었던 더글러스 서크의 멜로드라마를 패러디하여 여기에 브레히트의 소격효과를 접목함으로써 사회비판적 멜로드라마의 전형을 제시하였다. 뉴저먼 시네마가 영화사적으로 하나의 사조로 자리 잡은 데에는 이 영화가 상당한 역할을 하였다는 평가를 받는다.

영화는 줄거리와 카메라, 편집, 조명에서 1950년대 할리우드 멜로드라마의 틀을 차용하고 있지만, 인물들을 극단으로 몰고 가는 상황 전개, 멜로드라마의 감상주의에만 빠지지 않기 위하여 군데군데 느닷없는 침묵의 순간을 장치하여 긴장감을 자아내는 연출 기법, 불안감을 가중시키는 색상의 대비, 의도적으로 좁고 답답한 화면을 연출하여 억압을 시각적으로

---

3 피종호, 「파스빈더 영화와 혼합된 매체현실」, 『뷔흐너와 현대문학』 20, 한국뷔흐너학회, 2003, 453면.

표현하는 구도 등 15일 만에 완성한 작품이라고는 믿기지 않을 정도로 치열한 시대정신과 완벽에 가까운 영화적 형식을 보여준다.

알리가 에미 집의 목욕탕에서 몸을 씻을 때 거울을 통해서 드러나는 알리의 벗은 몸, 또는 옛 애인이었던 카페의 여주인과 정사를 하기 위해 방에 들어갔을 때 사각의 문틀에 갇혀 있는 알리의 몸은 프레임 속의 프레임을 통하여 관객과 영화와의 거리를 발생시키며, 영화에의 몰입을 방해하고 비판적 거리를 갖게 한다. 인물들을 현관문의 틀이나 방의 문틀 속, 또는 좁은 골목의 벽을 통해서 보여주는 쇼트들도 바로 소격효과와 관련된다. 이처럼 어떤 틀 속에 갇혀 있는 인물의 영상은 소격효과뿐만 아니라 그들을 억압하고 소외시키는 독일사회의 억압적 틀(시스템)에 대한 은유로 읽힌다. 틀에 갇힌 이미지의 변형은 에미가 살고 있는 아파트의 여인의 모습에서도 잘 포착된다. 그녀는 항상 아파트 철창 안에 갇혀(?) 있다. 그녀는 철창 안에서 에미와 알리를 엿보며 이웃에 소문을 퍼뜨린다. 이런 그녀에 대해서 에미는 질투로 치부해버리는데, 그녀는 겉으로는 에미를 빈정대지만 속으로는 에미에 대한 부러움과 질투를 느끼는 분열된 자아를 철창 속에 갇힌 영상을 통해 암시한다.

뿐만 아니라 인물들의 무표정한 연기도 단지 비전문배우를 기용했다는 데서 기인하는 연기부족의 문제가 아니라 감독이 의도적으로 연출한 소격효과라고 할 수 있다. 알리 역을 맡은 근육질의 엘 헤디 벤 살렘은 파스빈더의 동성애 파트너였으며, 파스빈더는 에미의 사위 역으로 직접 출연하였다.

알리가 "알리는 (무엇무엇) 합니다"와 같이 말하는 화법은 "극영화의 내용과 관객의 사이에 거리를 두어 관객으로 하여금 극중 상황에 몰입하지 못하게 하면서 관객의 비판적 시각을 불러온다는 점"에서 서사극 이론의 근거가 된다. 또한, 화법에 포함되는 인물들만이 움직일 뿐, 그 외의 주변인들은 마네킹과 같이 꼼짝도 하지 않고 서있는 정지된 모습들이나 절제된 대사 역시 서사극의 영향이라고 해석할 수 있다.

브레이트의 서사극에서 차용한 소격효과는 탈심리화 기법, 거울을 통한 거리두기, 사진의 몽타주를 통한 현실을 역사화 하는 기법[4] 등 다양하다. 그는 자신의 영화가 끊임없이 영화라는 형식임을 환기함으로써 이화異化를 촉구했다. 고전적인 내러티브 영화나 할리우드 영화는 관객들이 스토리를 통해 단 하나의 결론을 취하도록 유도하며, 사실성이라는 이름 아래 작위적이고 제한적인 이데올로기를 숨긴다.

하지만 뉴저먼 시네마를 만든 감독들은 무주체적으로 영화에 몰입하는 오락적 관객을 결코 이상적 관객으로 여기지 않았다. 그들은 적극적으로 사고하는 관객, 비판적 지성을 갖춘 주체적 관객을 이상적 관객으로 상정함으로써 궁극적으로는 관객을 변화시키려는 그들의 정치적 목적을 수행하려 했다고 할 수 있다.

브레히트의 연극적 전략들은 원래 파시즘 및 부르주아 자유주의를 향한 급진적 저항이었지만 이들 전략들이 특정한 역사적 조건에 한정된 것이 아니라, 그가 제의하는 전복적인 창작 행위는 모든 억압적 사회 혹은 모든 지배 이데올로기에 대한 탈신비화(Entmythologisierung) 작업을 위해 사용될 수 있다.[5] 따라서 〈불안은 영혼을 잠식한다〉에서 현대 독일사회에 잔재하고 있는 일상 속의 파시즘에 대한 저항의 의미로 파스빈더는 소격효과를 의도적으로 연출했다고 할 수 있다.

---

4 위의 논문, 457면.

5 윤시향, 「현대 영화가 받아들인 브레히트—영화에서의 '생소화 효과'」, 『브레히트와 현대연극』 6, 한국브레히트학회, 1998, 42~73면. 참조

즉 〈불안은 영혼을 잠식한다〉에서 파스빈더는 등장인물들을 통해 센티
멘털한 감상이나 결국엔 모든 일이 잘될 것이라는 일말의 희망조차 허용
하지 않고 있다. 사실 그의 영화 전체를 관통하는 것은 절망과 비관주의
이다. 파스빈더는 그가 줄 수 있는 유일한 희망이란 평화의 보답이 불가
능하다는 것을 관객이 알 수 있게 하는 것이다. 그는 가능한 모든 시점에
서 비애감을 분석하여 관객이 느끼는 것이 곧 관객의 숙명이라는 감정을
주었으며, 동시에 관객의 시각을 교정하여 왜 그런 비애감을 느끼는지,
대사 중의 어떤 점이 그런지를 분석할 수 있게 해줄 뿐이다. 바로 이 점에
서도 브레히트의 소격효과를 활용한 것이다.

『영상문화』 8, 부산영화평론가협회, 2006. 12

가스통 바슐라르, 곽광수 역, 『공간의 시학』, 민음사, 1990.

강만길, 『한국현대사』, 창작과비평사, 1985.

강진호, 「1930년대 후반기 신세대 작가 연구」, 고려대 박사논문, 1995.

______ 편, 『김정한』, 새미, 2002.

고부응, 『초민족시대의 민족정체성』, 문학과지성사, 2002.

고석규, 「1930년대 목포의 문화경관 – 박화성 문학의 이해를 위하여」, 『제1회 박화성 학술대회발표집』, 박화성연구회, 2007. 10. 27.

고인환, 『이문구 소설에 나타난 근대성과 탈식민성연구』, 청동거울, 2003.

권택영, 「탈식민주의와 문화비평」, 『현대시사상』, 1996년 봄호, 고려원, 1996.

──── , 『프로이트의 성과 권력』, 문예출판사, 1999.

김경수 역, 루트반, 『페미니스트 문학비평』, 문학과 비평사, 1989.

──── 역, 『페미니스트 시학』, 고려원, 1992.

──── 편, 『페미니즘과 문학비평』, 고려원, 1994.

김경원, 「리얼리즘 문학의 공간성과 역사성」, 『작가연구』 4, 새미, 1997.

김누리, 「알레고리와 역사 – 『양철북』의 오스카르 마체라트의 시대사적 함의에 대하여」, 『독일문학』 65, 한국독어독문학회, 1998.

──── , 「권터 그라스의 참여문학론」, 『독일어문학』 13, 한국독일어문학회, 2000.

김래현, 「역사서로서의 『양철북』」, 『독일어문학』 24, 한국독일어문학회, 2004.

김미현, 『한국여성소설과 페미니즘』, 신구문화사, 1996.

김민정, 「강경애 문학의 여성의식연구」, 『한국현대문학회 2004 학술발표회의 자료집』, 한국현대문학회, 2004.

김병걸, 「김정한 문학과 리얼리즘」, 『창작과 비평』, 1972년 봄호.

김병욱, 「언어 서사물에 있어서의 공간의 의미」, 『내러티브』2, 한국서사학회, 2000. 9.
――――, 「『자랏골의 비가』의 크로노토프와 담론」, 『한국문학이론과 비평』 12, 한국문
　　　학이론과 비평학회, 2001. 12.
김병익, 「농촌소설의 의미와 확대」, 『우리시대 우리작가6 – 이문구』, 동아출판사,
　　　1987.
김성곤, 「중심과 주변, 탈식민주의적 텍스트 읽기」, 『뉴미디어 시대의 문학』, 민음
　　　사, 1996.
――――, 「탈식민주의 시대의 문학」, 『외국문학』31, 열음사, 1992년 여름.
김성종, 『어느 창녀의 죽음』, 남도, 1994.
――――, 『고독과 굴욕』, 명지사, 1979.
――――, 『회색의 벼랑』, 주부생활사, 1980.
――――, 『죽음의 도시』, 남도, 1981.
――――, 『최후의 증인』(상 · 하), 남도, 1993.
김열규, 『페미니즘과 문학』, 문예출판사, 1988.
김영민, 『지식인과 심층근대화』, 철학과 현실사, 1999.
김영성, 「한국현대소설의 추리소설적 서사구조」, 한양대학교 대학원 박사학위논문,
　　　2003. 6.
김영하, 「엷어지는 민족의식」, 『문학과 비평』18, 문학과비평사, 1991. 6.
김왕배, 『도시, 공간, 생활세계』, 한울, 2000.
김우창, 「근대화 속의 농촌」, 『세계의 문학』22, 민음사, 1981년 겨울.
――――, 『김우창전집5 – 이성적 사회를 향하여』, 민음사, 1993.
김욱동, 『대화적 상상력』, 문학과지성사, 1988.
――――, 『바흐친과 대화주의』, 나남신서, 1990.
―――― 편역, 『포스트모더니즘과 포스트구조주의』, 현암사, 1991.
김원우, 「주변문학으로서의 망향 · 열등감 · 소외」, 『일본학』19, 동국대 일본학연구
　　　소, 2000. 12.
김인환 외, 『강경애, 시대와 문학』, 랜덤하우스코리아, 2006.
김재국, 「추리소설의 지적 상상력」, 『디지털시대의 대중소설론』, 예림기획, 2002.
김정아, 「『남도사람』 연작의 크로노토프」, 『한국문학이론과 비평』12, 한국문학이론
　　　과 비평학회, 2001. 12.
김정한, 「대담 : 약자의 설움은 무엇인가?」, 『문학사상』, 1973년 10월호.

───, 『김정한소설선집―증보판』, 창작과비평사, 1985.

김정호, 『영화 따라잡기』, 평민사, 2004.

김종철, 「저항과 인간해방의 리얼리즘」, 『한국문학의 현단계 3』, 창작과비평사, 1984.

김종회 편, 『한민족문화권의 문학』, 국학자료원, 2003.

김진균·조희현 편, 『한국사회론』, 한울, 1990.

김춘섭, 「문학의 지방화와 탈식민주의」, 『현대소설연구』 19, 한국현대소설학회, 2003. 9.

김학영, 하유상 역, 『얼어붙은 입』(『한국문학』 1977년 9월호 별책부록), 한국문학사, 1977.

김호기, 「환경사상과 환경운동의 흐름 및 쟁점」, 『창작과 비평』, 1995년 겨울호, 창작과비평사, 1995. 12.

김환기, 「김학영 문학과 '벽'」, 『일본학』 19, 동국대 일본학연구소, 2000. 12.

───, 「김학영의 『얼어붙은 입』론」, 『일어일문학연구』 39, 한국일어일문학회, 2001. 11.

───, 「이양지 문학론―현세대의 '무의식'과 '자아' 찾기―」, 『일어일문학연구』 43, 한국일어일문학회, 2002. 11.

───, 「이양지의 『유희』론」, 『일어일문학연구』 41, 한국일어일문학회, 2002. 5.

───, 「이양지 문학과 전통가락」, 『일어일문학연구』 45, 한국일어일문학회, 2003. 5.

나병철, 『근대서사와 탈식민주의』, 문예출판사, 2001.

남완석, 「뉴 저먼 시네마―신화의 해체와 재구성」, 『독일문학』 97, 한국독어독문학회, 2006.

다이내너 기틴스, 안호용 외 역, 『가족은 없다』, 일신사, 2007.

대중문학연구회 편, 『추리소설이란 무엇인가?』, 국학자료원, 1997.

라마자노글루 외, 최영 외 공역, 『푸코와 페미니즘』, 동문선, 1998.

로즈마리 통, 이소영 역, 『페미니즘 사상』, 한신문화사, 1995.

루이스 자네티, 김진해 역, 『영화의 이해』, 현암사, 2005.

르네 지라르, 김치수·송의경 역, 『낭만적 거짓과 소설적 진실』, 한길사, 2002.

린다 M. 글레논, 이수자 역, 『여성과 이원론』, 이화여자대학교출판부, 1990.

릴라 간디, 이영옥 역, 『포스트식민주의란 무엇인가』, 현실문화연구, 2000.

문순홍 편, 『생태학의 담론』, 솔, 1999.

문화과학사,『문화과학』22, 문화과학사, 2000.

미하일 바흐친, 이근식 역,『도스또예프스끼 시학』, 정음사, 1988.

미하일 바흐친·볼로쉬노프, 송기한 역,『언어와 이데올로기』, 푸른사상, 2005.

민병인,「이문구소설연구 : 농경문화 서사와 구술적 문체분석」, 중앙대학교 대학원, 2001.

바트무어-길버트, 이경원 역,『탈식민주의! 저항에서 유희로』, 한길사, 2001.

박명애,「박화성 소설의 서사구조와 인물-『벼랑에 피는 꽃』을 중심으로」,『국문학 논집』17, 단국대학교 국어국문학과, 2000.

박선경,『한국심리소설의 정신분석』, 계명문화사, 1996.

박용옥,「근우회의 여성운동과 민족운동」, 역사학회 편,『한국근대민족주의운동연 구』, 일조각, 1987.

박정애,「창조된 '여류' 와 그들의 이원적 착란」,『현대문학의 연구』20, 한국문학연 구학회, 2003. 1.

박종섭,「1926년 목포제유공장 노동자의 집단파업에 대한 역사적 의의」, 인터넷『목 포문화원 자료실』, 2004. 3. 4.

박화성, 서정자 편,『박화성 문학전집』(전 20권), 푸른사상, 2004.

백문임,「박화성 경향소설에 나타난 계급과 성의 문제」,『현대문학의 연구』11, 한국 문학연구학회, 1998. 1.

백철,『신문학사조사』, 백양당, 1949.

백휴,『김성종읽기』, 남도, 1999.

베아트리츠 콜로미나 엮음, 강미선 외 역,『섹슈얼리티와 공간』, 동녘, 2005.

베티 프리단, 김행자 역,『여성의 신비』(상권), 평민사, 1978.

변신원,『박화성 소설연구』, 국학자료원, 2001.

──────,「박화성을 통해 젠더/근대 다시 읽기 시론」,『제1회 박화성학술대회 발표 집』, 박화성연구회, 2007. 10. 27.

변화영,「박화성소설을 통해본 목포의 식민지 근대성」,『한국문학이론과 비평』30, 한국문학이론과 비평학회, 2006. 3.

──────,「문학교육과 디아스포라-재일한국인 이양지의 소설을 중심으로」,『한국문 학이론과 비평』32, 한국문학이론가비평학회, 2006. 9.

볼노브,「인간과 그의 집」,『열린 세계 닫힌 사회』, 새론출판사, 1981.

볼프강 가스트, 조길예 역,『영화』, 문지사, 1999.

부산민족문학작가회의,『작가사회』10, 2001.

빌 애쉬크로프트 외, 이석호 역,『포스트 콜로니얼 문학이론』, 민음사, 1996.

샌디 플리터만 루이스, 「정신분석학, 영화, 그리고 텔레비전」, R. 알렌 편, 김순훈 역,
　　『텔리비전과 현대비평』, 나남, 1994.

서대숙, 현대사회연구회 역,『한국공산주의운동시연구』, 화다, 1985.

서정자, 「페미니스트 성장소설과 자기발견의 체험」,『한국여성학』7, 한국여성학회,
　　1991.

───, 「박화성 해방후 소설과 역사의식」,『현대소설연구』24, 한국현대소설학회,
　　2004. 12.

───, 「박화성의 '헐어진 청년회관' 론 - 오빠 - 누이의 구조와 항일민족의식」,『문
　　명연지』5 - 3, 한국문명학회, 2004.

───, 「 '주의자' 의 성 · 사랑 · 결혼」,『현대소설연구』26, 한국현대소설학회,
　　2005. 6.

───, 「체험의 소설화, 강경애의 글쓰기 방식」,『여성문학연구』13, 한국여성문학
　　학회, 2005. 6.

───, 「박화성이라는 기점 - 지역 · 여성 · 문학」,『제1회 박화성학술대회 발표
　　집』, 박화성연구회, 2007. 10. 27.

송명희, 「서정자의 페미니스트 성장소설과 자기발견의 체험에 대한 논평」,『한국여
　　성학』7, 한국여성학회, 1991.

───,『문학과 성의 이데올로기』, 새미, 1994.

───, 「강경애의『인간문제』에 대한 여성비평적 연구」,『비평문학』11, 한국비평
　　문학회, 1997. 7.

───,『섹슈얼리티 · 젠더 · 페미니즘』, 푸른사상, 2000.

───, 「북한소설『한 자위단원의 운명』의 공산주의 인간학과 전형」,『한국문학이
　　론과 비평』13, 한국문학이론과 비평학회, 2001. 12.

───, 「김성종의 추리소설과 섹슈얼리티」,『한국문학이론과 비평』16, 한국문학이
　　론과비평학회, 2002.

───, 「탈식민주의와 지역문학연구 - 김정한 · 송기숙을 중심으로」,『현대소설연
　　구』19, 한국현대소설학회, 2003. 9.

───,『타자의 서사학』, 푸른사상, 2004.

수잔 헤이워드, 이영기 역,『영화사전 - 이론과 비평』, 한나래, 1997.

슬라보예 지젝, 김소연 · 유재희 역, 『삐딱하게 보기』, 시각과언어, 1995.

신덕룡, 『환경 위기와 생태학적 상상력』, 실천문학사, 1999.

신은주, 「서울의 이방인, 그 주변」, 『일본근대문학—연구와 비평』 3, 한국일본근대문학회, 2004.

신채호, 「낭객浪客의 신년만필」, 『동아일보』, 1925. 1. 2.

신춘자, 「박화성의 ‘환귀’에 나타난 기독교의식연구」, 『한국문예비평연구』 1, 한국현대문예비평학회, 1997.

신혜경, 「공간문화와 여성」, 『한국여성학』 12—2호, 한국여성학회, 1996.

실비아 플라스, 공경희 역, 『벨 자』, 문예출판사, 2006.

심원섭, 「『유희』 이후의 이양지—수행으로서의 글쓰기」, 『일본학』 19, 동국대 일본학연구소, 2000. 12.

———, 「이양지의 ‘나’ 찾기 작업—‘있는 그대로 받아들이기’ 방법과 관련하여」, 『현대문학의 연구』 15, 한국문학연구학회, 2000.

———, 「재일 조선어문학연구 현황과 금후의 연구방향」, 『현대문학의 연구』 29, 한국문학연구학회, 2006. 7.

앙드레 미셸, 변화순 · 김현주 역, 『가족과 결혼의 사회학』, 한울아카데미, 1991.

야마다 요시코, 「박화성의 장편 『북국의 여명』에 대하여」, 『현립니가타여자단기대학연구기요』 44, 현립니가타여자단기대학, 2007. 3.

———, 「장편 『벼랑에 피는 꽃』에 나타난 작가의식」, 『제1회 박화성학술대회 발표집』, 박화성연구회, 2007. 10. 27.

에드워드 렐프, 김덕현 · 김현주 · 심승희 역, 『장소와 장소상실』, 논형, 2005.

에드워드 사이드, 김성곤 · 정정호 역, 『문화와 제국주의』, 창, 1995.

———, 박홍규 역, 『오리엔탈리즘』, 교보문고, 1991.

에르네스트 만델, 이동연 역, 『범죄소설의 사회사』, 이후, 2001.

에리히 프롬, 황문수 역, 『사랑의 기술』, 문예출판사, 2000.

에머슨과 홀퀴스트, 전승희 외 편역, 『장편소설과 민중언어』, 창작과비평사, 1988.

여성문화이론연구소 정신분석세미나팀, 『페미니즘과 정신분석』, 여이연, 2003.

여성한국사회연구회 편, 『한국가족문화의 오늘과 내일』, 사회문화연구소, 1995.

여홍상, 『바흐친과 문학이론』, 문학과지성사, 1995.

———, 「대화와 카니발 : 김소월, 김지하, 최인훈의 바흐찐적 독해」, 『한국문학이론과 비평』 12, 한국문학이론과 비평학회, 2001. 12.

역사문제연구소 편, 『한국의 '근대'와 '근대성' 비판』, 역사비평사, 1996.

연변대학교 조선문학연구소 허경진 · 허휘훈 · 채미화 주편, 『강경애』, 보고사, 2006.

오한진, 『독일교양소설연구』, 문학과지성사, 1989.

울리히 벡&엘리지베트 벡-게른샤임, 강수영 · 권기돈 · 배은경 역, 『사랑은 지독한 그러나 너무나 정상적인 혼란』, 새물결, 1999.

유숙자, 「김학영론」, 『비교문학』 24, 한국비교문학회, 1999.

─────, 『재일한국인문학』, 월인, 2000.

유제분 · 김지영 역, 『탈식민페미니즘과 탈식민페미니스트들』, 현대미학사, 2001.

윤상인, 「전환기 재일한국인 문학」, 『일본학』 19, 2000. 12.

윤인진, 『코리안 디아스포라』, 고대출판부, 2003.

은희경, 『이상문학상 수상작품집 22 - 아내의 상자 외』, 문학사상사, 1988.

이기인, 「김정한 소설의 심미성과 작가의식」, 『작가연구』 4, 새미, 1997.

이득재, 「바흐친의 소설이론」, 『소설과 사상』 1999년 가을호.

─────, 「바흐찐과 한국문학의 수용」, 『한국문학이론과 비평』 12, 한국문학이론과 비평학회, 2001. 12.

이무석, 『정신분석에로의 초대』, 이유, 2003.

이문구, 『우리시대 우리작가6 - 이문구』, 동아출판사, 1987.

이부영, 『분석심리학』, 일조각, 1978.

이상경, 『강경애』, 건국대학교출판부, 1997.

─────, 「한국문학에서 제국주의와 여성」, 강진호 편, 『김정한』, 새미, 2002.

이상우, 「추리소설의 안과 밖」, 『오늘의 문예비평』 11, 1993. 12.

이석호, 『제3세계 문학과 식민주의 비평 - 희망과 미래』, 인간사랑, 1999.

이양지, 「모국유학을 결심했을 때까지」, 『한국논단』 16, 1990. 12.

─────, 김유동 역, 「나비타령」, 『유희』, 삼신각, 1989.

이윤정, 「박화성 소설에 나타난 여성문제인식 고찰」, 『여성학연구』 16-1, 부산대학교 여성학연구소, 2006.

이재선, 『한국현대소설사』, 홍성사, 1979.

이정옥, 「대중소설의 시학적 연구」, 서강대학교 대학원 박사학위논문, 1999. 7.

─────, 「변용추리소설에서 변형된 인물의 기능과 의미」, 한국소설학회 편, 『현대소설인물의 시학』, 태학사, 2000.

이진경, 『근대적 주거공간의 탄생』, 소명출판, 2001.

이-푸 투안, 구동희·심승회 역, 『공간과 장소』, 대윤, 1999.

이한창, 「재일 교포문학의 주제연구」, 『일본학보』 29, 한국일본학회, 1992.

─────, 「재일교포문학연구」, 『외국문학』 1994년 겨울호, 1994. 12.

─────, 「재일동포문학에 나타난 부자간의 갈등과 화해」, 『일어일문학연구』 60, 2007. 2.

이호룡, 「한국에서의 아나키즘과 공산주의 분화과정」, 『한국사연구』 110, 한국사연구회, 2000.

이효재 편, 『가족연구의 관점과 쟁점』, 까치, 1988.

임성래 외, 『대중문학의 이해』, 청예원, 1999.

자크 라캉, 권택영 외 편역, 『욕망이론』, 문예출판사, 1994.

장성현, 「귄터 그라스의 양철북에 그려진 부성의 문제점」, 『독일어문학』 26, 한국독일어문학회, 2004.

─────, 「귄터 그라스의 양철북에 나타난 색채상징」, 『뷔히너와 현대문학』 22, 한국뷔흐너학회, 2004.

장은수, 「독문학의 효과적인 영상자료활용연구1」, 『뷔흐너와 현대문학』 13, 한국뷔흐너학회, 1999.

─────, 「폴거 슐뢴도르프의 영화 〈양철북〉과 아이의 시선」, 『독일학연구(독일학)』 5, 서울대 독일어문화권연구소, 2000.

장춘식, 「간도체험과 강경애의 소설」, 『여성문학연구』 11, 한국여성문학학회, 2004. 1.

장현숙, 「틀벗어나기, 존재의 상징적 소멸―은희경의 단편 「아내의 상자」를 중심으로」, 『어문연구』 108, 한국어문교육연구회, 2000.

잭 씨 엘리스, 변재란 역, 『세계영화사』, 이론과실천, 1998.

정규웅, 『추리소설의 세계』, 살림출판사, 2003.

정정호, 「전지구화 시대의 '탈' 식민 이론의 과제」, 『비평』 3, 2000년 하반기.

정정호·이소영 역, 『포스트모더니즘과 페미니즘』, 한신문화사, 1992.

정태헌, 「한국의 식민지적 근대화 모순과 그 실체」, 『한국의 '근대' 와 '근대성' 비판』, 역사비평사, 1996.

정희모, 「추리기법의 서사화와 그 가능성―김성종의 〈최후의 증인〉을 중심으로」, 『현대소설연구』 10, 한국현대소설학회, 1999.

조갑상, 「김정한 소설 연구」, 동아대 박사논문, 1991.

─────, 「시대의 질곡과 한 인간의 명징함」, 『작가연구』 4, 새미, 1997.

조남현, 「한국근대문학의 아나키즘 체험연구」, 『한국문화』 12, 서울대 한국문화연구
　　　소, 1991.

조동걸, 「한국근대학생운동조직의 성격변화」, 역사학회 편, 『한국근대민족주의운
　　　동사연구』, 일조각, 1987.

조두영, 「은희경의 단편소설 「아내의 상자」에 대한 정신분석적 고찰」, 『정신분석』
　　　10-2, 한국정신분석학회, 1999.

─────, 『프로이트와 한국문학』, 일조각, 1999.

조세현, 「동아시아 3국(한·중·일)에서 크로포트킨 사상의 수용」, 『중국사연구』 39,
　　　중국사학회, 2005. 12.

조정래, 「현실을 보는 눈과 역사를 보는 눈」, 『작가연구』 4, 새미, 1997.

조진기, 「김정한 소설 연구」, 『가락문화』 7, 경남대, 1989.

조현일, 「추리소설과 문학교육」, 『국어교육학연구』 17, 국어교육학회, 2003. 8.

존 맥클라우드, 박종성 외 편역, 『탈식민주의의 길잡이』, 한울아카데미, 2003.

최선희, 『공간의 이해와 인간공학』, 국제, 2001.

최원식, 「요산 김정한 선생 방문기」, 『민족문학사 연구』 3, 창작과 비평사, 1993.

최현주, 『한국성장소설의 세계』, 박이정, 2002.

츠베탕 토도로프, 최현무 역, 『바흐찐의 대화이론』, 까치, 1988.

─────, 신동욱 역, 『산문의 시학』, 문예출판사, 1992.

태혜숙, 『탈식민주의 페미니즘』, 여이연, 2001.

크리스 위든, 이화영미문학회 역, 『포스트구조주의와 페미니즘 비평』, 한신문화사,
　　　1994.

토릴 모이, 임옥희 외 공역, 『성과 텍스트의 정치학』, 한신문화사, 1994.

토마나르스작, 김중현 역, 『추리소설의 논리』, 예림기획, 2003.

프란츠 파농, 이석호 역, 『검은 피부, 하얀 가면』, 인간사랑, 1998.

푸코 외, 황정미 편역, 미셸 푸코, 『섹슈얼리티의 정치와 페미니즘』, 새물결, 1995.

피종호, 「파스빈더 영화와 혼합된 매체현실」, 『뷔흐너와 현대문학』 20, 한국뷔흐너
　　　학회, 2003.

하승우, 「항일운동에서 '구성된' 아나코-코뮌주의와 아나키즘 해석 경향에 대한
　　　재고찰 : 크로포트킨의 사상을 중심으로」, 『동양정치사상사』 7-1, 한국동
　　　양정치사상사학회, 2008.

하정일, 『20세기 한국문학과 근대성의 변증법』, 소명출판, 2000.

──────, 「민족문학론의 역사와 탈식민성」, 『비평』 3, 생각의 나무, 2000. 11.

──────, 「한국문학과 탈식민(postcolonial)」, 『시와 사상』 30, 2001.

한국여성연구회 문학분과 편역, 『여성해방의 논리』, 창작과 비평사, 1990.

한만수, 「강경애 「소금」의 복자복원과 검열우회로서의 '나눠쓰기'」, 『한국문학연구』 31, 동국대 한국문학연구소, 2006. 12.

한용환, 『소설학사전』, 고려원, 1992.

한일관계사학회, 『한국과 일본, 왜곡과 콤플렉스의 역사』, 자작나무, 1998.

한일민족문제학회 엮음, 『재일조선인 그들은 누구인가』, 삼인, 2003.

헤스터 아이젠슈타인, 한정자 역, 『현대여성해방사상』, 이대출판부, 1986.

홀퀴스트 & 클라크, 이득재 · 강수영 역, 『미하일 바흐친』, 문학세계사, 1990.

황국명, 「역설적 희망의 문학 : 요산 김정한론」, 『문학정신』, 1990.

황봉모, 「이양지론 – 한국에서 작품을 쓴 재일한국인」, 『일어교육』 32, 한국일본어교육학회, 2005.

『라쁠륨』 1996년 가을호.

『외국문학』 1988년 겨울호.

『외국문학』 1992년 겨울호

『작가세계』 1991년 봄호.

『현대비평과 이론』 1992년 봄호

『현대시사상』 1991년 봄호.

Bakhtin, M. M, *Dialogic Imagination : Four Essays*, Texas Univ. Press, 1981.

──────, *Problems of Dostoevsky's Poetics(trans)*, Emerson, Caryl.

Beauvoir, Simond de, *The Seond Sex*(Penguin, 1972).

C. Brooks & R. P. Warren, *Understanding Fiction*, second edition, New York, Appeleton-Century-Craft, 1959.

Chodorow, Nancy, *The Reproduction fo Mothering: Psychoanalysis and the Sociology of Gender*(Univ. of California Press, 1978).

Ellmann, Mary, *Thinking about Women*(Macmillan, 1968).

Gilbert, Sandra M., and Susan Gubar, *The Madwoman in the Attic*(Yale Univ. Press, 1979).

Ellen Moers, *Literary Women*, New York : Doubleday Company, 1976.

Emerson, Caryl ed., *Critical Essays on Mikhail Bakhtin*, G.K.Hall, New York, 1999.

J. Symons, *Bloody Murder : From the Detective Story to the Crime Novel*, New York : Warner Book, Inc., 1993(3rd).

James Clifford, "Diaspora", *Cultural Anthropology*, Vol.9, No.3, 1994.

Kagan & Havemann, 김유진 외 공역,『심리학개론』, 형설출판사, 1983.

Kestner, Joseph A. *The Speciality of the Novel*, Wayne State University Press, 1978.

Marianne Hirsch, 'The Novel of Formation as Genre : Between Great Expectations and Lost Illusion', *Genre 12*, 1979.

Showalter, Elaine, *A Literature of their Own*,Virago, 1982.

―――, *The New Feminist Criticism*,Virago, 1986.

Vice, Sue, *Introducing Bakhtin*, Manchester Univ. Press, 1997.

Wahlbeck, "The concept of diaspora as an analytical tool in the study of refugee communities", *Journal of Ethnic and Migration*, Vol.28, No.2, 2002.

가

가부장제 • 64, 68, 70, 130, 134-6, 138, 150, 156, 157, 286, 287, 293
가족주의 이데올로기 • 295
가즈키 • 16
간도 • 46-62, 65, 68, 69
간도공산당사건 • 57
「간도를 등지면서」 • 49, 50, 51, 53
「간도의 봄」 • 49
강경애 • 46, 47, 49-53, 55, 56, 58, 59, 62, 67-9, 227, 251
강제퇴거명령 • 24
개구리 시점 • 317-9
『개척자』 • 223
거식증 • 328, 330, 332, 334
거울단계 • 320-2
『검은 피부, 하얀 가면』 • 17
결핍 • 55, 160, 163, 165, 166, 168, 172, 231, 299, 310
「경찰관」 • 252, 256, 262, 263
계절노동자 • 89, 92-4, 97, 98
『고독과 굴욕』 • 255, 275
고착(fixation) • 321, 334
공간성 • 74, 77, 79, 138, 281, 282

공간심리 • 145, 146
『공간의 시학』 • 131
『관촌수필』 • 104, 105
『교양소설론』 • 74
교육신학 • 201, 205
구조 기능론 • 286
구창환 • 198
「그 여자」 • 49, 54, 55
그라스(Gunter Wilhelm Grass) • 315, 321, 333-5
「그리스도의 혁명사상」 • 207
『그의 자서전』 • 199, 206
근대화 • 102-6, 108-11, 113, 114, 117, 118, 120-4, 198, 201, 205, 225
근우회 • 68, 239, 249
「금일 조선 야소교회의 결점」 • 200, 202
기독교 • 197-200, 202, 203, 205-11, 213-5, 217, 219, 220, 222, 224, 225
기의 • 163, 166, 168, 169
기표 • 163, 166, 169, 284
김기덕 • 297, 298, 300, 302
김달수 • 18

소설서사와 영상서사

자

차

소설서사와 영상서사

인쇄 2010년 1월 10일 | 발행 2010년 1월 20일
지은이 · 송명희 | **펴낸이** · 한봉숙 | **펴낸곳** · 푸른사상사
등록 제2-2876호
주소 서울시 중구 을지로3가 296-10 장양B/D 7층
대표전화 02) 2268-8706(7) | **팩시밀리** 02) 2268-8708
메일 prun21c@yahoo.co.kr / prun21c@hanmail.net
홈페이지 www.prun21c.com

@ 2010, 송명희

ISBN 978-89-5640-720-3-93810

값 24,000원

☞ 21세기 출판문화를 창조하는 푸른사상에서는 좋은 책을 만들기 위해 노력하고 있습니다.